LOCUS

LOCUS

LOCUS

LOCUS

to
fiction

to 116
彼岸之嫁
The Ghost Bride
作者：朱洋熹（Yangsze Choo）
譯者：趙永芬
責任編輯：翁淑靜
封面設計：林育鋒
內頁排版：洪素貞　校對：陳錦輝
法律顧問：董安丹律師、顧慕堯律師
出版者：大塊文化出版股份有限公司
臺北市10550南京東路四段25號11樓
www.locuspublishing.com

讀者服務專線：0800-006689
TEL：(02)87123898　FAX：(02)87123897
郵撥帳號：18955675　戶名：大塊文化出版股份有限公司

總經銷：大和書報圖書股份有限公司
地址：新北市新莊區五工五路2號
TEL：(02) 89902588　FAX：(02) 22901658
初版一刷：2020年1月
初版二刷：2020年1月
定價：新臺幣380元
ISBN：978-986-5406-38-7
Printed in Taiwan

The Ghost Bride
彼岸之嫁

朱洋熹（Yangsze Choo）著
趙永芬 譯

本書獻給James

第一部

馬來亞 一八九三年

第一章

一天傍晚，父親問我願不願意當鬼新娘。「問」這個字眼或許不正確。當時我們在他書房，我翻看報紙，我爹躺在他的籐躺椅上。天氣相當悶熱，油燈已經點上，飛蛾懶洋洋地在潮濕的空氣中飛撲打轉。

「你說什麼？」

我爹在抽鴉片菸。這是他晚上的第一支，所以我認為他應該比較清醒。眼神哀傷、皮膚如杏仁果核般坑坑洞洞的父親算得上是學者。我們家過去相當富裕，但近年來每下愈況，而今只是頂著中產階級受人敬重的門面度日。

「鬼新娘，麗蘭。」

我屏住呼吸翻過一張報紙。很難分辨我爹是否在開玩笑，有時我甚至沒把握他到底有沒有搞清楚狀況。嚴肅的事，好比我們逐漸減少的收入，他毫不在乎。他竟說反正天氣這麼熱，他一點也不在意穿破舊的衣服。然而朦朧的鴉片煙霧裹著他時，他又沉默不語，心不在焉。

「今天有人跟我提這件事，」他很快地說。「我猜你也許想知道吧。」

「是誰提的？」

「林家。」

林家是我們馬六甲市最富有的一個家族。馬六甲是個海港，也是東方最古老的一個貿易殖民地。在過去的幾百年間，它歷經葡萄牙、荷蘭，最後是英國的統治。長長一排低矮的紅瓦房沿著海灣散亂分布，兩側是椰子樹林，後方的內陸是覆蓋馬來半島的茂密叢林，猶如一片起伏的綠色海洋。在帶著往昔榮光的熱帶炙陽照射下，馬六甲市看來非常平靜與夢幻，那時它是馬六甲海峽兩岸港口城市的明珠。但隨著汽船的出現，早已漸漸優雅地衰落。

然而比起叢林中的村莊，馬六甲仍是文明的縮影。雖然葡萄牙堡壘遭到毀壞，我們有個郵局，有荷蘭紅屋市政府，兩個市場，和一間醫院，其實我們就是英國設置的馬六甲州政府所在地。雖然如此，若是拿它跟我讀過的其他偉大城市相比，如上海、加爾各答和倫敦，我確信它是非常微不足道的。正如區辦事處跟我家廚子老王的姊姊說過的，倫敦是世界的中心，是偉大而閃耀之帝國的心臟，它遠從東方一直綿延到西方，所以太陽從不落下，從那老遠的島嶼（聽說非常潮濕又寒冷）統治我們生活在馬來亞的人民。

儘管馬來亞是多種族聚居地，有馬來人，中國人，印度人，外加零零星星的阿拉伯與猶太商人，我們都已在這裡定居好幾世代，但仍保有自己的習俗和服裝。父親雖然會說馬來語和一點英語，但仍習慣找中文書報來看。當初離開家鄉來到這裡經商致富的人是我爺爺，不幸的是，父親接手之後，錢變得愈來愈少，否則我認為他根本不會考慮林家的提議。

「他們有個兒子幾個月前去世。一個名叫林天青的年輕人——你記得他嗎？」

我可能在過某個什麼節日時見過林天青這個人一、兩次。除了他是有錢的林家子弟之外，沒有給我留下一點印象。「他想必很年輕吧？」

「我相信大你沒幾歲。」

「他是怎麼死的？」

「聽說是發高燒。無論如何，他就是新郎。」我爹說得謹慎，好像已經後悔說出口了。

「他們希望我嫁給他？」

心煩意亂之下，我打翻父親書桌上的硯臺，墨汁灑濺在報紙上，形成一片不吉利的黑色污漬。為亡者安排婚事並不常見，通常這麼做是為了安撫亡魂；或是為有生養兒子的過世小妾舉行正式婚禮，升格為妻子；或是讓兩個死得悲慘的戀人，也可能在死後結合。這些是我知道的。但把活人許配給已故之人這種事非常少見，而且實在恐怖。

父親揉揉臉。有人告訴過我，說我爹在染上天花之前相貌非常英俊。不到兩個星期，他的皮膚變得跟鱷魚皮一樣厚，而且多了一千個洞疤。曾經愛交朋友的他不再拋頭露面，任由外人經營家族生意，自己則沉浸於書籍和詩詞中。要不是母親也死於那次天花疫情，撇下四歲稚齡的我，或許情況就不至於這麼糟。那次天花對我手下留情，只在我左耳背面留下一個疤。當時有位算命先生預言我會很幸運，但他也許只是樂觀吧。

「是，他們要的是你。」

「為什麼是我？」

「我只知道他們問我是否有個名叫麗蘭的女兒，還問你結婚了沒？」

「我想這樁婚事一點也不適合我。」我使勁擦拭桌面上的墨水，彷彿可以藉此抹去這個話題。他們怎麼知道我的名字？

正想要問，我爹就說：「哦？你不想在快滿十八歲時當寡婦？不想一輩子身穿綾羅綢緞住在林家大宅？不過他們可能不許你穿任何鮮豔的顏色。」他說著淒然一笑。「我當然沒答應。我怎敢答應？但如果你不計較愛情和生兒育女，這樁婚事或許也沒那麼糟。你這輩子將衣食無缺，有厝安身。」

「我們現在這麼窮嗎？」我問。多年來，我們家一直籠罩在窮困的陰影下，宛若一波即將碎裂的浪潮。

「嗯，今天就沒錢買冰塊了。」

在英國商店，你買得到以木屑和褐紙緊緊包裹捆綁的大冰塊。那些冰塊來自繞過半個地球的汽船，是卸貨之後的殘留物。乾淨的冰塊存放在貨艙，保持食物的新鮮。之後，就把冰塊賣給想要嚐嚐冰凍西方的人。我阿媽[1]跟我說，以前父親買過好幾種外國水果——幾顆長在溫帶天空下的蘋果和梨子——給我娘品嚐。這些事我不記得了，但我喜歡削切家裡偶爾買來的冰塊，想像我也走過那片寒冷的地面。

我撇下他抽完鴉片菸。打從小時候，我就在他書房裡站上好幾個小時背誦詩詞，或替他磨墨，練習書法，但我的刺繡功夫很差，對打理一個家也毫無概念，這些都是為人賢妻的條件。我阿媽盡可能教我，但她所知有限。我常常幻想倘若母親仍然在世，不知我會過著什麼樣的生活。

一離開房間，阿媽立刻撲到我面前。她早已等在外面，把我嚇得半死。「你爹想問你什麼？」

我阿媽個子非常嬌小，年紀也很大了。她個子小得幾乎像個孩子，性情自以為是又非常專橫，儘管如此，她卻全心全意地愛我。在我之前，她就是我娘的保母，按理說老早以前就該退休了，可是她仍一身白衣黑褲在屋裡到處轉，像個發條玩具似的。

「沒什麼。」我說。

「是提親嗎？」對一個自稱年邁又耳聾的人來說，她的聽力好得驚人。連一隻蟑螂也無法在黑暗中溜過，而不被她一腳踩死。

「其實不是。」見她一臉不信的樣子，我說，「更像個笑話。」

「笑話？從哪時起你的婚事成了笑話？婚姻對女人家太重要了，它決定她的未來、生活、子女……」

「但這個不是真正的婚姻。」

「當小妾？有人想娶你當小妾？」她搖搖頭。「不，不可以，小小姐。你一定要當妻子。可

1 阿媽（amah）：奶媽，保母或女僕。

能的話，要當大老婆。」

「不是當小妾。」

「誰提的親？」

「林家。」

她的眼睛睜得愈來愈大，最後簡直就像隻眼睛大又圓的叢林狐猴。「林家！噢！小小姐，你生得像蝴蝶一樣美，總算沒有白費了……」等等諸如此類的話。我帶著幾分好氣又好笑的心情，聽她絮絮叨叨地列出從未提起的，我那許多的優良特質，直到她倏地住口。「林家的兒子不是死了嗎？不過還有個姪子。我猜他會繼承家業吧。」

「不，是給兒子提的親，」我說得有點不情願，總覺得承認我爹抱著如此荒謬的想法，就是背叛了他。她的反應如我所料。我爹在想什麼呀？林家怎敢如此羞辱我家？

「阿媽，別擔心。他沒打算答應。」

「你不懂！這很不吉利。難道你不知道這是什麼意思？」她嬌小的身軀氣得發抖。「哪怕是個笑話，你爹也壓根不該跟你提這件事。」

「我沒生氣。」我交叉雙臂。

「哎呀，要是你娘還在就好了！你爹這回太過分了。」

我雖設法安撫阿媽，但我就寢時仍感到不安，拿油燈擋住了搖曳的陰影。我家房子很大也很老舊，自從家道中落以來，僕從只剩下原本維持正常運轉的十分之一。我爺爺在世時，家裡滿滿的都是人。他有一妻二妾和幾個女兒，但唯一存活下來的兒子就是我父親。如今妻妾都過世了，我的姑姑們早已出嫁，從小和我玩在一起的表兄弟姊妹在他們家族遷居後也搬到了檳城。隨著我們的財富漸漸縮水，愈來愈多的房間一一關閉。我依稀記得賓客與僕人忙進忙出的情景，但那想必是在我爹不問世事，並讓自己慘遭生意夥伴矇騙之前。阿媽偶爾談到那些時候，到頭來總是罵父親愚蠢，罵他缺德的朋友，最終還是咒罵容許這一切發生的天花之神。

我不確定自己是否相信天花之神。一個神明居然自貶身分，衝著人家的門窗把天花往裡面的人身上吹，我覺得好像不太對。如果是醫院的外國醫生談論疾病和隔離疫情，這個解釋對我來說似乎合理得多。有時我好想成為基督徒，就像每星期天都上英國聖公會教堂的那些英國女士一樣。我從來沒上過教堂，可是從外面看來十分祥和。他們在雞蛋花樹下的墓地有漂亮的綠色草皮和整齊的墓碑，似乎也比中國人在荒涼山坡上的墓地舒服多了。

我們在清明節——亡者的節日——去山上的墓地掃墓，紀念我們的先祖，拿食物和上香供奉他們。墳墓蓋得像小房子，或一把偌大的扶手椅，中央有墓碑與小祭壇。上山的小路長滿了野草和白矛——一種鋒利的植物，手一摸過就會被割傷。周圍不是人們遺忘與遺棄的野墳，就是沒有子孫照顧的墳墓。想到必須以寡婦的身分向一個陌生人致敬，我就渾身起雞皮疙瘩。嫁給一個鬼魂究竟必須做什麼？父親把它當作一個笑話。阿媽不想說出口——她迷信得很，以為光是說出它的名字，就會讓它變成真的。至於我，我只希望自己永遠不需要知道。

第二章

我盡可能把林家令人心煩的提親置諸腦後，畢竟女孩子家不希望第一次有人提親就遇到這種倒楣事。我知道總有一天我應該會結婚——那一天愈來愈接近了——但我的生活還沒受到太多限制。跟中國的情況相比，我們馬來半島上的人相當隨意。本地出生的華人女性不纏足。的確，其他種族認為纏足的習俗奇特又醜陋，婦女不但因此跛腳，也沒有能力操持家務。三百多年前葡萄牙人首次登陸馬六甲時，這裡已經有華人了，不過最早來到此地尋求財富的華人並沒有帶婦女同行。有人娶了馬來女子，生下的混血子女即是所謂的峇峇娘惹[2]。後來，定居此地的人從家鄉送來年紀較長或離婚或喪偶的婦女，否則有誰願意經歷如此漫長又冒險的航程？所以說我們這裡不那麼死板，好人家的閨女甚至可以走在街上，當然還得有個年長女伴同行。總而言之，即使我爹對關乎中華文化的一切永遠感興趣，現實卻是英國人才是這裡的統治階級。他們制定法律和慣例，設立政府機關，並且開設英語學校供本地人就讀。我們聰明的年輕人個個嚮往成為英國政府底下的職員。

我很好奇不幸的林天青出了什麼事，他是否也曾憧憬能當上這樣的職員，或者以他富人之子的身分，當個小職員太自貶身價了。他父親以擁有錫礦開採特許權及咖啡園和橡膠園著名。我也想知道林家為什麼找我爹洽談，因為我和他們的公子從來沒有私下接觸。

之後連續幾天，我不斷纏著父親，要他透露更多與林家之間的談話，可他就是不肯回答，然後退避書房。我敢說他抽了比平常更多分量的鴉片。他的神態有幾分侷促不安，好似他很抱歉提了那件事。阿媽也搞得他緊張兮兮。她雖不敢公然指責他，卻故意拿雞毛撣子到處晃，衝著各種沒有生命的東西嘟嘟囔囔，發著一連串的牢騷。父親躲不過她的攻擊，最後只好拿報紙蒙住臉，假裝睡著了。

如此這般，我以為事情解決了。可是幾天之後，林家派人送來一封信。原來是林夫人邀請我到林府打麻將。

「噢，我不打麻將。」我衝口而出，根本來不及制止自己。

林家送信的僕人只笑著說不打緊，我還是可以過去看看。是的，我實在非常好奇林家大宅裡面是什麼模樣，阿媽儘管拉長了臉，還是忍不住殷殷關切我的穿著和頭髮。她向來愛管閒事，既然我幾乎是她一手帶大的，恐怕也有同樣的特質。

「好吧，你要是非去不可，起碼他們會看到你沒什麼好羞恥的！」她說著，拿出我次好的衣服。我有兩件好衣服：一件是薄薄的淡紫色絲質連身裙，衣領和袖口上繡了牽牛花，另一件是繡

2 峇峇娘惹（Peranakn）：指中國明、清兩代在今馬來西亞、印尼、新加坡等地的移民後裔。男性稱為峇峇，女性稱為娘惹。

了蝴蝶的淡綠色連身裙。兩件都是我娘的，因為我已經好一陣子沒有絲綢料子的新衣服了。大多時間我都穿寬鬆的棉料旗袍，或是衫褲——女性勞動者穿的上衣與褲子。其實等到這些連身裙磨損時，我們可能會拆下繡了花的領子和袖口，縫在另一件衣服上繼續穿。

「我們該怎麼打理你的頭髮？」阿媽問，忘了她剛才還很不贊成這次的拜訪。我的頭髮通常都紮成兩根整齊的辮子，碰到特殊情況才盤起頭髮，用髮簪插著。這些情況讓我頭疼，尤其是阿媽幫我綁頭髮的時候，說什麼也不允許一綹髮絲散落。她退後一步端詳自己的傑作，再插兩支玉蝴蝶金髮簪到頭髮裡面。那兩支髮簪也是我娘的。弄完以後，她在我脖子上戴了五條項鍊：兩條金項鍊，一條石榴石，一條淡水小珍珠，最後是一條重重的玉珮項鍊。我覺得這些東西戴在身上好沉重，不過和比較有錢的人家沒得比。除了珠寶以外，女性缺乏安全感，因此哪怕是最貧困的婦女也以金鍊子、耳環和戒指當作保險。至於富有的人……哦，我很快就能見到林夫人全身上下的盛裝打扮了。

林家大宅離市中心更遠，遠離緊鄰市中心的雞場街和荷蘭街，以前那裡的荷蘭商店統統被富有的中國商人買下。我聽說林家也買了那裡的房子，但他們主要的住所已經搬到有錢人興建新屋的格勒邦[3]。林家大宅離我家不遠，但聽說遠遠不如歐洲人的別墅區和平房區。那些宅邸確實氣派恢弘，僕從眾多，還有馬廄和大片大片的綠色草坪。林家大宅屬於中式建築，聽說建築本身即氣勢非凡。阿媽雇了人力車載我們過去，不過我覺得好浪費，明明可以自己走路去的。但她指出兩地仍有相當距離，且抵達林府時一身的臭汗和塵土，絕對沒好處。

我們出發時，午後的陽光開始減弱。路面上熱浪蒸騰，沿路掀起細細的白色灰塵。我們的人力車伕平穩地小跑步前進，汗水涔涔流下他的背。如此討生活真是辛苦，但總比在錫礦坑裡幹活好些，我聽說錫礦坑裡的死亡率幾乎是二分之一。這名人力車伕好瘦，肋骨溝凹陷下去，皮膚粗如皮革，滿是老繭的光腳好似蹄子。但這些陌生男人打量的眼光仍令我感到不安。當然，我不應該無人陪伴，獨自出門，而且出門的話，一定要打把油紙傘遮陽，遮住我的臉。我還沒來得及多想，我們已經抵達林家大宅。阿媽兇巴巴地交代車伕在外邊等候時，我凝望沉重的硬木大門，只見大門無聲無息地打開，一個同樣無聲無息的僕人走了出來。

我們經過一個庭院，兩側排列著種植九重葛的大瓷花盆。單是那些遠自中國裝船運來的瓷花盆已經小有身價，為了避免花盆破裂，還得讓它們安坐在茶葉箱子裡。青花瓷釉彩的質地晶瑩剔透，我在我爹仍保存的幾件小器物上見識過。倘若如此昂貴的瓷器就這麼擱在外頭任憑日曬雨淋，在我絕對是眼界大開——或許這才是重點。僕人前去稟報我們抵達的同時，我們在一個華麗的大廳等候。地板是黑白棋盤，寬大的柚木樓梯有精雕細琢的扶欄，周圍都是時鐘。

多麼不可思議的時鐘啊！牆壁上密密麻麻擺了幾十個時鐘，你想像得出的每一種樣式都有。大的立於地板上，小一點的擱在茶几上。有布穀鳥鐘，瓷鐘，精緻的鍍金鐘，還有一個比鵪鶉蛋大不了多少的小小時鐘。它們的鏡面發亮，黃銅裝飾閃爍生輝，我們被它們的滴答聲包圍了。在

---

3 格勒邦（Klebang）：馬六甲的沿海城鎮，位於馬六甲海峽沿岸。

這幢大宅裡，時間似乎很難不留痕跡地流逝。

我在欣賞眼前景象時，那僕人又出現了，並且帶著我們穿過更裡面的一連串房間。這座大宅就像許多中式大宅一樣，建造了一連串的庭院和連接的走廊。我們經過幾個布置得像微型山水風景的石頭花園，和幾個擺了硬邦邦古董家具的客廳之後，才聽見女人高聲談笑和麻將牌刺耳的嘩啦嘩啦聲。只見裡頭有五張麻將桌，那些衣著考究的女士已讓我覺得相形見絀。不過我的眼光直盯著首桌，僕人對一位女士喃喃說著什麼，那位女士一定就是林夫人。

乍看之下，我真的好失望。我已來到這座期待已久的大宅，以為會見到天仙似的皇后，但也許是我太天真了。沒想到她是個腰圍漸粗的中年婦人，穿著一襲美麗卻樸素的墨色長衫，表示她還在服喪。她兒子九個月前去世，她至少必須服喪一年。坐在她隔壁的女士幾乎令她黯然失色。她也穿著表示哀悼的藍色與白色，不過她時髦的娘惹衫在剪裁上凸顯黃蜂般纖細的腰身，而頭上珠寶點綴的髮夾，也使她像昆蟲似的光彩奪目。我本來以為她是大宅的女主人，但眼看她和牌桌上別的女士一樣忍不住瞥向林夫人，彷彿是在聽她指示。後來我才得知她是三姨太。

「真高興你能賞光。」林夫人說。她嗓音輕柔且出奇的年輕，很像鴿子的咕嚕咕嚕聲。在周遭七嘴八舌的談笑中，我不得不豎起耳朵傾聽。

「謝謝你，阿姨。」我應道，因為我們都這麼尊稱比自己年長的婦女。我不確定應該點頭還是鞠躬。真希望以前曾對這些細節多加留意些！

「我在你娘結婚之前就認識她了，那時我們還是小孩，」她說。「她從來沒提過？」見到我一臉訝異，林夫人微微一笑，露出她的牙齒。「你娘和我是遠親。」這事我也沒聽說過。「我早該問候你的，」林夫人說，「這是我的疏忽。」她身邊搓麻將的嘩啦聲再度響起。她朝一個僕人打手勢，他隨即拉了張大理石鋪面的凳子到她身邊。「坐吧，麗蘭。聽說你不打麻將，但也許你想看看。」

於是我坐在她身邊，在她出牌時注視她整排的麻將牌，嘴裡細細嚼著廚房源源不絕端出的甜食。他們有我愛吃的各種娘惹糕——蒸得軟軟的娘惹糕是糯米粉做的，裡面塞滿了棕櫚糖或椰絲。也有別名為「情書」的精緻捲餅「糕加必」，和用油膩的麵團壓揑成的黃梨餅。一碗一碗烤得香脆的瓜子傳來傳去，還有排成扇形的芒果和木瓜切片。家裡已經好久不曾見到這麼多種類的美食，我忍不住像個孩子似的大吃特吃起來。我從眼角瞥見不住搖頭的阿媽，不過她在這裡不好阻止我。最後阿媽進廚房幫忙，少了她不以為然的眼光，我繼續吃我的。

林夫人不時對我低聲說些什麼，可是她的聲音太小又太輕柔，我聽不大懂，只能微笑點頭，同時一逕東張西望，毫不掩飾心中的好奇。我難得有機會出入社交場合。母親在世的話，我說不定就會像這樣坐在她身邊，越過她的肩膀看著象牙麻將牌，把所有閒言閒語聽進耳裡。這些女士在交談中添油加醋，要麼狡猾地提到重要的人物和地點，要麼漠然說起令我震驚的賭債。

林夫人想必以為我很單純，或至少是涉世不深。我瞧見她銳利的鴿子眼經常細細端詳我。奇怪的是，她似乎因此放心不少。隔了許久，我才明白她為何對我笨拙的表現頗為滿意。我們周圍的女士們一邊聊天，一邊下注，洗牌時手上的玉鐲噹啷噹啷響。可惜三姨太已經坐上另一張牌桌，不然我倒想多研究她一會兒。她確實長得俊俏，不過她也是有名的難搞，這是阿媽事後從僕人的閒聊中打聽到的。我沒看見二姨太的人影，但聽說林大爺多的是懶得娶回家的小老婆，這就是有錢人的特權。幾個妻子為他生了四個女兒，卻沒有一個兒子活下來。兩個兒子嬰兒時期夭折，最後一個兒子林天青不到一年前下葬。我曾想問阿媽他是怎麼死的，可她不肯說，只說既然我絕對不想嫁給他，又何必對他感興趣。如今唯一的繼承人是林大爺的姪子。

「其實他才是合法的繼承人。」後來阿媽在我們回家途中說道。

「這是什麼意思？」

「他是林大爺長兄的兒子，林大爺是次子。哥哥過世以後，由他接管遺產，但他答應會把姪子扶養長大，讓他當繼承人。不過時間一年年過去，大家都說他也不想冷落自己的孩子。但到底有什麼好說的呢？現在他唯一的親生兒子也沒有了。」

我細想這個關係網時，不禁興奮得發抖。這是個財富與陰謀的世界，十分類似於我爹不屑一顧的鄙俗愛情故事書。阿媽當然也不喜歡，但我知道她也悄悄被迷住了。林家和我窮困的家庭如此不同。一想到我們年復一年拮据度日，總是盡可能節衣縮食，從不買任何漂亮或新的東西就無比沮喪！最糟的是，父親從不做任何事，他不再出門跟人接洽或經營他的生意。那一切他完全放棄了，只把自己關在書房裡，沒完沒了的抄寫他最愛的詩詞，或是撰寫晦澀難懂的文章。最近以來，我更覺得我們也都和他一起被關在家裡了。

「你看起來很哀傷。」林夫人的聲音打斷了我的思緒，似乎什麼也逃不過她的目光。以華人來說，她的眼睛顏色很淡，瞳孔小而圓，好像鳥的眼睛。

我臉紅了。「這座宅子比我家熱鬧多了。」

「你喜歡這裡嗎？」她問。

我點頭。

「告訴我，」她說，「你有心上人了嗎？」

「沒有。」我直盯著我的雙手。

「哦，」她說，「年輕女孩不該太過世故。」她又對我微微一笑。「親愛的，我問你這麼多問題，希望你不要覺得受到冒犯。你讓我想到你娘，也讓我想到年輕時的自己。」

我按捺住詢問她女兒的衝動。其他牌桌坐了幾位年輕女性，可是他們只匆匆介紹每個人，我根本來不及記住誰是表親，誰是朋友，或是女兒。

牌局還在繼續，但我不玩麻將，所以一段時間之後，也開始感到坐立不安。我告退去解手時，林夫人召喚一名女僕護送我。她這盤麻將正打在興頭上，我希望她能維持現狀久一點。女僕領著我穿過各種走廊，來到一扇沉重的橡果木門前。如廁之後，我把門打開一條小縫。我的帶路人仍在外頭耐心等候，但有人在走廊另一頭叫她，她快速看一眼木門，隨即走開回話去了。

我興奮地溜出來。這座大宅建造了一連串庭院，每間房也都面向庭院。我穿過一間小客廳，接著又是一間有大理石桌子的客廳，飯菜已擺了半張桌子。聽見聲音，我急忙彎入另一條走廊，來到有個小池塘的院子，池塘裡的蓮花歪著粉色的頭，豎立在綠色的莖梗中。每樣東西都帶著一股悶熱、夢幻般的寧靜。我心知必須趕在別人發現我失蹤之前回去，但我依然流連，不想離去。

我正在細看酷似噴壺嘴的蓮蓬，忽聽見微弱的銀鈴聲。也許我終究還是在時鐘房附近。我閑步走過去，往一間看似書房的內部窺看。面向院子的一扇門開著，但裡面很暗也很涼爽。因光線差異暫時看不清楚的我，撞到一個在矮桌前埋頭工作的人。那是一個年輕男子，身穿一件破舊的藍色棉衫。大小齒輪散落在桌上和地板上，有些還滾到了角落。

「對不起，小姐……」他帶著歉意抬頭一看。

「我聽到鈴聲。」我笨拙地說，同時努力幫他撿起零件。

「你喜歡時鐘？」

「我懂得不多。」

「哦，少了這個齒輪，還有這個，時鐘就完全走不動了，」他說著，撿起一枚黃銅懷錶的發亮零件，再用一把鑷子撿起兩個小齒輪擱在一起。

「你修得好嗎？」我真的不應該和一個年輕男子如此交談，哪怕他是個僕人，但他繼續埋頭幹活，我也不知不覺中自在起來。

「我不是專家，但我可以把它重新裝回去。我爺爺教我的。」

「很有用的技術，」我說。「你應該自己開店。」

他聽了疑惑地抬頭看我，然後才笑了。他笑的時候，兩道濃眉湊到一起，眼角皺了起來。我覺得兩頰漸漸發熱。

「你清理所有的時鐘嗎？」

「偶爾。我也做一點會計和跑跑腿。」他直視我。「剛才我看見你在池塘邊。」

「噢。」為了掩飾我的不安，我問：「這房間為何這麼多時鐘？」

「有人說這是老主人的一項嗜好，甚至是一種癡迷。這些全都是他收集的，非買到新的時鐘他才心安。」

「他為什麼對時鐘如此感興趣？」

「嗯，機械鐘比滴水計時的水鐘或燃燒牛脂標記時間的蠟燭更準確。這些西洋時鐘準確到可以用來配合經度航行，而不只是緯度。你知道那是什麼嗎？」

其實我知道。有一次父親跟我解釋說海圖是以橫向與縱向標記位置。「以前我們不能用經度航行嗎？」

「不能，過去重要的海上航線都是緯度，因為那是規劃航線最簡單的方法。但想像你在遙遠的海上，手上只有六分儀和羅盤。你需要知道正確的時間，如此才估算得出太陽的相對位置。這些時鐘如此美妙的原因即在於此。有了它們，葡萄牙人才能從世界的另一頭一路航行到這裡。」

「我們何不也那麼做？」我問。「我們應該在他們到馬來亞之前征服他們才對。」

「啊，馬來亞不過是個閉塞的地方，但中國本來做得到的。明朝的船長只用緯度和熟悉當地水域的領航員，就遠遠航行到非洲了。」

「對，」我熱切地說。「我讀到他們帶了一頭長頸鹿回去獻給皇帝，但他對野蠻人的土地毫無興趣。」

「現在中國日漸衰落，馬來亞只是另一個歐洲殖民地罷了。」

他的話帶著一絲憤慨，我不禁感到好奇，因為他剪了一頭短髮，既沒剃頭，也沒留個長辮子垂在背後，許多男人離開中國之後，仍然留著長長的髮辮。這就表示他若非地位很低，即是故意反抗傳統習俗。但他只笑笑地說：「不過，要跟英國人學習的地方還很多。」

本來還想問他許多別的問題，卻驚覺我已離開太久。不管他看來多麼有禮貌，與陌生人交談依然不恰當，哪怕他只是個僕人。

「我得走了。」

「等等，小姐，你認得路嗎？」

「我是從麻將聚會那邊過來的。」

「需不需要我護送你回去？」他已起身一半，我不禁注意到他的動作乾淨俐落。

「不用，不用。」愈想我的行為，我就愈覺得尷尬，也益發確定有人在找我了。我幾乎是奔出這間屋子，再衝過幾條走廊，才發現我身在大宅的另一部分。不過，算我運氣好，正當我站在那裡猶豫不決時，剛才護送我解手的女僕又出現了。

「噢，小姐，」她說。「我才走開一下，等我回來，你就不見了。」

「對不起，」我說著撫平我的衣服。「我走錯路了。」

回到麻將房時，牌局仍在繼續。我溜回座位，但林夫人似乎沒發現。從她面前堆的籌碼數量看來，她連贏了好幾盤。過了一會兒，我禮貌地向她道別，但令我驚訝的是，林夫人竟然起身要送我。

回到前門口的途中，我們經過一名準備在院子焚燒祭品的僕人身邊。這些用鐵絲和顏色鮮豔的紙張紮成的各種縮小版物品，都是燒給亡者在陰間享用的：給亡者騎乘的紙馬，氣派的紙紮洋樓，僕人，食物，一疊疊厚厚的紙錢，馬車，甚至是紙紮的家具。現在看見這些東西擺出來有點不尋常，因為通常只有在葬禮和亡者的節日——清明節——時才會準備。不過信仰虔誠的人為了讓祖先不虞匱乏，隨時都可以焚燒祭品，如果沒有供奉這些東西，死後在陰間就成了窮光蛋，倘若沒有後代或像樣的葬禮，他們將變成四處流浪的餓鬼，永世無法超生。唯有到了清明節，人們為了避開惡鬼，才會祭拜這些不幸的孤魂野鬼，讓他們享用一點食物。我向來覺得這個想法很可怕，儘管紙紮品顏色鮮豔，紙紮小人和小動物做工精細，我總是對它們望而卻步。

我們走路時，我偷偷觀察林夫人。明亮的庭院使得她眼睛底下的陰影和鬆弛的兩頰無所遁形。她顯得疲憊不堪，但從她的姿態上卻又看不出來。

「令尊好嗎？」她說。

「他很好，謝謝問候。」

「他有沒有為你做任何打算？」

我低下頭。「沒聽說過。」

「但你也到適婚年齡了，像你這樣的女孩子想必提親的人很多。」

「沒有，阿姨。父親一直過著退隱的生活。」而且我們不再富有了，我在心裡說著。

她嘆了口氣。「我想請你幫一個忙。」我的耳朵豎了起來，但那要求卻出奇的無害。「你能不能把你頭上綁的那條髮帶給我？我想用它搭配我訂做的一件長袖娘惹衫。」

「當然可以。」我鬆開了髮帶。它毫不特別，只是普通的粉紅色，但我怎能反駁她？我算老幾？她抓著它的手在顫抖。

「阿姨，你還好吧？」我大膽問她。

「最近睡得不好，」她用羽毛般輕柔的聲音說道。「但我想很快就會沒事了。」

一坐進人力車，阿媽就開始責罵我。「你怎麼可以那副德性啊？大吃特吃又瞎逛一通。真不曉得你哪個比較大，你的眼睛還是你的嘴！他們八成以為你是個傻瓜。你幹麼不迷住她，講幾個聰明的故事給她聽，拍她馬屁？嘖，你表現得像個村姑似的，一點不像潘家的千金！」

「你從來就沒說我迷人啊！」我說，被她的話刺痛了，不過我暗暗鬆了口氣，好在我四處蹓躂時，她一直在廚房裡幫忙。

「迷人？你當然很迷人啊。你是我們那條街上最早會剪紙蝴蝶和背詩詞的小孩。我沒告訴你是因為不希望把你慣壞了。」

這是典型的阿媽邏輯，但她滿腦子都是在林家廚房聽來的閒話，所以很容易分心，尤其是當我告訴她林夫人向我討了一條髮帶的時候。「嗯，討髮帶挺奇怪的。她好幾個月沒做新衣服了，也許等服喪期一滿，他們就要給姪兒安排婚事吧。」

「他還沒結婚？」

「連訂親也沒有。他們說林大爺早該替他找個好對象，可他一直在拖，因為他想先為兒子談個更好的婚事。」

「多不公平哪。」

「哎呀，這個世界就是這樣啊！現在兒子死了，他們又為了當初沒那麼做覺得過意不去，可能也想盡快再找個繼承人吧。要是姪兒死了，就沒有一個人可以繼承了。」

我對這個故事有點興趣，但我的思緒又晃回到當天下午。「阿媽，林家是誰在照顧時鐘？」

「時鐘？我猜是個僕人吧。你幹麼想知道？」

「我只是好奇。」

「你知道嗎，僕人們說林夫人對你很感興趣，」她說。「最近她問了很多關於你和我們家的事。」

「會不會跟冥婚有關？」為了某種原因，那一堆祭品浮現腦海，令我不寒而慄。

「這事沒有人知道！」阿媽氣憤不已。「那是你跟你爹的私下談話，也許他根本就誤會了。畢竟他吸了那麼多鴉片！」

就算那天父親吸再多鴉片，我想他也不至於因此搞不清楚狀況，但我只說：「林夫人也一直在問我問題。」

「哪種問題？」

「我有沒有心上人，我有沒有訂親。」

阿媽高興得就像抓到一隻蜥蜴的貓。「太好了！林家那麼有錢，也許教養好比家財萬貫更重要吧。」

我盡可能明白告訴她，林家似乎不太可能為了我而白白放棄娶個有錢媳婦的機會，再說那也無法解釋我在林夫人身邊為何感覺渾身不自在，但阿媽卻開心地作著她的美夢。

「我們應該多帶你出去炫耀炫耀才對。人家要是知道林家對你感興趣，說不定就有更多人向你提親。」阿媽在某些方面精明得很，她應該可以當個很棒的商人。

「我們明天就去買些布料給你做新衣裳。」

第三章

當天晚上，我覺得疲倦且過於興奮，早早就上床睡了。天氣很熱，我使勁拉扯百葉木窗。阿媽不喜歡我夜裡把窗子開得太大，好像是說夜裡的空氣會影響身體健康，但不是季風季節時，實在悶死了。

吹熄油燈後，月光慢慢變得愈來愈亮，直到整個房間充滿了蒼白的冷光。中國人認為月亮為陰，是女性的陰柔，充滿負能量，相對於太陽為陽，象徵男子氣概。我喜歡月亮，喜歡它柔和的銀色光輝。月亮既難以捉摸，又詭計多端，所以滾到房間縫隙裡的失物很少找得到，就著月光讀的書也似乎訴說著各種稀奇古怪的故事，到了第二天早上，卻統統不見了。阿媽說我絕對不可以在月光下做針線活，怕毀了我的視力，危害我覓得良緣的機會。

我要是結婚，我不會介意丈夫就像那天遇到的年輕人。我一再重溫我們簡短的對話，想著他的聲音，他話語中機敏的自信。我喜歡他對我說話時認真的態度，不像父親少數幾個朋友的高傲和冷漠。想到他可能與我興趣相投，甚至懂得我關心的事，激起我胸中一陣奇特的顫動。假如我是個男人，見到一個令我心儀的侍女，如果她簽了賣身契，那就沒有人可以阻止我買下她。每天都有男人這麼做，對女性來說要困難得多。我聽過一些不守婦道的小妾慘遭勒死，或被削去耳朵、鼻子，淪落在街頭乞討的故事。我不認得任何有此慘痛遭遇的人，但我無法跟這個年輕人見面，或更糟的是，愛上他。哪怕是像我爹那般馬虎的人，也不可能允許我和僕人結婚。

我嘆了口氣。我幾乎不認識他，一切都是盼望與臆測。但如果我真的結婚了，我丈夫之於我也可能是個陌生人。對於所有家世不錯的女孩子來說，倒不盡然如此。有的家庭早已訂親，有的家庭經常請客，年輕人可以見面甚至戀愛。我們家可沒有。父親深居簡出，那就意味著他不會出門找有兒子的朋友，也沒有為我安排婚事。我這才第一次完全明白阿媽為何在這上面生他的氣。我困在敬愛父親和看清他的疏忽之間實在痛苦。我婚姻無望，下半生註定得當個老處女。沒有丈夫的我將陷入更深的貧困，甚至失去身為人母的安慰與尊重。懷著這些心灰意冷的想法，我把臉埋在薄薄的棉枕裡哭著睡著了。

當天夜裡，我作了個奇怪的夢。我在安靜無聲的林家大宅內到處閒蕩，當時是光線明亮的中午，可是不見陽光，眼前只有白茫茫的霧氣。屋子有些部分也像霧氣一樣，似乎在我走過之後便消失了，背後的路於是蒙上一層白色的薄膜。我也像白天時那樣，穿過布置巧妙的庭院、昏暗的走廊和響著回音的接待室，可是這次聽不到遠處的人聲呢喃，也聽不到僕人來回走動。不久，我忽然覺得自己並非一個人。有人跟著我，從門後面或隔著樓上的欄杆看我。我開始加快腳步，轉過一個又一個通道，直到最後每個通道都變得嚇人的一模一樣。

終於，我走進一個有蓮花池的庭院，很像白天我去過的那個院子，但這裡的花帶有一股人造的味道，就像許多炷香被人插在泥裡似的。我站在那裡納悶該怎麼辦時，有人悄悄來到我身邊。我一轉身，就看見一個陌生的年輕男子。他身穿華麗的老派正式長袍，長度蓋到了腳踝，短而粗的腳上套著黑色尖頭布鞋。他的衣服染成陰慘的色調，但他的臉非常模糊，胖嘟嘟的，下巴很短，還有一些痘疤。他凝望著我，一臉殷勤的微笑。

「麗蘭！」他說。「我多麼盼望再見到你！」

「你是誰？」我問。

「你不記得我了嗎？很久以前了，但我記得你。我怎麼忘得了？」他動作誇張地說。「你美麗的蛾眉，你芙蓉花瓣般的嘴唇。」

他說得眉開眼笑，我卻覺得一陣噁心。「我想回家。」

「噢不要，麗蘭，」他說。「求求你，坐一下。你不曉得這一刻我等了多久。」

他打個手勢，一張擺滿各色各樣食物的桌子出現了。有水煮雞肉，瓜果，糖椰子，各種想像得到的糕點。它們全都跟他的衣服一樣，染了濃烈且令人胃口盡失的顏色。柳橙好像抹了油漆，一大盤香蘭蛋糕活像是海面在颱風來襲之前的病態色調。這桌堆積僵硬得有如金字塔的美食，就像殯葬祭品似的讓人感覺很不舒服。他催促我喝杯茶。

「我不渴。」我說。

「我知道你很害羞，」這個令人惱火的傢伙說，「我就給自己倒一杯吧。看見沒有？不是很好喝嗎？」他喝得一副非常享受的模樣。

「我親愛的麗蘭，你不曉得我是誰嗎？我是林天青！」他說。「林家的繼承人。我是來追求你的。」

愈來愈難受的噁心感使我頭暈目眩起來。

「你不是死了嗎？」

話一出口，眼前的世界猶如起皺般萎縮，顏色轉為柔和，椅子的輪廓變得模糊。接著就像突然拉斷的乳膠線，一切又恢復原貌。白光閃耀，桌上的食物光亮無比。林天青彷彿痛苦似地閉上眼睛。

「親愛的，」他說，「我知道你對這一切感到震驚，我們就別老想著它了。」

我固執地搖了搖頭。

「我知道你嬌生慣養，」他說。「我不想惹你苦惱。改天我們再試試看好了。」

他漸漸消失時設法擠出笑容。我使出全部的意志力逼自己醒來，有如奮力走出紅樹林溼地，但色彩漸漸消失，我終於氣喘吁吁地發覺月光灑在我的枕頭上，按壓額頭的雙手麻麻的。

之後我徹夜難眠，渾身汗溼，心跳加速。我真正想做的，就是穿過走廊，然後跟小孩一樣爬上阿媽的床。我小時候就睡在阿媽身邊，她頭疼時擦在太陽穴上刺鼻的白花油味兒最能安慰我。但我現在過去的話，阿媽一定擔心，不僅會罵我一頓，也會逼我服下各種成藥。然而孤單的我實在怕得好想去打擾她，直到想起她是個迷信到無可救藥的女人，說起林天青會令她心煩好幾天，才作罷。將近黎明時分，我總算心神不寧地睡著了。

本來打算把這個夢告訴阿媽，但我的恐懼來到光天化日之下，似乎又沒那麼嚴重了。我告訴自己，一定是因為老想著林家的關係，或者是吃了太多豐盛的食物。我也不想向阿媽承認自己上床前一直想著終生大事，和修理時鐘那個年輕人的不期而遇也讓我有罪惡感。

次日晚上，我驚恐不安地上床，好在沒有作夢，所以在幾夜的平靜之後，我就把這事給忘了。無論如何，我的心思多半放在另一個人身上。不管我怎麼努力，我和清理時鐘的年輕人之間的談話總是浮上心頭。我想著他似乎多麼見多識廣，想著這樣的人竟是僕人多麼可惜。好想知道以我的雙手梳理他的短髮是什麼感覺。得空的時候，我便拿我娘以前用的小漆鏡細細研究我臉上的稜角。成長過程中，我爹從不注意我的容貌，他比較感興趣的是我對繪畫的看法，和我的書法是否寫得鮮活有力。他偶爾提到我長得酷似我娘，但這番觀察似乎帶給他的痛苦多於歡樂，之後他更是退縮。阿媽對我則是挑剔多於讚美，但我知道她甘願為了我讓牛車輾過自己。

「阿媽，」幾天後我問她。「我娘跟林夫人有什麼親戚關係？」

我們買了做新衣裳的布料，正在走路回家的途中。不知怎的，阿媽還是擠出了買布的錢。為了這個不必要的花費，我尷尬得不敢問她究竟從哪裡挪出自己辛苦攢下的老本。所有阿媽都省下一部分工資作為退休之用。有時她們這種特殊階級的僕人，也因身上穿的白色中式上衣及黑色棉褲被稱為「黑與白」。有的是拒絕結婚的單身婦女，有的是沒有子女也沒有其他謀生技能的寡婦。她們成為阿媽時便剪短了頭髮，加入一個特別的阿媽團體，繳交規費，把錢存進裡面，在一輩子服侍別人之後，她們的回報是在會所裡吃穿無虞，度過餘生。對於沒有家庭和孩子的婦女來說，這是年老後照顧自己的少數選擇之一。

我懷疑阿媽為了我一直都在吃她的老本。我覺得自己實在可恥。如果我們家真的沒錢了，她就應該另找工作，或乾脆退休。她已經夠老的了。我若是嫁得好，她或可跟我一起嫁過去，當我的貼身女僕，就像當年母親出嫁時跟著嫁過來一樣。這會兒我一瞥她快步走在我身邊的嬌小身軀，不由得湧起一股愛憐。儘管有時她令人氣急敗壞的指責，往往讓我好想擺脫她的控制，但她總是對我忠心耿耿。

「我相信你娘跟林夫人是遠房表姊妹。」她說。

「可是林夫人說得好像她認識母親。」

「也許吧，但我想她們並不親密，不然我會記得，」她說。「林夫人是翁家的千金。他們是靠為英國人修馬路發的財。」

「她說她們小時候是玩伴。」

「是嗎？也許一起玩過兩、三次，不過她肯定不是你娘的要好朋友。」

「那她何必這麼說？」

「誰曉得有錢的太太都在想些什麼?」阿媽忽然笑笑,臉皮皺得像烏龜。「但我相信她絕對有她的理由。僕人都說這家人還算不錯,當然,他們還在為兒子服喪。他去年的過世對他們是很大的損失。」

「她有沒有別的孩子?」

「另外兩個兒子還是小奶娃時就死了,不過二姨太和三姨太都生了女兒。」

「我看見三姨太,但沒看到二姨太。」

「兩年前得瘧疾死了。」瘧疾是馬來亞的禍害,會使人們的血管不斷發燒。馬來人靠著焚燒的煙霧防止感染疾病,印度教徒用茉莉花和萬壽菊做成的花環獻給他們的眾多神明,乞求得到保護。但英國人說病是蚊子傳染的。說到蟲子,就讓我想起三姨太閃閃發亮的寶石髮簪。

「三姨太看來很難搞。」我說。

「那個女人!當初林大爺娶她時,她只是個無名小卒,沒有人知道她打哪裡來的。一個老遠的南方小鎮吧,柔佛(Johore),甚至是新加坡。」

「幾個太太處得好嗎?」

有錢人才養得起三妻四妾,但這個習俗漸漸變得不太常見。英國人對此習俗頗不以為然。我聽說反對最厲害的是女性。她們當然反對自己的男人跟本地人一樣迎娶姨太太。我一點都不怪她們,我也痛恨當二姨太,或三姨太,或四姨太。果真那樣的話,我寧可逃婚,或發誓當一輩子阿媽。

「如你所料。再說她們總是爭先恐後，想看看誰生得出繼承人。林夫人很幸運，她似乎是唯一生得出兒子的。」

「她那個兒子林天青為人如何？」天氣雖熱，一想起我的夢，我仍忍不住怕得發抖。阿媽通常避免談論他，可我想看看今天能不能套出一點消息。

「聽說是慣壞了。」

「我也這麼想。」我不假思索便脫口而出，好在她沒注意。

「聽說他不如那個姪子能幹。哎呀，討論他沒啥用，還是別說死人壞話的好。」

第四章

幾天後，我又接到林家的邀請，證明阿媽預先準備新衣裳是正確的。這回我爹也一併受邀。為了即將到來的七夕節，林家將籌辦一場專為家人和朋友表演的音樂會。那時可供家世良好的婦女去的公共娛樂場所不多，才會不時在家裡舉行音樂晚會。阿媽經常跟我說起過去我們家裡如何空出最大的庭院，我爺爺又如何雇人搭起一座臨時舞臺。不用說，近年來這種盛大場面已不復存在，因此我對這次邀請興奮極了。父親也同意赴會。林大爺和他偶有生意上的接觸，兩人的關係儘管有一搭沒一搭，但仍算友好。說真的，我不太確定我爹跟誰還有往來，有時他實在令我吃驚。

七月的第七天是慶祝天上一對戀人——牛郎和織女——的節日。小時候，阿媽講這個故事給我聽。很久很久以前，有個牛郎一無所有，只有一頭老牛同他作伴。一天，那頭牛突然開口說話了，告訴他只要躲在池塘旁邊等天上的織女下凡，或許就能娶到一位妻子。趁她們沐浴之時，牛郎偷偷藏起一套衣服，等一名織女留下來尋找她的衣服時，他上前搭訕，求她當他的妻子。最後，那頭神奇的老牛死了。故事說到這裡，我總是連珠砲似地發問。阿媽毫不理會我的質疑，只繼續講她老掉牙的故事。她講故事像個老學究，同樣的故事一講再講，每次的用詞也一模一樣。

神奇的老牛死去時，告訴牛郎要留著牠的牛皮以備不時之需。沒多久，天后氣憤她最出色的一名織女嫁了凡人，遂下令將她帶回天庭。絕望的牛郎坐在神奇牛皮上跟在妻子後面，並且將他們的兩個孩子放在籃子裡用扁擔挑著一起走。為防萬一他趕上，天后拿一根髮夾在兩人之間的天上畫了一條河，即是銀河。不過每年當中有一天，地上的喜鵲因為同情這對戀人而搭起一座鵲橋，讓他們過橋相會。這就是人們對七月七日牛郎星和織女星的奇想。

阿媽告訴我這個故事時，我不懂為什麼人們竟把如此悲傷的遭遇當作戀人的節日。沒有幸福的結局，只有在銀河兩端無止境的等待，這麼沒完沒了地過下去似乎滿淒慘的。不過我對那頭牛最感興趣。牠怎麼知道織女要來？牠怎麼會說話？最重要的是，為什麼牠非死不可？阿媽從來說不出一個讓我滿意的答案。「傻ㄚ頭，故事的重點是這對戀人。」她說。的確，這個節日尤其適合年輕姑娘以參加月光下穿針比賽、花瓣水洗臉和唱歌的方式讚頌女紅。但七夕節另一種慶祝方式是曬書，因此我從來沒機會參加這類少女活動。

人們認為七月七日也是適合將舊書及卷軸拿到室外通風的日子，由於我爹有大量的收藏，曬書才是我們家七夕節的主要活動。將桌子搬到院子裡，他的藏書在陽光下攤開，必須不斷翻頁，確保晾曬均勻，還得時時留神盯著，以免墨水褪色。我還記得書頁那光滑、溫熱的手感，和因著陽光更增濃豔的墨色。我們這裡氣候溼熱，環境不利於藏書。我好幾次發現蠹蟲或蛀書蟲已開始吃紙，於是循著蟲咬的洞去除害蟲。所以我怎麼也無法把七夕節的記憶和紙張的霉味分開。不過今年會不一樣，我想林家的慶祝方式將盛大得多。

表演節目是在下午，然後是晚餐。我花了一上午擺出幾件我僅有的像樣首飾，阿媽用一把沉重的木炭熨斗將我的新衣裳熨得妥貼又清爽。我很少穿娘惹衫，但希望以後能常常穿，因為我穿起來好看極了。上身是純白棉料的束腰襯衫，正面及邊緣都有挖花刺繡裝飾。襯衫的正面用三支花朵形狀的金色胸針繫緊，再用細細的金鍊子一支支連在一起，長及腳踝的紗籠是以細緻的蠟染布料裁製，有捲曲的綠葉、粉紅及黃花圖案。沐浴著衣之後，阿媽幫我盤起頭髮，我差點不認得自己了。但我凝望鏡中的自己時，覺得彷彿有人在房間角落盯著我瞧。迅速一瞥，又沒發現任何異常，然而我分明看見鏡子裡有個人站在大衣櫃附近。我不安地繼續望著鏡中深處，這時阿媽剛好走進房間，發現我一臉憂愁。

「幹麼滿臉不高興？臉拉那麼長，沒有人會娶你的！」

雖然在那之後我對裝扮漂亮再也高興不起來，我還是不忍心告訴阿媽我在鏡子裡看見一個人，只好對她擠出一絲笑容。

在林家大宅的入口大廳，我才第一次見到宅邸的主人。林德強個子很矮，而且身形有點肥胖，但他令人印象深刻。他熱烈招呼我爹，也興趣盎然地打量我。

「原來這位就是令嬡！」他說。「你都把她藏到哪裡啦？」

我爹笑著低聲含糊說了什麼，然後神態自若地朝四周一瞥，我才明白以前我娘在世時，他想必來過這裡好幾次了。

但我沒太多時間觀察，就跟其他女客一起被請去用點心。按伊斯蘭教的規定，上層階級的馬來婦女必須待在深閨，除了直系親屬，不許別的男人看見沒戴面紗的女性。本地華人雖不遵循如此嚴格的兩性隔離作法，但也不鼓勵年輕男女之間太過親密。

屋裡擠滿了人。跑來跑去、興奮不已的孩子們，使我回想起自己和幾個表兄弟姊妹在我家院子裡來回追逐的童年，但他們早已隨兩位姑姑和姑丈一起搬到檳城。我只接到他們幾封零星的來信，尤其是其中三位已經結婚了。端著盤子的僕人來去匆匆。我四下張望，想看有沒有我認識的，但沒見到我在找的那個人。主要的大院已搭起一個舞臺。「聽說今天有位京戲名伶將要做一場私人表演。」一位年輕的已婚女士告訴我。她的臉龐有如餃子，但面容和藹可親。之前有人向我介紹過她，但我不記得她的名字。

「你是潘麗蘭，對不對？」她說。「我是燕紅，林家的長女。」我結結巴巴地道歉忘了她的名字時，她微微一笑。「我已經結婚，現在不住在這裡了，不過偶爾我會回來幫忙，帶孫輩回來炫耀一下。」

「你有幾個孩子？」我問。

「三個，」她說著揉揉她的下腰。「最大的已經七歲了，兩個小的還不太會走路。」

就在那當兒，林夫人走過我們面前。「表演還要一會兒才開始，」她說。「你們何不吃點點心？」儘管她在蒼白的臉頰上抹了一點胭脂，我看她依然病懨懨的。

「令堂還好嗎？」我問燕紅。

燕紅笑了。「她不是我親娘，我親娘是二姨太。」

「我很不習慣人這麼多的家庭。」

「令尊只有一位妻子？」她問。

「是，他一直沒有再娶。」

「你很幸運。」

我想有一、兩個繼母會很奇怪，但燕紅並不認識我爹，也不知道天花之神幾乎奪走他的一切。「自從我娘過世以後，我爹就過著了無生趣的日子，」我說。「我們從來沒有像這樣邀請這麼多人來家裡玩。」

燕紅扮了個鬼臉。「場面很盛大，不是嗎？但我從來不想當姨太太。我丈夫若想再娶的話，我就離開他。」

「是嗎？」我暗暗納悶她為何如此有自信。不過她出身於有財有勢的家庭，想必讓她在婆家具有一定的影響力吧。

「啊，我嚇到你了。婚姻沒那麼糟，我丈夫是個好人。如果你相信我說的話，我瘋狂愛著他。」她笑道。「家人因為他窮，不希望我嫁給他，但我知道他很聰明。他拿到宗親會的獎學金後，就到香港和我堂弟一起深造。」

我以充滿興趣的眼光注視她。我知道有些富庶人家的子弟渡海赴香港甚至英國讀書，回來之後當醫生或律師。假如我是男孩的話，也會想這麼做，我也這麼告訴她了。

「喔，我不清楚，」她說。「因為颱風的關係，海上航行很危險。到了那裡之後，生活上可能很艱難吧。」她看來好像還有話想說，卻又抿起了嘴唇。我聽說英國統治之下的香港仍然動盪，因此很好奇她是什麼意思，但她只說她丈夫在倫敦傳道會成立的新香港醫學院念書。

「來吧，」燕紅說。「我們去找點東西吃。」

我們慢慢走向一間大型內室，裡面傳出樂師彈奏的樂音。我被音樂迷住了。二胡是中國樂器，一種用馬毛琴弓拉的二弦琴，鋼製的琴弦，蟒蛇皮覆蓋的琴筒。二胡琴音有種令人難以忘懷的特質，猶如人的歌聲。這裡的小樂團彈奏的是民謠，曲調傳統而活潑。

「你喜歡二胡？」燕紅問。

「是，我很喜歡。」有位盲樂師以前常在我家附近的街上拉二胡，對我來說，那憂鬱的琴音即代表黃昏和思念。今天的兩位演出人是二胡樂師，一位敲打揚琴的樂師為他們伴奏。令我吃驚的是，其中一位二胡樂師即是那個修理時鐘的年輕人。他坐在一張矮凳上，胸前握著一把胡琴，手指飛快地按著琴弦，另一隻手臂使勁揮舞琴弓。雖然他身穿不鬆不緊的棉布長袍，我仍看得出他俯向樂器的寬闊肩膀，和漸漸下縮至臀部的蜂腰。我一定是怔怔盯了好一會兒，才發覺燕紅問了我一個問題。

「對不起，」我說。「我在聽音樂。」

她一臉好笑的神情。「是聽呢？還是看？」

我臉紅了。「你不覺得他們拉得真好聽？」

「以業餘樂師來說是的。我爹喜歡聽音樂，也鼓勵家人演奏樂器。」

「他們是誰？」

「年紀較大的二胡樂手是我三叔，敲揚琴的是他兒子。另一個樂手是我堂弟。」

堂弟！我趕緊低頭掩飾心中的困惑，心臟如擊鼓般狂跳，但我仍聽見熱血衝上耳際。我尷尬地選了一塊大又黏的紅龜粿，和一個塞滿黃豆沙的紅色蒸糕一口咬下。等我再度抬起頭來，他已站在燕紅身旁。

「麗蘭，這位是我堂弟天白。」

我們沒有像英國人一樣握手，然而在他的凝神注視之下，我覺得血脈為之震顫。

「除了清理時鐘，我也會彈奏一點樂器。」他說。

燕紅好玩地瞅著他。「你在說什麼呀？」她轉向我說，「麗蘭是潘家的千金。」

我奮力想嚥下我的粿，但它實在太黏，緊緊黏著我的喉嚨。

「你沒事吧？」他問。

「我很好。」我盡可能莊重地說。

「我給你端水過來。」燕紅說著去追一個經過的僕人。

他的眼角有點起皺，簡直就跟剛剛洗過的床單一模一樣。「我好不容易才查出你是誰，」他說。「那天你就那麼跑掉了。」

「那天我離開太久。」難堪的我不敢承認自己以為他是僕人，但可怕的是，我覺得他還是知道了。

「你不喜歡打麻將？」

「我從來學不會打麻將，總覺得浪費時間。」

「的確。你不曉得這些女人可能賭輸多少錢。」

「你寧願她們怎麼打發時間？」

「不知道，看書，看地圖，或看時鐘？」

我幾乎不敢直視他的眼睛，但我卻有如撲火的飛蛾般受到他目光的吸引。擺出一副腦袋空空的傻相是不行的。一個曾經漂洋過海的男人肯定覺得閒聊很無趣吧。但他看來並不無聊，還問我讀過什麼書，問我為何懂得海圖。

「世界地圖幾乎完整畫出來了，」他說。「只差幾個地方還不為人知：非洲大陸的深處和南北極，但廣袤陸塊的地圖都已經畫出來了。」

「你聽起來更像個探險家，而非一個醫生。」

他哈哈笑了。「是燕紅告訴你的吧？恐怕我不像堂姊夫，我一直沒有讀完我的醫學學位。我還沒來得及讀完，就被叔叔叫回來了。但你說的對，我寧可當探險家。」

「你的想法很不像華人。」

過去華人就避免海上航行，不屑和野蠻人接觸，只對自家的事物感興趣。就連我們海外的華人，也受到中國是宇宙中心的教導。英國人十分驚訝中國的消息竟如此迅速就抵達我們這個遙遠的殖民地。快船上有宗親會的信差可以定期交換消息，比在廣東和北京埋伏的密探和殖民地的英國人消息更靈通。

「也許是我不夠孝順吧，」他微笑著說。「經常有人抱怨這一點。」

「抱怨什麼？」燕紅再度出現時為我端來一杯水。

「抱怨我不聽話。」他說。

她蹙起眉頭，假裝惱怒的模樣。「你和潘小姐聊太久了。表演已經開始，父親正在找你。快點過去，不然他永遠也排不好位子。」

多麼希望我能記得更多這次京劇表演的過程。人家跟我說表演得相當精采。一個著名的劇團來到這裡，受邀做一次私人表演。他們演出京劇中幾幕牛郎織女的戲碼，但我幾乎沒在看。我坐在一群婦女中間，好想偷偷瞄天白一眼。我看到他的叔叔林德強與幾個看來重要的紳士坐在前面，但他沒跟他們坐在一起。最後我終於瞧見他在後面為遲來的賓客安排座位，怪不得大家認為他在家裡挺有用的。

自從去年林大爺的兒子林天青過世以來，他的人生改變了嗎？

想到死去的人令我倍感壓力，彷彿肺裡的空氣凝結似的。我爹對鬼魂和夢不屑一顧，他常常引用孔夫子的話說最好別信鬼神，而應關注我們生活其中的世界。儘管如此，一想到林天青，就像給這一切蓋上棺蓋。我幾乎看不見演員在我眼前跳躍和擺身段，看不見他們精緻複雜的臉妝，和滿是刺繡、羽毛顫動的戲服。等我再度抬起頭來，忽然瞥見天白在大院對面注視我，表情令人費解。

表演之後是品質一流的晚餐，就連米飯也是今年才收割的新米，吃起來充滿嚼勁也很滑嫩。我們家只買較乾燥的舊米，因為舊米比等重的新米煮得出更多米飯。只要能夠吃到白米飯，我就心滿意足了，但還有其他許多美食可供選擇。有清蒸鯧魚，那銀色的魚身淋著醬油和紅蔥油；有炸鴿子；有灑了芝麻的細嫩海蜇皮絲；我好高興看到我最愛吃的青菜沙拉（kerabu），一盤用紅蔥、辣椒和椰奶小蝦乾調味的嫩蕨葉。

吃完晚餐，大院裡有為年輕姑娘準備的遊戲。大宅的幾位千金和她們數不清的堂表姊妹們一起展示她們精緻的針線活，她們漂亮的膚色也受到讚賞。我害臊地站在一邊。沒有人告訴我這件事，所以我沒帶東西來給人欣賞，何況我的針線活非常蹩腳，如今頂多只能縫縫補補罷了。反正人這麼多，相信一定沒有人會在意我參不參加，但很快就聽見燕紅在喊我。

「快呀，麗蘭！參加穿針比賽！」

油燈吹熄之後，月亮的銀色光芒滲入大院，人人都沐浴在蒼白的月光下。一張桌子已經擺好，桌上配置幾個針線包，未婚的姑娘們比賽看誰能最快把每根針穿好線。我就座時被隔壁一個大骨架、有張馬臉的漂亮女孩撞了一下。她冷冷瞟我一眼，眼光輕蔑地掃過我。

「準備好了嗎？」燕紅喊道。「姑娘們，開始！」

我面前有五根從粗到極細的針，我很快地穿好頭三根針，最後兩根比較難穿。大家不是嘆氣就是嬌嗔。在忽明忽暗的月光下，我愈是細瞇眼睛，愈是看不清楚，所以我就用指尖去摸針眼，好像我摸著父親手稿裡蟲子爬過的路徑那樣。線就這麼穿過去了，我興奮地揮手。「我穿好了！」

其他女孩紛紛向我道賀，我身旁的馬臉姑娘嘆了口氣，聳聳肩膀。真納悶我是哪裡得罪她了，但很快又興奮得忘了。還有別的遊戲可玩，如裝飾燈籠和唱歌，到了晚上，我已想不起最近何曾玩得這麼盡興。我們離開林家大宅時，父親朝我歡快的臉投以一瞥。

「玩得高興吧？」他說。

「是的，父親，真的玩得開心極了。」

他悲傷地笑了笑。「我忘記你一會兒就長大了。在我心目中，你還是個小女孩。我早該在你那些表兄弟姊妹搬到檳城以後，多安排你參加一些聚會的。」

我不喜歡看見陰影又掠過他臉上。今晚他似乎滿開心的，好像也很喜歡這場表演。我曾無意間聽到阿媽跟廚子說我娘過世時，我爹有一部分也跟著死了。顯然她這話說得有點誇張，但當時年幼的我聽了可是字字當真。難怪他的心思不時漂離，彷彿將他泊在當下的細繩日漸磨損。我年紀較小時，每當他一臉困擾的樣子，我就有罪惡感。當然，有兒子的話會好些——大家都這麼說。但我懷疑就算我是男孩，也不足以安慰他失去我娘的傷痛。

第五章

想起我的父母，使我在睡前情緒低落。阿媽總是說我臉色蒼白又憔悴，都是因為想得太多。接著她馬上又可以指責我跑去曬太陽，曬黑了皮膚。她能同時欣然接受兩件相互牴觸的事，卻似乎從不覺得困擾。有時我真希望我也有那種漫不經心的自信。父親曾不帶偏見地談起他的觀察，他說阿媽的各種想法之所以相安無事，是因為她學著一切遵循習俗，習俗既是她的束縛，也是慰藉。我覺得這話聽來有點刺耳。阿媽確實會想事情——只是想的事情跟父親不同。她的心思在實際和迷信之間彈跳。不知怎的，我有辦法存在於阿媽和父親的世界之間，但我究竟是怎麼想呢？這些想法在我腦海中漂浮，直到我墜入不安的沉睡。

我置身於滿是桃樹的果園裡。葉子綠得令人目眩，枝頭上掛著粉色和白色的桃子，像雪花石膏般閃閃發亮。相似的桃樹看來單調，彷彿是從一幅畫上臨摹出來的。馬來亞沒有桃樹，這點倒不令人訝異，但我見過來自中國畫卷上的桃樹。懷著愈來愈害怕的心情，我注視綿延至四面八方的桃樹，不管打哪個方向望過去都一個模樣。樹後方傳出忽大忽小的京戲唱詞，跟那天晚上林家大宅的演員唱的是同一個段子。嗓音小且沙啞，彷彿隔了老遠，既沒深度，也沒活力。樂音宣布他到來之際，林天青從樹間現身了，手裡撒著桃花。

「麗蘭，親愛的！」他說。「我可以把這支花獻給你嗎？」

他伸手遞出一根樹枝給我，但我突然有窒息的感覺，好像空氣凝結了。

「什麼？一句招呼也沒有？」他問道。「你不知道我多麼迫不及待地想再見到你，畢竟七夕節是戀人的節日。」

雖然很不情願，我卻發現自己和他一起走在樹下。他用一種迥異於常人的奇怪步子在我身邊飄，我靠著無比的意志力，才勉強停下腳步。

「你怎麼會認識我？」我問。

「我去年在端午節見過你，你在碼頭上把粽子丟到水裡。你看來好優雅，好端秀！」

驚疑之餘，我想起去年我的確和父親一起慶祝端午，那是紀念一名自盡詩人的節日。悲痛的百姓為了不讓魚吃掉他的屍體，便把粽子丟進江裡。

林天青繼續說：「噢，親愛的，別皺眉頭了，平白糟蹋你漂亮的臉蛋。真的，我對你印象非常深刻。當然啦，漂亮姑娘我見過不少，」他傻笑道。「但你有種不同的特質，如此文雅細緻，想必遺傳自令尊，聽說他在染上天花之前長相非常瀟灑。」

他把我的沉默當作默認，於是繼續他怪異的調情。「我問每個人你是誰，他們說你是潘家的女兒。要不是我不幸枉死，」——說到這裡，他露出恰如其分的憂鬱神色——「我早就追求你了。但不要絕望，如今我們多的是時間可以彌補。」

我猛搖頭。

「麗蘭，我不會花言巧語，」他說。「你可願意當我的新娘？」

「不要！」我費了全副力氣才說出這兩個字。

他一臉受傷的樣子。「好了，好了，」他說。「別急著拒絕。我知道我應該透過令尊跟你接近。其實我已請我娘為我這麼做了，請她向你討一樣身上的穿戴之物，所以我們才能像這樣見面。」

我的心思飛到林夫人向我討的髮帶上。我覺得窒息，喉嚨乾得好似塞滿了木棉——那是包裹木棉種子的柔滑纖維，過去都用作椅墊和床墊的填充物。

「我不能嫁給你。」

他皺眉。「我知道，是有點困難，我已經……」他揮揮手，好像不想說出那個字，接著又說，「但那不是問題。許多戀人都順利跨越了這個障礙。」

「不要！」

「你說不要是什麼意思？」他聽來有點發怒。「我們即將舉行一場盛大的婚禮，然後我倆就可以在一起了。」他說完微微一笑。那是個可怕、自滿的微笑。我的胸膛被肋骨壓得已經喘不過氣，那些桃樹融為一片朦朧的綠色和粉色薄霧。我模模糊糊聽見林天青在大喊大叫，但我使出每一分意志力強迫自己清醒，直到我渾身發抖、汗淋淋的從床上一坐而起。

我想吐，吐出這次不健康接觸的膽汁。經父親用心調教之下一直不信妖魔鬼怪的我，卻在三更半夜暗暗承認阿媽是對的。林天青的鬼魂已進入我的夢境，他不受歡迎的出現侵犯到我的靈魂深處。我嚇得蜷曲在床上，即使天氣炎熱，我卻把自己裹在床單裡，直到黎明到來。

❦

當天早上，我久久躺在床上，懷疑自己是不是瘋了。以前有個瘋子老在我家那條街上遊蕩，他瘦弱的身軀上披著碎布似的破爛衣服。他不斷喃喃自語，兩眼的瞳孔收縮得有如一隻瘋狂的鳥。我曾給他幾枚硬幣。有時他放進口袋，有時舔兩口，或隨手丟掉。阿媽說他在跟死人講話。我註定會變得跟他一樣嗎？然而我從未聽說我們家族有過瘋子，只有聽過家業衰敗的傷心耳語罷了。的確，阿媽和我家的廚子老王對某些東西懷著奇怪的反感，比方說我們家的主樓梯。但我在他們的迷信習慣中長大，早已見怪不怪。對我而言，死去的人一直都在我們身邊這個想法很愚蠢。生命之後就是死亡，如果是佛教徒的話，人死後會在永無止境的輪迴中重生。儘管父親是嚴謹的儒家信徒，對佛教徒存著一絲輕蔑，但我想我們都是名義上的佛教徒。我告訴自己這是作夢，如此而已。

來到樓下，阿媽對我咂舌頭，但她似乎以為我賴床是因為前晚太興奮了。她問到七夕節的慶祝活動時，我不得不打起精神。最後我問她燕紅的事。

「二姨太的女兒？」阿媽說。「她是戀愛結婚的，當時可是個天大的醜聞。我是從僕人嘴裡聽來的。幸好那個年輕人是好家庭出身，只是家裡沒錢。」

「她用什麼方法嫁給他的？」

「哎呀！當然是最古老的方法，她懷孕了。我不曉得他們怎麼懷上孩子的，但林家怪罪她娘。聽說二姨太就是為了這個死的。」

「我以為是瘧疾。」

「哦，那是他們的說法。要是你問我的話，她似乎是羞愧到失去活下去的意志。等她死了以後，人們感到愧疚，才辦了婚事。婚後男的去香港讀書，她在家裡生下頭胎。他唸書回來，她又生了兩個。」

原來燕紅她娘是用生命買回女兒的幸福。這是個悲哀的故事，但也解釋了幾個孩子的年齡差距。我回想起昨晚，燕紅似乎過得開心、忙碌又充實。當時我多麼羨慕她的婚姻，但看事情似乎不能只看表面。

我在樓下的籐躺椅上躺了一個下午。即使是酷熱的白天，書房的瓷磚地板依然涼爽。我無法想像苦力如何能夠在錫礦坑中幹活。礦坑裡的死亡率極高，然而他們照樣不斷從中國一船一船渡海過來，外加在馬德拉斯（Madras）及欽奈（Chennai）下船到橡膠及咖啡園做工的印度人。我時常納悶坐船從家鄉到異地是什麼感覺。天白已經這麼做了，而我很想前去東方看看摩鹿加群島（Moluccas），然後繼續航至香港，甚至是日本。但我卻無法走這一程。

正想著此事時，林家送來一個包裹。「是什麼呀？」我問拿包裹進來的阿媽。包裹是用褐色的紙包的，外面綁了繩子。我皺著眉用雙手把它拿起來。在昨晚的惡夢之後，林家送來的任何東西都引發我的疑心。結果發現只是一塊蠟染布料，印了美麗的靛藍和淡粉色花朵圖案。燕紅在裡面附上一張紙條。

你忘了領取穿針比賽的獎品。希望能再見到你。祝福你……

「非常好。」阿媽讚許地說。

對她來說，那天晚上最棒的部分，就是我贏得比賽這件事。為了她，我不得不把經過說上好幾遍，甚至還偷聽到她跟我們家廚子老王吹噓此事。我向來不擅長女紅，也懷疑阿媽為此感到不滿。「讀書！讀書！」她嘀咕著，然後一把搶走我在讀的書。「你會壞了眼睛的！」有一次我明白告訴她，針線活也會壞了眼睛，她卻從來不聽。除了提親之外，這塊布是我帶回家最棒的一樣東西。

雖然不想承認，但我其實也很高興。我抖開布料，一個亮鋥鋥的東西從布料裡面掉出來。

「那是什麼？」阿媽問。她銳利的眼睛從未錯過任何東西。

「是一只懷錶。」

「也是獎品的一部分？」那是一只男用黃銅懷錶，圓形錶面，精緻的指針。「怪了，看起來根本不像新的。燕紅幹麼給你一只錶？多不吉利啊。」

她一臉苦惱。我們華人因為迷信的緣故，不喜歡送人或收到特定幾種禮物：刀子，因為刀子可能切斷一段關係；手帕，因為可能是哭泣的前兆；鐘錶，因為人們覺得它是用來測量壽命的長短。如果有人送來這些禮物中的任何一種，收禮的人通常會付一點錢，象徵東西是買來的，不是禮物。可是我的心臟跳得好響，真怕阿媽會聽見。我幾乎可以肯定見過這只錶。

「可能是偶然掉進來的。」我說。

「真粗心哪！」她說。「如果不是你的，就不應該留著。」

「見到她的時候我再問她。」

我撇下不住搖頭的阿媽，逃回我的房間，然後在那裡細細端詳我找到的東西。阿媽說得對，這只錶不是新的。黃銅錶殼上有刮痕，也沒看見錶鍊。但我愈是看它，愈有把握它就是天白在我們初遇時修理的那只錶。

在我讀過的小說裡，女主人翁見到自己和戀人交換的愛情信物時，總是驚嘆連連，不管是髮簪，或硯臺，或更大膽的，纏足姑娘送的一只小鞋。我向來認為這些信物可笑極了，然而這會兒我雙手捧著這只錶，那輕輕的滴答聲有如小鳥的心跳。我把它塞進衣服口袋。這個意料之外的禮物使我在這天剩下的時間裡心中竊喜，暮色漸濃之際想起昨晚的夢，我才心情低落起來。吃過晚餐後，我在廚房裡逗留到很晚，最後老王不得不用簸箕趕我走。

正想去阿媽房間尋求安慰，順便閒聊，忽想起她今晚放假。每隔一段時日，她會出門拜訪朋友和打麻將。我很小的時候，偶爾會跟著她去這個迷人的阿媽世界，一個許多閒言閒語和交換馬路消息的地方。我們從後門溜進僕人區，聽著聽著，直到我在她們的交談聲中安靜入睡，然後阿媽揹著我走回家。我確信我爹根本不曉得我們外出的事。此刻我一邊爬著樓梯，一邊盼望我能像孩子一樣酣睡，安全地待在溫暖的阿媽朋友圈裡。我打開窗子。夜晚漸漸涼快下來，空氣聞起來像是要下雨了。我心情鬱悶地爬上床。我好害怕。

第六章

我的恐懼並非庸人自擾，因為從此開始的許多夜晚，我覺得自己好像一直都在作夢。我雖極力抗拒，還是忍不住睡著了。我用針刺手指，咬舌頭，甚至站著或來回踱步，可是一點用也沒有。夜復一夜，我發現自己置身於我和林天青產生連結的奇怪世界裡。有一次我參加一場盛宴，長長的餐桌上擺著一堆堆的柳橙，一碗碗米飯，水煮雞塊和堆得尖尖的芒果，卻只有我一個客人。擺設得有如祭品的食物儘管光彩奪目，卻帶著一股令人倒盡胃口的怪味。

還有一次，我發現自己在滿是馬匹的馬廄裡。有花斑馬，白馬，棕馬，和黑馬。雖然毛色各有不同，個頭卻都一模一樣，連耳朵和尾巴也是。每一匹馬都站在各自的馬房裡，耳朵朝前方豎起，眼睛順從地向前凝視。牠們走動時，除了紙摩擦的颯颯聲，什麼聲音也聽不見。我再往那陰暗的屋子走近一步，只見裡面還有塗了亮漆的四輪馬車、輕馬車和轎子，全都閃閃發亮。但是最恐怖的景象，就是一輛人力車的兩根車把之間站著一個男人，他兩手緊握手把，眼睛茫然盯著前方。我的手在他眼前晃過，他一眨也不眨。我向後退縮，頓時好怕他會一把抓住我的手腕。從他萬事俱備的姿態看來，我懷疑他會不會聽命行事。也許要是有人想騎馬的話，那些馬也會乖乖服從，但我不敢嘗試。這個陰暗的世界令我渾身不自在；我的皮膚刺痛，滿腦子病態的幻想，心情沉到谷底，到最後差點無力走下去。

最幸運的是，林天青沒有出現在這些夢裡。我獨自一人漫步穿過廣闊的大廳、迴響不斷的庭院，和造景花園。還有一間擺滿鍋碗瓢盆的巨大廚房，桌上堆滿了食物，甚至還有一間學者書房，大量的紙張和成套不同等級的狼毫毛筆一應俱全。可是待我細細檢視書房的藏書和古籍時，內頁都是白紙。每件擺出來的東西似乎都是為了一場華麗的表演；雖然好像什麼事都不會發生，我卻覺得胃部緊張得打結。

偶爾我會遇到類似那位人力車伕的僕人。他們走動時，常常不由自主地發出窸窸窣窣的聲音，令我一陣心驚。房舍和景色儘管看來壯觀，卻一點也不喜氣，那些傀儡僕人怪異又嚇人。感激的是，我沒遇見林天青，但我懷疑他就在附近。有時我感覺得到他在隔壁房間，或一片樹叢的後面。那時我會加快腳步，心臟跳得飛快，心中高聲吶喊著快點醒來。

這些夢我沒告訴任何人，但我曾好幾次差點走進父親的書房對他一吐為快。然而我明白他不太可能相信我。他會安撫我，覺得那不過是孩子氣的恐懼，叫我別擔心這種事。說到底，如果那麼渴望母親的他都見不到她，或抓不到一絲她的靈魂，那麼肯定沒有死後世界——那是民間信仰的寶庫。他是虔誠的儒家信徒，孔老夫子明確反對這種事。我太了解他了，並不指望他根據幾個夢就改變態度，反而會為了跟我提起那倒楣的婚事而責怪自己。

我若是告訴阿媽，情況就恰恰相反。她太願意相信我了，然後會去找個驅魔師，燒雞毛，囑咐我喝狗血，或建議我把狗血灑遍房間，讓鬼魂現形，甚至拖著我去見靈媒。當然，她自己也會激動得陷入迷信的恐懼。

有時我不禁懷疑，沉浸在死亡世界是不是瘋狂的開始。我測試我的記憶，檢查我的瞳孔，看我是否瘋了，但我不喜歡長時間照鏡子，鏡裡陰影太多了。唯一能安慰我的就是天白的錶。我時時隨身帶著，用手指觸摸口袋裡的黃銅錶殼。每當我掙扎著把自己從夢中弄醒時，那輕輕的滴答聲安慰著我。其實，我真正想要說話的對象是天白，但我無法與他聯繫。我捎了一封信給燕紅，謝謝她給我送來布料，也很好奇她是否知道懷錶的事。不知怎的，我懷疑這一點。不過我捎信給她，他說不定看得到。

最後我寫了一張簡單的短箋。

謝謝你送來的美麗禮物，一份完全意想不到的禮物，我一定會好好珍惜，並且想個利用它打發時間的好方法。

有點尷尬，但已是我能想到最好的方式了。或許是有人不小心把那只錶放進那塊布料裡面，也許是個孩子做的。在連夜惡夢和白天心事重重交替之下，我瘦了一些，整天無精打采，沉默寡言。阿媽當然注意到了。

「你怎麼了？」她問。「是不是病了？」

我承認身體不適時，她馬上著手煮了好幾樣補品。排毒的蘿蔔排骨湯，清熱的黃糖綠豆湯，益氣補虛的冬蟲夏草燉雞湯。過去她燉的各種補湯多少次幫助童年的我從病中復原，不過這一回效果有限。一天下午，我躺在樓下的籐躺椅上，開玩笑說自己好像林黛玉，亦即經典名著《紅樓夢》的悲劇女主人翁。書中的她得了肺結核，多半時間都在咳血，一副病態又怪異的模樣。

「別說那種話！」阿媽嚴厲的回答令我吃驚。

「我只是開玩笑，阿媽。」

「不可以拿生病開玩笑。」

她擔心時向來最好鬥。噩夢確實害我精疲力盡，可我仍期許自己有足夠的意志力，終究能夠克服。夜復一夜我喚醒自己，不就證明了嗎？不久我即將發現這個想法是多麼不切實際。

自從在林家大宅過七夕節之後，我難得見到父親。他花了出奇多的時間待在外頭，一回家就把自己關在書房裡讀書。等他現身用餐時，總是一臉憔悴，瞳孔放大。平常我對他的身體狀況比較警覺，但我近來太專心想著天白，夜裡又受噩夢折磨。因此他叫我到書房的那天下午，我才那麼訝異。

「父親，有什麼事嗎？」我問他。天氣很熱，為了遮陽與涼爽，竹簾已經整個放下，可是書房依然滯悶。

他一手撫過他的臉。「麗蘭，我明白我對你一直沒有盡到責任。」

「父親為何這麼說？」

「你快滿十八歲了。你這個年紀的姑娘大多已經結婚，或至少訂下親事。」我保持緘默。我年紀較小時不時戲弄父親，向他詢問我的終生大事。他答說不必操心，他有把握我會幸福。不知何故，我漸漸以為他的意思就是隨我的意願挑選，畢竟大家都說我父母的婚姻非常幸福。如今回想起來，或許是太幸福了。

「你是知道的，我們的財務狀況一直不好，」他說。「但我以為就算我萬一出了什麼事，也足以讓你過上順心如意的生活，但恐怕我們目前的處境更糟。此外，打從你小時候我就有意為你說定的婚事也落空了。」

「什麼婚事？怎麼以前都沒告訴過我？」

「我不想讓你擔心這些事。也許是我想得太浪漫了，我想你和這個年輕人非常相配，或許會自然而然地相互吸引，成為一對，根本不必背負大人的期望。畢竟你娘和我就是如此。」他嘆了口氣。「要怪的話，只能怪我自己。我對這種事太不食人間煙火了。我以為……」

「什麼婚事？」我再問一遍。

「這事從來沒有正式說定，只是我和一個老朋友之間的默契。當然，由於經濟狀況差距太大，雙方並非門當戶對。」他苦笑著說。「不過，我這朋友有個姪兒，一個聰明的年輕人，沒有自己的家人。多年前你還小，我朋友提議我們家與他的姪兒聯姻，因為那時我們家的名聲和收入還算相當。我見過那個年輕人，覺得這是一樁很好的親事。或許比嫁入大家庭更好，家庭壓力小多了。」

我好奇又激動得快發燒了。這些話實在愈聽愈熟悉得可怕。「後來呢？」

「我朋友的兒子死了，他姪兒變成繼承人。有一陣子我還以為我們的安排仍然算數。事實上，直到最近……」他愈說愈小聲。

「是哪一家？」我急切到好想搖他。

「林家。」

熱血衝上我的耳朵，我覺得頭暈目眩，喘不過氣來。父親繼續說下去，「直到最近，我還以為婚事仍然算數，畢竟他們邀你去家裡玩，也顯出很喜歡你的樣子。可是林夫人卻提出那個奇怪的要求。」

「冥婚。」我的心往下沉。

「她有一天跟我商量那件事。我不確定她是否當真，還是不知什麼緣故，把姪兒跟兒子訂親的事搞混了。」

一切都說得通了，甚至包括林天青在我夢裡提過的，利用他娘向我爹求婚的事。「所以現在怎樣？」

「一星期前，我那個朋友林德強跟我提了。他說由於他姪兒成了繼承人，有了新的地位，不可能娶個身無分文的姑娘。但他倒是又提起請你與他兒子冥婚一事。」

「那你怎麼說？」

「我說我會考慮考慮再跟你談。」父親不讓我開口。「等等！我知道這事令人反感，但起碼你該知道，這就表示你將在林家過著優渥的生活，比我們自家好過得多。我們失去大量財富，不幸的是我最大的債主就是林大爺。他提議一筆勾銷我們的債務，我想他是有意幫我這個忙。」

「我不要！我絕對不嫁給他死去的兒子。」

「安靜，」父親說。「別發愁。不管我搞砸多少別的事，我絕不會逼你答應這樁冥婚。我認為最好把你許配給別人，好讓大家保留一點顏面。最近我一直謹慎地到處詢問，可惜運氣不好。都是我的錯，自從你娘過世後，我就沒有結交新的或有用的朋友。我接觸的幾個老朋友都誤以為——想必是林大爺給他們的錯覺——你一直都是許配給他兒子的。但我們會想到辦法的。」

我淚盈滿眶。我若是一開始哭，就停不下來。父親死盯著他的書桌，臉上滿是羞慚與愧疚。接著他不自覺地瞥向他的鴉片菸管，我感覺尖酸刻薄的指責幾乎衝口而出。難怪阿媽那麼常常叨唸他的不是。我向來都在維護我爹，覺得他寵溺著我，為人單純。現在我才開始理解自己必須為他的疏忽付出什麼代價。我咬著嘴唇直到流血。他在鴉片煙霧中耗掉的時光，全都必須以我的未來償還，他的冷漠糟蹋了我得到幸福的機會。我的淚水如暴雨般汩汩流下，然後我衝出了書房。

第七章

天白的妻子！我只能想著這個。原來我一直都是許配給他的。我把自己關在房裡痛哭。這當然是個悲劇，但也帶點令人發笑的可怕成分。我聽見阿媽焦急地砰砰敲門，然後是我爹的聲音。多麼希望我從未遇見天白，接著又多麼希望父親當初早點把我嫁給他，早在林天青死去之前。心煩意亂的我還是必須承認我爹的眼光不錯。他是對的，我會喜歡──也的確喜歡──天白。非常喜歡。

天白知道這個安排嗎？所以他才送我懷錶？果真如此的話，那麼應該還沒有人告訴他婚事吹了。我懷疑他是否僅僅是囿於常規，才對我那麼禮貌周到。但他的眼光停留太久了。想起他沉穩的目光，我就渾身乏力。這是愛情嗎？它猶如一抹毀滅的火舌，在慢慢燃燒中一點一點舔去我的防衛。

我爹想把我許配給別人的直覺也相當精明。但我爹就是那樣：聰明卻缺乏意志，沒有貫徹到底的動力，因此他的計畫少有機會實現。總歸一句，在他有限的朋友圈裡，沒有一個人能夠或願意在匆忙中安排這麼一樁婚事，老實說，我一點也不怪他們。但我猜他看上的都是不錯的人家。

如果我真想結婚的話，肯定有哪個樂於娶新娘的貧窮人家吧。但我大概無法嫁給別人。想到林天青，我奮力按捺住一陣顫抖。我敢說這一切都是他搞的。好吧，我才不會向他低頭。我寧可逃走，削髮為尼，或當阿媽。什麼都比當個鬼魂的新娘好。

我哭得眼睛紅又痛。當我凝望母親鏡子裡水汪汪似的深處時，瞥見背後站了一個模糊的身影。一氣之下，我隨手抓起一樣東西扔向那影子。可是為時已晚，東西一離手，我才發覺那是天白的錶。唉，有什麼關係？我又迸出眼淚；哭累之後，我才沉沉睡去。

但我早該知道，睡眠是幫不到我的。一部分的我試圖游回清醒的世界，可是我反而覺得自己在迷霧中愈陷愈深，彷彿被人用一根絲帶或繩子牽著。霧氣散開之後，只見眼前亮得刺眼。我置身點了幾百支紅色蠟燭的寬廣大廳裡，桌上鋪著紅色緞面桌布，天花板上吊掛著大大的紅色絲緞花環。我不安地環目四顧，明亮大廳外的黑暗平淡得令人感到壓抑。這些明顯的盛宴準備，是另一件讓我覺得不舒服的事。紅色是新年等吉祥場合的喜慶色彩，還有婚禮。

一如往常的那個世界，偌大的大廳裡空無一人。足以容納幾十位賓客的地方，只有一排排空位，空氣紋風不動，像墳墓一樣安靜。一想到有人或有東西可能在那些黑忽忽的空窗子外面觀看，我就渾身起雞皮疙瘩。這念頭剛剛閃過我的腦海，就見到那喜氣的紅絲帶晃動起來。有人來了。我拚命想要醒來，像之前好幾次那樣，想要讓這個世界消失。可是就在我鼓起意志力的當兒，林天青卻從屏風後面走出來。他無聲無息地出現，彷彿一直等在那裡，令我滿心恐懼。

「你來了，麗蘭。」

我不自覺地退後一步。

「親愛的，」他說，「我不得不承認我對你很失望。」

他嘆了口氣，轉動一把紙扇。「我想我就耐著性子，讓你看看我們即將共享的一些東西也好。你確實喜歡吧？」見我不說話，笑意才偷偷爬上他的臉。「我有許多美妙的東西。房子、馬匹和僕人，我真不懂有哪個姑娘待在這裡會不快樂。可是我發現什麼？」他的眼睛變得不透明。「我發現你在思念另一個男人！而這個男人是誰？」

我想使出全身的力氣，但他不斷逼進。

「這個人就是我堂哥！噢，我活著時他比我出色已經夠糟了，就連我死了……」林天青說到死了兩字時，我發現一件奇怪的事。他的身影瞬間變得模糊，但只有一下子，然後他繼續說：「……天白也非跟我競爭不可。別以為我不曉得你曾許配給他！這是我在端午節見到你之後發現的第一件事。想像一下我發現你和他以前有過婚約時的感受。」他臉上掠過輕蔑的表情。

「為什麼偏偏是他？我娘說這是因為你家很窮，他們不希望他的婚姻比我的更風光。好吧，我告訴她，你們為什麼替他挑個這樣的姑娘，她說她並不知情；沒有人見過你。」他滿臉怒色，活像抱怨有人偷走自己糖果的胖小孩。

「你應該把我忘了，」我說。「我不配嫁到你家。」

「這由我決定，不過你的謙虛值得讚美。」他又對我微笑。「親愛的，我願意忽略你一時的優柔寡斷。你終究還是把它扔了。」

「把什麼扔了？」

「那個鐘，那只錶，我討厭那些東西，」他嘟囔著。「看見你那樣，我就知道你不可能對他感興趣。好了，麗蘭，現在要不要為我們的結合喝一杯？」林天青遞出一只酒杯，怪裡怪氣地模仿婚禮敬酒的模樣。

「這怎麼可能？你終究已經死了。」

他瑟縮一下。「請別提那個字眼，但我想你有權知道。我們將舉行一場儀式，我已交代我爹必須如何進行。你會有個華麗的婚禮，女孩想要的一切應有盡有。有新娘的禮物和首飾，你願意的話，甚至也有翠鳥羽毛做的頭飾。我們會把轎子和樂隊送到你家，不過和你一起坐上轎子的不是我，而是一隻公雞。」

這個畫面令我渾身發顫，可他洋洋得意，說個不停。「在實際的婚禮上，你將在祭壇前和我的牌位喝交杯酒。正式的婚禮之後，你就以我妻子的身分嫁入林家，享有全部你需要的物質生活。我娘會張羅一切。我們每一夜都會在一起。」他住了口，對我淘氣地笑笑。

儘管害怕，我仍覺得胃裡好似火在燒。我為什麼就應該嫁給這個專制的小丑，管他是死是活？

「我想不會。」

「什麼？」

「我說我想不會。我不要嫁給你！」

林天青的眼睛瞇成兩條縫。我雖說話大膽，心中卻畏縮。「這事你沒得選。我會毀了你爹。」

「那我就去當尼姑。」

「你不知道我有多大的影響力！我會糾纏你，我會糾纏你爹，我會糾纏你那個愛管閒事的阿媽。」現在他發怒了。「地府官差都站在我這邊，他們說我有權娶你！」

「哦，你死了！死了，死了，死了！」我尖叫道。

隨著每次的重複，他的身影開始顫抖與搖晃，氣派的大廳和幾百支蠟燭隨之搖曳，然後漸漸消失。最後我一眼瞥見林天青的臉正在溶解，他的身影一片模糊，有如被一隻巨大的手抹掉。

夢醒之後，我病得很重。阿媽發現我躺在地板上，蜷縮得如同一隻沒殼的小螯蝦。醫生觀察我的舌頭，為我把脈，然後面色凝重地搖頭。他說他很少見到年紀這麼輕，氣或生命力卻如此虛弱的病人，彷彿有人把我一半的生命力漏掉了。為此他開了一帖熱補藥方。人參、葡萄酒、龍眼與薑。到了第三天，我已恢復到可以坐在床上，阿媽為我端來一碗澆了麻油的雞湯，強化我的心臟與精神。晨光下的她像是枯萎了，好似一陣風就能把她吹走。

我擠出一絲微笑。「阿媽，我沒事了。」

「我不曉得你怎麼了。醫生覺得是腦膜炎，你爹則怪他自己。」

「他在哪裡？」

「他這幾天都守在你床邊，我趕他去休息。家裡每個人都病倒的話也沒啥用處。」

我啜了一口滾燙的湯。阿媽會煲各色好湯，但她說我太過虛弱，先喝雞湯比較適合，接下來我就應該吃人參。

「那很貴。」我說。

「都病成這樣了，攢錢有啥意義？錢的事你別操心。」

她擺著一張怒臉轉身走了，我倦乏得不想跟她爭辯。醫生又來了一趟，開了艾灸藥方，外加滋補氣血的藥草。他似乎相當驚喜我復原神速，但我知道真正的原因。過去一週我都沒有作夢。

不過我對目前的狀況不抱任何幻想。如果這是瘋狂，似乎是無可救藥了。但林天青的鬼魂果真是在糾纏我的話，或許我還有一個對付的辦法。以他對婚禮的堅持來判斷，他以為我不得不答應這門親事。可是他那番關於地府官差的狂妄言論，不管他們是誰，又斬釘截鐵地說他有權娶我，想來實在令人心焦，甚至恐怖。真希望我還有天白的懷錶。我把它扔出去後，它掉到沉重的大衣櫃後面；我又病得如此虛弱，根本搬不動衣櫃取回它。我請阿媽幫我找，可她不肯。她早已認定鐘錶無論如何都是不吉祥的禮物，我也很快明白別再提起此事，免得她決定替我把它處理掉。

幾天後，家裡發生一陣騷動，噪音傳到了樓上——樓下院子有人講話和門砰砰響的聲音。我走出房間問我們家的女僕阿春。除了阿媽，她和老王是我們這個空蕩蕩的大房子裡僅有的兩名僕人。

「噢，小姐！」她說。「你爹來了個客人。」

父親偶爾會有訪客，但他們都是老朋友，都是像他一樣溫和的退休老人過來串門子，從不拘禮。

「客人是誰？」我問。

「是個英俊的年輕人！」

顯然這是家裡長久以來最刺激的一件事；我想像得到在天黑之前，阿春肯定會貼在院子的牆上跟隔壁的女僕閒聊。但我的心在狂跳，希望升上我的喉嚨，幾乎讓我吸不到空氣。

我慢慢走下樓梯。我們家這座前樓梯，是我爺爺在世時用精雕細琢的柚木做的，訪客總是驚嘆於細膩的手藝。然而不知何故，阿媽和老王都不喜歡前樓梯，也從不肯說出原因，寧可走狹窄的後樓梯。我一走到樓梯底下，就被阿媽發現了。

「你在幹麼？」她一邊大喊，一邊朝我揮著拂塵布。「馬上回房裡去！」

「是誰啊，阿媽？」

「不知道，但別站在這裡，會著涼的。」

也不管下午有多熱，阿媽總是語帶威脅地叨唸著冷風和受涼等等。我轉身緩步上樓時，我爹書房的門開了，天白走了出來。他站在院子裡向我爹告辭的當兒，我緊緊攀住欄杆。多麼希望我不是這麼亂糟糟的模樣，但又極其盼望他能看到我。正猶豫要不要不得體地喊他名字，他和父親說了些什麼就離開了。

等到阿媽以為我乖乖在樓上時，我急忙走到大門口，至少我想要目送他漸漸走遠的背影。以前我家有個門房守著大門口，有客人來訪時即大聲宣告，而今他的崗位早已荒廢，沒人看見我打開沉重的木門。令我吃驚的是，天白仍躊躇地站在大門的門簷下。

「麗蘭！」他說。

一陣歡喜湧上心頭，我有一、兩秒鐘說不出話來。

「我帶來燕紅給你的一些藥。她聽說你病了。」他溫暖凝視的眼光彷彿滲到我皮膚裡面。

「謝謝你。」我說。想要觸摸他，把雙手放在他的胸前，把身子靠著他的衝動令我不知所措，但那是絕對做不到的。

停頓片刻之後，他說：「你收到我給你的錶沒有？」

「收到了。」

「我想那不是個非常恰當的禮物。」

「我阿媽很不贊成，她說送鐘錶很不吉利。」

「你應該告訴阿媽我不相信這種傳統。」他微笑時，臉頰上短暫露出一個酒窩。

「為什麼不相信？」

「燕紅沒告訴你嗎？我是天主教徒。」

「我還以為英國人是聖公會教徒。」我說，心裡想著他在香港念的是傳道會成立的醫學院。

「沒錯，但我小時候的家教是一位葡萄牙籍神父。」

我有一百件事想對他說，再問他一百件事，但我們的時間已經所剩不多。天白在我面前舉起一隻手，他用手指輕輕畫過我的臉頰時，我不敢呼吸。他的眼神嚴肅，幾乎是熱切了。我的臉頰火燙，倏地好想把雙唇貼著他的手背，咬他的指尖，但我只能惶惑地垂下眼睛。

天白淡淡一笑。「現在可能不是最適合討論宗教信仰的時候。我其實是過來謝罪的。」

「謝什麼罪？」

他正要開口解釋，我聽見背後有人說話。「我阿媽來了！」我說著動手要把門拉上，突然想到一個主意。我飛快扯下頭上一把素樸的牛角梳，然後把它塞進他手裡。「這個拿著，當作是懷錶的費用。」

我盡快困住我爹逼問天白來訪的事。自從那天毀了我幸福婚姻的盼望之後，他似乎老了許多。我們的財務困境和我的病使他備感壓力，所以臉上多了幾條皺紋，有如剛剛犁出的溝槽。他看來確實十分內疚，我不忍心苛責。

「他來做什麼？」我問。

「他從林家給你帶來一些藥。」我爹很不安的樣子，不確定要不要提天白的名字。

「父親，我知道他是誰。我在林家大宅遇見他了。他有沒有留話給我？」

我爹垂下頭。「他說聽他叔叔談起你們的婚事告吹，他覺得很遺憾，不過他叔叔仍有可能改變心意。」

「喔。」我的心猛跳一下。

「別抱太大希望，麗蘭。天白不能做這些決定，林家許多人都有意見；據我從林德強那裡得到的消息，他的心意已決。」

我點點頭，但幾乎一個字也沒聽進去，只想著天白的手指畫過我臉頰時那輕輕的力道。

第八章

自從我病倒以後，阿媽就在我房間地板上鋪了一塊薄床墊睡覺。我為此抗議半天，因為她年紀已大，木頭地板又硬，可她很堅持。其實這樣讓我覺得好多了。每天夜裡不管空氣多麼悶熱，阿媽都把百葉木窗緊緊關上。

「你絕不可以著涼，」她說。「不然你的病會拖得更久。」

我懷疑阿媽關上窗子另有原因。我還是小丫頭時，不只從阿媽，也從她朋友那邊聽了許多恐怖故事。馬來亞充斥著眾多種族住民的幽靈和迷信。有鬼魂的故事，譬如小如樹葉、服侍一個主人的邪靈佩利西（pelesit），是由巫師保存在瓶子裡，從腳上的破洞餵它喝血；或死於分娩的女鬼龐蒂雅娜（pontianak）。這種女鬼特別陰森，她們飛過黑夜時，沒有身體的頭顱後面拖著胎盤。父親發現小小年紀的我怕鬼時，就不准阿媽對我講鬼魂或死人的事。對他來說，迷信是個惹人生氣的話題，阿媽勉強默默同意了。但現在我必須再試一次。

「阿媽，人死以後會去哪裡？」

如我所料，她嘖嘖兩聲，發牢騷說我們不該談論這種事，接著又自相矛盾，說我不是早都知道了嗎？但最後她還是心軟了。「人一死掉，靈魂就離開身體，哀悼百日後，會經過十個陰間法庭。第一個法庭是入境大門，靈魂在那裡分類。好人直接投胎，或者他們確實品德高尚的話，就可以逃脫生命的輪迴，去到西方極樂世界。」

「那不太好的人呢？」我問。

「哦，如果你不好不壞，說不定可以穿過金橋或銀橋，跳過幾個陰間法庭。但你要是犯了什麼罪，就得一個個通過。第二個法庭有判官唸出你的善行惡狀，再根據那個決定把你送去接受不同的懲罰。」

我見過陰曹地府的畫卷，上面描繪著等待可怕命運的罪人。有的在滾燙的油鍋裡受煎熬，或是被牛頭與馬面鋸成兩半，有的被迫爬上刀山，或被巨大的鎚子搗成粉末。說長道短的人舌頭會被撕成碎片，偽君子和盜墓人開腸破肚，不孝子孫凍成冰塊。最糟的是自殺的人、分娩死亡或墮胎的女性，都必須跳入滿是鮮血的湖裡。

「那鬼魂呢？」我問。

「多半都是餓鬼。如果他們死的時候沒有孩子，或骨頭分散，那就連第一個法庭都到不了，所以我們才在清明節祭拜他們。」

但林天青不是餓鬼，眼見他娘為他燒了堆積如山的祭品，至少這點我還看得出來。那他幹麼糾纏我？

「阿媽，我有件事需要告訴你。」我終於說道。

她轉過身，一臉的緊張，幾乎是害怕了。「你有身孕了？」

「什麼？」我臉上的驚訝似乎讓她放心了。

「你最近表現得好奇怪！」她說。「那天我看見你跟那個年輕人站在大門口，看見他摸你的臉，我就開始後悔把燕紅結婚的經過說給你聽。」

「噢，阿媽！」我好想瘋狂大笑。「要是那麼直截了當就好了，我們就非結婚不可。」

「你別指望那個！」阿媽疾言厲色地說。「燕紅是有錢人家的女兒，她娘是為了確保她能結婚才死的。你沒有那種影響力。」

「我還以為你說她娘是羞愧而死。」

「不是，我沒告訴你實情。」她手指緊捏鼻梁。「他們當然不希望讓人知道出了這麼不幸的事。僕人們告訴我，燕紅她娘上吊自殺，留下一封遺書說如果不許她女兒嫁給她情人，她就回來死纏這個家庭，這才辦了婚事，不然林夫人說不定會把燕紅趕出家門，或強迫她打胎。」

林家的事我聽得愈多，愈不驚訝於他們兒子的陰魂的所作所為。「哦，我沒有懷孕，但在某些方面卻更糟。林天青在糾纏我。」

聽我描述我的夢時，阿媽益發心慌意亂了，且不時發出驚呼打斷我。「這很嚴重，非常嚴重！」她說。「怎麼不早點告訴我？我可以幫你弄個護身符，我可以帶你去廟裡祈福，或請個驅魔師來家裡。」

我雖怕她劈頭蓋臉的責罵，但能卸下心中部分的負擔，仍感到說不出的放鬆。我沒有瘋，只是受到詛咒。這個差別並沒有讓我高興一點。

「但我不懂他怎麼能夠糾纏我。他提到什麼跟地府官差有關的事。」

「地府官差？大吉大利！」阿媽說句吉祥利話去除惡運。

「我們需要驅魔師嗎？」

「請驅魔師來家裡的話，別人會懷疑我們家鬧鬼。」阿媽不安地皺起眉頭。

我們家是鬧鬼了，我想，覺得一陣狂笑快要迸出喉嚨。但我們家走楣運的風聲若是傳出去，那我這輩子休想還會有人上門求親。我們家的廚子老王是個沉默寡言的傢伙，不過女僕阿春倒是完全不同。她連我們晚飯吃什麼都能說個沒完。

「沒辦法，」阿媽說。「我們得出門去見靈媒。」

一位出名的靈媒住在三寶山腳下的三寶廟隔壁。馬來話的三寶山意思就是中國山，一四六〇年，為了鞏固馬六甲與中國的貿易關係，曼蘇爾大君娶了中國公主韓麗寶，且把這座山送給她作為住所。由於此地風水絕佳，後來成為一處廣闊的墓地。有人說這是中國人在海外最大的一塊墓地。我不知道有多少人葬在這片長滿野生象草及牽牛花的山坡地上，但謠傳這裡有將近一萬兩千座墳墓，一個真正的死人之城。

我們坐人力車去那裡；我一路緊挨著阿媽坐，想起林天青的馬廄和在那裡見到的傀儡似的人力車伕，我就渾身打哆嗦。

「怎麼了？」阿媽擔心我又發燒了，但我告訴她我沒事。

「告訴我，我去過這間廟嗎？」我問。

「很久以前，你娘和我有個節日帶你去過，那時你還是個不滿三歲小女孩。」

「父親有同行嗎？」

「他？你是知道你爹的！只要不是孔夫子的東西，他一概避免。」

「孔子崇敬祖先，我想道家不會反對祖先吧。」

「是，可是道家也信樹神、山神和鬼。哎呀！你爹那麼多有學問的書，你沒讀到啊？」

「他讓我讀經典著作。」

我記得抄寫「莊周夢蝶」的一段文字。道家賢人莊子從睡夢中醒來，他說不知道自己究竟是夢到蝴蝶的人，還是夢到人的蝴蝶。我爹對莊子有一套相當崇高的闡釋，他寧願專注推敲莊子對人在宇宙中占了什麼地位的哲理，而非鑽研道家長生不老、修煉成仙和煉丹的文字。他抱怨一般大眾已把這些存在主義思想腐化為各種民間宗教和胡言亂語，因此我從來不去留意他們的信仰。或許我應該留意才是。

三寶廟在馬六甲非常著名。雖然我不記得曾經來過，卻知道一點它的歷史。三寶廟供奉的是著名的明代三寶太監鄭和。從一四〇五到一四三三年，鄭和從中國出海繞過非洲之角，差點就到了西班牙。我小時候最愛聽鄭和的豐功偉業，再加上馬六甲也是他經過的港口，更讓我激動萬分。聽說他那些滿載寶物的大船，以及隨他一起下西洋的戰艦與水手的數量，也多得不可思議。他生前是個太監，全憑自己的本事升到率領船隊的地位，死後成為神明。

我們爬上寺廟的臺階，走過從中國磚窯燒出來的琉璃瓦屋頂底下。深簷上掛著大紅絲綢燈籠，敞開的門用紅布繫了一圈。人群在幾百支香燭燃燒出來的煙霧朦朧中來回穿梭。阿媽買了一束香，在主祭壇前點燃，嘴裡含糊唸著禱告詞，她鞠躬時我默默站在一旁。我雖然應該照著做，卻怎麼也做不到。我爹多年的抗拒阻擋著我。我只能望著巨大祭壇周圍眾多神明和魔鬼的可怕雕像發怔。空氣中充斥著信徒虔誠的喃喃禱告聲，偶爾被搖晃竹籤筒算命的尖銳咔噠咔噠聲打斷。抽籤是為了請示神明。一筒竹籤，每根竹籤上寫了幾句撲朔迷離的籤文，只要花一筆費用，解籤人就能推斷出其中的含意。

我懷疑阿媽會不會以這種方式為我算個命，但她一拜完，就抓著我的袖子，我倆隨即走出寺廟，回到耀眼的陽光下。廟門外有一口兩度遭人下毒的韓麗寶井，不過聽說井裡的水從不枯竭，她左轉後沿著牆壁一直走到一個臨時搭建的攤位。它不過是個遮蔽陽光和雨水的椰葉棚子，地上鋪了一張墊子，上面坐著一個其胖無比的中年女子。她倚靠著一個有許多小抽屜的木箱，就像小販揹在身上的那種，一手搖著棕櫚葉扇子搧涼。

「是這個靈媒嗎？」我小聲說道。

阿媽點頭。不知怎的，這完全出乎我的意料。我以為她可能在寺廟附近有個房子，或其他比較專業的安排。這個女人看來像個乞丐。稍早時阿媽警告過我，這個靈媒不喜歡客人拿英國人印製的叻幣付費，她喜歡收以前那種魚、蟋蟀或鱷魚形狀的漂亮小錫錠。這種小錫錠愈來愈少見了，短時間內我們也準備不及，只希望我口袋裡的幾枚半毫錢銅幣就夠了。

有個年輕男子在請教她。他頭戴一頂寬邊竹帽，把整張臉都遮住了，但遮不住他精瘦的身形。他的老式長袍下襬雖沾滿了路上的灰塵，卻奇怪地用銀線繡著圖案。阿媽和我稍微後退，等候輪到我們。她撐了一把油紙傘，為我們遮蔽無情的陽光。汗水慢慢流下我的衣領，我臉上撲的粉漸漸變得溼黏。我一邊盯著那人的衣服，一邊好奇他為何問那麼久，而且既然穿了那麼特別的衣服，又何必遮住臉。那上頭繡的是雲紋和霧紋，我想萬一我再見到的話，一定會認得。

他終於問完了。我注意到他給她一枚小錫錠，造型像個可愛的烏龜。聽說動物形狀的小錫錠是在宗教儀式中澆鑄的，同時念著咒語，鑄成動物形狀是作為獻祭的祭品；但我看它光亮得好似剛剛澆鑄出來的樣子，其實大多數動物小錫錠至少已經存在好幾世紀了。

付錢之後，他猶豫一下，又問了一個問題。我按捺住一聲不耐煩的嘆息，也許他也有鬧鬼的麻煩吧。我拿他和天白的身形兩相比較。這個陌生人苗條的身材中帶著凹凸有致的優雅，真想看看他的長相。如果他生得醜就太可惜了，不然我實在不懂他幹麼遮臉，除非是像我爹一樣滿臉可怕的坑疤。我垂下目光，羞愧於自己這麼快就學會了打量男人。都怪我和天白短暫接觸之後，對男人的聲音和手的觸摸變得敏感起來。陌生男人總算離開了，卻在經過時故意想看一眼遮陽傘下的我。阿媽搶先把傘撐低一點，讓他瞄不到我的臉，但他聳聳肩，繼續大搖大擺走他的，腰帶上的銅幣也隨著叮噹響。

那靈媒轉向我們。她一隻眼蒙著模糊的白霧，另一隻眼直盯著我們，炯炯目光中帶著惡意。

「你們很匆忙是吧？」她說，聲音低沉得不像個女人，句子尾巴還帶著一聲喘息。阿媽趕緊道歉，但那靈媒打斷了她。「我不在意，」她說。「我命中註定會算命和看見鬼魂。」

「看見鬼魂！」我說。雖然陽光熾熱，我卻心中發冷，猶如有人把我的心浸入冷水。

「是，我看得到鬼魂，」那靈媒說。「我一點也不覺得好過，不過現在已經習慣了。不像你……欸，小小姐？」

阿媽問，「你能看見什麼？」

「坐下，」她說著拉出兩個搖搖晃晃的竹矮凳。我一坐下，就覺得自己真的已經落到社會的最底層。只有苦力和其他粗鄙的人才像這樣在街上或蹲或坐。

「多少錢？」阿媽問，她向來實際，但那靈媒沒理她。她凝視著我，模糊的右眼轉來轉去，看著我身體之外看不見的景象。最後她閉上眼睛，發出長長的嘶嘶一聲。阿媽和我互瞥一眼。我懷疑她是否只是藉此嚇唬客人，忽然她眼睛一睜，口中低聲喃喃唸著咒語。接著她捏起一撮灰色粉末擱在手掌上，衝著我吹氣。

我劇烈咳嗽。那砂礫狀的粉末感覺像灰燼，它黏在我臉上，緊緊沾著我的前襟。我摸索著我的手帕，不過阿媽已經拿她的手帕在幫我擦臉了。我眨著眼睛想要睜開時，那靈媒咯咯笑了。我霍地站起來。

「你太容易放棄了，」她說。「你要是現在就走，那個年輕人會永遠跟著你。」

「什麼人？」

「啊，姑娘。你以為我看不見他？我對他施了一點法術。他有一陣子不會再來了。」

我又坐下。「他跟著我？」

「我有把握他會再來，但至少這會兒他沒在監視你，我們可以安心說話。嗯？」

「他長什麼模樣？」

她把頭歪到白茫茫的眼睛那邊。「一個吃得很好的傢伙。是最近才死的吧？」

「不到一年，」我低聲說。「我還以為他只出現在我的夢裡。」

「在你夢裡，是的。他跟你說話？」

「他說他要娶我。」

「你們訂親了？」

「沒有！」

「他似乎稍微能夠控制你。死人通常無法對陌生人這樣。」

我臉紅了。「嗯，他說……他說他死前曾在一個節日見過我。」

「那有可能。有些為了愛情而死的人會變成亡靈回來。」

我忍不住輕蔑地哼一聲。「他？為了愛情而死？我不相信。」

「你有沒有在夜晚走過墓地？有沒有對著什麼發過誓，哪怕是對一尊神或一棵樹或一條河？有沒有對一個人唸過咒語？有沒有祕密敵人？」

我搖搖頭。「他不是死了嗎？為什麼沒去別的地方？去陰間法庭，還是去哪個接下來要去的地方？」

她笑笑。「我們不都想知道嗎？有人說是因為他們對這個世界的依戀，有的是沒人埋葬他們才變成餓鬼。但這個鬼看來啥也不缺。」

我打個寒顫，想起林天青那間豪華宅邸裡空蕩蕩的大廳和沒完沒了的走廊。

「他想向你要一樣東西。」

「我不能嫁給他。你能幫我把他趕走嗎？」

那靈媒來回搖晃身子。「說不定，看情形。」

「我有一點錢。」我僵硬地說。

「錢？啊，你的錢在這裡不值那麼多。」她狡猾地微微一笑，露出一顆犬齒。「但我不會拒絕啦。」

「可是你剛才就趕走他了！」

「是的，是的，但那只是暫時罷了。我可以給你一樣東西，讓他無法靠近，但效用無法持久。你想澈底擺脫掉他的話，可能就得做更多。」

「比方說？」

「這我現在不能告訴你。」

我氣極了，但回想起來，又覺得自己愚蠢，因為我滿心懷疑地來到這裡，一見這個女人或可幫得上一點忙，立刻就把所有希望寄託在她身上。

「服下這個粉末。」她拿出一個小袋子，將粗糙的黑色的粉倒入一個紙錐。「把它摻到三份水裡，每晚睡前喝。不管用的話，你可以把水減量成兩份。不過它效用很強，一定要小心。再戴上這個護身符。」那是個髒兮兮的小布包，裡面塞著嗆鼻的草藥。最後她拿出一把印了密密麻麻紅字的黃紙。「把這些貼在你的門窗上。一共五毫錢。」

就這樣？她對剛才那位年輕人卻說了那麼多。

「我一定可以做得更多吧！」我脫口而出。「我應不應該去廟裡添油香，求神明保佑？我應不應該剪掉頭髮，發重誓？」

她用近乎憐憫的眼光看著我。「你願意的話，當然可以，也沒什麼不好。至於剪掉你那頭漂亮的頭髮和發重誓……好吧，何不等等，先別做任何魯莽的事。」

我默默遞給她十枚半毫錢銅板，很想知道我們若給她動物小錫錠的話，會不會得到更好的建議。我俯身過去時，她突然抓住我的手。

「聽好了，」她嚴厲地低聲說著。「我再告訴你一件事，雖然可能讓我惹上麻煩。你要給自己燒點冥紙。」

讓她這麼一抓，我吃驚地說：「死人用的錢？」

「如果你自己不能燒，就請別人幫你燒。」她轉過身，說得更大聲了。「你希望我承諾一定成功，保證一切都會平安無事？我不做那種事，問你阿媽就知道了，所以我才貨真價實。」她又咯咯笑了。「這不是老天給的禮物，親愛的姑娘。不是，絕對不是。那些風水師、捉鬼師和觀相師喜歡跟客人說，他們幹那行是因為老天恩賜賞口飯吃。」

「難道不是？」

她靠了過來，她的口氣刺鼻，有股發酵的異味。「告訴我，你覺得看見死掉的人是老天恩賜？」

我們離開時她還在哈哈大笑。

⁂

回去的路上，我們一直悶悶不樂。我看得出阿媽很想問我靈媒跟我低聲說了什麼，但她自尊心很強，不願意在拉車的苦力面前談論我們的私事。我卻在思索靈媒說過的話。給你自己燒點冥紙，她這樣告訴我。她是否意指陪葬品？我是不是死定了？我抬起雙手按著眼睛。隔著耀眼的陽光，我看得見血液流過眼前。死亡似乎毫無可能，難以置信。

我從眼角瞥見阿媽憂心地看著我，於是決定不告訴她靈媒最後的指示，因為實在太令人不安了。我向人力車外凝望，感覺洩了氣似的意氣消沉。我們沿著三寶山的山坡下山，經過龐大的墓地和行行列列的華人墳墓。有些墳上依稀可見枯萎的花朵和燃過的線香，但多半都已無人聞問。

人們大多怕鬼，不肯走近墳墓，除非是清明時節。的確，有些墳墓一片荒煙蔓草，幾乎分辨不出墓碑上銘刻的死者姓名。最古老的墳墓已經塌陷下去，因此山坡上四處可見星星點點的大洞，猶如巨怪缺牙的齒槽。這與安靜的馬來墓地多麼不同，他們棋子狀的伊斯蘭教墓碑豎立在雞蛋花樹蔭下，馬來人稱之為墓地花。小時候，阿媽從來不許我摘下那芳香、粉白的花朵，我覺得我們生活在融合的文化中，只學到彼此的迷信，但不一定感受得到信仰給人的慰藉。

第九章

那黑色粉末的味道有如灰燼，好像苦澀的草藥和燒掉的夢。那天晚上我看著阿媽準備，用一個小水壺倒出的熱水浸泡藥粉。阿媽覺得所有的藥都得配熱水服用。我們已把黃色符紙小心翼翼地貼在每扇窗子和房門的內側。完成之後，就像插了許多飄動的小旗子。我還注意到就算沒風，符紙彷彿也在飄動，令人不安。但我仍在猶豫靈媒囑咐我燒冥紙給自己的事，也不想對阿媽提起。我反倒遞給她一個小油布包。「你可以幫我賣掉這個嗎？」

她抖出幾根金髮夾。它們都是華麗的老式樣，我已忘了當初是誰饋贈給我。「你幹麼要賣掉這些？」

「因為我們需要更多的錢，你不可以繼續挪用你攢下的積蓄。」

她不依，但最後還是答應問她的阿媽姊妹們有沒有人想買首飾。一直以來都是這麼做的。謹慎詢問有無買主，以金飾或玉石墜子交換現金，難怪每個姨太太和情婦給別人任何好處，都要求冷冷的金屬和閃亮的寶石當作回報。當然，如果我是妓女，也會這麼要求。其實一想到我們竟已淪落到賣首飾的地步，就好似有隻小爪子在刮擦我的良心。

服下靈媒的黑粉之後，我直接上床。我轉著碗裡粗糙的粉末時，有點擔心會不會中毒。後來還是吞下，過了將近十小時，才訝異地在一片燦爛陽光中醒來。阿媽焦急地在我面前晃來晃去，等我坐起來了，她才好不容易淡淡一笑。

「現在幾點了？」

「快九點了，」她說。「睡得好嗎？」

這一夜睡得很沉，睡得差點喘不過氣來，但慈悲的是沒有受到任何夢境的打擾，我懷疑那靈媒的祕方不過是安眠藥粉罷了。然而看著阿媽熱切的臉，我又忍不住對她報以微笑。

我慢慢下樓走到父親的書房，迫切地想和他談談我們的財務狀況、婚姻協議，及好一陣子沒有機會討論的各項事物，甚至好想在他吹毛求疵的注視之下抄寫詩詞。但他書房的門是關的，等我把它推開，卻見房裡空無一人，只剩下書的霉味，和鴉片濃烈的甜香。

「我爹上哪裡去了？」我問阿春。

「他一大早就出去了。」

「有沒有說要去哪裡？」

「沒有，小姐。」

我不滿地關上書房門，然後靠在門上。外頭男人的世界發生了什麼事？天白有沒有再跟他叔叔談過？我們的債務該怎麼辦？多麼希望我能單獨外出問個清楚。假如我有個哥哥或堂哥可以依靠就好了。我雖然沒有纏足，也只能待在家裡，彷彿我的腳踝綁了根繩子，將我繫在我家大門口。就算阿媽也比我更有依靠，因為她有受雇於許多家庭的阿媽姊妹。我沒聽說燕紅進一步的消息，說不定她也把我忘了。好想知道天白在做什麼，他是否還想著我。我鬱鬱寡歡地拿起針線籃，想完成縫在新衣服袖口的鑲邊。因做女紅而雙手不得閒的同時，我的思緒也不停攪動。

次日也沒見著我爹，真令人擔憂。父親不是喜歡外出的人，部分是因為他臉上的天花坑疤。我習慣了我爹的樣子，少數幾個仍經常來串門子的老友似乎並不在乎，但陌生人往往停下腳步盯著猛瞧。我年紀稍小時偶爾好奇父親會不會再娶。但他深愛母親，或許無法從賢慧的孤苦未婚女子中挑中一個比得上她的填房吧。他曾在敞開心房的一刻告訴過我，她長得就像天上的女神。我們家是我亡母的祭壇，父親仍在書房裡祭拜她，阿媽撫養我長大的同時，也不由得憶起我娘的少女時期。我嘆了口氣，很想知道我若是和天白結婚，他會不會待我如此深情。雖然沒有作夢，我仍覺得倦乏，有種不祥的沉重感，猶如雷雨將至的風起雲湧。

兩天後，大門在一聲巨響之下霍地甩開。大清早的，那聲音彷彿雷擊般劈哩啪啦響遍整個屋子。我盡快奔下樓。來到門口大廳，只見一臉蒼白的阿春兩手緊捂著嘴，門上有一大塊向下流淌的污漬，在地上滴流出深色的一灘，看著活像是有個動物在我家門口遭開膛破肚。我看看外面，街上空空如也。我滿心恐懼，彷彿吞下一隻又冷又笨重的大蟾蜍，因為這絕對不吉利，非常非常不吉利。

「出什麼事了？」我問阿春。「你看見任何人了嗎？」

「沒有……一個人也沒有。」

「可是你為什麼要開門？」

她突然痛哭失聲。「門是自己開的。」

「你一定看見有人跑走了吧？」我認為這個壞蛋有足夠的時間逃之夭夭。

「一個人也沒有，」她重複道。「門是鎖著的。」

「也許是你昨晚忘了鎖門。」阿媽一臉焦急地在她背後出現。

阿春頑固地搖頭。「門閂根本沒拉開。」

她突然又痛哭起來，口口聲聲要離開。

「你是什麼意思，你個傻丫頭？」阿媽說。

「是鬼，是鬼做的。」

❧

這天剩下的時間過得愁雲慘霧。阿春哭哭啼啼，一再說想要辭工回家。她聽說過她村子裡以前發生過這種事，最後的下場總是全家大禍難逃。老王把門階清洗乾淨之後，我又仔細檢查一遍。他是個細瘦的老先生，稀疏的灰色頭髮，但我從未如此感激他的沉默寡言。

「你覺得那是什麼？」我問。

「血。」他答得簡短。

「什麼樣的血？」

「可能是豬血。殺一隻豬會流很多血。」

「你覺得不是人血？」

他皺起眉頭。「小小姐，你只有我膝蓋這麼高的時候，我就認識你了。我給你做過多少次蒸雞血糕？聞起來像豬，我看是豬血。」

我低頭看我的腳。「阿春也說鬼魂把食品儲藏室裡剩下的粽子吃掉了。」他點個頭，隨即拖著沉重的腳步走開了。

「會不會是哪個惡棍認錯我們家了？」阿媽絕望地問。她的話使我心中生出新的恐懼。放債人。我爹到底做了什麼？他奇蹟似地回家了。其實他整個早上都待在家裡酣睡，壓根沒受到驚擾。他一打開書房的門，房裡即瀰漫著鴉片菸的味道。

「父親！」一見他出現，我雖鬆了口氣，也覺得害怕。他眼神狂亂，鬍子也沒刮，皺巴巴的衣服掛在他骨瘦如柴的身軀上。我把早上的事告訴他時，他一副沒聽進去的樣子。

「血跡還在嗎？」他問。

「老王洗乾淨了。」

「好，好……」

「父親，你有沒有向任何人借錢？」

他揉揉發紅的眼睛。「我唯一的債主就是林家的一家之主林德強，」他慢慢地說。「我想他不會使出這種招數。他何必這麼做？他不過就是希望……」他一臉愧色，聲音也愈來愈小。

「希望我嫁給他兒子。你答應了嗎？」我頓時心生恐怖的猜疑。

「沒有，沒有。我說我會考慮。」

「你又跟他談過？」

「昨天，也或許是前天吧。」他轉身走回書房。

後來我把我爹對我說的話告訴阿媽，並且問她是否認為林家可能做出這種事。她搖搖頭。「我想不到他們做得出來。但誰知道呢？」我們之間有種沒說出來的恐懼，阿媽不肯說，是怕它可能使得邪靈變得更強大，但我懷疑林天青的鬼魂似乎更強而有力了，也或許是林家的人，不管死人活人，都想把我逼瘋。

我握著阿媽瘦弱的手。兒時這隻手曾為我擦乾眼淚，打我屁股，幫我梳頭，用湯匙餵我。現在這上面滿是肝斑，指關節都腫了。我不確定她多大年紀，但我心中湧起一股哀愁的孺慕之情。遲早她也需要有人照料，我很懷疑有錢又幸運的少女一生當中是否需要考慮這些事。我親眼看見林家的一切如此豐裕，就連地位高的僕人也有下屬替他們拿東搬西。我想我若是和林天青舉行冥婚，幾乎人人都會滿意吧。阿媽可以過上較好的老年生活，我爹的欠債一筆勾消。然而當個寡婦，生活在那樣的家庭中，卻和天白永遠分開！眼看著他迎娶別的女人，而我夜夜鬼魂入夢。我無法忍受。

「我寧可去死。」我說。

「什麼？」

我想也沒想就說出來了。阿媽憂心地注視我。「別太擔心今天的事，」她說，以為我想必是嚇壞了。

「我不擔心，」我撒謊。「我知道該怎麼辦。」我拿出一個錢包，數了數裡面的錢。阿媽順利賣掉了金髮夾，所以這會兒小錢包裡沉沉的塞滿了錢。

「阿媽，你願不願意幫我辦個事？可以買點葬禮祭品嗎？」

她驚訝地看著我。「哪種祭品？」

「現金，冥鈔。」

「買多少？」

「你覺得需要多少就買多少。」

「可是他的家人肯定已經燒很多錢給他啦？」她問。我心知她以為我想用錢打發林天青別來糾纏我。

「靈媒說要燒一點。」我避重就輕地回答。阿媽看來猶豫不決，但最後還是同意了，同時我自己也得做點準備。

阿媽返家時，讓我看用紙包的厚厚幾疊冥鈔，顏色十分鮮豔，上面印著地獄之神閻羅王的圖章。此外，她也買了可以摺成金錠形狀的金紙，那是另一種陰間偏好的貨幣。冥鈔的面額為十元及百元的馬來亞元。以人們定期焚燒的大量冥鈔看來，地府的通貨膨脹想必也很嚴重。那麼在大面額冥鈔印製許久之前往生的可憐亡靈又該怎麼辦？

當天下午稍晚，阿媽回房休息時，我把祭品拿到我們燒祭品給已故家人的院子裡。我把金紙摺成金錠的形狀，這會兒它們像小船一樣整齊地堆疊在一個大托盤上。阿媽不在，我想獨自一人燒這些東西，讓她繼續以為祭品是燒給林天青，而非燒給我自己的比較好。

過去我只是在適當的節日跟著阿媽照做而已。每逢過年或清明，都是她張羅一切，把紙做的祭祀用品堆在一邊，再用托盤為祖先擺滿食物。這是一件精巧而複雜的大事，包括一隻有頭有腳的水煮全雞，幾杯米酒，一顆綁了紅紙的綠色萵苣，和水果堆成的金字塔。祭拜過後，全家人享用食物。顯然祖先們只需享用祭拜的心意。我向來以為這種處理事情的方法很實際，不會太麻煩活著的人。然後再燒掉紙紮的祭品和冥鈔。我決定我需要做的是這部分。

阿媽燒香時，會面對寫著死去祖先姓名的牌位。我不確定沒有牌位該怎麼做，但剛才趁她外出，我準備了一塊木頭和一張紙代替。我沾了墨汁寫自己的名字時手在發抖，滲入紙裡的墨汁有如陰暗的污漬，但我已做了這麼多，不妨樣樣都試試看。

很久以前，我有一次見到父親焚燒他親筆寫的詩句。當時是藍黑色天空的傍晚時分。我問他為什麼燒了他寫的書法，他只是搖頭。

「我寄出去了。」他說。

「寄到哪裡？」我問。當時我年紀一定很小，因為我還得抬頭注視他的臉。

「寄給你娘。我把它燒了，或許她在陰間讀得到這些詩。」他口氣中帶有濃重的米酒甜香。

「好了，快走吧，你該睡了。」

我慢慢爬上樓梯，注視站在昏暗院子裡的父親。他又點燃一首詩，看著那張紙在冒出火花後消失時，似乎早已忘了我的存在。事後我問阿媽我可不可以也給我娘燒點東西，譬如我的畫，或我頭一次學習刺繡的作品。她似乎氣得不得了，兇巴巴地說這種事一定要在對的時間才能做，問我打哪裡來的想法？阿媽對祭拜和節日的正確性向來斤斤計較。

我想知道父親現在是否仍隨自己的意思寫信給我娘然後燒掉。但不知為什麼，我很懷疑，難以想像他仍有精力做這種事。那麼母親呢？她仍在陰間嗎？阿媽總是說我娘一定早已投胎到別的地方去了。但願如此，不然我就得祈禱她願意疼惜她撇下的女兒。雖說我娘的死一直都是我們生活中沒說出來的核心，卻從來沒有人教我如何直接向她祈求。阿媽堅信我娘已免去地獄的折磨，老早走上投胎轉世的路。除了童年焚詩寄給母親那件古怪的事，其他的父親皆不承認。我想到天白——我若是死了，他會不會寫信給我？

我深吸一口氣，把一疊冥鈔排成扇形。我向航向遠方世界的三寶太監鄭和喃喃唸了一段簡短的禱詞，希望這樣就夠了——但我滿心懷疑。接著我面向自己的名字鞠躬，說著，「願這筆錢能以某種方式對我有用。」聽來很無力，而且相當可悲，但我還是把冥鈔丟入火盆，馬上起火燃燒起來。正想再燒一扇冥鈔時，阿媽走進院子。

「已經開始燒啦？」她說著眼睛緊盯我手中的冥鈔，我急忙把它丟進火盆，並且盡可能擋住寫了我名字的臨時牌位，但為時已晚。

「你在幹麼？你還沒死呢！」她以驚人的速度搶走紙牌位，一把扯爛。

「阿媽。」我說，但她一邊哭一邊罵我。

「不吉利！太不吉利了！你怎麼可以做這種事？」

「是靈媒叫我做的。」

「是她？」阿媽怒瞪著我。「那她就是騙子，你不會死的。你太年輕，不會死的！」她哭泣時，心煩意亂的我又像個孩子似地緊抱著她，觸摸她小小的身子和脆弱的骨架。

「對不起，我不是故意的。」

小時候，她曾多少次這麼抱著我？過了一會兒，她才用手背抹臉。

「再也不許那麼做了。」她說。

「為什麼？」

「因為從來沒有人燒祭品給活著的人！」

我雖不想惹她生氣，但又忍不住說出我的道理。不能燒冥鈔的話，所有東西都白白準備了！

「你確定她不是叫你給他燒冥鈔？」

「是。她說是燒給我的。」

阿媽頹然坐下。「這話等於是說你已經死了。她不曉得她在說什麼。」

「可是，阿媽，是你叫我去找她的！」

「她確實有點能力，但她不是神，她怎麼知道你未來的命運？」

阿媽臉上漸漸變得微紅。我了解那個臉色，那就表示不管如何理性辯論，此事都不必再討論了。我想堅持己見，畢竟現在這個屋子的女主人是我。其實我當女主人好幾年了，但我從來沒這麼想過。阿媽垂下眼光，似乎讀出了我的心思。

「麗蘭，現在我只是個老太婆，你盡可做想做的事。但求求你，這件事別做。太不吉利了。」

令我吃驚的是，她又哭了起來。我蹲下去仰臉看她。「我不會的。」

淚水滑入她臉上的皺紋。「你不懂。你娘是我養大的，她小嬰兒時我抱著她，她學走路時我牽著她的手，然後她突然就死了，可憐的孩子。在她的葬禮上，你依偎著我，你可愛的嬰兒胳膊圈著我的脖子，我對她發誓永遠不會離開你。如果你也年紀輕輕死了，我會受不了的！」

我為此真情流露感到震驚。阿媽向來都是如此不露情感，如此不願意談起往事。「她死得那麼年輕？」我總是想像我娘比我老得多，看起來就像別人家的母親或我的阿姨。

「比你現在大不了多少。她就像我自己的孩子。」

不知不覺中，阿媽的手順著我的頭髮，重新回到了兒時的舊習慣，彷彿我真的只到她膝蓋那麼高，爬到她的腿上尋求安慰。「現在是你了。你也是我的小女兒。」我們有如兩個遇難的倖存者緊緊相擁。

第十章

當天夜晚，儘管服下靈媒的藥，我還是作了可怕的夢。我的眼睛哭得紅腫，心情又很沮喪。阿媽的恐懼感染了我。死亡曾偷走一個她心愛的人，她相信同樣的事很容易再發生一次，無論是天花之神還是鬼魂折磨造成的。我早早上床，不願多想。幾乎是一睡下就開始做夢了，好似那些夢被關了好幾天。我在藥力的影響下沉睡，看見晃動的昏暗身形，將幽靈般的手和臉抵著隱形的欄杆。一切都模糊而緩慢。我瞧見林天青的臉忽隱忽現，他的嘴在動，眼睛嚇人地轉來轉去。我不想聽，但他終究還是清晰浮現。

「我親愛的麗蘭，」他說，他的嘴因扭曲而拉扯成齜牙咧嘴的怪相。「你最近不太友善。這當然不是對待未婚夫的方式吧？」

「走開！」我大喊，卻費了好大的勁才說出來。「我不是你的未婚妻！我跟你沒有一點關係。」

「我來給你一個警告，」他說。「妻子有點任性並不太糟，但是全然違抗……好吧，麗蘭，身為你的未婚夫，我真的覺得我有責任糾正你，是吧？」

「是你把豬血灑在我們家大門上？」

他咯咯笑了。「是不是讓人心驚膽顫？連我也嚇一跳。」

「你自己做的？」

「好了，好了，我不能洩漏所有的祕密，說我可以使喚別人就夠了。我是相當有影響力的人，你說不定很快就會懂了。」

「為什麼你可以使喚鬼做這個？」

他笑了。「這沒什麼，」他說。「我只是交代他們嚇唬你一下。我自己怎麼也想不到用鮮血，但我不得不說看起來很棒，嚇得你家女僕不停尖叫。說真的，我好久沒這麼開心了，自從……自從……」他蹙起眉頭，然後住口。

我現在比較懂了，最好別把話題帶到他的死亡上面。「他們替你做這件事？他們是誰？」

「地府官差。噢，是的，他們聽我的命令，他們受命當我的助手。」

「受誰之命？」

「當然是地府的九個判官之一啦。」他毫不掩飾地笑了，笑得肩膀聳起，脖子和背之間厚厚的肥肉跟著抖動起來。真不幸啊，死亡對他的體格沒有一點幫助。

「每個人都有官差可以使喚嗎？」我問。

「當然不是！我是個特例，我有任務在身，所以才有支援。你不會以為他們會任由大家為所欲為吧！得照規矩來的，還要認識對的人。」他撫摸下巴鬼魅般的山羊鬍子。「說得夠多了。我是來看看你有沒有改變心意，最近你讓我來看你的時候不太愉快，竟然跑去請教那個老巫婆。」

「原來黑粉有效。」

我發覺自己說錯話了，但已來不及。怒色閃過他的臉龐，他兇惡地瞇起眼睛，這是林天青教人害怕的地方。生活在我們平靜、略為陰鬱的家裡，我從未碰過如此動輒發怒的人。

「沒什麼藥末阻擋得了我！」他說。「只是小小的不便罷了。今晚我是來要答案的。」

「你為什麼想要娶我？」

「麗蘭，麗蘭，你問太多問題了。你該不會已經想要累壞你的新郎了吧。」但他仍在微笑，彷彿這個遊戲在某方面讓他玩得挺開心。「我們的愛情有的是時間變得更親密。」

「愛情？你根本不認識我。」

「哦，麗蘭，但我非常了解你。」他湊近時我立刻退避。「大家都同意了，你將是我一部分的獎賞。」

「什麼獎賞？」

「既然我們即將結婚，不妨告訴你吧。有人對我犯下罪行，一位重要人士答應，我只要幫他們完成幾件微不足道的工作，他就給我特別補償，那個兇手也將歸我處置。」

「什麼罪行？」我問，雖然我的皮膚感到刺痛。

「你當然不會以為像我這樣強壯的年輕人會突然發燒死掉吧？」他說。「我是被謀殺的。」

我緊張地猛眨眼睛。「你想查出兇手是誰？」

「我已經知道了，就是我親愛的堂哥，天白。」

❖

是阿媽叫醒了痛哭尖叫、翻來覆去的我。醒來之後，我哭了好久好久，說了好多語無倫次、關於林天青的話，她一直抱著我，幫我拂開臉上汗溼的頭髮。最後，我終於很不安穩地睡了。等我終於起床時已近中午，阿媽正在敲門。

「怎麼了？」我問。我仍一心一意想著林天青透露的事，頭髮散亂，眼皮浮腫，活像個瘋婆子。

「你爹要見你。」阿媽似乎比平常更瘦小了，像一個精力漸漸耗盡的發條玩具。「他在書房等你。」

我看著阿媽，但她只聳聳肩。「誰知道他想幹麼？可是你！你病得太厲害，不能下床。我去告訴他待會兒再說。」

「我去見他。」

不知什麼緣故，父親這次叫我到書房，令我深感不安，我懷疑阿媽也是一樣，甚至想藉由抱怨與責罵來阻擋我。我洗完臉，編好辮子就下樓了。我爹書房的房門虛掩著，這是幾天以來的第一次。雖然我從來沒有敲門的習慣，我卻試探性地敲了一下。

「進來。」父親說。

他站在書桌後面，手裡捧著一幅畫卷。看著他消瘦臉頰上突出的骨頭，我驀地想到林天青的鬼魂正在生吞活剝我們一家人。我很好奇他給自家人施加多少壓力，也第一次對他父母感到一絲同情。

「一幅好畫，不是嗎？這幅畫向來是我最偏愛的一幅。」那是以山為題的一幅水墨習作，筆法激烈，彷彿那畫家幾乎耐不住性子，等不及筆下的景象成真。「我盡可能讓它遠離光與熱，」父親說。「這幅畫出自一位非常知名的畫家。你猜得出是誰嗎？」

父親叫我下樓，當然不是為了繼續我荒怠多時的古典教育，或者他終究失去了理智？他嘴唇一癟，露出厭惡的表情。「它能賣個好價錢，」他說。「還多得是。我蒐集的這些老東西，或許畢竟有點用吧。」

「多少錢？」我說。

「不夠多，但我打算宣布破產。這些是給你的，把它們變賣成金子和現金，你才有點財產可以過日子。」

「那你呢？你怎麼辦？」我忽然害怕地問，腦海中閃過各種景象。父親被關在債務人監牢裡，或是露宿街頭。

「不用擔心我。」見我變得焦躁不安，他又說：「麗蘭，我其實是想告訴你一些消息，免得你從愛說閒話的僕人嘴裡聽到。」

我的心一沉。「什麼消息？」

「天白要結婚了，他已正式訂親，簽了婚契，他將迎娶柯家的千金。」

我站在原地啞口無言，他的話在我耳中迴響，猶如遠方波浪的拍打聲。「柯家？」我僵麻的嘴唇笨嘴拙舌地說。

「你在七夕節那天晚上可能見過她。她在穿針比賽時就站在你旁邊。」

我當然記得她，那個對我很不友善的高大馬臉姑娘。我墜入黑水中即將滅頂，幾乎聽不見父親講話，我麻木地注視他抓著我冰冷的雙手。

「麗蘭！」他說。「對不起，他來跟我談話那天，我就怕他會提高你的期望。」

我轉身走開。朦朧之間，我知道父親在喊我，阿媽跑上前來抓住我的袖子，可是一切都像是鏡花水月。我耳中轟鳴，視線模糊。天白！我全心全意在抗拒林天青的糾纏，以為他想必也在他那邊向叔叔力爭，確保我們仍可能在一起。現在他卻辜負了我。他已辜負我一段時間，因為婚約都簽了。我好傻啊！讓迷人的微笑和舊懷錶迷住了。我沉溺於白日夢，同時柯家那位千金可能正忙著縫她的嫁妝，也許她也接到燕紅送去的一塊布料。我覺得反胃。

我睜著眼睛躺在床上，卻什麼也沒看見。我好累，但無法休息。林天青的指控，天白的婚約，它們攪和在一起，變成一團令人作嘔的混亂。如果天白是個兇手，擺脫他也是好事。但我就是無法相信林天青，甚至無法相信自己的夢。那是一條通往瘋狂的路。我不知道躺了多久，但隨著時間流逝，陽光從這邊的窗子移到那邊。阿媽走進房間點燃了燈，她端來湯，但我把臉別開。她大聲哭泣，咒罵天白，說了我但願自己說得出來的話。隨著天光退去，窗子上的黃色符紙在看不見的風中顫抖。我知道那是什麼意思。我厭惡的追求者今晚又將入夢。

阿媽離開時，我坐起來摸索靈媒給我的那一小袋黑粉。我用顫抖的手往杯子裡倒出相當多的分量，再摻一些水進去。她說過了，不管用的話可以增加劑量。好吧，昨晚可是一點也不管用。我告訴自己，我想要的只是麻木無感，只是睡覺和遺忘。就算是大口吞藥，苦得差點喘不過氣來，我也這麼告訴自己。現在回想起來，我自問為何那麼做？為什麼不等阿媽回來，由她幫我小心準備再服下？我生氣、絕望又粗心大意，但我真的不認為我是故意尋死。

第二部

陰界

第十一章

有人在哭，那刺耳的啜泣聲有如動物的痛苦喘息。我睜開眼睛，只見臥房裡的百葉木窗已掩下一半，遮蔽了強烈的陽光。儘管家具想必過去也曾品質優良，地板刷得乾乾淨淨，床單縫補得整整齊齊，但怎麼看都有股說不清的寒酸。我就像有雙鷹眼似的，把這一切看得清清楚楚，這是我前所未有的體驗。木頭大梁上的每個螺紋都浮凸出來，每粒灰塵都像一顆星星般懸浮在空氣中。

一個老婦人在床邊縮成一團，但我實在難以專注在她身上。我的心念似乎在遊蕩，彷彿不斷被引開。那張床是個三面的箱子，上面有張棉床墊，已經磨得既薄又凹陷了。我花了很久細看將它固定在一起的縫線。那啜泣聲始終沒停，最後我幾乎是氣極了，才把注意力轉向老婦人。她蹲在地板上，臉埋在床墊一側。她來回晃動時，露出布鞋的薄鞋底。

我細細打量她時，漸漸發覺有個女孩躺在床上。她紋風不動靜靜躺著，很不自然的樣子，眼臉如花蕾般緊緊收攏。她慘白的臉色使得兩道微彎的眉和濃密的睫毛更為突出，好似用筆使勁畫出來的。很好奇她張開眼睛的模樣，如果她真有張開眼睛的一天，因為即使隔了一段距離，也明顯看得出她很不對勁。

房門開了，一名女僕走了進來。她一看見床上的女孩就開始尖叫，她的叫聲引來一位滿臉凹洞、年紀較大的男子。從他的長袍看來，我猜他是屋子的男主人，不過他似乎瘦弱得可憐。他抓起女孩的雙手呼喊她的名字。我心不在焉地打算轉向窗子，但呼喚她名字的聲音抓住了我的注意力，使我留在原地，幾乎是冷漠地看著他們在奮力救醒她。同時房間裡的人不斷大聲叫嚷著「麗蘭！麗蘭！」，彷彿那樣就能讓她甦醒。

過了好長一段時間，醫生終於到了。他趕走近乎發狂的女僕之後，聽著女孩的脈搏，再扳開她的嘴檢查舌頭，然後摸摸她的兩隻手掌和腳掌，停頓一下，才翻開她的眼瞼。

接著他說：「她沒死。」已離開床邊的老婦又狂哭起來。「她吃了什麼？」他問。

她痛苦地站起來，交給醫生一紙包粉末，和一只剩下渣滓的陶杯。他聞了聞，放在手指上舔一下。「鴉片，」他說，「和許多別的東西，其中有些我嚐不出來。是誰給她這個喝的？」

老婦人開始語焉不詳地說起一個靈媒和其他的事，但我幾乎沒注意聽，反倒對那個女孩仍然活著的事著迷不已，於是湊近了看。倘若我停下來想一想的話，或許就會覺得奇怪，為什麼好像沒有人注意到我，但我當時沒有想到。

醫生說出他的診斷結果。「讓她保持溫暖，可以的話，餵她喝雞湯。她可能會甦醒過來，但你們也應該做最壞的打算。」

「你是說她可能會死？」屋子的主人問。

醫生的回答是一手在袖子上一絲不苟地抹幾下，然後用右手的食指與中指用力按壓女孩鼻子下方的上唇。驚人的是，她的眼瞼微微顫動一下，在同一瞬間，我感覺到自己被大力一扯，如果我是一只隨風飄揚的風箏，那感覺就是風箏線突然一拉，而我快要被拉回去了。

「看見沒有？」醫生說。「這是讓昏厥和流鼻血病人醒轉的穴位。她服下過量的藥粉，因此減緩了她的生命力，不過她體內還有一些氣在流動。」

「她會復原嗎？」

「她還年輕，她的身體終究可能分解毒藥吧，所以請保持她身體的溫暖，幫她按摩。盡量試試看能不能讓她喝點流質食物。」

「求求你，醫生，老實告訴我，她活下去的機會有多少？」年長的男人一臉憔悴，眼睛大而無神。我看見他的瞳孔放大，似乎他自己也在服用興奮劑的樣子。那醫生也一定注意到了，因為他瞟他一眼，臉上帶著淡淡的反感。

「讓她休息，明天我會帶著針灸器具過來。在她病情穩定下來之前，我不想刺激她的氣。不過她這種狀態可能會維持一段時間。」醫生準備離開時，把老婦人帶到一邊低聲說：「他抽太多鴉片了。」

她點點頭，但我看得出她的心不在那上面。她的眼光一直不由自主地回到床上的女孩身上，醫生離開後，她立刻開始按摩她的四肢。起初那女孩有如美麗的娃娃般一動不動，二十分鐘後，我看見她臉上漸漸現出一絲血色，但卻如此微弱，不曉得老婦人能不能察覺，可是她臉上掠過鬆一口氣的表情。她溫柔地順了順女孩的頭髮。

「我去給你燉點湯，我的小寶貝，」她說。「別擔心，阿媽很快就回來。」

門一關上，我就走到女孩身邊，對她感到非常好奇。我凝神細看她的臉孔時，有個不安的感覺，總覺得自己忘了什麼重要的事。湊近一瞧，看見她喉嚨幾乎無法察覺的脈搏，緩慢而蜿蜒地流過她體內的血液，和她微微鼓起的胸腔。我把手放在她胸前，不知為何如此著迷，突然一陣滾燙的閃電竄過我全身，我的回憶、影像和感覺一湧而上。剎那之間，我記起我是誰，那些人是誰。躺在床上的是我的身體。

我在那裡停留好一會兒，恐懼與驚訝得無法動彈。我現在是個靈魂了嗎？我瘋狂地繞著那個身體打轉。我的身體，我提醒自己。聽說靈魂離開身體時，可能會受引誘回到身體裡面。我盯著它繞了一圈，不曉得能不能從鼻孔或耳朵鑽回去，但我似乎沒有那種能力。最後我只能洩氣地躺在它上面，我的靈魂形體慢慢下沉，直到我無意識的身體將它完全吞沒。我的靈魂與身體完全密合，但卻澈底分離。我雖心焦如焚，但已不再老是分心。我的靈魂想必記得我肉體的框架，我靜脈中潺潺流動的血液，而它漸漸平息下來，就像待在熟悉馬廄裡的一匹緊張的馬。

等我再度睜開眼睛，阿媽熟悉的臉焦急地在我面前晃來晃去。一時之間，我以為自己還是躺在病床上的孩子，但接著我想起來了。她的手摸過我的額頭，但我毫無感覺，真是失望透頂。我喊阿媽，可是她繼續傷心地低頭凝視我。

「麗蘭，」她說。「你聽見我說話嗎？我給你端來一些肉湯。」

「我在這裡！」我喊道，可是她的眼神不變。

她扶起我的身體時，我也在裡面坐了起來。阿媽舀起一小匙肉湯送到我嘴邊。「只喝一點，」她說。那香味聞起來開胃誘人，我的身體卻向前一塌，肉湯滴了出來。阿媽眼裡蓄滿了淚，但她繼續嘗試。絕望之下，我緊貼著身體的各個部位，每當她把肉湯餵到我嘴裡，我就假裝吞下去。起初似乎沒什麼差別，但我的身體終究虛弱地把湯吞下去了。阿媽開心得不得了。她拿一條溫熱的溼毛巾幫我把臉擦乾淨，為我換上乾淨的衣服，然後扶我睡下。我站在她肩膀後面觀看這一切，可是她完全不理會我可憐的懇求。

她再次離開時，我跟著她走出房間。沒想到和我期望中的靈魂世界恰恰相反，移動並不困難，唯一的改變是我似乎少了點實體。譬如窗簾這種軟軟的、薄膜似的東西，是無法阻擋我的，厚實的物體就需要一番掙扎。我甚至沒嘗試穿牆而過，因為不想被卡在什麼地方。其他人無法穿過我。阿春和我擦肩而過時，她肩膀的動作把我推回牆上。我似乎只能輕易穿過我自己的身體。

人們普遍以為鬼魂最難轉彎，不尋常的角度和鏡子也可能輕易讓它們張皇失措，但它們也能溜過縫隙，且像蠟燭火焰一樣逐漸減弱。而這些規則似乎都不適用於我，我懷疑是不是因為我並沒有真的死掉。或者更糟的是，也許我很快就會失去隨意移動的能力，然後我將逐漸消失，變成隨風飄去的活靈。

來到樓梯頂端，我衝動地一躍而起，然後如柔軟的羽毛般飄到下面的地板上。這個發現讓我太高興了，差點又想跑上樓再跳一次時，剛好聽見院子裡有人講話。空氣漸趨涼爽，爐灶生火準備煮晚餐時，木炭燃燒的氣味也隨之升起。我幾乎嚐得到正在烹煮的食物，就像我嚐到了阿媽用湯匙餵進我身體的肉湯。儘管肉湯增強了我的力量，但食物的香味僅僅誘人，卻無法滿足我。

我慢慢走進院子，老王正在跟阿春說話。從她的紅鼻子和紅腫的眼睛看來，她不是剛剛哭過，就是又快哭出來了。

「小小姐死了，」她說，「她還那麼年輕——我相信這間房子一定受到了詛咒！」

老王惱火地發出刺耳的聲音。「她沒死。你沒聽見醫生說嗎？」

「我打算明天通知你，我不想繼續在這裡幫傭了。」阿春說。

「那你就走吧，」老王說。「看你能不能馬上找到別的工作。你在這裡至少有吃有住。」

「你呢？」她問。「你月底會不會離開？」

「不曉得，」他說。「他們需要人手。」

「聽說老爺破產了。」阿春擤著鼻子。

「我們還是拿到工錢了，不是嗎？」

我焦急地聽他們說話，擔心要是阿春和老王離開的話，我們家該怎麼辦。就在那一瞬間，老王轉過頭來直勾勾看著我。一股激動在他臉上一閃而逝，猶如蜥蜴一溜煙爬過滾燙的石頭。我驚愕無比。沒有別人注意到我。我叫他的名字，但他轉過身去。

「你快離開！回到你該待的地方去。」他說。

阿春乖乖拿起一盤蔬菜渣滓走入屋內。我逗留一會兒，想著他說的話，幾乎像是故意說給我聽的，但就算我站在他面前叫他，他也不承認我在那裡。接著他反而走回廚房，留下我兀自懷疑他在那一瞬間是不是認出我了。

之後幾天，我都待在我的身體附近，也常常躺在裡面，希望能夠恢復和它的連結。和我初見時相比，現在我的身體不過像是在睡覺。那蠟黃、毫無生氣的表層不見了，現在它可以非自願地吞嚥和吃點東西。阿媽幫著拿便壺時，它也會聽話地大小解。最後這個我做得非常努力，因為我不希望阿媽太過辛苦，彷彿我又成了個嬰兒。一開始，我頗滿意順利做到了，然而只進步到這個基礎程度為止，我又開始覺得絕望。

醫生天天都來。想到我們該如何付錢給他，我就心裡發抖，但好在我賣首飾的錢還有剩，希望若有需要的話，阿媽會明理地再多賣一點。他以針灸治療，並且高興地宣布病情大有進步，他將這一切都歸功於自己的醫術。

「我很少見到病人能有如此顯著的改善。」他對我爹說道。

「可是她的頭腦呢？她對任何事還是毫無反應。」

「這個病例當然是相當不尋常。通常都是靈魂先回來，引發身體的復原。」

「你怎麼看？」父親插嘴道。他的藍色長袍上有污漬，可見好幾天沒換洗了。

「你需要把她的靈魂叫回來。誰知道它現在去哪裡遊蕩了？」

我就站在他旁邊，所以對他話中可怕的諷刺意味很有感覺。遊蕩，對極了！

「如果她的靈魂找到回來的路呢？」

「那應該就會自然而然地連結身體。兩者之間具有強大的吸引力。」

這段談話使我更確信我得做點什麼才行。什麼都好。我靈肉分離的災難給別的一切蒙上陰影，然而以我目前的靈魂形體，恐怕更容易成為林天青及其陰謀的犧牲品。他別的指控又如何呢？我實在難以相信天白是兇手，但我盡量不去想他。他就算是無辜，也將迎娶別人。我自己的麻煩已經夠多了。

我仍不敢走出阿媽和我在窗子和門口貼的黃色符紙範圍。每次我一靠近，哪怕是沒風，符紙總是瘋狂飄動。我擔心符紙會限制我的行動，因為其作用就在於擋住鬼魂。我發現我的靈魂和我的肉體穿著相同的衣服，阿媽餵給我肉體吃的食物似乎使它更為強壯。那似乎是個好兆頭；我的靈魂以一種難以解釋的方式和我的身體相連，但我不確定我若是離開家裡會怎麼樣。

我凝視我的身體，希望以前多欣賞自己一點時，忽然發現空中懸了一根細線。起初我還以為是一根蜘蛛絲，但它在陽光下閃閃發亮，好像是半透明的，很奇妙的樣子。我伸出手指，感覺到顫抖的嗡嗡響，彷彿是一種樂器的弦在震動。

我驚得縮回了手。那根線出現在房間的一個角落，我跪在地板上，看見天白的黃銅懷錶在沉重的大衣櫃後面閃閃發光。自從那天晚上瞥見林天青的暗影氣得我把錶扔掉之後，一直沒能找回。細線來自那只錶，接著穿過房間，最後迷失於外面耀眼的陽光中。我不懂以前為什麼沒看到過，也好奇又害怕地想知道是否自己更接近鬼魂世界了。

但那根線拉著我。它有股怪異的吸引力，使我忍不住順著它在窗外的路徑用手撫摸過去。我一時衝動，爬上了窗臺。那根線如同我抓在手裡的蜜蜂似的嗡嗡響著，我回頭一瞥床上的女孩，她閉著雙眼，呼吸平順。我知道阿媽一定會好好照顧我的身體。然後我一躍而下。

第十二章

雖然擔心，好在窗子上的符紙並沒有阻礙我出去。我反而慢慢向下飄，直到我站在旁邊的小巷子裡回頭看我們的房子，手裡仍抓著那根閃亮的線。放開它時，它微微上飄，好像蜘蛛絲一樣隨風飄著，然後伸展開來，飄出了視線。沒有它，我很可能勇氣盡失而返回家裡，因為我這輩子從來不曾像這樣單獨一個人待在外面。

我走了起來，經過街坊熟悉的房子。路上幾乎見不到一個人；對挨家挨戶兜售水桶裡的新鮮豆腐和活雞的小販來說，上午這時候上門太熱也太晚了點。既然現在可以四處漫步，我非常好奇地想到別人家裡探險，看看別人怎麼過日子，但我手中的線提醒我有事要辦。我不曉得它將帶我去哪裡，但我也只能靠它走下去了。

我走了很長一段路，沿著那根線進入一個比較繁華的商業區。一排排掛著明亮招牌和橫布條的店鋪街，一家家緊緊挨著，和鄰居共用牆壁；店鋪街前方有一條「五腳基」，或稱「五呎寬」的人行道——那是各家店鋪懸垂的二樓形成的有遮蔭的涼爽人行道。這裡有討價還價的行人，有在籐椅上打瞌睡的老人家，有趴在地上的流浪狗，牠們的肚子在高溫下一起一伏。還有各式各樣的店舖：五金店；咖啡店；印度借貸店，那放債人頭上纏著白色的頭巾，額頭上畫了三條波浪狀的種姓線。小時候，阿媽會在中秋節帶我來這裡挑選各種用紙糊的和鐵絲彎成蝴蝶或金魚形狀的燈籠。選好之後，我就等她細細欣賞一包包縫針和木屐。

我站在那裡，四周圍繞著匆匆辦事的人們，幾乎可以假裝自己是另一個行人，假裝我仍安全地待在我的身體裡面。我淚留滿面，遠離了我們熟悉的房子和每個認識、關心我的人，我覺得孤單極了。

哭了好一會兒，我才慢慢發覺有個乞丐走近。乞丐很常見，可是這個乞丐的神態很不自然。他虛弱地拖著腳步，一根根肋骨都從粗如皮革的皮膚裡鼓出來。哪知我正看著，一個男子沒看見似地穿過乞丐，彷彿他不過是個影子。我驚恐地縮了回去，但此時那乞丐已太靠近，我無法避開。等他從破帽子底下抬起臉來，我只看到乾枯的皮膚和露出的骨頭，兩隻眼睛好比深陷眼眶裡萎縮的水果。

「你是誰？」他的聲音細弱，好像沒有足夠的空氣通過他塌陷的胸腔。

他看來如此虛弱，於是我設法鼓起勇氣。「你看得見我？」

他的頭懶懶靠在他枯萎的頸子上。「只能從某些角度。」他的目光游移不定。「你沒有死人的味道。你是天上來的？」

「你錯了，」我說。「我不是神。」

「那就給我食物。」他左右搖晃的嘴像墓穴一樣深。「我餓死了！」

「你是什麼？」我低聲問道，但我大概已經知道了。

這時他趴在地上，無力地抓著我的衣服下襬。「我不記得了。沒有人埋我，沒有人知道我的名字。快給我！」那可憐的東西嗚咽著。「給我一吊錢買點東西吃吧。」

我盲目地在口袋裡亂摸，被憐憫和恐懼弄得不知所措，卻發現手裡抓著幾吊中間有洞的古銅幣，想必是我為自己燒的一部分冥幣，但我沒時間思考，因為他驚人快速地撲向那些錢。他枯骨般的雙手一把抓起錢，隨即沮喪地慢慢走開了。令我吃驚的是，我看見另外兩個昏暗的身影興趣盎然地向他靠攏，其中一個鬼魂甚至比和我說過話的乞丐看來更破爛、更瘋狂。他一邊走一邊痙攣與抽搐，我懷疑這些餓鬼是否就這麼一點一點磨損到沒了，但另一個繼續向前走，想必是沒死那麼久。

「剛才有個姑娘在這裡，她給錢！」

我避開他憤怒、茫然的目光。他活著時八成是個胖子，因為他才剛剛開始出現飢餓的徵兆。可是我一移動，他就大喊一聲。「她在那裡！」

我逃離沒完沒了的巷弄，穿過擁擠的店鋪。餓鬼們似乎從四面八方出現，不再貼著牆壁，一個個從通道中飄出來。太遲了，我總算明白起先不該跑的。如果死人只能從某些角度看到我，那我還是靜止不動好些。其實我發現自己早已遠離當初的起點。烈日高掛天空時，我才發覺一個可怕的事實而停下腳步。在奔逃的路上，我放開了引導我離家的那根細如薄紗的線。

那天我第二次淚流滿面站在路上，不過這回我不敢發出一點聲音，就怕引人注意。鹹鹹的淚水刺激著我的臉頰，紅腫的眼瞼抽痛。我筋疲力竭地坐在一塊石頭上用袖子擦臉，雙腳痠疼無比，我查看腳上有沒有起水泡。沒有身體的靈魂還得忍受血肉之軀的折磨似乎非常不公平，但或許這才是死後生活的重點。

好吧，哭毫無意義。片刻之後，我開始四下張望，發現這條路似乎很熟悉。我曾坐人力車經過這裡，那時我穿著最體面的衣服去林家大宅作客。我可以從這裡找到回家的路。我天人交戰好一段時間。走回去，溜進我們家將會很容易，但就算沒有為我帶路的那根奇妙的細線，我還有另一種選擇。既然林天青多次不請自來闖進我家，我不妨也禮尚往來一下。說不定我會發現什麼對我有利的事；什麼都好過懦弱地等他來找我。

我雖疲累不堪，腳步卻很輕盈，而且我發現可以走得比我的身體更快。我的靈魂形體有幾項優點，但我不敢想必須付出的代價。會不會像餓鬼一樣更快感覺飢餓？我不敢想太多。

林家大宅的大門關著，但隔著門上華麗的鐵工，我看得見裡面拐來拐去的馬車道。我倚靠大門測試自己，發現一番努力後就可以穿門而入，真讓我鬆了一口氣。一名門房在中午的熱氣中打盹，門口的芙蓉花在我經過時幾乎沒抖一下，彷彿我只是一陣微風。走近宅邸時，我再次醉心於那盎然的古意。如今許多新富階級都在興建英式殖民風格的屋子，有寬敞的陽臺和開放式宴會廳，如印度與錫蘭的豪宅。林家大宅絕對是中式建築，其牆壁掩藏著擁擠的房間和院落。我懷疑天白的新娘會不會要求裝修新房，但又盡量不去想它。

好在厚重的硬木前門是虛掩的，一定是為了讓涼風吹入。我惶恐不安地走了進去，因為我不再是客人，而是闖入者，更糟的是，我變成了靈魂。經過前廳赫然聳立的家族祭壇，上頭擺滿了祭品和焚燒的香燭，我避開眼光匆匆走向內院。在涼爽的大理石地磚和葉子油亮的盆栽之間，我遇到兩名僕人，其中一個是之前陪我如廁的女僕。她和一個小女孩忙著澆花和擦拭樹葉上的灰塵。我本打算從她們身邊走過，但我一走近，小女孩驚跳一下，手中的大水罐掉落地上。

「你看你做了什麼！」年紀較長的女僕說。小女孩不過十歲或十一歲，她驚愕地咬著嘴唇。我想也沒想就彎下腰想幫忙拾起碎片，忘了我根本沒有身體。

「我感覺到什麼了，」她說。「好像有人經過我身邊！」

女僕眼光嚴厲地注視她。「你知道林夫人不喜歡談論鬼魂。」

小女僕彎腰撿著碎片。「可是她老在燒祭品，不是嗎？也許是她兒子的鬼魂回來了。」

「嘖！誰想讓他回來啊？」我好奇地湊近了聽。「你才來三個月，從來就沒見過小少爺。」

「他和天白少爺一樣親切嗎？」

女僕忍不住說起閒話。「噢，才不是！我們經常沒一件事做得對，可是夫人太寵他了，不能接受他死了。」

「很突然嗎？」小女孩暫且放下工作，很開心能夠忙裡偷個閒。

「當然啦，他發了高燒，不過還是一樣苛刻，一直燒到早上，他就死了。醫生簡直無法相信，甚至還想知道他前一天晚上吃了什麼，但也沒發現什麼不妥的地方。他跟同桌的人吃一樣的東西。這是好事。」

「對誰是好事？」

「對我們大家，你笨哪，不然可能就會怪到我們頭上。林夫人難過極了，她想知道有沒有誰服侍小少爺喝下睡前的茶，可是誰都沒有啊。這一切都是因為他的茶杯不見了。他有一只青瓷茶杯，是家裡的傳家寶，可怎麼也找不到。他死後，夫人總有各種怪裡怪氣的想法。」

「好奇怪。」我看得出小女孩已深深著迷於這個令人毛骨悚然的故事。

「什麼事好奇怪？」

兩個僕人內疚地嚇了一跳。是燕紅。她對年長的女僕皺眉。「我同父異母的弟弟是發高燒死的，我不喜歡聽你們重複這些閒言閒語。」我沒見過這麼兇巴巴的燕紅，和記憶中親切、微笑的女主人大不相同。她轉身離去時，我匆匆跟在她後面。

在那天剩下的時間裡，燕紅人到哪裡，我就跟到哪裡，她要麼在屋裡到處忙活，要麼在寬敞的客廳和深如洞穴的廚房裡放鬆。雖然她只是二姨太的女兒，似乎也博得許多敬重，許多應由林夫人定奪的事，往往落在她身上。她對我提過，她只是回來娘家探望一段時間，但她似乎就跟在自家一樣，沒有她的話，我實在無法想像他們如何應付得來。我很少見到林夫人，她看來比以前病得更嚴重，輕柔如羽毛的聲音幾乎聽不見了，她無精打采的舉止也和區區幾星期前大大不同。

我不敢太過靠近她，唯恐林天青可能感覺得到我的存在。說實在的，我好怕他隨時都會回來。儘管我早先決心闖入林家，現在我又不想面對他了。一間間鋪了地磚和擺著紅木家具的房間，一條條昏暗的長長走廊，以及來去匆匆的僕人，在在讓我想到自己是個闖入者。然而我無法逼自己抽身離開，因為我發現和我家相比，我在這裡似乎具有些許影響力。記得前幾次來訪，我總覺得有股壓迫感，我懷疑林天青的鬼魂是否使得林家大大小小變得敏感起來，因為不止一個人在我靠近時瑟縮一下，而且交談總是轉向鬼魂。這份領悟並不令我特別開心，但絕對提供了一些有用的消息。

我跟著燕紅的理由，不外乎她是我最熟悉的人，再說她曾對我和藹可親。已經出嫁的她似乎十分認真看待身為長女的責任，對僕人也是說一不二，與其他女眷和氣相處，對林夫人非常殷勤。我記得阿媽說過，燕紅的母親為了確保女兒得以結婚而犧牲的故事，因此見到她對林夫人如此誠摯很是訝異。可是完全見不到天白的蹤影，我不得不承認自己一直盼望再見到他。不管我告訴自己多少次他並不在意我，甚至可能是個殺人兇手，我仍忍不住想著他。看見我們初次相遇的荷花池，我心中一陣苦楚，突然響起的鐘聲更讓我的心為之雀躍。

我愈是觀察燕紅，就愈覺得她的壓力沉重。她在人前小心翼翼地保持泰然自若的神態，私底下卻猛咬嘴唇，臉上浮現焦急的神色，幾乎無法靜靜坐著，老是跳起來做一件又一件的事。我很好奇燕紅是否向來如此，還是最近才變成這樣。

下午漸漸過去，直到長廊的影子拉長，潛入房間，地板上花色鮮豔的荷蘭瓷磚漸漸暗淡下來。我的精神似乎也隨著逝去的光線衰退，正盤算著當晚該怎麼辦，門房突然走進來，對燕紅嘀咕了些什麼。

「有個男人在屋子外面？」她問道。「他有什麼事？」

門房低下頭。「他沒靠近，但已經站在那裡好一會兒了。」

「你幹麼不問問他？」

「我想我要是走近，或許他就離開了。但你確實說過，若有任何不尋常的事，一定要告訴你。」

燕紅蹙起眉頭。「我去瞧瞧。」她慢慢沿著彎曲的馬車道走下去，身上淡色的娘惹衫有如昏暗光線中的飛蛾翅膀般在我前方拍動。

「他走了。」他們走到門口時門房說。燕紅看著外面，惱火地聳聳肩膀。然而憑著敏銳的新眼力，我瞥見一棵樹的陰影中有個站著的身影，認出一頂竹帽，和他長袍下襬閃亮的銀色刺繡。我驚跳一下，想起我和阿媽去找靈媒時，排在我們前面請教靈媒許久的陌生男子。但就在我想著的剎那，那男子忽地一個轉身，消失在暮色中。

走回屋子時，我的心往下沉。在我感覺如此虛弱又毫無防備的時候，我不想在這裡見到林天青。正猶豫之際，燕紅已走進燈光明亮的屋子。林夫人在門廳。

「你去哪裡了？」她不滿地問。

燕紅拍拍她的手臂。「沒事，」她說。「待會兒我們一起吃晚餐。」

林夫人心不在焉地點點頭，可是她一轉身，燕紅就用十足露骨的怨恨眼光瞪她一眼。吃驚的我雖然急著想離開，卻跟著她上樓走進一間臥房。她門上了門，掀起一口木箱沉甸甸的蓋子。她匆匆把箱子裡面滿滿的衣服放在地板上，只見最底下有一卷用布包著的東西。燕紅躊躇片刻才解開結，彷彿她覺得非檢查一下才行。她展開一角，停頓一下，鬆了口氣，然後快快重新包好，但我已瞥見一只青瓷茶杯變了色的杯沿。

第十三章

我驚愕得差點無法專心思考。為什麼燕紅有個看似林天青不翼而飛的可疑茶杯？我想這中間或許有個單純的解釋，因為只有傻瓜才會保存這樣的東西，而我看燕紅並不愚蠢。可是僕人說那是傳家之寶，也許她不忍心把它扔掉。見到那變色的杯沿也令我心中一驚。青瓷的名貴在於它的半透明度，從我驚鴻一瞥看到的狀況，那茶杯表面上了一層清澈細緻的釉。

但即使在我推敲的當下，也覺得壓迫感愈來愈強，猶如一團不祥的霧湧入房間。我確信有個東西快要來了。我害怕地想著林天青，甚至是他提到過的地府官差。空氣變得沉鈍，我開始呼吸困難。每當林天青在我夢裡逗留太久，我就有這種快要窒息的感覺。我的嘴巴乾澀，幾乎呼吸不到空氣，總覺得這間屋子厭惡我的闖入，我愈發不安地來到窗邊。在漸漸深沉的暮色中，我看見長長一列奇怪的朦朧綠光，它們怪異地上下擺動，經過大門口的門房身邊，但他似乎看不見的樣子。那時我才知道它們就是鬼火。

我衝下樓梯，穿過僕人區，再從側門衝出去。我的側邊好疼，肺部發燙，但我仍然狂奔不止，拚命想要拉長我和那些鬼火之間的距離。嚇壞了的我在迷宮似的黑巷子裡轉過一個又一個彎，直到終於不再有窒息感，我才總算能夠想個清楚。我的心臟跳得好快，思緒一片混亂。為了替死去的親生母親報仇，如果必須剝奪林夫人兒子的性命，燕紅就有一樣多的動機殺死林天青。況且她丈夫是個醫生，她很容易買到藥物或毒藥。但我這麼想的時候，也不由得心一沉，想起天白也學過醫，他提過他輟學了，可我一直沒發現原因。

一陣帶著強烈海洋氣息的微風襲來，因為馬六甲離海很近。對面一小排店家裡的燈都點上了。受到鍋碗瓢盆噹啷聲的吸引，我落寞地注視這些店家圍起的後院，終於挑了一戶看來較不堅固的木門。我奮力強迫自己穿過木材緊密的紋理，最後好不容易置身一個石材蓋成的院子裡。大大的釉罐裡裝著飲用水，一個和我差不多年紀的女孩把水盛入水壺。她把它抵著臀部保持平衡，然後端進屋裡。

我尾隨她穿過昏暗的廚房，進入小小的用餐區。這是典型店家的居住空間，每個店家建造得非常狹長，家家戶戶緊緊挨著，有如鰻魚床裡的鰻魚。一家人圍坐在大理石桌前，有父親，母親，一個老爺爺，兩個小男孩，和我跟隨的那個女孩。但吸引我的，是桌上一團像霧一般升起的食物香氣。那是很簡單的一餐：湯和醃菜，豆腐，一盤和小孩的手差不多大的炸鯖魚，但在肚子飢餓的我眼裡有如一席盛宴。然而不管我如何嘗試，食物的香味只帶給我惱人的難以滿足，看來除非有人供奉我，否則我就得捱餓。他們用餐時，我悲慘地蹲在房間角落羨慕他們嘰嘰喳喳說個不停，和他們吃進嘴裡的每一口食物。以前我也餓過肚子，但從不像這麼餓。老王總會給我幾顆花生或一把瓜子。這會兒我就好想念他和我家熟悉的廚房，而且強烈到令我害怕。

過了一會兒，老爺爺對女孩示意。「你今天有沒有供奉祖先？」

她噘嘴。「當然有啦，爺爺。」

他轉頭瞇眼看看家庭祭壇。「那餓鬼呢？」

「那些東西！清明節又還沒到。」

老爺爺來回搖晃他的頭，好像耳朵裡有東西似的。「給它們供點米飯。」

女孩嘆了口氣站起來，舀一些米飯到一個碗裡，嘀咕兩句才把它放在祭壇上。她一放好，我立刻奔向祭壇猛吸氣，我的鼻孔裡頓時充滿香氣，謝天謝地，我的肚子也飽了。我合起雙手謝謝老爺爺，雖然他在專心吃自己的飯。終於，聽著他們的交談，又經過多事的一天，我閉上眼睛睡著了。多奇怪啊，靈魂居然能睡，能吃，能休息。除此之外，那麼多燒給死人的紙紮食物、紙家具、紙房子與紙馬車，還能作何解釋？

❖

我突然在靜靜的黑暗中醒來。這家人已經上床休息，可是有個聲響驚醒了我。我豎起耳朵，又聽見一陣窸窸窣窣。黑暗逐漸被走廊的微弱綠光打破，很像我見過的接近林家大宅的綠光。它愈飄愈近了，我覺得脖子上的汗毛豎起。我嚇呆了，硬是把半個身子鑽進一個大抽屜櫃裡，希望這樣能助我避開餓鬼。

暗淡的光線進入房間然後停住。起先我只看見一個穿著老式服裝的背影，頭髮上吊著精巧的髮飾。是個年輕女子，不像同我講話的那個可憐餓鬼一樣瘦。不過她一轉過身來，我看見她微微乾枯的五官，彷彿已經慢慢開始變成木乃伊了。她在空蕩蕩的餐廳閒逛，在老爺爺的椅子上停頓片刻，然後走到那碗供奉的米飯前停下來。

「是誰吃了這個？」籠罩她全身的鬼火激動地呈現波狀。「你竟敢闖進這裡？」

她敏銳的眼睛像針似的在屋裡轉來轉去。我抬起手擋著臉，發現它發出微光時驚恐不已。不是裹著那女子的怪異綠光，而是月光一般的白光。她氣憤地在屋裡一掃而過，第二次總算瞧見我了。

她睜大了眼睛細細端詳我。「我本來以為你是餓鬼，但現在我發現你不是死人。你來這裡叫我回去的嗎？」

每個鬼魂立刻想到的都是自己的狀況，我想這大概很自然吧。說到底，我也幾乎忘不了自己的靈魂已經脫離身體。

「你是魔鬼還是神仙？」她問道。

我不曉得該如何回答，便說：「對不起，我吃了你的米飯。老爺爺說那是祭品。」

「那是擺在祭壇上的，可是多年來都是我的。」

起初她雖然充滿敵意，但似乎很渴望談話，也許她已經很久沒有跟任何人溝通了。我看不出她死了多久，因為壽衣向來都是永遠不變的古裝，但我仍然可能從她那裡學到一些東西。

「你在等信差嗎？」我冒昧地說。

她懷疑地瞥我一眼才說：「原來你是在找我！不過我還沒準備要離開。」

「我不確定，」我才開口，就被她打斷了。

「我姓劉名芳。我可以解釋我為什麼還在這裡。」

「你不是餓鬼。」

「當然不是！按理說我早該去法庭了。是地府官差派你來的？」

「我來不是為了你的事。」我覺得應該讓她了解實情，以免誤會更深。

她嘆了口氣。「我真傻，竟然指望他們派你這樣的人來。那你是仙女吧？我一直想見到一個，我知道她們偶爾會從天上下來。不過……」她倏地住口，細看我的睡衣。

「我迷路了。」

「你把你的坐騎也弄丟了？」

「我的坐騎？」

「難道你沒有馬車或一匹馬？或許是你的階級太低，」她輕蔑地說。「只是你的衣服……我的意思是，你當然很漂亮，所以我才知道你是仙女。」

為了拖延，我說：「我只是個跑腿的卑微女僕。」

「哦！」她說，「是愛情嗎？我也是為了愛情才在這裡！」她一旦開口，好像就無法停止。

「你知道嗎，我是為了愛情而死。」

「是的，」那女鬼說著，讓自己坐在一張餐桌椅上。與我不同的是，她輕得多，兩隻袖子披垂在椅子的木頭上，輕到吹口氣就能把她吹下椅子。「真的非常浪漫。我還記得頭一次見到他的情景，他當然已經娶妻了，但她比他老得多。反正我也不在意。」

「你不在意當姨太太？」

她大剌剌地揮揮手。「我才是他愛的人。我爹當然拒絕，他只是個小店主，配不上我，而我家在雞場街有間出租公寓。所以我把自己鎖在房裡絕食時，我爹就說他要送我坐船到中國的親戚家。他給我買了航行馬六甲海峽的船票，我想他大概真的打算把我嫁給新加坡一個生意上的舊識，可是海上颳起了颱風，我們的船翻了。我從來沒學過游泳，很快就淹死了。」劉芳嘆了口氣，抖一抖她長長的袖子。「我要是知道多麼容易失去生命，就會更加珍惜這條性命。」

她若知道我多麼衷心同意她的話就好了，但我迫切想要查明更多關於死後之事，和其運作的方式。「如果你是淹死的，為什麼會待在這間屋子裡？」

她驚愕地轉向我。「我沒告訴你嗎？這是我情郎的家。」

「那個老爺爺？」

「他留在妻子身邊，生了更多孩子，但他每夜仍夢到我。我爹當然給我辦了葬禮，燒祭品給我，但我情郎從不曉得這件事。他只知道我爹不認我這個女兒，我成了孤魂野鬼，所以他才天天晚上供奉米飯。那是他要給我的祭品。」

我突然一陣焦慮，很好奇要是我的身體停止呼吸的話，我會不會知道。「你死的時候是什麼感覺？」

「我看見其他鬼魂湧向審判法庭的門口。我本來也應該去的，但我想再見到我心愛的人。噢，告訴你，我死的時候，他的妻子可鬆了一口氣！但我保證他在夢裡還是愛我的。」她的笑聲空洞地叮噹響。「可是我一直在擔心他們會派人把我帶走，不過反正時間差不多了。」

「什麼時間？」

「哦，我當然一直都在等他死啊！他好幾次差點死了，有一次是從梯子上摔下來，還有一次是染上傷寒。但我想日子近了。」

「那你希望他死嗎？」她的振奮令我厭惡，也讓我想到鬼魂對活人的負面影響。

「不，沒有……」她驚恐地說，「噢，你絕不可以舉發我！我是想說他要是死了，我就等他一起過去，畢竟我們是靠這個相連的。」她伸出手來，只見她指間捏著一撮看不見的東西，但不管我怎麼努力去看，卻啥也看不見。

「怪了，」她說。「是一根閃亮的線，我看得好清楚。」

我的心跳了一下。「我一直在找像那樣的東西。那是什麼？」

「它顯示你情感的強度，」她說。「我活著時我們交換定情物。我給他一支髮簪，他給我他爹的一枚玉戒。我死後發現如果跟著這根線走，就能引導我直接找到他。他仍把我的髮簪保存在樓上一個木盒裡。」

我想著天白的錶和他來家裡那天我交給他的梳子。可是為什麼我的線沒有通往林家大宅？

「說不定你的任務艱難吧，因為只有戀人找得到自己的線。」劉芳說。

「你的線是不是在空中飄？」

她皺著眉頭。「線的另一端可能是他給我的戒指，或許沉在海底吧，但是我光靠這一端就應付自如了。離開屋子時我會抓著它。你知道嗎？當個鬼魂，很難四處走動！角落，鏡子之類東西會害我迷路。而且這會兒我輕得很，沒這根線抓著的話，一定會被吹到大街上。」

她的話證實了我的懷疑，原來我真是不同於死人，可以輕易從一處到另一處，哪怕是那些追我的餓鬼也狂飄一陣便消失了。

「反正我也很少外出，」劉芳繼續說道。「實在很麻煩。真不知道一般鬼魂要是沒我這根線的話該怎麼辦。」她又刻意盯著我看。「你好像什麼事都不太清楚。」

「我們過著備受呵護的生活，」我說，心中明白我必須講點什麼來滿足她的好奇心。「我的工作是在仙桃園裡摘果子。」我覺得對她撒謊很是內疚，她卻被迷住了。

「多無聊啊！大家肯定是把天堂想得太美好了。」

「那是很神奇的果子。」我說得很小心。

「那一定就是長壽果了。假如我有一顆，肯定可以拿去賄賂地府官差對我仁慈一點！」

林天青也提到過地府官差。「哪裡找得到他們呢？」我問。

「當然是鬼門關。我一出門就看見了。」

「為什麼餓鬼不去那裡？」

「它們找不到的，」她輕蔑地說。「你指望什麼？它們沒有像樣的葬禮，沒有祝禱，沒有祭品，它們毫無希望。」我愈聽心情愈沉重。

最後我說動劉芳帶我去看鬼門關。起先她不願意，說了一大堆藉口。後來我總算順利誘她說出實話，原來她已近三年不曾離開這屋子了。「我一直陪伴著他。」她說著狡猾地一瞥。

我倏地想到她之前提過的事。「作夢，」我說，想起林天青進入我夢中的方式。她聽了驚跳一下，一臉的內疚。「你說他在夢裡不會忘了你。你是怎麼做到的？」

劉芳又摺起她的袖子。「如果我告訴你，你一定要幫我說些好話。」

「我不能答應你，但我願意試試看。」我不安地想，她要是知道我多麼迫切地想挖消息，也渾然不知地府官差是人還是妖魔鬼怪的話，肯定懶得浪費時間在我身上。但劉芳看來很滿意。

「好吧，我發現如果我趁他睡覺時把這根線往他身上按下去，有時就可以進入他的夢裡。夢裡的他又年輕了，我們也在一起了。不過最近他的夢境變得比現實世界更強而有力，所以我認為他快死了。」

我打了個寒顫，這幾乎跟我讀過的小說中四處為家的書生碰到的事一模一樣。一個美麗的女鬼引誘書生進入夢境，直到他們在尋覓鬼魂的樂趣中漸漸消瘦。我不太了解陰間的規矩，但我從和林天青的交談中確知規矩肯定是有的，難怪劉芳似乎非常懼怕地府當局。她已經帶路走過店家狹長的屋子，毫不費力地穿過前門，靈體結實得多的我花了久一點時間才趕上。來到街上時，我不禁驚訝地停下腳步。暗夜被鬼火點亮了。

有些是綠色，像劉芳的屍光；有些是各種顏色，宛若夜晚綻放的奇怪花朵。在擁擠的餓鬼和其他人類亡靈中，有打著搖曳燈籠的馬車和轎子，由馬匹和我從未見過、渾身鱗片的不知名動物拉著；還有虎頭男子和長了女性臉孔的小鳥；一些腳趾向後的女人和身穿官袍的蜥蜴混在一起。走路的樹和發光的巨大花朵想必是劉芳提到的樹神和小神。我駭然呆望這些陰界的生靈，朦朧之間，聽見繁忙街道上的聲響，但那噪音卻是悶悶的，彷彿隔了好大一段距離。這時林家大宅那種令人窒息的感覺又出現了，我反胃得不停喘氣。

「這是什麼？」我問。

「你不知道？這是鬼魂，這不算什麼，你該看看過節的日子有多少鬼魂出現。」

「可是我快不能呼吸了。」

她瞟我一眼。「是鬼魂聚集的陰氣引發的壓力。我不曉得天堂是什麼樣子，但你跟鬼魂混得愈久，就愈不會感到困擾。」

我驚覺她是對的。林天青一開始糾纏我時，我在夢裡就飽受窒息感之苦。那天早些時候，我第一次在林家大宅看見鬼火，也是完全無法忍受，不得不離開。可是這會兒我卻可以和劉芳交談，未感到絲毫不適，但或許是她去世已久的靈魂更脆弱了吧。我勉強自己抵著牆壁，直到強大的陰氣漸漸消退。這可能是個不好的徵兆，但我也無能為力。

「那就是門口了，」她說著指向空中一片亮光。我依稀看出偌大一個拱門，一大群亡靈宛若光的河流般不斷湧入。然而它是那麼遙遠。

「怎麼上去那裡啊？」我問。

「用飄的，」她說。「難道你感覺不到它有股拉扯的力量？我敢說我要是爬上屋頂放開手的話，就會飄到那裡。」

「我大概不能像你一樣飄上去。」

「那就飛吧，」她說。「你們不就是這麼從天上飛來的嗎？」

一陣突如其來的騷動，使我不必回答這個問題。

「讓路！讓路！」聽到大聲嚷嚷，一群鬼魂有如大浪一樣澎湃洶湧，卻被四個牛頭人身的可怕怪物擊退。每個牛頭怪物都手持一戟，身著紅色滾邊的黑色制服。仗著噴鼻息聲和恐怖的怒吼，它們輕而易舉地嚇得鬼魂退開。我身邊的劉芳不由自主地打哆嗦。

「它們是誰？」我問。

她發狂似地叫我安靜。護衛隊的後面是頂血紅色的轎子，那華麗鋪張的裝飾看著有些眼熟，於是我擠到前面想看個清楚。簾子拉下了，但一陣風吹得它往裡彎，一隻胖手不耐煩地把簾子打回去，剛好讓我瞧見手的主人。端坐在轎子裡的正是林天青。

我驚叫一聲開始向前走，然而就在那一瞬間，我的聲音消失於護衛隊的咆哮中，林天青的目光轉向我，彷彿就他一個人聽見我的驚叫。我直覺地迅速彎下身子，躲在一個長了捲曲鹿角的野獸後面。皺著眉頭的他整張臉都皺了起來。過了一會兒，一行人統統走遠了。

「那是誰啊？」我問劉芳。她已經朝店家爬了回去，但我擋住她的去路。

「他們是地府官差！」她說。我臉色一白。本來我一直盼望能找個官員求助，可是這些怪物超乎我的理解。劉芳看來很不安。「哦，他們只是步兵，不過地府官差也是一樣的牛頭魔。我們鬼魂都盡量迴避他們。」

「可是那轎子裡有個人類鬼魂。」我說。

「那他可能是個重要人物，或是很有錢。當局可能受賄，釋出各種特權。你不知道陰間是由地獄判官管轄的嗎？進入審判法庭和投胎轉世之前，有個名叫亡者之原的地方，你可以在那裡享受家人為你焚燒的祭品。它專屬於人類鬼魂，但不能永遠待下去。我在那裡有間小屋和兩、三個僕人，但我好一陣子沒回去了。」劉芳忍不住渾身顫抖起來。

「為什麼？」

「我跟你說過了！我的時間到了。我老早以前就應該去鬼門關報到，把我的案子交由法庭審判。」她臉上掠過一絲頑固。「如果我爹多燒一點冥鈔給我，我就可以賄賂地府官差了。希望我情郎死的時候，他的家人能替他多燒一點冥鈔才好。我觀察他們好多年了，他們非常喜歡他。」

「你最終不需要向法庭報到嗎？」

「當然要啦，但可能過好久都不必去。幾百年吧，如果有足夠的錢。」我懷疑地看著劉芳。

「別那樣看我！」她說。「你沒看見轎子裡那個鬼魂嗎？他證明了只要你有財力，就可以為所欲為。好了，我們結束了嗎？」

我眼看著她從店家的門溜回去。我並不特別喜歡她，但她有一種悲情，使我忍不住可憐她的算計。不過她提到的一件事，仍然令我心中一動。我細看黑暗的門板，覺得劉芳似乎還靠在門後面等我。我走過去對無聲的大門說話。

「還有一件事，」我說。「我怎麼找得到亡者之原？」

只聽得一聲微弱的喘氣，然後劉芳蒼白的臉又出現了，浮現在木頭大門的表面。若是以前，她那模樣肯定把我嚇得魂飛魄散，但我已愈來愈習慣見到鬼魂了。「你怎麼知道我在那裡？原來你畢竟是個仙女！」

「亡者之原在哪裡？」我又問了一遍。不知怎的，那地方似乎吸引著我。我的思緒莫名其妙地飛到我娘身上。阿媽向來十分確信她免除了審判的折磨，早已投胎轉世，但我實在忍不住懷疑她會不會還在那裡。

「那裡到處都有入口，像鬼門關一樣。餓鬼也不能去那裡。他們既沒衣服也沒錢走那段旅程，就算用偷的也不成，因為祭品必須免費供應才行。」

「你怎麼過去？」

「我跟你說過了，我有兩、三個僕人。我一到亡者之原就呼喚他們，他們就會來接我。」

「我可以去那裡嗎？」

她注視我良久，又在懷疑與好奇心之間拉鋸。「你為什麼需要過去，你要怎麼穿越那裡？」

「也許你能送我一程？」

「當然不行！我的僕人虛弱又東倒西歪的，經過這麼多年，已經漸漸鬆散開了。但你有錢的話，就能買條通道。」她緊緊盯著我，我翻出口袋，露出幾吊冥幣和兩、三枚小錫錠。

「你需要更多錢，」她說著不屑地哼了好幾聲，一點也不想掩飾。我也暗罵自己那天沒在阿媽阻止我之前把冥鈔燒完。

「這麼著，」劉芳說。「你要是想去亡者之原，我就幫你指出方向。但要付錢。」

「我以為你不愁吃穿。」

「只是勉強夠用罷了。等時間到了，我不希望和我情郎重逢時看來像個乞丐。」

「你不是已經在夢裡見到他了嗎？」

「夢裡！我可以稍微控制一下夢境，但等他一死，就會看到真實的我。好了，你不覺得這是樁好買賣？」

我考慮片刻，然後點點頭。

「但你需要更多的錢。跟你天上的當局要吧。記住，我們必須買車馬和衣服。」

「需要你的時候我怎麼找到你？」

她聳聳肩。「我一直都在這裡。不過要快！我擔心他活不久了。」

第十四章

我問劉芳亡者之原的事，是一時的衝動，除了想到我娘，也覺得我若真的走投無路，一定可以在那裡找到林天青，希望到時他身邊沒有護衛隊。畢竟劉芳說過，亡者之原是給人類鬼魂去的地方，再說難道我沒親眼見過他的宅邸和綠地、馬匹和馬廄？既然我對他的遭人謀害另有推論，燕紅成了我心中的嫌疑人，說不定能夠勸他放棄復仇。但老實說，我的前景似乎很黯淡，我甚至不確定如何說服任何人幫我燒冥鈔。

我離商店街愈來愈遠，鬼火也漸漸減少。我很好奇鬼魂最常使用的道路是否具有什麼重要性或潛在意義，它們是否自古以來就特別愛好某些特定地區。同時，我也小心提防，避免被其他妖魔鬼怪看到。兒時聽過的故事讓我想到，外面恐怖的東西比我剛才見到的多得多。

不知不覺中，我已來到古老的荷蘭紅屋市政府。這棟矮胖而方正的建築有厚重的紅磚石牆，傾斜的歐式屋頂，令人回想起荷蘭人統治馬六甲的時代。我從來沒走進去過，只知道英國人仍以其為政府駐紮地。本地人說裡面鬧鬼，我不禁怕得往後縮。我環目四顧，看看有無鬼火，好在這裡沒有。或許都在裡面吧，冷淡的荷蘭市民和他們的妻子仍身穿有裙襯的華麗古裝，在偌大的木頭地板上來回踱步，為胡椒、肉豆蔻、肉桂和丁香的交易價格傷腦筋。前方是城市廣場，死板地遵照荷蘭的傳統花壇栽種花朵，外加一座噴泉點綴。水在靜止的水池中閃閃發亮，讓我想起了我痠疼的雙腳。我謹慎地走過去看個清楚。

彎身注視水池時，我發覺身邊還有一個倒影，然後那模糊的身形變成一個身著皺巴巴上衣的老人。月光下的他顯得好單薄，單薄到像是用細細的白色蕾絲一針一線縫出來的。

「你是誰？」我終於低聲說道。

那老人動了一下。「啊，現在我看到你了。」蒼白的光照亮了一隻像鸚鵡嘴巴的鼻子和兩個深深的眼窩。一個外國人，我想。我從來不曾這麼接近一個外國人。

「你還沒死，但也不是真正活著。可憐的小東西。」他是第一個看清我是什麼的鬼魂，我嚇得向後縮。「我不會咬人。不，不會，我不會的。你在這裡做什麼？你應該回家才是。」雖然他的口音和外貌很奇怪，態度卻親切和藹，何況我已疲累不堪，忍不住潸然淚下。

「好啦，好啦，」他安慰道。「別哭了。你聽得見我說話吧？」

我默默點頭。

「原來是個嬌小的中國姑娘，」他說。「請原諒，年輕的女士。」

「你是誰？」

「我？我是老威廉．甘斯沃爾特。我習慣坐在噴泉旁邊。」

「你是荷蘭人。」我激動地說。

「我以前是荷蘭人，」他糾正我。「現在我是，什麼呢？一個鬼，一個靈魂。」

「你在這裡做什麼？」

「我應該問你同樣的問題，」他稍稍責備地說，「但沒關係，女士可以為所欲為。」他僵硬但有禮地向我鞠了個躬。他這麼做時，我注意到他一隻胳膊殘廢了，彷彿一隻剛長羽毛的小鳥翅膀般攤在胸前。「我年輕時坐船來到東方。我受過建築師訓練，那是我的職業。啊，對了，我的胳膊，」見到我的目光，他說。「如此出生，如此死去。沒有人認為我能帶著一隻殘廢的手臂坐船離開鹿特丹，不過能這樣看看這個世界已經夠好了。但我向來最喜歡馬六甲，因此當大限之日一到，我就多逗留了一會兒，大概是喜歡欣賞我的作品吧。」

「是什麼呢？荷蘭紅屋？」

「噢，不是，老天保佑，你以為我有多老啊？荷蘭紅屋建於一六五〇年，我還沒有那麼老，不過我協助增建它的一小部分。」

我細看昏暗的總督府，可是分辨不出他指的是哪個部分。「很漂亮。」我終於說道。

「你這麼想嗎？我設計的所有屋子當中，我最喜歡這間。增建的那一小部分不算什麼，但我很開心它和整體結合起來的樣子。可是你想上哪裡去呢？」

我張開嘴，隨即又閉上了。我厭倦了說話，厭倦了走個不停，得不到休息。我甚至對這個荷蘭人也沒把握，雖然他看來無害，又好單薄，所以我相信他年紀不小。

他臉上掠過一抹笑意。「你不信任我，我想我也怪不了你。我自己五十多年來都沒跟別的鬼魂說過一句話，但那是我個人的偏見。你知道，我活著時就不常跟本地人混在一起；附近唯一的荷蘭鬼，就是那個跳下鐘塔自殺的瘋子。可是時間讓我變得比較隨和，況且沒人聊聊挺寂寞的。」

想到在此逗留好幾世紀，我心中一陣恐慌。「我在找亡者之原。」我說。

「亡者之原？」他說。「我幫不了你。雖然經常聽人提起，但我根本找不到這麼一個地方。那不是我的信仰，孩子，那不是我的死後世界。」

我沉默片刻。「可是你看得到我！你可以跟我說話！」

「是，是，當然，我們仍然是在活人區，你也看得見我們腳下的鵝卵石，月光照著這個噴泉。這裡不是真的死後世界，親愛的，只是活著的最末端。我們都從這裡繼續前進。」

「所以等你們同種的人死了以後會怎麼樣？」

「你知道嗎？我也不太清楚。但我親愛的母親告訴我有個仁慈的上帝，所以我選擇相信她的話。若非那個，就是我就此消失。」

「你怎麼知道我是什麼？」

「因為我很久以前見過一個像你這樣的人，一個從樹上摔下來的印度少年。他沒有立刻摔死，所以多留了一段時間。」

「多久時間？」

「幾天而已。他不能吃東西，你知道的，然後他的心臟停止跳動，他才終於變成鬼魂。可憐的傢伙，他怕得半死。」

「那是否表示我也只有幾天？」我的聲音發顫。

「不知道，但你似乎比他強壯。你的身體想必是穩定的，但要細心照料才行。當然啦，除非你打算邁向下一段旅程。」

儘管他態度友善，他的話卻比我當夜遇到的任何事更可怕。「我沒有辦法重新活過來嗎？」

「可能有吧。好了，別發愁。但願一切都平安無事，我也會為你禱告。」他嘆了口氣，一時之間，我倆無話可說。一線微弱的曙光出現在地平線上。「也許你應該回家去照顧你的身體。」荷蘭人終於說道。

「我不確定該怎麼從這裡回到那裡。」

「那我倒是幫得上忙，」他說。我有點結巴地描述一下我住的街坊。

「啊，商業區，」他說。「我好久沒去那裡了，不過並不難找。你可以這麼走。」他跪下來用他正常的手臂在一塊地上畫了地圖。他的手勢沒有留下一點記號，但憑著他幽靈的手留下的淡淡殘像，我能看懂他指的路。

「要是改走這條路呢？」我問。

黎明的清新光線漸漸湧上城市廣場，我轉頭看旁邊，可是老荷蘭人已經不見了。我不曉得他發生了什麼事；究竟是他終於消失了，他虛弱的形體在明亮的陽光凝視下蒸發了，還是他太過古老，只有在月光下才看得到。後來我在那裡落寞地坐了一會兒。只聽得鳥兒啼囀，噴水池裡的水經過一夜溼涼升起一團霧氣。我覺得疲累極了，疲累又心痛，索性走到荷蘭紅屋旁邊倒頭就睡，活像流浪街頭的乞丐。

我再度坐起來時，太陽已高掛天空。我匆匆動身，突然對我的身體感到焦急萬分。荷蘭人指的路明確又精簡，他似乎把整個城市的樣貌印在我的腦海裡，我很快找到熟悉的街道。我離家愈近，腳步也愈來愈快，然後我猛然停住。有個牛頭魔站在我家大門前面。

它低著頭，雙臂交叉站著。那沉重的牛頭懶洋洋地垂向前，一副百般無聊的神態，假若是長在不那麼兇猛的動物身上，那模樣還挺可笑的。我發狂似地退回牆壁裡面，硬擠進磚塊時感覺到一股阻力。我的思緒有如暴風中的紙片般旋轉。它為什麼在這裡？為什麼我不像之前那樣先有壓迫感？我可以找個藉口說是因為只有一個鬼，昨夜的街上則是鬼魂充斥，不過我不能騙自己。我的覺察力變弱了；每接觸一次死人，我就跟他們愈近似。我覺得想吐。

牛頭魔站著一動也不動，好像是用巨大的樹幹雕刻出來的人像。馬來叢林裡有一種野牛，站立起來比成年男子的肩膀還高，體重超過一噸。馬來野牛是少數幾種能殺死老虎的動物。我沒見過活的馬來野牛，但有一次我在華人藥劑師那裡看見獵人拿來一對大牛角。這會兒看著那牛頭魔，我猜它的牛角比我見過的那對牛角更大，不過牛角底下的面容絕不像溫馴的動物。紅色的眼睛既狡猾又兇猛，男人似的炯炯眼神使我猛打哆嗦。

我注視這個不受歡迎的守門人時，又一個牛頭魔從轉角現身。

「有消息嗎？」第一個說。

「安全了。你進去了沒？」

「太多符紙了。而且只剩下她的身體。」

我的脈搏亂跳，像隻發狂的飛蛾。一想到這樣的怪物在找我，我就嚇得快昏了。

「你待在這裡好了。換我去巡邏一下。」

它們兩個互換位置，一邊打呼嚕，一邊碰得盔甲鏘鏘響。

「別讓她溜過你身邊。」

「你說給自己聽吧！我還是不懂他怎麼知道她不在了。以前從來不需要警衛站崗。」

「不清楚，昨晚他忽然大發雷霆。『她還在嗎？』他渾身發抖地說，一副卑鄙相。」

我拿拳頭抵著嘴巴。原來昨晚林天青真的聽到了我那聲驚叫。

「為了阻止他繼續尖叫，我差點咬掉他的腦袋。」

它們的紅眼互看一下。「不必。他要是沒完成任務的話，反正也是我們的，這點他就有所不知了。」

另一個牛頭魔打著呵欠，露出大開的咽喉和滿口鋒利如剃刀的牙齒。「她若是回來我該怎麼做？」

「哦，當然是絕不能再讓她離開啦！她會回來的；他們統統都一樣。」

「她的身體呢？」

「老婦人做得很好，應該撐得下去。身體沒有問題。」

「她要是不回來呢？」

「你的意思是她迷路了？那她的靈魂就會枯萎，就算她回來也無法密合了，好像乾枯的豆子在豆莢裡咯咯響。」

「那還是最好找到她。」

第一個牛頭魔走開時，替代它的牛頭魔在門前就位。我的胃緊繃，現在我不能回家。還是在外頭自由來去的好，我想，等著牛頭魔守衛放鬆戒備。但這個看來比之前那個更為警覺，站得直挺挺的，兩眼掃視街上和附近的房舍。我正納悶該怎麼辦的當兒，大門打開了。

第十五章

我眼看著沉重的大門令人心驚膽顫地晃開，擔心不管出來的是誰，都將淪為門外牛頭魔的犧牲品。我很害怕會是阿媽，不過出現的偏偏就是我家的廚子老王。雖然我心焦如焚，但他和牛頭魔的交會竟是怪異的虎頭蛇尾。他們彷彿跳個奇怪的小舞避開彼此，老王不以為意地用一隻手臂緊緊挾著他的籃子，那牛頭魔退開一邊，臉上盡是無聊和輕蔑。

老王快步沿街走遠時，我使勁從牆裡脫身，倒著衝進鄰居的院子裡。匆忙想要跟上的當下，我發現自己跌跌撞撞地誤闖別人家裡，只好勉強穿過牆壁和其他障礙。老王步伐穩定地向前走。偶爾我很擔心跟丟了，等終於和我家隔了相當一段距離之後，我剛好趕在他消失於拐角之前出現。

我匆匆追趕他時，很納悶我打算要做什麼。我心裡沒有真正的計畫，沒有對策。但我記得院子裡那短暫的瞬間，他似乎認出我了，但願有什麼方法可以讓我的靈魂更明顯一點。如果下雨的話，雨滴或許可以顯現出模糊的輪廓。可是熱帶暴雨雖然經常席捲馬六甲，奈何這兩天一直天氣晴朗，巨大的積雲有如蓬鬆的泡沫，又像漂浮的島嶼般在天空平靜地滑翔。

我趕上老王，向他呼喊，但我沒抱多少希望他能聽見。令我吃驚的是，他轉過頭來，臉上閃過一絲愕然。可是他直視前方，彷彿壓根沒聽見的樣子。

「老王！」我又喊道。「是我！麗蘭！」我繞著他狂奔一圈，但他硬是不理會我。「求求你！你要是看得見我，請幫助我！」

我們如此這般走了一小段路，我苦苦求他，他不理我。除了一隻眼角的肌肉在抽搐之外，他表現出一副我不存在的神態。最後我站在街上，像個孩子似地放聲痛哭，眼淚從我緊握的拳頭縫隙中漏出，鼻水大剌剌地滴到我的上衣上。

「小小姐，」老王無可奈何地看著我。「我不該跟你說話的。回到你的身體裡去吧。」

「你看見我了！」

「我當然看見你了！上星期我看見你一直在屋裡晃來晃去。你幹麼跑到離家這麼遠的地方？」

「我回不去。有幾個牛頭魔在家裡守著。」我哇啦哇啦傾吐我不幸的遭遇，因澈底的如釋重負而啜泣起來。

老王打斷了我的敘述。「別站在路當中。人家會以為我瘋了。」

路邊有一株龐大的雨豆樹，其細長的樹枝形成一大片漂亮的樹蔭。老王蹲在大樹的腳跟說：「好吧，你怎麼了？」我盡情發洩時，他從口袋裡掏出扭成一團的報紙，抖出幾顆烤瓜子。「我真的不應該跟你說話的。」他從嘴邊說道。

「為什麼不應該？」

他發出不耐煩的聲音。「因為這樣很不好！這樣會把你綁在鬼魂世界。你需要回到身體裡。你以為我之前為什麼假裝沒看見你？」

「我試過了，」我說。「我真的試過了，但就是無法和我的身體合而為一。現在我連家也回不去了！」

「你說有個牛頭魔守著屋子？」

「你沒看見他？」

「沒看見，但感覺到有東西。我看不見牛頭魔，所以心懷感激。」

「那你為什麼看得見我？」

「說來話長。你真的想聽嗎？哎呀，你還是小丫頭的時候，就愛聽故事了。」

他嘆了口氣，同時用牙齒嗑出香甜的瓜子仁。打從我記事以來，他總是隨身帶著一點零食，從帶殼花生到烤鷹嘴豆都有。儘管如此，他仍像流浪狗一樣精瘦結實，由於揉麵團、殺雞和刷鍋子的緣故，他前臂的肌肉凸起。

老王皺起眉頭。「我看得見鬼，從小就看得見了。有人是生來就看得見，有人則是透過靈修才學會看。我的情形是，很久以來我都不明白，自己看到的許多人其實不是活人。我出生在北方霹靂州一個名叫安順的小村子，英國人在那裡有採礦權。我爹是個鞋匠，我娘學了裁縫。這些我從來沒告訴過你吧？我不希望這裡的人對我了解太多。

「我很小的時候，村裡有個孩子常常和我一起在河邊玩耍。他天天等我，我們忙著玩棍棒和樹葉。他從來什麼也不碰，只告訴我要蓋什麼。最後我問我娘可不可以帶他回家吃晚飯，因為他看起來好瘦又好餓。可是我描述他的模樣時，我娘不相信，她說村裡沒有那樣的小男孩，直到我帶她到河邊指給她看。那時我才明白他是鬼，因為她看不見他。我可以告訴你，她其實嚇壞了，我也被狠打一頓，囑咐我絕不可以再跟他玩。後來我從大人那邊偶然聽到一些零星的談話，知道多年前有個孩子失蹤。有一天他走失了，他父母是移工，不曉得該去哪裡找他。之後再也沒有人聽說這家人的消息，大家也把那孩子忘了。

「我堅持說他還在河邊，我父母斷定他是淹死了。一天，我爹獨自到河邊，替那孩子做了個牌位，因為他們打聽到他的名字，然後燒祭品給他。我再也沒見到那個男孩。之後我爹娘警告我不可以再跟鬼魂說話。」

「但你是在做好事。」我說。

老王吐出瓜子殼。「是，但那次的事非比尋常。他們知道他的名字，也認識他的家人。大多死人無人認識，也沒有跟我說過話。」

「現在我在跟你說話。」

老王皺眉。「你還沒死，而且無論如何，你都不應該跟任何看見你的人說話。外面有許多邪惡的東西，許多鬼魂有意傷害活人，也會想盡辦法欺騙你。」

我悚悚發抖，想著劉芳和她對老爺爺的愛情聲明。「那是誰教你的？」

「哎呀，那次事件之後，我娘為我擔心得睡不著覺。她的害怕也有幾分道理。我看到鬼的能力已經被打開了，也領悟到我認為理所當然的許多人說不定都是鬼。我天天都看到他們；廢棄的水果攤上沒東西可賣的婦人，或是咖啡店後面的獨腳男子。他經常莫名其妙地笑，我一直搞不懂怎麼沒人注意到他，現在才懂原來人們看不到他。

「一天，有個四處流浪的算命仙來到我們村子。他在鬼魂的幫助之下表演了幾個把戲，但我輕易看破他的招數。當他發現我看得見鬼時，就想從我爹娘手裡買下我。我娘拒絕了，但算命仙離開後，她又擔心他會不會回來把我拐走。所以才送我去廟裡見習。」

「你有沒有在那裡待下來？」

老王哼了一聲。「你想呢？我這會兒不是坐在你旁邊嗎？我逃跑好幾次，最後方丈說他不願意再收留我了。但我在廟裡那段期間，他親自給我上了幾堂課，也許他認為可以訓練我當驅魔師吧，他教我如何對付鬼魂，對我很有幫助。在河邊小男孩的經歷以後，我再也不想跟鬼魂扯上任何關係了。」

「因為太恐怖？」

「不，是太淒慘。我多半幫不上他們的忙，又沒興趣靠他們賺錢。嘖，說我推卸責任也罷。但我反正總是在寺廟的廚房裡閒晃，所以最後逃跑之後就當了廚子。」

「你的家人呢？」

「我還是離家的好。老是有人求我去看鬼，叫我幫他們的忙，或替他們幹壞事。我只希望大家別來煩我。」

想到老王對我家女僕阿春的大哭大叫多麼不屑一顧，我忍不住笑了出來。

「有什麼好笑？」他問。

「怪不得你從來不相信阿春的故事。」

老王勉強露出一絲笑意。「那個丫頭！我講得出她壓根想像不到的恐怖故事。」

「你在我們家見過鬼嗎？」

「只有一次在主樓梯上……」他扮了個鬼臉又突然說，「你別管那個。老主人請過驅魔師來家裡。」

很久以後我才理解他這句話的重要性，然而當時我更急著問：「你有沒有見過林天青的鬼魂？」

他皺眉。「沒有。但你說他先是進到你的夢裡。他想必有別的管道。我只能告訴你，他向來懶得來廚房，而且我不去找鬼，我盡可能不看或注意他們，那是我唯一能夠過日子的方式。看見鬼魂是個污點，不是天賦。」

他沉默下來，我想著長年在我們家裡幹活的老王，居然把如此不可思議的能力隱藏在他的日常生活中，真是奇怪啊。

「老王，你能幫我做件事嗎？」我終於問道。

「什麼？希望你打算現在跟我一起回家。」

「我做不到，但你可不可以供一些冥鈔或食物給我？」

他嘆了口氣。「我不喜歡那麼做，因為你的靈魂留在陰間的能力就會增強。我想你現在應該回到你的身體裡面。」

「如果我是林天青的犯人，又有什麼好處？求求你——給我一點時間找到擺脫這個困境的辦法。」

「可是我沒有牌位可以供祭品給你。」

「只要寫在一張紙上就行了。」

「小小姐，我不識字。」

我立刻洩了氣，他看出我的失望。「既然你和我在一起，我就給你買點食物讓你直接帶在身上。也許待會兒我再請你爹給你寫個牌位，但他一點也不會樂意。也就是說，如果他清醒的話。」

我頓時感到內疚起來。「我爹還好嗎？」

「不好。對不起，我沒有好一點的消息可以告訴你。」

「阿媽呢？」

「忙著照料你的身體，這是她近來全部的重心。她想請三寶廟的靈媒來家裡，可你爹說什麼也不答應，兩個人為此大吵一架。我跟你說，你還是快點回來的好。」

儘管聽到這個令人擔憂的消息，此刻的我卻感到出奇的愉快。我一路走在老王身旁，就像小時候一樣來去自如。我們經過一個賣麵的流動攤販，他的扁擔一頭是一鍋熱騰騰的湯，另一頭的籃子裡裝著小火盆和各種配料。他蹲在街上把輕便的爐灶架好，然後為客人煮麵。我一直都想嚐嚐看，奈何阿媽從來不准。

「我可以吃麵嗎？」

老王一臉怒色。「你難道不知道他們從來不洗碗筷，然後就拿給下一個客人用嗎？我可以給你煮更好吃的麵。」

「可是我現在又不能回家。」

「你想生病嗎？」想到其中的荒謬，我忍不住微笑。「你明明知道，」他生氣地說。「你不能吃麵。」說完他又心軟了。「再過去一點有個叻沙（一種源於南洋的麵食料理）攤子。我們去那裡，別來這種骯髒地方。」

我們走進一條窄巷，那裡搭了遮蔽陽光的帆布涼篷，幾名小販俯向小火盆，一條惡臭撲鼻的狹窄水溝貫穿其間。阿媽會說這裡不是好人家女孩該來的地方，因為食客多半都是男人，不是苦力就是鎮上的居民。老王小心經過圍坐在大桌前擁擠而吵鬧的食客。窄窄的櫃檯上高高堆了泛著油光的蝦子、盤纏的麵條，及一落落紅辣椒與新鮮芫荽。綠色的香蕉葉上擺著薑黃醃漬的煎魚和香脆的油炸馬鈴薯肉餅，同時木炭烤架上烤著沙嗲肉串和抹了辣椒醬的魟魚。我覺得自己快要餓昏了。

老王直接走向一個顧客排隊等候的攤子。等他的叻沙上桌時，老王咕噥幾句禱祝文，將那碗麵獻給我。接著他拿起筷子吃將起來。令我鬆一口氣的是，一旦麵獻給了我，我馬上就能品嚐到咖哩燉湯裡辛辣的麵條，鬆軟的炸豆腐、豆芽和胖胖的蛤蜊就像埋在湯裡的寶藏。吃飽喝足之後，我開心地跟著他邊聊邊四處蹓躂，暫時忘了我的傷心事。老王買了香蕉和豆沙包，記得它們都是我最愛吃的。我告訴他我不餓，但他說沒關係。

「說不定待會兒你又想吃了。」

我點點頭，想起在我口袋裡出現過的幾吊錢。

「我身上沒錢了，」他說。「你確定你不能回家？」

「只要牛頭魔還在站崗就不能。」

「那你這段時間要吃什麼？」

見到他如此關切，我感動地別開臉，說不出話來。老王問我牛頭魔還在不在時，我們幾乎走到家門口了。我四面八方瞧了瞧，氣自己怎麼想也沒想就跟著他回來，好在沒瞧見牛頭魔的影子。

「我還是走吧。」我說。

他張嘴彷彿要說什麼，但我迅速離開，唯恐他被牛頭魔盯上。

第十六章

既然回到了熟悉的區域，我的思緒又飛回當初帶領我爬出臥房窗口，後來又在逃離餓鬼追趕時搞丟的那根閃亮細線上。我沿街上下搜尋，回溯上次走過的路徑。絕望之餘正想放棄，忽瞥見它的微光，我澈底鬆了一口大氣。然而細線重新抓在手裡以後，我卻站在原地猶豫不決。如果這根線真能帶我到天白身邊，我應該去找他嗎？雖然我對燕紅生出新的懷疑，林天青指名道姓的兇手卻是他，更何況他準備要跟別人結婚了。

但我渴望見到他。愚蠢，或許吧，我覺得如果我再細細端詳他的眼睛，就會知道林天青的指控是真是假，畢竟他們自小就彼此競爭。要是我能查出林天青的祕密任務是什麼，背後的指使者是誰，或許就比較能夠了解他的復仇是否名正言順。我不想變得像劉芳一樣，困在情郎的人生軌道中幾十年，可是實在難以抗拒再見天白一面，以及查明婚約是否出於他本人意願的渴望。最後，我屈服了。

我一路疾行，在一頓飽餐鼓舞之下，我漸漸振作起精神。我手中的線引導我離開高牆阻隔的富人住宅區，穿過商業區，朝港口前進。中國式平底帆船獨特的波狀船帆映入眼簾，和歐式的縱帆船，及船頭畫了眼睛的馬來三角帆小船隊混在一起。再過去則是馬六甲海峽，碧綠的海水如玻璃般清澈，也像洗澡水一樣溫暖。就在這裡，來自新加坡與檳城的船隻靠著苦力，從他們赤裸的背上卸下一捆捆的棉花、錫和香料，猶如一列沒完沒了的螞蟻。

眼下無人叨唸，我好想把腳趾頭浸到海水裡，但那根線把我拉向右邊。雖是細線，卻如鋼鐵般有力，而且它微弱的嗡嗡響聲變得更尖銳了，好像雌蚊捕獵的聲音。七拐八彎的道路來到一排倉庫前面，那是貨物裝船之前暫存之處。父親仍積極做買賣時，我家也曾有過這樣一間倉庫。我還記得每當有船返航，船上載著不錯的貨物及利潤時，一家人有多麼興奮，但那些日子如今只是遙遠的回憶了。

道路漸漸變成苦力們腳踩和牛車輪子壓出來的泥土路，路的盡頭則是一間大貨倉。沉重的門上了門閂，但那根線將我帶往旁邊的一間船運辦公室。四下一片寂靜，帶有海味的溫柔空氣在午後的熱氣中閃閃發亮。辦公室裡面昏暗而涼爽，鋪著被海風吹成灰色的木頭地板上空蕩蕩的，只有一張辦公桌，桌上一把算盤。我猜這裡大概就是工頭清點箱子和付苦力工錢的地方，可是手中的線卻開始震動不歇，領著我來到裡間一個書架上堆滿分類帳本和船運紀錄的辦公室。一面長窗面向大海，窗臺上是層層疊疊、稀奇古怪的收藏品。幾塊珊瑚旁邊擺了一只拆開的黃銅時鐘，一顆鯨魚牙齒，和檀香木雕刻的一匹漂亮小馬。窗臺的盡頭是一把女人的髮梳。我一看便知那是我的梳子；就是我塞到天白手裡的那把梳子。

凝望窗臺上的東西，我油然生出淡淡的沮喪。我指望什麼？指望天白會把我的梳子隨身緊緊抓著，就像我曾癡迷地把他的懷錶揣在身上嗎？劉芳說過，那根發亮的線表達的是情感的濃度，但如若它只是一廂情願呢？或許我的梳子恰恰適合放在窗臺上，一列戰利品中最後一個。柯家千金想必給了他一個更好的東西來想念她。淚水悄悄湧上眼眶，但被我一把抹去。我轉向窗子，嘆了口氣，忽聽見附近響起另一聲嘆息，把我嚇了一跳。

匆忙之間，我壓根沒瞧見用屏風隔開的另一側房間。這會兒我繞過去，才發現屏風後面有洗手臺，和一張摺疊床。躺在床上睡得正熟的就是天白，一隻手臂隨意搭在他的額頭上。在我注視的剎那，他移動一下身子，皺起眉頭。他結實的脖子和平坦的胸肌使他顯得活力充沛，我不禁好奇他沒坐在辦公桌前時都在做什麼。

我一手撫過他的額頭，但他毫無反應。劉芳說她可以利用她的線進入她情郎的夢裡。我也有一根線，不曉得我敢不敢用，但我兩腳已經穿過房間去拿線過來了。我把線放在手指間拉扯，然後按壓在他的胸前。只有些微阻力罷了。緊跟著我周遭的世界旋轉起來，變成灰濛濛的一片。

我站在懸崖邊緣眺望海港。大海是陰沉的綠色，圍繞的山峰在逐漸消退的午後陽光中則是朦朧的藍色。風撕碎了雲層，空氣寒冷而怪異。深邃而彎曲的海灣有許多小水灣，停泊著數十艘容量遠遠超過馬六甲的船隻。有運茶的快速帆船、汽船，和許多中國式平底帆船——它們兇猛的鰭狀船帆點綴著港口。我四下張望，驚嘆於這片異國土地時，發現我就站在天白身旁。想必我已進入他的夢境，可是他作的是什麼夢呢？海風不斷吹著，山巒的形狀看來很陌生。相較於林天青斷然闖入我的夢境，這一切顯得逼真而清晰，但或許那是他捏造出來的場景。我確信天白這個夢是他的回憶，而這裡只可能是香港的維多利亞港。

我見過黑白圖片上維多利亞港的長水道及遮掩它的陡峭山峰，但想不到我能親眼目睹這番景象。好半晌我只能目瞪口呆，直到天白的側影喚醒了我。天白站的位置和一群身穿滿族和西式服裝混搭的觀光客稍稍隔開。他自己穿的是灰色厚呢外套，上面有包釦，搭配同款背心和深色長褲。他的頭髮已經剪短為西式髮型。他們交替說著廣東話和英語，但我聽得懂每個字，也許是因為他聽見看到的一切，我也能聽見看到吧。

一個年輕男子和天白似乎特別親近，我猜他想必就是燕紅的丈夫。他很矮，有一對頑皮的瞇瞇眼。他說了什麼惹得大夥哈哈大笑，顯然他們都是醫學院的同學。幾個女生站在一旁。我對她們的服裝頗感興趣，尤其是撐了鯨骨、有腰身的散步服裝格外凸顯她們的輪廓和彎彎的背部。這是我第一次看見穿著歐式服裝的華人婦女，我想這種服裝在香港大概很時髦吧，而且天氣也夠涼爽，這麼穿不至於不方便。我熱切地細細打量女士們的髮型和首飾，很想知道她們如何把頭髮固定在腦後。這時我注意到一個長得不太像華人的女孩。她約莫我的年紀，擁有幾乎是外國人的獨特容貌。她睫毛濃密的深色眼睛和有橄欖底色的乳白色肌膚讓我想到長在陰影下的蘭花。她轉向身邊的女人時，我瞧見她蒼白的脖子上有三顆小痣。

我很快了解天白是在看這個女孩。他的眼光停留在她身上，隨即又迅速移開。雖然我也為她深深著迷，仍忍不住感到嫉妒的刺痛。燕紅的丈夫走到他身邊，把一隻手放在他肩膀上。

「第一次見到美麗的伊莎貝兒？」他低聲說道。「最好別讓她哥哥發現。他就在那邊。」

「你說他們姓什麼來著？」天白問。

「蘇沙，一個古老的葡萄牙歐亞混血家族，但可別癡心妄想。」他抓著天白肩膀的手更緊了，然後又突然放開。「快啊，我們離開吧！」他說。

因為全神貫注於眼前發生的事，差點忘了我的目的是要和天白說話。我驚跳一下，立刻集中精神，急切地告訴他，你可以看到我，你可以。他乖乖地轉過頭來，滿臉的困惑。

「麗蘭？你在這裡做什麼？」

他盯著我後方那群人看，這會兒他們凍結在原地，彷彿時間靜止了。「我一定是在作夢，」他說，我們周遭的世界開始輕輕盪漾和溶解，幾乎也恰恰符合這句話。於是我發覺天白漸漸要醒了，我拚命想著他目前身處的辦公室。我想得愈是專注，影像愈是清晰。天白環顧四周，加上他的信念，影像凝固起來，直到跟真實的房間難以區別。

「麗蘭？」他又說一遍。「聽說你生病了，有人說你瀕臨死亡。」他坐了起來，搓搓臉。

「我一定是睡著了，你怎麼來這裡的？」

我太高興這招奏效了，一時之間說不出話來，比我預期的好得多。我只能結結巴巴地說：

「是……是啊，我生病了。」

「他們說你被下毒了。你現在真的好些了嗎？」

我怎能回答他？問題好像一群蝴蝶浮現在我腦海中，我卻像個傻瓜似地衝口而出，「你要結婚了嗎？」

「什麼？」

「我聽我爹說你已簽下婚約。」

「所以你才病了嗎？」

我交叉雙臂。「我吃了靈媒給的一些藥粉。」

「你為什麼要求助靈媒？」

我曾在夢裡想像天白能立刻理解我的情況，他能立即領會我的難處，然後以某種方式，解救我脫離險境。但令我詫異的是，他的問題僅僅突顯出我倆之間的差距。眼看他皺眉的臉上掠過的不滿，我不曉得該如何啟齒，真希望我沒笨嘴拙舌地挑起這個話題。

「我生病了，所以我阿媽建議去找靈媒。不過好像沒太大幫助。」至少這不是謊話。

「我不大相信靈媒，」天白說。「我嬸嬸就太喜歡請教他們了。」

「為了她的兒子？」我說。

陰影閃過他的臉上。「他的死對她是一大打擊。」

「你呢？你也想念你的堂弟？」

天白直勾勾地看我一眼。

「一點也不。」他說。

第十七章

我盯著他看，努力讀著他的表情，無法想像他為何告訴我這種事，除非他打算坦承認罪，或者他真的一直就像他的面容一樣坦率而毫無隱瞞。我到底了解他多少？

「這麼說實在可怕，」他說，「可是我們從來就處不好。他嫉妒心重，我們還小的時候，我對他也不是很友善。你知道我爹是長兄嗎？」

「我聽說了。你本來應該是……好吧，現在你是林家的合法繼承人了，對吧？」我說。談論別人的家務事似乎很沒格調，但我不得不追問下去。

「對，但我父母過世時，我還是個孩子，我叔叔接掌了生意。」

「你叔叔剝奪你的繼承權，實在很無情吧？」

「你不了解。我叔叔很愛我。」

我想必是一臉驚訝。僕人的閒言閒語，加上他對待我爹的方式，我對他叔叔沒有一點好感。天白迅速瞥我一眼。「我叔叔可能很難搞，但他品德高尚。我認為天青總覺得他爹比較喜歡我，所以心懷怨恨。我叔叔夾在我們，還有嬸嬸的意願之間。」

「林夫人似乎是個複雜的人。」我斟字酌句，希望他願意繼續談論這個話題。

「在某些方面來說，你也不能責怪她。她寵愛自己的兒子。我常常懊悔他死的時候我不在家，是她第一個發現他的。」

「你不在家？」我胸中湧起希望。

「當時我在波德申4檢查一艘船。」

我轉過身掩飾我心中增長的寬慰。林天青一定是在對我撒謊！我記起老王別相信鬼魂的警告。那是當然，可是，我能相信天白嗎？我多麼想要相信他啊。

「你會很開心看見一艘船嗎？」不必轉身，我就聽得出他聲音中的笑意。「你要是喜歡，今天就看得到了。」

「是，」我想也沒想就應道，忘了我得憑空想像出一艘有說服力的船。他在門前停頓一下。

「但我本來想問的是，你是怎麼來這裡的？」他的目光往下一溜，盯著阿媽為我的身體穿上的樸素家居服。

我猶豫了。若是告訴他實情，他可能當我是鬼而退縮。「我阿媽在外面等，」我說。這下更糟，我不可能憑空生出一個阿媽。「下次好了。」

「或許你是對的，畢竟……」他住了口，露出得體的尷尬表情。

「你要結婚了。」我突然理解地說。「你將迎娶柯家的千金。」

「麗蘭！」天白伸手抓住我的手。我很驚訝他抓住了，而非直接穿過我非實質的形體。我老是忘記我們置身於夢境，而在這裡，他以為我跟他一樣活著。我感到一股莫大的悲哀，即使他手的溫暖滲透到我的手裡，即使那是我好久以來第一次與人接觸。

「別難過了，」他說，誤解了我的意思。「婚事不是我安排的，我也還沒答應。」

「可是我爹說婚約已經簽了。」

「不是我簽的。但我叔叔希望就是了。」

「如果你不同意會怎樣？」

「他就會取消我的繼承權。」

「這門婚事如此重要？」我愕然說道。

「倘若天青還活著，這門婚事就是他的，不是我的。柯家和我們家有一些共同的生意利益。」

「倘若他還活著，你會不會娶我？」我忍不住露出聲音中的渴望。林天青似乎一直橫在我們之間。

「你還需要問嗎？」

「可是你幾乎不認識我。」

「我知道我去香港之前的安排。」

4 波德申（Port Dickson）：馬來西亞森美蘭州第二大城。

「是那麼久以前的安排？」我好訝異，因為我爹零零落落的描述，把這個「默契」說得很含糊。

天白靠過來。「我們小時候長輩就說好了，或許我應該說是你還小的時候。我必須承認最初我有點擔心。頭一次提起時，你才七歲。」我設法掙脫，但他拉回我的手。「當時我快十六歲了，他們說我跟一個綁馬尾的小女孩訂了親。但後來我自己也到處打聽過了。」

「你問了誰？」

「那就洩漏了我的祕密。」他對我微笑，然後我就被抓住了。他的眼睛變得更黑，眼光更強烈，我喘不過氣來，深切感覺到他站得有多近。

天白把我的臉抬向他，他的手順著我的脖子往下滑到肩膀。他撫過我皮膚的手溫暖而乾燥。隔著他薄薄的棉襯衫，我感覺到他身體散發的熱氣，他舉起雙臂環抱我。他聞起來很乾淨，像大海。他脖子的皮膚如此貼近，一伸出手，我就可以把雙唇貼在上面。他堅定而平穩的雙手滑上我的背。我閉上眼睛，覺得他的呼氣在我的眼皮上盤旋，他的唇輕輕掠過，讓我感覺到那溫暖。接著它來到我的嘴角，停頓良久。

我一直屏住呼吸，這會兒才吐氣，嘴唇不由自主地分開。天白把嘴壓在我的嘴上，我吃驚地感覺到他嘴唇的溫度，他舌頭的溼熱。他親吻我，起先慢慢的，然後更用力了。我的心怦怦直跳，我的手抓著他薄薄的襯衫。然後他放開我。

「你應該回家。如果有人發現你單獨和我在一起，你的名聲就毀了。」

我尷尬得不知所措，慌亂不安地不曉得該往哪裡看。

天白看來苦惱不堪。「這麼做沒好處，對你對我都是。」

「我想你最好還是順從你叔叔的意願吧。」這話聽來刻薄，遠遠超過我的本意。

「我叔叔有他的想法，但我不打算一概聽命行事。」這是我第一次聽到他聲音裡的火氣。這句露骨的話使他臉上的魅力盡失，見到他疏遠的神情，我頗感訝異。

「那你有什麼別的打算？」我了解家人的意見在這種事情上的分量。看來似乎希望渺茫。

「其實我嬸嬸不贊成這樁婚事。眼看兒子的媳婦許配給別人，她覺得很痛苦。」

「他死了。」我冷冰冰地說。

「當然。」我們之間的氣氛突然緊張起來。天白撥弄著一匹小木馬——每個細節都精雕細琢——我雖然很想再問他婚姻的事，但又沒理由反對。我甚至不忍心告訴他，我就算沒死，也快要死了。我擔心他會從我身邊退開，也生怕此刻失去身體的接觸，儘管只是夢境罷了。

「我該走了，」我終於說著，但我一點也不想離開，不曉得接下來該怎麼辦。我怎能要求他幫我燒冥鈔，或是燒紙紮的祭祀品？這個想法使我覺得更悲哀了。

「有一件事想拜託你，」我說。「就算你聽了覺得毫無道理，也求你答應一定做到。」

「什麼事？」

「你可以提供一幅畫給我嗎？醫生說我應該請人畫有一匹馬或一輛馬車的畫，然後以我的名義燒掉。」

他皺眉，但我匆匆說下去，對自己騙人的話很不高興。「我知道你不相信這種迷信，但這對我的處境很有幫助。畫什麼都行，只要是某種載人的東西，甚至一隻驢子也行。」

「我要把你的名字寫在上面？這麼做應該會得到什麼結果？」

我又聽到他聲調中的懷疑，於是快速想著。「它應該可以快點帶走我的病魔，但我爹不准我在家裡這麼做。」

他的表情變得溫柔起來，我軟弱無力的解釋奏效了。「當然。幹麼不早點告訴我？」我馬上變得心情很糟。何不早點對他坦白一切呢？但我擔心他在無人可娶以後——只剩一個女孩的空殼躺在昏暗的房間裡——他就會放棄我，答應柯家的婚事。當時我並不知道，我將深深懊悔這個決定。

實在難以離開天白，但我告訴自己我會盡快回來。如果天白從這個夢中醒來，以為事情確實發生過，那就更好了，因為我需要他燒車馬給我，我才能夠前往亡者之原。但或許是我們下一次的見面吧。我的心思已向前飛躍，想像其他較不害羞的場景。我記得他的手在我身上的感覺，他嘴巴的溫熱。我又想起劉芳，也漸漸懂得她如何靠著和情郎共度夢中人生而蹉跎多年。其實切斷我們之間的連結需要很大的意志力。我奮力集中心力，想像天白看著我跟一個沉默的阿媽一起坐進人力車。接著我想著他再度倒回摺疊床上睡著了，然後我才離開。

離開倉庫後，我沿著海岸漫無目的地亂走一通，但我的心思不斷回到天白身上。我忍不住生自己的氣；我沒有老實告訴他事情的真相。我是個膽小鬼，或者我想得太天真了，以為他能立刻懂得我的意思。然而我仍受到他的吸引。我不知道這是不是愛情，但我為之震顫，既是興奮又是害怕。我很好奇他有沒有同感，也想知道他吻過多少女人。我的皮膚猶記得他的手滑過我的肩胛骨和脖子的感覺，忽然間，伊莎貝兒・蘇沙蒼白頸背上三顆小痣的影像浮現在我眼前。

我小心走過粗鹽草之間，海浪和海鷗的尖鳴益發大聲了。馬六甲海峽面向正西方，夕陽漸漸西下，停留在水面上，將一切渲染成純粹的亮金色。幾片巨大的雲朵懸掛天空，猶如魔幻大地上的島嶼；下面沙灘上的捕魚人拖著木船上岸，拉開漁網曬乾。我驀地想到：如果我能借助這根情感力量的細線滲透到天白的夢裡，那是否意味著林天青也有這樣一根細線？我想起第一次去林家時，林夫人向我討了頭上的髮帶，但那肯定是單向的連結。想到那個連結多麼脆弱又不穩定，我很感激他似乎再也找不到我了。

等我發覺捕魚人早已被我遠遠甩到後面，我不禁嚇了一跳。我身旁是椰林的邊緣，前方是沙灘的盡頭，大片漆黑的紅樹林根部長在鹹鹹海水中。我一輩子不曾如此遠離人類。哪怕是在馬六甲街頭閒逛，我也察覺到別人忙著在做自己的事。現在我開始想著夜晚會不會有別的幽靈出現。我心說不定叢林裡有豺狼虎豹，和其他邪靈，譬如吸血的波隆[5]或狀似蚱蜢的佩利西看得見我。我心中充滿恐懼，急忙在漸漸昏暗的天空下掉頭折返。

走下沙洲時，我看到一個身影站在水邊。他戴著一頂寬邊竹帽，身穿下襬繡了銀線的長袍。我一驚之下，心知他就是我去找靈媒時排在我前面的年輕人，如果我沒弄錯的話，前一天晚上站在林家大宅外頭的人也是他。太多巧合了。隱形使我勇氣倍增，我慢慢走下涵洞，在坍塌的沙子中滑行，但我有把握沒弄出半點聲音，他卻突然大步走了。

回想起來，我對我的行為沒什麼好的解釋。我真的應該原路折返，也許回到天白的辦公室取回被我遺忘的那根線。愚蠢！我應該請他隨身攜帶我的髮梳，如此就能輕易找到他。這些想法有如蜥蜴竄過長草般掠過我的腦海，即使是我的雙腿也像有自己的意志似的，一路跌跌撞撞地尾隨那頭戴竹帽的男子。他離開海岸，朝大片矮矮的紅樹林移動。我希望他不會走入紅樹林，因為它們長在含有硫磺的泥巴中，樹根將它們抬高於海水之上，提供陸地和海洋之間的緩衝地帶。我小時候有一次經過鄉下時曾穿越紅樹林沼澤，之後一直無法忘記那股腐臭味，和樹上結的奇怪果子——儘管仍連著樹枝，卻又陡然冒出尖尖的根，這麼一來，果子一落下，即立刻紮根在泥巴裡。

男子繼續大步前進，我毫不掩飾地拚命追趕，相信他看不到我。他在紅樹林邊緣停下腳步，他戴了特殊帽子的頭部從一邊掃到另一邊，彷彿在找什麼東西，但我還是看不見他的臉。空曠之處令我不安，於是我溜進陰影籠罩的紅樹林中。泥巴撐住我輕盈的形體，使我得以走在泥巴的表面，宛若走在薄薄的地殼上。我一個衝動爬到樹上，由於我很輕，爬起樹來驚人的輕鬆，我很快就發現自己躺在老遠一根平常連隻猴子也撐不住的樹枝上，俯望著那陌生人。

這下子我有閒情逸致細細打量他，更為他古怪的服裝感到震驚。除了改穿馬來服裝的少數人之外，大多出生於馬六甲海峽的華人都穿中式高領服裝，但嚴格說起來，這種裝束根本不是中國式樣。我爹跟我說過一點這方面的歷史，非漢人的滿族人如何征服中國，又如何強迫他們的新子民改穿滿服，男性必須剃掉一半的頭髮，剩下的頭髮也得綁成一根辮子。當時的中國男人極力反抗，咸認剃頭是莫大的羞辱。但公開處決違抗者使得古代的漢服幾乎再也看不到了。

頭戴竹帽的男子身著漢服，也就是說他身著相互交叉的繫帶長袍，左邊蓋著右邊，再用一條寬腰帶束緊。他在長袍底下穿了一條寬鬆長褲和一雙靴子。我認得這身裝束是因為它出現在書中、畫裡和歷史戲劇中。其實，我也想過他會不會是哪個京劇團的演員，果真如此，我可就白費工夫了。

夕陽彷彿一顆掉出蛋殼的蛋黃般墜入變暗的大海，我也開始擔心如何找到返回城市的路。但我若是和他在一起，至少可以尾隨他回去，他當然沒打算在這裡待一夜吧。好在我沒有離開躲藏的地方，因為我一決定這麼做，就聽見好響的窸窸窣窣聲。是樹枝踩在腳下的聲音，我也被一股燒焦的腐肉味嚇壞了，好像有人把一塊腐敗的肉放在火盆上。我抬起原本枕著手臂的腦袋瓜向下望，只見一個牛頭魔站在不到十步以外的地方。我驚慌地差點從樹上栽下去。難道它一路跟蹤我

5 波隆（polong）：受男人奴役的死靈，用來傷害別人。

到這裡？可是那牛頭魔根本沒注意我的藏身之處，於是我很快明白它來此和我跟蹤的人有關。

「你終於來了，」他說，聲音好聽得令人吃驚——低沉，但以男人來說，非常悅耳動聽。壓根沒想到在靈媒那裡舉止粗魯的陌生男子竟是這種聲音。

牛頭魔低著頭。我從未如此靠近過牛頭魔，很害怕它會不會看到相隔薄薄一層樹葉的我。但它一直沒往上看。

「我被拖住了，」它聲音粗啞地說。「好不容易才脫身。」

「不礙事。有沒有查出什麼？」

「有許多臆測，可是都沒有確鑿的證據。」

「這不夠好。」

「請見諒，長官，但我想我們的案子可望成立。」

「成立一個案子不同於贏得一個案子。必須有紀錄，交易紀錄。」

牛頭魔哼了哼鼻子，滾動它可怕的眼睛，但保持沉默。我的腦子在瘋狂運轉。這個和牛頭魔廝混的人是誰？他的下一句話抓住了我的注意力。

「所以林天青的任務進展順利嗎？」

「如果你指的是按照他的意思進展，那我猜答案是肯定的。」

「那麼法庭呢？」

「指令不是非常明確。」

那人停頓片刻。「一定對林天青大大有利吧。」

「是，但如果查看官方紀錄……」

「我知道官方紀錄的內容，毫無不妥之處。還有別的嗎？」

「那個女孩走了。」

那人點點頭。「我知道。跟我說點別的。」

「他下令盡可能把她抓回來。」

「那女孩讓人分心。但他要是忙於那檔子事，未來她或許對我們有好處。」

「那我應該繼續監視？」

「是。我們老時間老地點再見。」

牛頭魔低下長角的大頭，那邪惡的尖角在褪色的暮光中閃閃發亮，然後它快速無比地躍奔而去。我又聽到植物被踩斷踏碎的聲音，但什麼也看不見了，只剩下淡淡的臭味。

我仍僵在樹枝上無法動彈，拚命想要搞懂這段奇怪的交談。毫無疑問和我的命運有關，但到底是怎麼回事？這些人是誰？我又看看樹下的男子，他仍是個謎，他的頭整個被寬寬的竹帽遮住了。但在夜色降臨後，我看到他渾身發出微光，一種微乎其微的亮光。我把樹枝抱得更緊了，懷疑自己敢不敢跟蹤他到下一個目的地，畢竟他早些時候並沒有發現我。我剛剛鼓起足夠的勇氣準備滑下樹枝，那人又說話了。

「你現在可以出來了。」

第十八章

我無處可逃。很沒面子地跳下最後的三公尺，然後輕輕落在沙子上。至少這點令我甚是感激。我若是掉進沼澤，那可是丟臉加三級。陌生男子雙臂交叉站著，他的臉仍隱藏在大得出奇且壓得低低的帽沿底下。

「你一直都知道我躲在那裡。」我終於說道。

他把頭歪向一邊。「若想跟蹤一個人，就不該跟得這麼近。」

我在被激怒之下說：「我又不知道你看得見我。」

「我當然看得見你。」

「可是你什麼也沒說。」

「我是好奇你想做什麼。也許是求我大發慈悲？」

「我有什麼事好求你？」

「這似乎很合理啊。」

「我連你是誰都不知道！」我挫敗地喊道。「或你是什麼。」

「啊，隱姓埋名的風險。」美麗的聲音變成挖苦，他那清晰、抑揚頓挫的音質令人著迷。

「算了，」他說。「我想我太看得起你的洞察力了，畢竟你一直都在跟蹤我，想必有你的理由。」

「我以前見過你。」

「我猜是在靈媒那裡吧，還有林家大宅。我懷疑你還記得。」

我的惱怒戰勝了理智。「如果你真想隱姓埋名，就該換件衣服。」

「我的衣服？」

「還有……那頂可笑的帽子。」

我瞥見帽子陰影下一閃而逝的牙齒。「服裝方面的確是我的錯，但我不得不說你的品味也十分可疑。」

我低頭看看阿媽為我的身體換穿的睡衣，不禁臉紅了。

「那麼我們重新開始好了，」他說。「既然我們該說的恭維話都說了，也相互介紹過了。」

「請原諒，」我說。「你可能非常清楚我是誰，但我依然沒有榮幸知道你的尊姓大名。」

「我的名字不重要，不過好吧，我叫二郎。」

他雖然說不重要，但想必是在期待某種反應，不幸的是我無法讓他如願。二郎是最普通的名字，如果它稱得上名字的話。它的意思不過就是次子罷了。

「你怎麼知道我的事？」我問。

「你向來這麼沒耐性？」

「我只是有點焦慮，如果有人跟牛頭魔談論你，你也會焦慮。」一部分的我警告自己切勿引起他的反感，但我實在無法咬著舌頭不說話。儘管他遮住臉龐，照理說我應該害怕，但看慣父親麻臉的我卻不怕。

「原來你知道那些牛頭魔。你倒是見多識廣。」

「它們守在我家，害我無法躲進自己的房間！」當心，我想。但他只聳聳肩。

「很好。你比我想像中更足智多謀。」

「這話是什麼意思？」

「意思是你可能對我有用。」

我氣得渾身毛髮豎起，活像是市場上待售的鬥雞。縱使為了運送而綁著腳和翅膀，但為展現牠們的狠勁，小販往往把兩隻鬥雞衝著對方抖兩下。眼下的我就有這種感覺。說到底，我已沒有身體，所以沒什麼好損失的。但我告訴自己別傻了，說不定還有別的更可怕的東西會加害靈魂。同時，陌生人似乎作了什麼決定。

「來吧，」他說。「我們散個步。」

大海黑暗而平靜，微弱的月光漸漸將沙灘鍍成銀色。那男子步調輕鬆走著，我倆踩著一致的步伐，猶如一起散步的老朋友。過了一會兒，我發現自己雖然在沙灘上沒留下腳印，他倒是在背後留下一條整齊、優雅的足跡，所以我才誤以為他是個普通人。等我們默默走了一段時間，他近乎友善地對我說：「你沒有問題想問了嗎？」

「我不知道我可以問問題。」

「自制力是我向來欣賞的特質，尤其是有自制力的女人。」

「那好吧，」我說。「你到底是誰，為什麼對林天青感興趣？你不是鬼魂吧？」

「那個嘛，你可以把我想成是另一種實體。」他的聲音帶著一絲興味。「或許以小官員來形容我比較好。」

「陰間的小官員？」

「差不多。你對陰間了解多少？」

我簡短敘述從劉芳和其他遇到的鬼魂那裡探聽到的內容。等我說完後，他點點頭，大竹帽彷彿黑蝙蝠似的上下抖動。「不錯，」他說。「才兩天就知道不少。」

他要不是一副高高在上的口氣，我或許會高興一點，但他繼續用同樣冷靜的聲調說：「陰間正如你探聽到的，確實受到相當嚴格的統管。人類鬼魂從這個世界前去投胎轉世有一定的規矩。」

他說這事的方式使我心中發冷。突然間我確信我面對的是一種全然不同的人事物，他絕對不是人類。心神不寧的我好想知道隱藏在帽子底下的他到底是什麼妖魔鬼怪。

「其中一個部門負責監督陰間法庭，可以說是一種確保制度不被濫用的保護措施。既有不開心的鬼魂，又有大量的陰界錢財四處流動，就不能奢望沒有貪贓枉法的事。」

「那你是從天上來的？」我問，同時懊惱地想著我也曾假裝自己來自天上的仙桃果園。

「並不是。把我想成僅僅是個工具吧，或者你喜歡的話，一個特別調查員。」

「你在調查林天青？」

「看來你很會利用偷聽到的消息。林天青的一些行為顯得相當可疑。」

「他做了什麼？」

「他顯然涉及一些賄賂與脅迫，部分的犯罪手法最近才浮出水面。換句話說，陰界的九位判官當中可能有一位涉及貪污。喔，在某種程度上，他們統統都腐化了。」他補充道。「不過能查出情況有多嚴重、誰在籌錢和招兵買馬也不錯。因為倘若暴力循環突破地獄的限制，將會引發地震、洪水和其他巨大災難。你不記得喀拉喀托火山的爆發嗎？」

一八八三年，印尼的喀拉喀托火山爆發。我記得我爹描述過那次火山爆發的巨響驚人，儘管馬來半島距離巽他海峽非常遙遠，好幾天的天空都變成黑色，並且落下火山灰雨。熔岩流酷熱無比，整座島上的生物澈底滅絕。船上和輪船上的乘客說即使是火山爆發一年之後，也看到過人的骷髏沖到海岸的礫石灘上。

「喀拉喀托就是一場地獄叛亂的具體表現。雖然叛亂平定了，並非所有共謀者都一一指認出來。但如果再發生一次暴動，打亂了靈界的平衡，那將不只發生自然災害，就連道德上的平衡也將滑脫與轉移，各國就會把腦筋動到戰爭上。整個世界可能從中國燒到歐洲，甚至燒到馬來亞的叢林。」

他降低聲音，好似在自言自語。我心中一陣發冷，相較之下，我才驚覺自身的困境似乎多麼微不足道。我不過是個和身體斷了連繫的靈魂。如若有數千或數十萬像我這樣的人，世界會變成什麼樣子？腦海中出現一幅枯葉般漂浮水面的屍體畫面，我猛地好想抓住二郎的袖子。他雖奇怪，但黑暗中有他在，對我是個安慰。

「你告訴我這些幹麼？」我終於問道。

他再度開口時，語調變得輕率起來，彷彿因為說了太多覺得尷尬。「跟你關係不大；微不足道的巧合罷了。剛巧我對林天青的動靜和意向很感興趣，顯然也包括了你。」

「如果你有特許權的話，」我滿懷希望地說，「也許可以助我回到我的身體裡。」

「很不幸，這超出了我的能力，」他說，他美妙的嗓音聽來真的很遺憾。「你的靈魂出竅，是你自己造成的。」

「但那是個意外！」

「是嗎？」他說，他說話的方式令我侷促不安。

「好吧，我不是故意的。難道不能說是因為林天青把我逼瘋了？」

「也許你可以提出充分的理由，那麼你就得現身於陰間法庭前，如果裁決林天青敗訴的話，他們或許會決定再給你一次機會。」

「但我該怎麼做？」

「收集他做壞事的證據，然後，當然要確保他們指派一個對的判官給你。」

「這好像和你自己的調查恰恰吻合。」我說。

「哦，你要是查得出林天青在做什麼，外加某種證據，或許我也可以幫你解決問題。」

「他跟我說他是被害死的，為了復仇，他必須完成一項任務，」我說，不確定該不該提他的指控。但天白若確實無辜，或可還他一個清白。

「是嗎？就算他的確遭人謀害，也不應當自己私下報仇。法庭的存在有其道理。有人以為你和他的冥婚可能是他聽命辦事的額外補償。你想必知道我有我的眼線，但他們也有極限。」

我們已轉向內陸，小徑來到海灘上方，面向樹林。溫暖愜意的夜晚瀰漫著含笑花的芬芳，一、兩朵不起眼的含笑花就能讓滿室生香。幾顆星星低懸天空。我嘆了口氣，希望身邊是天白，而不是這個言語尖刻、步履輕盈的陌生人。我一直在偷偷打量他，卻依然不曉得他長什麼模樣。他的動作俐落而靈活，古代漢服穿在他身形優雅的身上非常合適。然而對我來說，他的臉卻是一個謎。也許他帽子底下根本沒有五官，只是一個剩下幾顆鬆脫牙齒的頭骨，或有雙邪惡眼睛的可怕蜥蜴。

我們走到山頂時，我的「嚮導」說：「以年輕女子來說，你的沉默似乎是難能可貴的天賦。」這點我從來不曾留意，但也不想戳破他的幻想。

「你身邊經常圍繞著喋喋不休的女人？」我大膽問道。

他不禁打顫。「我覺得她們的注目令人生厭。」

我被他虛榮的談吐嗆得說不出話來，剎那間腦海中浮現一個個尖叫著逃離怪物的女人，但他只說：「那麼，你想你能不能查出林天青打算要做什麼？」

「我該怎麼做？走去他家告訴他我準備結婚了？」

「這個主意一點也不賴。去他家裡，看看能發現什麼。」

我直瞪著他帽沿底下的黑影，懷疑他是否在開玩笑。「可是這會兒牛頭魔說不定守著林家大宅。」

「沒錯，但那不是我的意思。我指的是他另一間房子。」

我安靜一秒鐘。「你是說亡者之原。」

「當然。他絕對想不到。」

「你為什麼不去？」

「因為我去不了。亡者之原是給人類鬼魂去的一個過渡地帶，是真實世界的影子，沒有它的話，從活著到死去的衝擊太大，有些人完全無法承受。」

亡者之原。從劉芳口中聽到的那一刻起，我就一直受到它的吸引。因為現在我的靈魂正在一點一點接近死亡？但我沒剩下多少選擇。「我願意去，」我終於說道。「如果對我有幫助的話。但你可否給我任何協助？冥鈔或一匹駿馬？」

「那些是人類之物，我無法買賣。不過我可以給你一樣更好的東西。」

他一手攏進長袍，掏出一塊閃亮扁平的圓盤，其一端逐漸變得尖細，好似花瓣。抓在手裡時，我才驚覺那是一塊鱗片——但又大得使我無法想像是哪種動物身上的鱗片——約莫是我的手掌大小，平滑地標出同方向的溝紋，最後在另一個邊緣形成鋒利的褶邊。月光下，它有如珠母貝般閃閃發光，好像溼潤的一樣有光澤，但我用手指劃過去時，卻是澈底的乾燥。

「這是呼喚我的工具。你不覺得比冥鈔好多了？」他好得意的樣子，我不得不忍住才沒翻白眼。

「可是你又不能去亡者之原。」

「沒錯，不過在其他方面我可能幫得上忙。我相信像你這樣足智多謀的女子，應該很容易找到去亡者之原的路。」他挖苦的語調令我懷疑他會不會知道劉芳與她向我提出的要求。「你必須拿起它，對著有波紋的邊緣吹氣，然後喊我的名字，如果可以的話，我就會來找你。」

令我吃驚的是，我們已快速接近城市的郊區。二郎帶我走的是一條直線，像長了翅膀的鳥一樣少走許多路。可是當我回頭一瞥我們走過的小徑，卻見不到了，只剩下傳來颯颯聲的廣大黑色樹林，和及腰的白茅。真想知道我是否在作夢，我能清楚想像那條蜿蜒小徑上淡而發亮的砂質土壤，可是我們後方的路看來根本無法通行。

「好了，」他說著，在我們走到下方大片屋頂之前停下。有些窗子裡頭點了油燈，現在我銳利的眼睛看得見黑暗的街上有許多微弱的綠色與藍色鬼火。「你從這裡可以自己走吧？」

我猶豫了。「可以。至於冥鈔和馬車……」我絕望地聳聳肩。

「你已經做得比你想得好太多了，」二郎以出奇親切的口吻說著。「還有一件事需要記住。亡者之原時間流逝的方式和這裡不同，速度也變來變去，忽快忽慢，但一般來說會比這裡快些。

所以可能有人某天晚上死了，第二天就投胎，其實已經在亡者之原待上幾個月甚至幾年。我不會騙你，那裡有一定的危險。事實上，我根本沒把握你能不能進去那裡，因為你還沒死。」

「我要是進不去呢？」

他聳聳肩。「我們就得試試別的辦法。但無論如何，我都會記得你幫過我。」我張嘴想再問他一個問題，但他搶在我之前打斷了我。「你要是順利抵達亡者之原，別相信任何人，也別吃任何東西。你的身體仍然活著，那是一大優勢，因為你會比死人更強而有力。」

「不吃的話，我難道不會枯萎掉？」

「如果你想回到活人世界，最好別讓死靈的食物稀釋你的靈魂。」

「老王就是這麼說的。」

「誰？」

「我家廚子。」

他不屑地揮揮袖子。「是，好吧，記住我的話。現在我非走不可了，我已耽擱太久，還有其他緊急的事要處理。」

我有十幾個問題就要衝口而出，但這時響起巨大的疾馳聲。一陣強風衝擊著我，一個大漩渦捲起了樹葉和樹枝。我不得不閉上眼睛，抵抗這陣大旋風。等我再度張開眼睛，二郎已不知去向。我在遠方的夜空中看見一道波浪起伏的光，活像是海裡的鰻魚，但它迅速消失，我懷疑是不是出自我的想像。

第十九章

我在山坡上度過一夜，不想走進城裡，把有限的冥鈔花在某種交通工具上。那裡有一棵巨樹，支撐的樹根長得跟矮牆一樣高，我就像一隻膽怯的鹿鼠般緊摟著它。本地有許多關於鹿鼠的故事，一個男人可以輕易把小小的鹿鼠抓起來塞入布袋。牠不比貓大多少，兩條腿纖細如樹枝。據說牠們是最容易捕捉的獵物之一，只要拿兩根棍子在乾枯的葉子上敲打，終究會有隻雄性鹿鼠出現，以為是哪個競爭對手來了，於是迅速敲打自己的雙腿回應。然後獵人以吹箭射死牠，將牠帶回家當晚餐。我向來覺得那是最不公平的一種捕獵動物的方法，而且完全不符合寓言故事中鹿鼠狡猾的名聲。我摟住膝蓋時想著，若從宏觀的角度看事情，我也不比鹿鼠高明多少，毫無防衛的我四處躲藏，卻被零星消息的敲打聲吸引出來。我能相信二郎嗎？他和我在一起時我沒考慮這個，但此時懷疑和疲累使得我的頭腦一片昏茫。最後我還是決定暫且相信他，畢竟我也沒有多少東西可以依賴。

聒噪的鳥叫聲吵醒了我。天氣很冷，草上蒙著一層濃重的白色霧氣。一群猴子走過頭頂上斷裂和搖晃的樹枝。阿媽不知何時又幫我換了一套睡衣褲。我急忙摸摸身上的衣服，生怕二郎給我的鱗片會不會消失了，好在它仍藏在我口袋裡。昨晚它像珠母貝般閃亮，然而在晨光下，它的光澤更是鮮明。蛻下如此鱗片的生物想必令人歎為觀止，我重新推測藏在二郎帽子底下的，會不會是一張噘嘴的魚臉，或更嚇人的，是一顆巨大的蛇頭。我將這些想法放在一邊，慢慢走向下方的城鎮。及腰的灌木叢取代了高大的樹林，但是生長得非常茂密，害我走得相當辛苦。

太陽高掛天空，但我距離目的地還很遠。遙望前方，我不禁暗暗叫苦。馬來亞的土地是四季不變的綠色。在炎熱的太陽和暴雨之下，任何遭到遺棄的住宅很快就會被藤蔓覆蓋；任何無人經過的小徑都將回復為叢林。單調的蟬鳴重重包圍著我，聲音之大直到馬兒幾乎近在眼前，我才聽到馬具叮叮噹噹響。我困惑地四下張望，可是什麼也沒看到。最後我膽小地說：「有人在嗎？」

沒有回答，只有輕輕的馬嘶聲。

我再試一次，覺得這回更傻了。「有馬在嗎？」

「馬」字一說出口，頃刻之間我就看見了。那是一匹矮小而結實的馬兒，檀香色。亮晶晶的深色眼睛從綁成一束束的厚厚鬃毛底下凝視，好像兩顆蘋果籽。小馬華麗地披掛著毯子和馬鞍，靠著這些東西，我才認出它看來就跟天白手中的雕刻檀香木馬一模一樣，便知是天白把它燒給我了。林天青偌大馬廄裡的高大馬匹一動不動且了無生氣，因為它們是紙紮的。可是這匹馬是一塊木頭刻出來的，移動起來就像真的馬兒。我開心得難以言喻。

「我就叫你倩妲娜吧，」我決定了。那是馬來語的檀香木，因為小馬雕自木紋細緻又芳香的檀香木。騎在它身上容易得很，比真正的馬好騎多了，因為我爬上去時，它溫順地站著，而它寬闊的背有如搖椅木馬一樣平穩。倩妲娜不累不吃不喝。我們迅速穿過灌木叢；野草連抖也沒抖一下。以這些跡象看來，我知道它比我更像是陰界來的。

我們進入馬六甲已是下午。既然有了交通工具，我就沒理由不找劉芳，請她幫我指點亡者之原的方向。這是我許久以來頭一次覺得開心，我在鴿子振翅飛回窩巢時找到去劉芳待的那間店家的路。到了大門口，我停頓片刻，納悶要不要等到天黑。這家人已早早圍坐在餐桌前，準備吃晚餐了，我嗅到鹹魚誘人的香味。

「劉芳！」我喊道。

沒有回答，我有點困難地硬把自己擠過木門。午後最後的幾縷陽光照亮了走廊，感覺比較不像那天夜晚劉芳領著我盲目在屋裡穿來穿去那麼可怕。雖然一家人正在吃飯，我照樣來回走著，大聲喊著她的名字。他們當然不曉得我在那裡，不過我近身經過老爺爺時，似乎看到他在眨眼。最後，實在找不到她的蹤跡，我又慢慢回到門口。正考慮要不要怪難受地再度穿過木門時，我聽見一個微弱的聲音。

「你在這裡幹麼？」

我四下張望，總算找到劉芳了。她一直躲在一個陰暗的角落，緊緊壓進櫃子的門裡面。在日落最後的閃亮塵埃中，很難看得到她。

「我回來了，你說你願意帶我去亡者之原。」

「哦，我現在不可能去。」她虛弱地說。

「為什麼？」

「不方便。」

「難道不能至少幫我指個方向？」

她說了些什麼不知所云的話，後來發覺我聽不到，她才微弱地喊道：「……天黑以後……」

雖不太確定她提到什麼，我只點頭說：「我會在外面等你到天黑。」

倩妲娜仍在我撇下它的地方，讓我鬆了口氣。我還擔心有誰可能偷走它，在相對短暫的一段時間內，它對我卻變得如此珍貴。但我記得劉芳說過，陰間物品必須是自願贈與——否則絕對阻止不了眾多餓鬼掠奪吧，我想。我倚靠在它身上，吸著檀香木的香味，那是製造熏香的珍貴木材。我們等了好久，似鐮刀般鋒利的月亮已然升起，卻仍不見劉芳出現。我開始懷疑是否聽錯了她的意思時，她終於穿過大門現身。看她一臉悶悶不樂，我懷疑她一直躲在門後。但一見到倩妲娜，她眼睛馬上亮了起來。「你有一匹駿馬！」

我忍不住一絲得意。「是的。我準備去亡者之原了。」

「可是怎麼……」劉芳繞著馬兒走了一圈，兩眼死盯著看了又看。然後她轉而朝我犀利地一瞥。「這馬兒品質優秀，真的好極了。你有沒有給我也找一匹呢？」

「恐怕上天只為我安排了交通工具。」

「可是我要當你的同伴哎！你應該要求上天也幫我安排的。」

我遲疑一下。「一到那裡，我就付錢給你。你大概不想讓地府當局知道你的事吧。」

「喔。」她看來垂頭喪氣。「我想你說的對。」

「而且你不是說已經有交通工具了？」

「我是說過。但我的僕人跟這相比，簡直就像是冒牌貨。」她欣羨地嘆了口氣。「好吧，等我的情郎和我長相廝守，就一定有豪華大轎子供我差遣了。」

我按捺翻白眼的衝動，希望自己多喜歡她一點。想到這趟長途跋涉必須與她為伴，實在難以忍受。「你準備離開了嗎？」我問。「如果你不想去，我可以另外找人帶路。」但就算我這麼說的時候，也懷疑自己怎麼可能應付得來。

「誰說我不想去啊？我當然要去。反正我也得去那裡處理事情，但還是需要做些準備。」她哼哼哈哈，來來回回好幾次進入屋裡，出來時也看不出有啥不同。最後我認真考慮乾脆獨自騎馬走了，她倒又出現了。「我們走吧。」

那時我注意到她的手指捏得死緊，彷彿抓著什麼看不見的東西，我猜她大概是去找那根將她和老爺爺綁在一起的線。她瞥我一眼，然後幾乎是充滿歉意地說：「我不敢不帶著它出門。我會迷路。」

我立刻因為對她懷著刻薄的念頭覺得內疚。她到底是個鬼魂，向前走也確實困難。她踩著小碎步前進，動輒受到強風或偶爾出現的陰影的影響。我尾隨在後，拉著倩妲娜的韁繩牽著它走。

天空仍是深藍色，尚未全黑但我已看見鬼火柔和的光芒。我好想催促劉芳走快點，可是我們離她的店家愈遠，她愈是一步一猶豫。有那麼一會兒，她不停打轉，彷彿改不掉來去徘徊的習慣。

「我就說我不喜歡常常出門吧，」她任性地說。「太麻煩了，而且一年比一年更糟。我知道我的靈體一直在流失。」

我沒說是她自己選擇以這種存在方式浪費時間的。我們走得慢如蝸牛，永遠靠著陰影走，避開鬼火。劉芳最怕遇到地府官差，而她的緊張具有感染力。

「離亡者之原的入口還有多遠？」我問。

「我發誓本來這裡就有一個，」她說。「至少我是走過。別告訴我換地方了！」

「入口換了地方？」

「好幾條路都通到那裡，」她煩躁地說。「有時換得毫無道理。」

我們默默四處摸索亂晃，遙望一條條漆黑的巷弄。我不曉得劉芳在找什麼，但我一把手放在倩妲娜的脖子上，就覺得比較安心。如果有朝一日我能回到身體裡，我會請我爹給我買匹馬。然而想著我爹和他的煩惱，我又沮喪起來。我悄悄把手伸入口袋，那裡藏了二郎給我的鱗片，它堅硬的邊緣使我多了一點決心。就在那當兒，劉芳停下腳步。

「在這裡。」

除了牆上一個猶如飢餓的嘴大大敞開的老舊門口，我什麼也看不出來。它沒什麼特別，但似乎比周遭的黑暗來得更深更黑。劉芳一手繞過門楣，一道微弱的紅光於是從裡面點燃，彷彿那道門通往一條深深的地下通道。我一點也不喜歡，倩妲娜也是。小馬向後退，遲疑地騰躍起來。

「你怎麼知道？」我低聲問劉芳。

「它在呼喚我，」她說著扭頭越過肩膀注視我。深紅色的光投射在她臉上，更加凸顯那皺縮如木乃伊的乾枯面容。「你感覺不到嗎？」

「沒感覺。」我說，沒提它拚命想趕我走。哦，二郎說過這種事。也許我無法通過，剎那之間，我真希望自己不必走這一趟，但劉芳身子一閃，已經進門了。

「進來吧！」她兇巴巴地說。「這是去亡者之原的路。」

第三部

亡者之原

第二十章

我還在躊躇不前時，劉芳已低下頭，從門口溜進去了，根本沒時間再跟她說一個字。只看見距離門口老遠的深處有亮亮的深紅色光芒，卻不見劉芳的蹤影。我深吸一口氣，抓緊了倩妲娜的轠繩。我們穿過門口時，夜晚街上模糊的噪音消失了，只剩下深深的靜默，靜得我的耳朵好似響了起來，像是走進了墳墓。

我抓著倩妲娜的鬃毛一路摸索前進。腳下的地面光滑而平坦，濃重的黑暗恍若黏在身上的天鵝絨，壓根看不清我的腳。紅光在老遠的前方發亮，但好像完全沒有照亮任何東西。我轉頭看看能不能找到回去的路，卻被目盲的感覺嚇壞了。驚慌失措之際，我聽見劉芳的聲音就在眼前。

「怎麼樣？」她不耐煩地說。「可以走了嗎？」

「你在哪裡？」先前宣告劉芳在店家的鬼火已經看不見了。

「你看不見我？我看你看得很清楚。」

「你看見什麼了？」我問。

「一條隧道，前往亡者之原的通道。」

「有亮光嗎？」

「當然！牆上掛著燈籠。你是說你什麼也看不到？」

「是，只看到遠處微弱的紅光。」

「怪了，」劉芳說。「大概是因為你不是鬼。我猜天上的人很少來到這裡。」

「我們不習慣這些狀況。」我有點尷尬地說，不得不假裝下去。

「好吧，至少你看得到通道的盡頭，」她答道。「那個紅光是下去亡者之原的入口。」以我看來，黑暗似乎寒冷又呆板，那紅光也不像是歡迎的明燈，反倒更像是個警告，彷彿一隻陰沉的紅眼睛從老遠的洞穴裡目不轉睛地盯著你看。我希望我們剩下的旅程不會有這種奇怪的差異，否則我這個二郎的密探肯定當得很蹩腳。

「那就走吧，」劉芳說，聽來很為自己的優勢感到高興。「你跟得上我嗎？」

我緊緊跟隨劉芳講話的聲音，不時對準前方微弱的紅光，走起來容易多了。我請她描述看見的東西。「挺氣派的，」她說。「地上有鋪地磚，牆上掛著彩色絲綢做的燈籠。」

雖然劉芳的描述充滿情感，我卻覺得地面好像是夯實的泥土，空氣靜止不動，令人喘不過氣來，怎麼也甩不掉我們在慢慢走下陵墓的感覺。唯有一手勾緊倩姐娜的鬃毛，我才有辦法逼自己繼續向前走。小馬在門口第一次拒絕前進之後，不再畏怯不前，只是靜靜走在我身邊。它在這方面也不像真正的馬，但我實在感激有它和我作伴。

「你怎麼找得到回去的路？」過了一會兒我問劉芳。

「喔，離開亡者之原的通道非常清楚，絕不會錯過。記住從哪一道門進去的就好。」

「你試過從別的門出去嗎？」

「一、兩次吧。我知道馬六甲有兩、三個出口。一個通到商業區，但我不曉得別的出口通到哪裡。」她說得輕鬆自在。

商業區就是我家那裡。我記住這個消息時，不禁感到心中一沉，沒想到出去竟是這麼困難。如此看來，我似乎比以前更需要劉芳的幫忙，因為二郎說過，他來不了這裡。

「我們就快到了。」

我聽了立刻向前看。紅光在我習慣黑暗的眼中像燃燒的薄霧般散開，接著我漸漸看出通道的牆壁和地板一樣是粗糙的岩石，彷彿某個巨大生物一邊旋轉螺絲錐一邊穿過岩石似的，一點都不像劉芳形容給我聽的高雅走廊。我們繞過最後一個彎道時，光線突然變成使我瞬間目盲的火焰。終於，我看見隧道的出口。

放眼望去只見貧瘠的曠野，乾燥得就連雜草也枯萎成白色的草梗，勉強覆蓋在碎裂的泥土地上，有如薄薄一層粗糙的毛皮，上方是燃燒的天空。看慣馬來亞鬱鬱蔥蔥的叢林，我只能好奇地愣望這片恐怖的荒地。

「現在你懂得我說需要交通工具的意思了吧？」劉芳問。

轉身一看，我發現她現在顯得比較紮實。她的皮膚不再皺縮，就連她的衣裙也現出外觀的細節和布料的重量。她露出反常的愉快表情遙望眼前的草原。

「第一次看見這一大片花朵時，我還以為這裡是天堂。」她說。她眼中的一切顯然不同。我把我的觀察放在心裡，我身旁的倩姐娜哼哼鼻子，跺兩下蹄子，似乎絲毫不畏懼我們面前綿延不斷的漫漫長路。

「我們應該在這裡等我僕人過來，」劉芳說。「每次我一到這裡，他們就會出現，護送我回家。」

「我想你可以走路吧。」我說。

「走路？亡者之原上到處都有定居地，可是相隔遙遠。」

「什麼樣子的定居地？」

「城鎮，村莊，大致相當於地面上的人間。有個類似馬六甲的地方，你找得到以前住在那裡的居民，還有許多外圍的村莊。不過隨著鬼魂前往陰間法庭，那些住宅也時有時無，總是變來變去。」

「也有別的城鎮嗎？」

她輕蔑地聳聳肩。「我聽說有個陰間檳城，也有新加坡，但我不知道在哪裡。」

我們默默凝望無邊際的大草原。劉芳不時掃視遠方，然後皺起眉頭。我本以為會看到洞穴、鐘乳石和地牢，它們都是我在畫卷上看到過的陰界場景。我對這幅景象沒有一點心理準備。儘管亮光無情的刺眼，我卻看不到太陽。天空亮得均勻，讓人覺得很不自然，不過整體效果倒是十分強烈。由於沒有地標，我無從知道大草原究竟連綿多少里，看起來距離非常遙遠。一段時間之後，我漸漸發覺兩個黑色的身影愈來愈接近了。不多久，長草叢中出現兩名苦力，肩膀上扛著長竿，底下吊著一個籃子。

「他們來了，」劉芳說。「我的老天爺，他們看來比以前更糟。」

他們愈趨接近之際，我才了解她話中的意思。他們讓我想到林天青陪葬的紙紮豪宅裡的僕人。但不同於林天青的僕人，他們的眼睛和鼻子的形狀粗略，嘴巴在凹凸不平的臉上僅僅是個切口，相貌大多褪了顏色，也磨損得差不多了，扛的東西一副搖搖晃晃的模樣。他們走到我們面前時，僵硬地鞠個躬，便把籃子放在地上。劉芳有些不情願地爬進去。

「這種移動方式很不舒服，」她說。「要是我爹對我沒這麼小器就好了。」我差點想說她比一無所有的餓鬼幸運多了。「好吧，我們可以走了嗎？」她問。她的挑夫抓起扁擔，輕快地把它扛上肩膀，隨即頭也不回地走入看似火熱的草原。

我身子一擺，翻到倩妲娜背上，尾隨而去。我的馬速度較快，所以我不讓它快跑，剛好不必聽劉芳說個不停。然而看著她在籃子裡難受地東搖西晃，我忍不住替她覺得難過。像一堆蔬菜似地被甩來甩去，似乎是最不舒服的方法。我不時瞥見她伸出一隻蒼白的手順著頭髮，輕拍著它，彷彿它是活生生的動物。

回過頭來，我注意到我們走過的那條通道從一連串的山丘之間出現。那些石頭山上草木不生，滿眼盡是深深的腥紅色，一幅令人敬畏卻又沮喪的景象。一路上，我沒看見一隻昆蟲或一隻鳥，枯萎的雜草中也沒開一朵花，雨似乎從來不可能落在這塊荒涼的土地上。我若是血肉之軀，一定會被那兇猛的強光灼傷。不過我仍盼望如果有頂帽子多好，但也只好抓起睡衣一角蓋著頭湊合湊合。這時我摸到口袋裡二郎給我的鱗片，好想再把它細細端詳一番，但又不希望引起劉芳的注意。她偶爾回頭看兩眼，眼光冷酷而明亮。

我們似乎走了好幾個小時。強光漸漸褪去，直到空中布滿出奇美麗的紫色。我催促倩妲娜上前和劉芳並排前進，我問：「晚上打算怎麼辦？」

「喔，我們繼續走，」她說。「我通常都會盡快走完這段旅程。」

我發覺這對她來說比較容易，因為籃子雖然一路顛簸，她只需要交代她的挑夫不知疲倦地抬著她走，我卻得擔心自己可能睡著後墜馬，我就是這麼告訴劉芳的。她皺皺眉說：「我沒想到那個。你願意的話，我們或許可以停下來休息一下。」

我們在雜草中整理出一個臨時營地。自從進入亡者之原以來，我不曾感到飢餓或口渴，但儘管如此，我還是覺得疲倦，感覺自己被拉扯得更單薄了。我身體僵硬地下馬，伸展我的胳膊，直到發覺我的雙腳在粗糙的乾土上嘎吱作響，矖白了頭的雜草也為我分開一條路。這是長久以來的頭一遭，我對周遭的世界產生了實質的影響。我不但不為這個發現感到如釋重負，反倒滿心恐懼。我不想屬於這個世界，我想回到馬六甲，我那活生生、會呼吸的馬六甲，那裡的空氣潮溼，氣候炎熱。劉芳看著我來回踱步。她已鑽出籃子，正在重新整理她的頭髮，而它也像她身上其他部分一樣，變得愈來愈紮實了。

「你在看什麼？」她問。

我發出一陣含糊的聲音，她沉默了。但一會兒她又低聲說：「我知道你看到的跟我不一樣。這裡究竟是什麼樣子？」

在愈發深沉的黑暗中，她的臉變成白糊糊一片。「你為什麼想知道？」我問。

她的聲音顫抖。「有時候我覺得事情不是表面上看起來的樣子，而且我很害怕接下來會發生的事。如果我的情郎死的時候沒錢，或是沒分錢給我，我就必須前往陰間法庭。」

她似乎沮喪透了，我不禁對她生出同情心。「審判之後就是重生，」我說。「你可能再度找到幸福。」

「喔，重生不是問題，」她暴躁地說。「問題出在重生之前。我怕的是今生犯罪的懲罰。」

「你死的時候還年輕，他們想必不會對你太過嚴厲。」

劉芳把臉轉開。「我待在死後世界的時間過久，所以我才跟你說我後來很少來到亡者之原，雖然我應該要來。我不像你。」她朝我投以羨慕的一瞥。「我在店家只接受我情郎放在供桌上給餓鬼吃的祭品，可是他沒燒衣服，也沒燒鞋子。我不得不回來這裡拿我能拿的東西。」

「你為什麼不在夢裡請他燒祭品給你？」

「我們在一起時，我不想提醒他我已經死了。那會破壞一切。」

我心中一痛，我對天白不也做出同樣的決定？說到底，擁抱屍體的想法實在一點也不浪漫。

「何況他也可能找驅鬼師把我趕走。」她發出不耐煩的聲音。「這麼多年來，我一直小心翼翼地讓他覺得跟我一起時只是作夢。我不想讓他發現我是真的纏著他不放。你想他會作何反應？他多麼在意自己的健康。驅鬼師會告訴他我在吸乾他的生命力。」

「你有嗎？」

「當然沒有！」她說。「好吧，也許零零星星給自己補充一點。你不覺得五十七歲的他看起來挺健康的？」

才五十七歲！我還以為老爺爺起碼八十幾歲了，怪不得劉芳那麼害怕地府當局，我還以為停留過久的案情單純，但顯然她也涉及別的罪行。她轉向我時一臉老實。

「所以我才決定和你一起過來一趟。如果你來自天界，你就應該能夠幫我跟當局說情。」

心神不寧的我很想知道劉芳還有什麼事瞞著我。就在這當兒，她大喊一聲把自己緊緊貼在地上。抬頭一看，只見黑忽忽的影子快速飛過頭頂上。「那是什麼？」

「趴下！趴下！」她嘶吼著。我撲倒在她身旁粗糙的泥土地上。那些東西朝我們俯衝而來，忽而下降，忽而打轉，同時發出貓似的尖嘯聲。那刺耳又淒涼的聲音是我這輩子從來沒聽過的，但又強勁得嚇人。我硬是按捺住把臉埋在手裡的衝動，偷偷抬頭瞥一眼，無奈那些生物太快了，我只看到它們飛行的樣子好奇怪，彷彿是在用鋒利的三角形翅膀劃開空氣。它們飛得好低，充滿威脅。它們呼嘯飛過時，強風吹倒了我們周圍的雜草，我嚇得緊閉雙眼，縮起身子。剎那之間，它們早已高飛遠去，迅速飛入墨黑的夜幕中。再過一會兒，我坐了起來，劉芳的臉仍貼著地，兀自渾身顫抖。

「那些是什麼啊？」我問劉芳。

她靜默片刻才終於說：「大多數鬼魂都不理會它們，但我聽說它們可能是陰間法庭的密探。」

「我以為這裡是給人類鬼魂來的地方。」

「沒錯，不過地府官差偶爾會越界到這裡來，沒有人確實知道這些飛來飛去的東西是否屬於他們。」

「地府官差來得了這裡？」我嚇壞了。我的印象一直是非人類來不了這裡。

「是，但他們難得來。」劉芳低聲說著，「這裡有許多事我並不了解，所以我剛剛才問你看見了什麼，因為這地方在你眼中肯定和我看的不一樣。」就算劉芳一直逼我說出我看到的景象，我的直覺卻警告我別說，不過她沒那麼好打發。「你為什麼不肯告訴我？」她問，又恢復了原來的任性脾氣，簡直就像我們之間從來不曾經歷過脆弱的一刻。

最後她只好放棄，在她的挑夫身邊躺下。那些怪物撲向我們時，兩名挑夫毫不退縮，仍像放在它們之間的籃子一樣沒有生命。倩姐娜起碼哼哼鼻子，不過它似乎也沒受到過度的驚擾。我提醒自己，我的小馬畢竟不是血肉之軀。這個想法使我清醒，但我仍舊依偎在它身旁睡著了。

第二十一章

我在愈來愈亮的天空下醒來。和前一天一樣沒有太陽，只是慢慢的變換顏色，彷彿舞臺上一個背景屏幕升起來了。微風窸窸窣窣吹過乾枯的雜草，我再一次震驚於亡者之原澈底的了無生氣。我看見劉芳睜著眼睛側躺在不遠的地方，不曉得她夜裡睡了沒有。不過我很高興自己休息過了，但仍不免擔心我的身體在遙遠的活人世界是否安好。萬一它出了什麼事，會不會有任何徵兆警告我？還是切斷和我的連結，讓我在這片無邊際的草原上遊蕩。

準備就緒之後，劉芳立即命令她的挑夫動身。「我們快到了。」她回頭對我喊道。

我催促倩妲娜往前走一點。「你怎麼知道？」

「喔，接近城鎮的時候我都會有種感覺，好像在拉我過去。」

「可是前面什麼也看不見。」

劉芳哈哈笑了，她似乎比昨天心情好得多。「不是這樣的！城鎮按照自己的步調出現，所以才需要我的僕人去找到它們，因此餓鬼絕對到不了這裡，因為沒有人燒陪葬品，如挑夫、車馬給他們帶路。」

回頭一看，只見我們已把石頭山裡的通道遠遠甩在後面。現在它們不再是高高聳立的背景，只是地平線上一坨坨凸塊。我很吃驚我們居然走過那麼偌大一片土地；在真正的世界裡，六、七小時的路程絕不可能走這麼遠。這也使得我有點憂慮時間在這裡過得有多快。

「在那裡！」

我們愈走愈近的同時，前方的微光也變得愈來愈紮實，周圍的霧氣更濃了。走著走著，街道和建築的輪廓漸漸進入視線，直到我們所走的路變成一條寬闊的大道，一間間店鋪和櫛比鱗次的房屋看來怪熟悉的。來到一條小街上，我瞥見一幢看似荷蘭紅屋的建築，又從另一條街短暫看到港口裡排成一條直線的古老帆船和戰艦。看著愈來愈像馬六甲了，只是更為龐大，也沒有經常充斥街頭的破瓦殘礫。有些建築不見了，有些則被俗豔的醜陋東西取代。街道安靜而寬闊；唯一見到的人就是老遠走過的人影。

「人都去哪裡了？」我問。

「人並不多，」劉芳說。「鬼魂總在被召喚到陰間法庭時離開。」她轉向我。「你現在想要幹麼？」

我告訴她我要辦幾件事，盡可能模糊交代細節。我擔心劉芳硬要陪我，但她似乎不感興趣，只說她打算去她的屋子。「更像是簡陋小屋吧，」她說。「現在可不可以給我一點錢？」

一到這裡，我就為這種要求做了準備，付給她兩吊錢和幾枚錫錠，且留下一些急用。「就這些啊？」她皺著鼻子問。

「恐怕是的。」

「哦，好，多謝了。辦完事以後，你需要我帶你回去嗎？」

「是，你會待多久？」

「我想大約十天，我得處理一些家務事。」

「如果你告訴我你的房子在哪裡，我會在第十天的中午過去找你，不然也會捎信給你。」

「你要是沒來，我可能會自己先走。我不敢在這裡待太久。」

我同意了，沒想到我們很快就來到她家。那七拐八彎的街道在薄霧中忽隱忽現，雜亂地拐來拐去，我不禁擔心找不到路回來。我向劉芳表達這個顧慮時，她只是笑笑。「所以我們有僕人。這些屋子在住戶離開時就變了樣子，新搬來的居民會帶著陪葬品。你的馬會認得路的。」她停下腳步。

「好了，這就是我家，」她說。雖然屋子暗矇矇的，形狀像個盒子，但也不像她說得那麼糟。我猜它原本想必是個簡單的紙模型吧。劉芳邀我進去，但我婉拒了。不知何故，我不喜歡走過那道窄門。

「你在這裡這段期間，何不跟我同住我家？」她極力勸道。

最後我含糊地說了什麼打發了她。劉芳赤裸裸的算計令我不安，我已為自己不慎洩漏的幾個消息感到後悔了。

離開劉芳後，我任倩妲娜信步閒逛了幾條街。我們一邊走，我一邊留意有沒有熟悉的地標。

如果能找到剛才驚鴻一瞥的荷蘭紅屋，我大概就比較知道自己身在何處吧。那個荷蘭人為我畫的地圖仍深深印在我腦海裡，不過我不明白是他畫得清晰易懂，還是另有原因。

終於看見荷蘭紅屋了，但無論我如何努力也無法靠近。雖然從好幾條街的盡頭都看得見它，但等我走下去，它又不見了。唯有回頭一看，它才像海市蜃樓般在轉角或小巷盡頭重新出現。飽受挫折之後，我想問問遠方看到的一些行人。我走近一座華麗的轎子，可是簾子拉下了，想起上次在街上瞥見林天青也是坐轎子，使我遲遲不敢開口。正當我站在那裡猶豫不決時，那簾子抖兩下，露出一張乾枯的老臉。

「你想幹麼？」他說。「年輕女孩一個人到處亂跑？你的家人在想什麼？」

面對這番猛烈的指責，我只能支支吾吾，但那老頭卻扒開門，鑽出轎子。「你剛死不久吧？」他問。他渾身乾癟，老邁得彎腰駝背。他那瘦骨嶙峋的脖子上頂著一顆腦袋，像釣魚竿上的鉛錘般晃動。然而他的動作竟出人意表地靈活，頗感興趣地繞著我轉圈。「好馬，」他說。「現在再也做不出這樣的了，只有廉價的紙，連紙板也沒有。」

「請原諒，」我說。「我只想問個路。」

「你想去哪裡？」

「我想去荷蘭紅屋。」

他哼了一聲。「荷蘭紅屋！它不在這裡。」見我一臉驚訝，他咯咯連聲笑著。「你看見它是因為它存在於本地人的記憶裡。我們生活和死在馬六甲的人都期望看見荷蘭紅屋和鐘樓，但你去不了那裡，因為沒有人真的燒過它的複製品當陪葬品。嘖！我應該囑咐我孫子給我燒一個才是，那我就是唯一的地主了。可是你啊，年輕的女士，你怎麼沒帶僕人，單獨在這裡？你的家人是誰？你住哪裡？」

雖說他的舉止獨特，但我納悶他是否知道什麼有用的消息，所以我說：「噢，老爺爺，我只是想知道每個地方的位置。你瞧，我是新來的。」

「你儘管問！不過你得告訴我一些你的事當作報答。我從中得到一點樂趣也很公平。」

「請問這裡各地區完全符合真正的馬六甲嗎？」

「當然嘍！或幾乎一模一樣吧。但這裡的距離倒是相當唬人。」他狡猾地微笑道。「有些地方可能花幾天才到得了，有些幾分鐘就到了。這跟它們相互連結的方式有關，這裡一切都是相關的。你的房子，你的僕人，你的衣服——全都取決於別人對你多有孝心。你看我吧！我死的時候什麼也不缺。我的後代為了讓我享受這些財富，甚至去廟裡祈求延長我的期限。可是你看怎麼了？」

他突然拉大嗓門，嚇了我一跳。我看見遠處幾個行人加快腳步迴避我們，不曉得是不是我倒楣遇到了瘋子，我退後一步。

「我困在這裡好多年了！」他憤怒地大吼一聲。「你能想像就連我的曾孫也已經死了，而且去了陰間法庭嗎？」他的眼光很快回到我身上。「好了，你為什麼想去荷蘭紅屋？」

「我只是好奇，」我說。「我活著時從來不准進去裡面。」他似乎滿意這個答覆，於是我繼續追問。「你剛才說他們的住家完全符合生前所住的地區？」

「唉？一般來說，是的。不過有些人活著時很窮，但家人給他的祭品倒是燒得很勤快，所以現在到了陰間過得富足。不過一旦前往法庭，這裡的財富就化為烏有。你打算探望哪個人嗎？」

我無法抗拒誘惑。「我有個朋友嫁到潘家，有個年幼的女兒，但不多久就死了。」

「嗯，一個商人老家族。我不記得最近有人從那裡來。」我的臉一垮，他又呵呵乾笑兩聲。「別放棄希望，女人家往往深居簡出，說不定她還在那裡。我想商業區還有一、兩間屋子。」

我垂下眼光，掩飾心臟一陣怦怦狂跳。母親是否可能還在這裡？冷顫竄過我全身，使我聽不見老頭顫抖的聲音。

「你是怎麼死的？」他重複道。「我想知道你所有的事，你這麼年輕，這麼漂亮。」他喉嚨的鬆弛老皮顫抖得有如火雞的肉垂。

「我摔倒了，」我說得倉促。「天色很暗，我在階梯上滑倒了。」

他看來很失望。「有沒有人推你？」

「也許吧。我表妹嫉妒我，我們都對同一個年輕人感興趣。」我匆匆對他描述那個馬臉女孩，和我們為了一個不知其名的男人爆發的嫉妒，至少那部分夠真實的了。說到一半，我頓了頓。「馬六甲所有的古老家族這裡都有？」

「是，哪怕是已經絕了後代的家族。」他舉了幾個例子，我仔細聆聽，很滿意聽到他提到林家。所以要找到林天青的住所應該滿容易的。

「說下去，」老頭用色瞇瞇的眼神說。「告訴我你表妹的事。你跟她打架？」

我很快想一想，「是啊，有一天我們真的打起來。我們在床上滾來滾去，扯破彼此的衣服，用牙齒撕成碎片。不過請告訴我，現在有誰來到亡者之原還帶著守衛？我聽說可以賄賂地府官差。」我的聲音發抖，生怕自己問了太多問題。

「胡說！沒有人可以賄賂地府官差。」他疑心地看著我，於是我急忙告辭。就算如此，那個好色的老頭還是苦苦追了整條街，我才好不容易甩掉他。他雖看來無害，其實簡直是瘋癲，我卻不安地想著，他會不會是故意在耍我。唉，煩惱無用，但起碼我弄清楚哪裡找得到林天青了。

循原路往回走一會兒，我便朝商業區前進。林家大宅在那裡，酷似我家祖宅的房子可能也在那裡。我幾乎是生氣地在跟自己爭辯。時間短暫，我真的應該趕去林宅才是，但我躊躇不前，想著母親的臉，我時常夢到但怎麼也不記得的臉。她在世時從來沒請人畫過她的肖像。她離開我實在太久，我已分不清我對她的哪些回憶是我自己的，哪些不過是從阿媽講的故事中想像出來的。我把倩妲娜的頭轉向我家的街坊。我要走一趟，看看這裡有些什麼樣的住家。我告訴自己，只是去一時半刻罷了。

街道變得益發熟悉了，但熟悉得很奇怪。有些地方壓根不像我記憶中的模樣，有些空間雖然眼熟，但在比例上卻完全不對。有些原本應該有房子的地方除了老樹和石頭之外，什麼也沒有；

有的則是三、四間漂亮的屋子占據同一個地點。當然，屋子都相隔甚遠，彷彿原來街道的長度和寬度都被拉扯到兩倍，甚至是三倍。在真正的馬六甲，有個轉角不過是個破敗的空殼，在這裡竟是一幢宏偉的大宅。從氣派的大門後面傳來模糊的笑聲和女人的聲音。我經過時心中發毛。儘管氣氛歡樂，我忍不住想起那間屋子在人間的模樣，屋頂塌落，野草從裂開的石頭地板縫隙冒出來。打我小時候起，就聽說過許多那間屋子的故事。有人說一場瘟疫害得住在屋裡的人統統病死。有人說最後一位屋主瘋了，屠殺了他幾個妻子和姨太太，還把她們的屍體擺在屋外的院子裡，直到石頭被快要乾掉的血染成紫色。我從小就拚命避開那間屋子，腦袋裡裝滿了阿媽告訴我的恐怖故事。這會兒看的可能是這間屋子的輝煌時期，我既害怕，又深受吸引。我要是敲門的話，會發生什麼事？我奮力把自己拉走。我告訴自己：好奇心是我擺脫不掉的罪惡。

我與倩妲娜來到我家前面的轉角時，我的喉嚨為之緊繃。某個東西低聲對我說，如果我想待在陽間，這些事還是別知道的好。我仍固執地向前推進。我想去看看我娘。這能錯到哪裡？乍看之下，環繞我家的曲壁看似完全一樣，可是我一來到屋子前面，就吃了一驚。這塊地上有三間房子，每間屋子都占據同樣的空間，沒有重疊。我看得目不轉睛，開始覺得頭暈。這是什麼猜不透的伎倆，可是不管我怎麼從眼角看來看去，還是看見三個住所。

第一間是個壯觀的宅子，風格類似我家在馬六甲的屋子，但雄偉多了。那沉重的前門是應有高度的兩倍，我從蓋了圍牆的院子後面看見上頭的陽臺彷彿巨石似的拔地而起，我家好似噩夢般在一夜之間像真菌一樣長大了。雖然巨大又輝煌，卻有一股衰敗的氣氛，宛若已經漸漸從裡頭碎裂了。第二間屋子是小孩畫的，實用而堅固，沒有一點豪華的矯飾。第三間幾乎算不上屋子，很像劉芳住的小屋：一個製作粗糙的小盒子，一扇窄門，暗暗的窗戶。選擇之前，我猶豫半晌才下馬。第二間屋子看來最好客，我走到它的門前，其他屋子遂消失於我視線之外。我敲敲門，可是無人應答。我再敲一次，聽見屋裡傳來刺耳的聲音。

「你想幹麼？她走得好，我落了個清靜！」

第二十二章

我緊盯門窗，但那聲音又衝著我喊道：「這裡！在另一邊！」我乖乖退後，直到三間屋子再度出現，然後我才看見她。一個邋遢的老婦倚靠在最小一間屋子的窄門口。她和劉芳一樣身穿下葬的壽衣，不過早已褪色也磨破了。她曾經豐腴的雙頰鬆垂成兩個肉袋，兩條從鼻角刻劃到嘴角的深深紋路，難看極了。但她的眼睛卻很銳利，好似刺繡針般猛戳著我。

「阿姨，你在跟我說話嗎？」我客氣地說。

「我還會跟誰說話？你要是在找她，她早就走了。」

「是誰住在這間屋子裡？」

「你不曉得誰住這裡還跑來敲門？」

「我在找個朋友，聽說她可能住在這一帶。」

老婦一臉輕蔑地看著我。「我才不信。」

我的臉火燙。「你要是不想幫我，那我就告辭了。」我舉步掉頭往回走，為她粗魯的舉止氣憤不已。為什麼亡者之原的鬼魂都如此粗暴無禮？他們似乎忘了所有的禮數，也就是約束人類社會那一套相互尊重的禮教習俗。

「怒氣沖沖嗎？我又沒說不幫你，只說我不相信你。」

「你不相信什麼？」

「不相信你在找個朋友。朋友！你跟她簡直就是一個模子刻出來的！」

我吃驚地回頭。「你指的是誰？」

「咦？就那個蕩婦，那個婊子啊！」

老婦離開門口，朝我邁進幾步。她大而厚重的骨架，此時已經下彎，好像裡面不均勻地塞了大塊大塊的硬棉花。「很驚訝嗎？」她問。「她的長相讓人絕對猜不到。潘家的媳婦，才怪！」

我張開嘴，可是發不出聲音。老婦不理我，一個勁兒的滔滔不絕，就像那些話已經壓抑了幾十年，搞不好真是這樣。「你來這裡找你心愛的母親，對吧？我相信你爹只會說她的好話。他向來就是個軟弱、愚蠢的男人。」我好似挨了她一個耳光似的瑟縮一下。她好快就識破了我的身分！

「你的事我都知道，」她說著嘴角拉向兩邊，扯出一絲微笑。「哪怕你還在她肚子裡的時候。我是你爺爺的三姨太，你應該叫我『奶奶』才是，或者你一點禮數都不懂？」她走近我，我退一步。「你知道，當個三姨太很不容易！他娶我進門時，家裡其他女人都非常嫉妒我。他妻子倒沒有。那時她早放棄了，讓我日子過得很淒慘的是大姨太和二姨太。不過我只需要生個兒子就好。除了你爹——你爺爺的其他的兒子統統死了——而且我知道他個性軟弱！」她停頓片刻，得意地看著我。

我衝口說道：「我好像從來沒聽說過你。」

沒有什麼話可能比這句更糟的了。如果她之前一直脾氣暴躁的話，這會兒絕對是勃然大怒。我說從來沒聽說過她是什麼意思？我竟敢不尊敬祖先？我沿著小路後退，被她辛辣的話語打敗了，可是眼看我要離開，她又裝出近似講理的樣子。

「哦，但我有好多事想跟你說，」她說。「難道你不想多了解你娘？」聽了這話，我就停下腳步，也恨自己中了她的詭計。「至少你應該懂禮數地稍停片刻，而非無禮地逃跑。」

死人的問題是個個都希望有人聽他們傾訴。我遇到的每個鬼魂都有故事急著想要與人分享。也許待在陰間太寂寞了，或者逗留最久的鬼是怎麼也捨不得放下吧。我總覺得自己將會後悔聽老婦說話，可我就是忍不住要聽。「你想告訴我什麼？」

「你改變心意了？」她令人不悅地微笑道。「也好，有伴總比沒伴好！你的家人可恥地忽視我。偶爾他們給祖先燒香時，我仍收得到一點津貼，但也沒多少，不是嗎？」她指指背後簡陋的小屋。「你爺爺答應把我埋在家族墓地。但我證明給他看了，我從老遠的陰間報仇雪恨了。」

「你說什麼呀？」

「多年來我一直在等你家有人來這裡。最後一個人就是你娘，可是她後來不肯和我說話。」她飛快瞥我一眼。

「我是來看我娘的，」我說。「如果她走了，我就沒理由留下。」

「喔，可是她沒走遠。你不想找到她嗎？」我以為我娘早已前往陰間法庭，但這女人又微笑了。「坐下，」她說。「我要講個故事給你聽。」

「你必須了解我不是一直這麼不好看的。以前我也像你一樣，是個清新可人的年輕姑娘，漂亮得足以讓你爺爺選為姨太太，但當時我只是他朋友家裡的僕人。你爺爺不曉得我已經有個祕密情人，就是那家的二少爺。剛懷上小孩時，我還以為我的情人一定會娶我，或納我為妾。沒想到他拋棄了我，他想娶比我條件更好的。噢，我滿心悲痛與嫉妒！這個把他從我身邊偷走的女人是誰？一個年輕的女人，他說。李家的千金，不是像我這樣的僕人。」

我畏縮一下，聽到母親娘家的姓，老婦人哈哈笑了。「看來你明白是怎麼回事了。我的情人逼我把孩子拿掉。他說他若有私生子的話，她絕不會嫁給他。你知道讓人從你身上打掉孩子的感覺嗎？我尖叫得太過厲害，好幾天不能講話。結束之後，我的情人安排我去當你爺爺的姨太太。那個老頭已經糊塗得根本沒發現我已不是在室。我不想要他，但我別無選擇。不過我的情人也沒得到他想要的。你娘拒絕他了。她不肯嫁給他——噢，不行，他終究只是次子，所以他娶了她的表妹。

「那時我有別的麻煩。我只需要一個兒子就能鞏固我的地位，但我再也無法懷孕。我猜可能是你爺爺太老，所以我決定用別的手段懷個孩子。當時你爹是個英俊的年輕人，但不管我怎麼做，他就是對我不理不睬。最後我把他逼到角落，那傻瓜卻只是囁囁嚅嚅地哭了起來。他愛上了別人，當然，那人就是你娘。

「你想我當時有何感覺？我身邊每個男人都被那個女人一個接一個搶走。」老姨太太一臉情緒激昂。我羞愧得兩頰火燙，不想再聽一個字，但我僵在原地無法動彈。「她嫁給他了。幹麼不嫁？他是有錢人家的獨生子。那個蛇蠍女假裝不曉得發生了什麼事，可她騙不了我。我還是懷不上小孩。我想要個嬰兒，我那被打掉的嬰兒。我受不了！」

她拉高嗓音，變作痛徹心扉的哭號，我不禁縮起身子，可是她氣咻咻地衝著我說：「有一天我在主樓梯的平臺上和她擦肩而過，她一手摸著肚子，我就知道了。你爹在她背後，露出一臉愚蠢的微笑說：『我們快要有孩子了。』我控制不了自己，朝她衝過去，我們在樓梯上扭打掙扎。就在那一瞬間，你爹衝上前抓住她，她安全了。我一路摔下樓梯，在樓梯底下摔斷了脖子。

「噢，你不必一臉那麼驚駭的樣子！我相信你家裡從來就沒有人對你提過這件事。他們說是個意外，但你爹若是沒有從我身邊擠過去好拽她回去的話，也許我就不會摔下樓梯。他們倉促給我辦了喪事，你爺爺燒了些祭祀品給我，可是一年後就停止了。所以你看吧，我怨恨你家的理由非常充分。

「死後的頭幾年，我所有的時間都在窺探活人世界。我時常在屋裡走動，最後他們請來驅魔師趕走我。有個廚子看得見鬼，就是他跟老爺說我無法安息的靈魂在屋裡遊蕩，因此我不得不回到這裡，回到亡者之原這個小屋。我耐心等候，我死的時候很年輕，才二十一歲，跟你娘一樣。我知道我的模樣已不再年輕，因為我拿去交換了別的東西。什麼事都有辦法解決。我找到一個專吃靈魂精華的魔鬼，他的報答就是把天花送到你家。

「你娘和爺爺很快就死了，可惜你爹活了下來。你能想像他們來到這裡，發現我等著時臉上什麼表情嗎？不過他們沒有久留。是啊，他們沒有。你爺爺只待了幾年，然後就被召去法庭接受審判。你娘呢？哦，她還在附近，可她受不了住在你爹燒給她的屋子裡，也從不接受祭品和類似的東西。她去了別人家裡當妓女，盡可能離我遠遠的。」

我的胸口悶痛，有種揪心的窒息感。她的故事在我腦中迴響，多麼希望我沒去找我娘。我只找到一個和深仇、宿怨有關的醜陋故事。我極力控制我的聲音。

「為什麼你不把天花送給你的情人，他才是害你失去孩子的罪魁禍首？」

她揚起眉毛。「我怎麼做不關你的事。到頭來每個負我的人都得付出代價。你為你心愛的母親氣憤。好吧，讓我告訴你她去了哪裡，她又是個多麼善良、親切的好人。」

我不假思索地縮了回去。

「沒錯，」她說，「我告訴她我幹了什麼好事時，她馬上去了我情人家裡。喔，他還沒死，他仍活在人世。她可能認為不管他怎麼對我，我都罪有應得，所以才去住他們家，肯定是在想什麼計策報復我吧。她就在林家莊園給人包養！」

我本來以為無論她說什麼，也無法像她剛才說的那些更令我震驚了，但我錯了。「林家？」

「那就是你娘對我的報復。愚蠢的女人！以為我在乎她怎麼作賤自己。」她張嘴彷彿又要展開長篇大論，於是我第二次拔腿逃跑。

林家。條條小徑都通到他家大門。我們的命運似乎悄悄糾纏在一起，我頭一次思考佛教輪迴轉世的負擔。每個人的一生被它重重壓得呻吟叫苦，不得不被迫一再演出鬧劇。我眼前浮現馬六甲聖公會教堂和它寧靜的綠色墳墓。等我死了，我寧可在那裡安息，不受打擾，也不要像那老姨太太一樣，在陰間報仇到天荒地老。但我對一切又確實了解多少？我的世界已澈底倒翻過來了。

第二十三章

我任由倩姐娜隨意彳亍而行一段時間，不在意它走哪條小路。我緊攀馬背，裹緊我單薄的睡衣，納悶著陰間版本的馬六甲怎麼變得如此寒冷。輕風不斷吹來，一開始幾乎察覺不到，然而隨著時間的流逝，我再也抵擋不了這股寒意，開始不由自主地渾身打起哆嗦。我漸漸把一些小事想明白了。還記得第一次去林家大宅，林夫人用她那輕柔的聲音告訴我，她和我娘是遠房表親。以前我總把家中的陰沉氛圍歸因於我娘的去世，如今想來，必定也跟慘死的三姨太揮之不去的回音、老王和阿媽不喜歡家中的主樓梯，以及人人不願說起的過去脫不了關係。記得小時候阿媽帶我出門時，別的阿媽瞅著我的憐憫眼神。這會兒我才想到她們眼中的我可能是個不幸的孩子，生於一個飽受厄運糾纏的家庭。至於三姨太的情人，我有十足把握那人是誰。他是林德強，也就是把我折磨得好苦的人——林天青的父親，我爹假仁假義的朋友。看來他一直不斷在干涉我們家的事。

我淚流滿面，然後又被風吹乾了。我爹多年來的傷痛，我幼稚的幻想破滅，甚或是三姨太虛擲的人生和她邪惡的陰謀——不知哪個讓我比較難過。如今我能解決的，就是去亡者之原的林家莊園一趟。我在那裡一定找得到一些答案，也說不定能見到我娘，但我已開始在害怕我們的重逢了。阿媽在我模糊記憶中樹立的親切、溫柔的母親形象，會不會到頭來變為另一個兇悍的潑婦？

造訪三姨太幾乎耗去我整個白晝時間，溫度的下降似乎和我瞥見的死人數目一致，只見他們在陰暗的街道上來去匆匆。這些刺骨寒風可能出自鬼魂本身，因為前一天夜裡的草原沒有絲毫寒意。簡直像是光線一暗淡下來，彷彿置身墳墓的冰冷氣息就更加強烈了。

此刻我很清楚林家莊園大概的位置，倩妲娜踩著輕快的步伐出發了。我們穿過比真正的馬六甲更多沒完沒了的大街小巷。距離也是沒有止境，一排排暗暗的房子怪異地充滿期待。我們終於在壯觀的門前停住。如果我曾以為我家在陰間的街坊有哪戶人家夠氣派的話，這棟屋子絕對讓它們黯然失色。房子外圍是一堵將近三公尺的高牆，單單是向上延伸到陰影裡的門就夠巨大的了，門口燈籠的光線幾乎照不到裡面。這不是一棟宅邸，這是一座莊園。我遲疑好一陣子，突然擔心會不會有更多牛頭魔鎮守在大門裡面，後來想起劉芳說過他們鮮少來這裡，這才鼓起勇氣。最糟的狀況大概就是有不止一個沉默的傀儡僕人吧。我從倩妲娜的背上溜下來，把門上大大的門環敲得喀拉喀拉響。

回音慢慢消失，經過許久的靜默之後，偌大的門緩緩打開了。一張蒼白的臉向外凝視。那是一個身穿古裝的男僕。我訝異地看出他是人類鬼魂，不是好像傀儡的僕人。他的眼睛來回察看空蕩蕩的街道，然後才看著我。

「有何貴事？」他問。

「我……我在找……」我支支吾吾地說。我真傻啊，一路上全心全意想著當天驚人的發現，隨即趕著來到林家，壓根就忘了想個混進林家的藉口。

「要找工作？」他咆哮道。「你來晚了。他們沒告訴你走側門，不走大門嗎？」接著他頓了頓。「或者你有意找另一種工作。」他傾身向前，拿起燈籠湊近我的臉細細打量片刻。

「我聽說你們需要廚房女傭。」我很快說道。

他色瞇瞇地斜睨我好一會兒。「你要是問我，你去廚房太浪費了。主人要找新的小妾。廚房那麼多傀儡僕人，不需要你。」

「你的意思是那些燒了當陪葬品的紙紮人？」

「小聲點！我們這裡不談論葬禮。沒有人喜歡想到自己死了。我們管他們叫傀儡人，也絕不要跟主人提起他們。他不喜歡傀儡人。哪個乞丐都有一、兩個傀儡僕人。連我也有一個！所以宏偉的大宅裡都雇用人的鬼魂幹活。」

「如果你有自己的僕人，何必在這裡工作？」我問。

「跟你的原因一樣，親愛的，燒給我的冥鈔不夠花。你又幹麼在廚房裡糟蹋自己？」他兩眼貪婪地緊盯著我，我開始覺得害怕。「我自己也缺個妻子。」

我退縮了，朝倩姐娜藏身的陰影投以一瞥。非不得已的話，我寧可假裝是來應徵林天青的小妾，也不想忍受這個看門人的輕薄言語，而且還比較有機會深入屋子裡面。但屋裡響起另一個聲音。

「外面是誰啊？你幹麼讓門開著？」

看門的人悶悶不樂地轉頭面對另一個出現在入口的僕人。「我在告訴她怎麼走。她想去廚房。」

「走錯門了，是嗎？」年紀較大、體格較魁梧的僕人轉向我。「好了，你是誰？」

我垂下目光，喃喃說著我聽說有廚房女傭的空缺。

「你可以做更好的缺，」他說。「其實主人會很高興見到像你這樣的女孩。」

我開始編故事，說我和我的未婚夫真心相愛，互許終生，他卻嘆了口氣，打斷我的話。「沒關係，我聽過這種事。我相信你在廚房待上二十年後，一定會改變心意。你要是改變心意，就告訴我。我是這裡的總管。見到我的時候，一定要尊稱一聲。」

我跟在他後面，避開看門人邪惡的眼光。「總管大人，我有幾樣東西還在外面。」

他幾乎頭也不回。「我相信，一些陪葬的物品。你可以待會兒再去拿。」好在我剛才囑咐倩姐娜躲起來，等我回去找它。我就這樣跨過林家莊園的門檻。

我們走了好長一段路，穿過無止境的走廊和數不清的院子。我瞥見寬闊而寂靜的宴會廳，卻聽得回聲不斷，只覺一股涼意竄過脊背。以前我在夢裡來過這裡，在那些令人窒息的惡夢中，我夜復一夜不得不徘徊於這些大廳，羨慕林天青的財富。雖然傀儡僕人仍面無表情立正站著，但也有好幾個人類鬼魂。有的身穿僕人服，有的看來是客人或住在屋裡的人。他們身穿和林天青同樣僵硬、俗豔的衣服，於是整個畫面有種古老的氣氛。我感覺自己無足輕重，於是趕緊低頭躲到總管背後。

過了一會兒，來到周遭環境比較實用的區域。「別指望下回可以再從大門走進來，」總管簡短地說，腳步一點沒有放慢。「我剛巧經過，算你運氣好。」

此時我們很快接近一間外屋，裡面傳出鍋子鏗鏗鏘鏘響，吆喝下令的聲音也聽得分明。這是家常的噪音，想不到跟活人世界那麼相似，我訝異地發現喉嚨裡哽了一塊。來到陰界不過兩天，我已渴望聽到噪音和嘩拉噹啷響，那是活生生的馬六甲氛圍。廚房是個其大無比、充滿僕人和蒸氣的大堂。各式各樣的菜餚整齊排列著，許多菜式的擺盤相當複雜，有如供奉亡靈的祭品。好幾個傀儡僕人忙著切菜、煎炸和蒸煮這些豐盛的食物。如果這是一間真正的廚房，熱油、搗爛的蒜和薑、煎魚的味道就會鑽入我的鼻孔，然而這裡所有的氣味統統消去了。我非得用力嗅聞才逼得出味道。總管對一個負責的人類鬼魂說話，他是個大腹便便的大塊頭。簡短交談後，他揮手招我過去。

「這是新來的姑娘。」

「太秀氣了。我不能用她。送她到主人那裡吧。」

「她不想做那種工作。」總管意味深長地說。

「我不需要多一個廚房女傭。」

「先生，請別見怪，」我冒昧地說。「我也可以上菜和服侍客人。」

「你看，」總管說。「就讓她當侍女吧。他們向來喜歡多一點真人。」

那廚子懷疑地看著我。「我有足夠的傀儡侍者了，至少他們不會把湯灑在客人身上。我再也承擔不起出那樣的錯。」

總管翻白眼。「隨便你。你要是不能用她，那就打發她去做雜事。」

他離開後，廚子挑起一道眉毛注視我。他有一對狡猾的小眼睛，塌鼻子的鼻孔大開。不幸的是他實在太胖，肥胖使得他更像一頭豬，尤其是在他的下巴陷在脖子裡看我的時候。

「好吧，」他在一陣難堪的沉默之後說著。「我就讓你試試看。如果不行的話，你可別跑來跟我哭哭啼啼。你知道你根本就不該來這裡的。」

我的臉刷地白了，懷疑我的祕密任務是否如此容易就被看穿了。可他又繼續說道：「總管的話說得很硬，其實他對像你這樣的年輕姑娘心軟得很。我猜他撇下一個年紀跟你差不多大的女兒吧，否則你真的應該去主人的臥房面試才對。」他粗聲笑著，我更退縮了。「喔，別擔心。我說你可以試試看，如果不適合，那就沒機會了。現在想要工作的鬼魂很多，尤其是這戶家庭的狀況很好。」

我猛點頭，正在想個假名。「謝謝你，我的名字叫……」

他擺出不屑的姿態打斷我的話。「不用麻煩了。我們這裡不用名字。」見我睜大了眼睛，他搖搖頭。「你一定是剛死不久。聽著，我們會來這裡的人，都是因為有後代或家人費心燒祭品給我們。嚴格說來，我們是特權階級，可以在前往審判法庭之前，享受孝心的果實。可是有些人最後因無聊或不得已而當了僕人。不過我們還是不用真名，懂嗎？我的孫輩盼望我在這裡享受悠閒的陰間生活，我盼望維持這個幻想。所以不提名字。」

「他們怎麼會知道你在這裡做什麼？」

「嘖！他們當然不會知道，但我們不喜歡想到他們透過什麼招魂師或靈媒聽到風聲。你永遠不曉得哪種消息會洩漏出去。總之，為了自尊的緣故，我們不提名字。」

我乖乖點頭，再一次疑惑陰界怎會有那麼多人間的惡習和缺點。

「所以你是六號姑娘。」

「六號？」

「是，在你之前有過五個。別問我她們怎麼了。現在去那邊準備那條魚。我想看你清理乾淨，再用潮州風格蒸熟。懂嗎？」

他指著一堆閃亮的白鯧魚，它們銀色的肚皮光滑而肥碩。我時常在廚房裡幫老王的忙，不過我多半只做摘豆芽根和清洗魷魚之類的瑣事。不過，偶爾他也讓我準備魚。這會兒為了挖除內臟，我小心翼翼地把魚身劃開一道口子。但令我吃驚的是，裡面啥也沒有，只是個空空的內腔。我放下刀子，仔細檢查一遍。它看著像魚，摸著像魚，從魚頭到滑溜的魚身都像，然而把鼻子湊過去，卻聞不到一點魚味，甚至沒有大海乾淨的鹹味。我聽見背後一陣爆笑。

「從來沒見過這樣的魚吧？」廚子說。「它們是假魚，就像所有這些食物都不是真正的食物一樣，沒什麼味道，所以廚房才這麼重要。我們必須盡力讓食物變得可口。」

「我還以為祭品很有味道。」我說。

「喔，食物新鮮以及你在活人世界收到食物時味道是不錯，」廚子說。「但一進入亡者之原，似乎就沒了滋味，因此許多死人喜歡不時探望以前常去的老地方。啊，我已經好久沒嘗到現做的小金杯[6]，或是一碗亞森叻沙[7]了。」他凝望遠方片刻。「我娘做的小金杯美味極了，外面酥脆，裡頭的蘿蔔和蝦子餡料香甜誘人。她把它們巧妙地擺在盤子上，看著就像一個個酥脆的小帽子。還有辣椒醬！我娘的辣椒醬是出了名的，每天早上她把辣椒搗碎，再摻入醋、大蒜和糖。」

他的回憶害我忍不住流口水，不得不把嘴閉上，免得口水流出來。自從來到亡者之原，這是我頭一次隱隱約約感到飢餓。這可不妙。二郎明確警告過我不可吃陰間食物。我彎腰在一碗乾淨的水裡洗淨魚身，接著我從一大疊平底鍋當中挑了一把金屬淺鍋，同時廚子一逕面無表情地用他小小的豬眼珠子盯著我看。我掰下一塊薑，去皮，切片，放在盤子上。把洗淨的白鯧魚擺在薑片上面之後，我又加了切片番茄，然後四下張望。

「酸梅在那裡。」他冷漠地說。

6 小金杯（pie tee）：薄而脆的東南亞糕點蛋撻殼，填入切成薄片的蔬菜和蝦的甜辣餡料。

7 亞森叻沙（assam laksa）：用甘榜魚或馬膠魚所熬製，略帶酸味的湯。

在他關注的眼神下，我從鹵水中撈出四、五顆醃梅子擺在魚上，再用手指壓扁梅子，把軟糊的梅子肉攤開。

「幹麼用這麼多？多浪費啊！」他對我咆哮。

「味道太淡，所以我想多抹一點。」我說。

他滿意地點頭。「起碼你還有點腦子。記住，這裡的食物統統都得重度調味，有時甚至是你以前用過的兩倍或三倍，否則客人會抱怨。好吧，現在你可以停下了。」

我兩隻胳膊重如鉛塊，肩膀累得痠疼。廚子仍然說個不停，我必須集中精神，才跟得上他飛快的指示。

「……去拿你的東西。今晚你可以睡僕人宿舍。目前沒有別的侍女，所以暫時算是你自己的房間。現在動作快，明天早上火一生好，你就到這裡來等著。」

我抬頭茫然看著他。「我怎麼認得路啊？」

「你沒聽見我說的嗎？我會派個傀儡僕人跟你一起，你可以去拿你的陪葬品和其他東西。把它們放在你的房間，別帶進主屋。他們不需要你那些亂七八糟的便宜貨。你累了吧？是因為這裡的空氣。你剛到這裡，需要一點時間才會習慣。那你走吧。」他說。

一個面無表情的假人已經從他旁邊滑步上前，這會兒輕快地走了起來。我猜它大概就是我的嚮導，於是急忙跟上。在壁燈昏暗的光線照射下，低矮狹窄的通道彷彿惡夢般慢慢把我包圍起來。我的嚮導看來熟悉得恐怖。那淡而無味的表情，我在屋裡各式各樣的傀儡僕人臉上重複看了不下二十次。它走路不需要光線，除了偶爾發出紙張摩擦的沙沙響聲之外，也安靜無聲。我沒對它講話——儘管它模樣看似男人，但我無法想像它有性別——它對我的關注，也不比一隻流浪狗多。不久，我們來到一個圍牆花園，有個附帶門閂的小門。這大概就是看門人提過的幾扇後門的其中之一。可是我沒時間驚嘆四周的環境，因為我的嚮導沿著圍牆的外緣快步前進，直到我們從外面接近正門。然後它才停住。

「我這就去取我的東西。」我說。

看不出假人有一點了解的跡象，但由於它明顯是在等候，我匆匆去找倩妲娜。好在它仍躲在陰影中，我鬆了口氣。幾小時前第一次接近大門，我就交代小馬躲起來了，事後我一直在擔憂它的安全，雖然我記得劉芳說過，除非你把陪葬品送給別人，否則沒有人能夠據為己有。想著我沉默的嚮導在等，我抓起它的韁繩，牽著它回去。

再度進入林家莊園出奇地容易，也許是因為我們走的是僕人出入口，可是附近沒有一個人評論我的馬。傀儡僕人領著我穿過廚房後面一連串低矮的外屋，只見屋裡擺出一堆堆寢具和其他雜物，顯然都是給像我一樣的人類鬼魂住的僕人宿舍。我看見路對面有燈光，也聽見男人講話的聲音，不過女宿舍這邊安靜且黑暗。我的嚮導帶我來到盡頭的一個小房間，將門打開，頭僵硬地點一下，示意我進去。

「廚房在哪裡？」我問，擔心早上能不能找到路過去。它又一個轉身，指著一棟大大的，在一片朦朧中依稀可見的建築，然後它便離開了。累壞了的我跌跌撞撞地走進低矮天花板的陰暗房間。原本顯然打算給三、四個女僕住的宿舍現在是空的，只有傀儡僕人留下的一盞油燈發出閃爍的微光。我本想讓小馬待在外面，但這房間使我心情低落，於是管它適不適當，我牽著小馬進入房間。它必須低頭才進得了門，可是它熟悉的整潔身形讓我感覺好多了。我拉出一張床墊，一倒頭就睡得不省人事。

第二十四章

我在鏗鏗鏘鏘和刮擦聲響中醒來。天色仍暗，不過我從窄窗看見天色已微微泛白。想到廚子囑咐過我，火一生好就得進廚房等著，隨即匆匆一躍而起。我拍拍小馬的鼻子，再一次感謝它不是真正的馬，可以留下來無限期地等著我。但又不希望它引人注意，我拉著它退到房間最暗的一角，然後把用來分隔僕人睡眠區的竹屏風擋在它前面。

原來我聽見的聲響，是站在廚房後門外的兩個傀儡僕人在用大桶大桶的水沖洗大炒鍋。他們不理我，於是我從他們身邊走進大廚房。許多木炭爐灶都生好火了，我還沒時間留意周圍的環境，那廚子已撲向我。「你還在這裡。」

「是你叫我早上來的。」我說。

「沒錯，但我沒想到你真的來了。」

「為什麼？」

「啊，女孩子家，你知道的，反覆無常。我想你不會喜歡住的地方。」

我眨眨眼睛，心想大多數有祭品的鬼魂可能都有自己的房子，對這麼寒酸的宿舍不屑一顧吧。「還好。」我謹慎地說。

「那就幹活吧。」

我很快發覺廚子根本不需要我幫忙拔雞毛、洗菜或刷鍋之類卑微的工作。做那種事的傀儡僕人他多得是。他反倒利用我傳達命令，監督傀儡僕人，最重要的是，幫他嚐菜的味道或是給菜添加滋味。我們忙著為一些不知其名的客人準備早餐，好幾口大鍋在煮攙和生魚片與油條的米粥，幾十顆滑嫩的水煮雞蛋盛在摻了醬油和胡椒的小碗裡。我在指點一個傀儡僕人做咖椰吐司時，真的好想吃。把擺滿一片片厚吐司的鐵絲網擱在木炭上烤到酥脆的金黃色，然後在吐司上塗抹大量的奶油和咖椰——一種由焦糖蛋、糖和香蘭葉做成的奶油狀果醬。我想也沒想就把沾滿果醬的手指湊到嘴邊，然後忽地停住，想起二郎的禁令。一驚之下，我才發覺根本無從知道自己需要在這裡待多久，或真實世界已經過了多少時間。二郎說過，亡者之原的時間經常有快有慢，而且我還掛念著我昏睡的身體已離得我好遠。

「你用不著老皺著眉頭。早餐快準備好了。」廚子的聲音把我嚇了一跳。「哎呀，像你這樣嬌生慣養的小姐。放棄算了，回家去吧。」

「我很好。」

他懷疑地看我一眼。「不管怎樣，我另一個助手明天就該回來了。」

「另一個助手？」

「你不會以為我一直一個人在做這些吧？通常都是她幫我監督傀儡僕人，可是她和二太太發生衝突，身上被潑了滾燙的湯。那個女人真是難伺候，剛來的時候很漂亮，一開口說話才曉得是個潑婦。」

「她是誰？」

「二太太？他是老主人的風騷相好。」

「我以為這個房子的主人很年輕。」

「老主人七十歲去世。你說的想必是年輕的屋主。」

「怎麼會有兩個屋主？我以為當陪葬品燒掉的每間屋子都只燒給一個人。」

「當然，但那並不表示不能合併。的確，小主人去世時帶來最多的財富，不過這間屋子以前就很壯觀了。老主人是林天青的叔公。我不知道他爺爺怎麼了，或許去了陰間法庭吧。小主人過世之前，林家由叔公代表。他帶來多少財富啊！告訴你，他父母不惜一切代價籌辦他的葬禮。總之，他的叔公和他把兩家合併起來，我猜這樣比較方便。但無論如何，小主人難得來這裡。」

這會兒既然忙完了早餐，廚子給自己舀了碗熱騰騰的米粥，在上頭撒了香菜和薑絲，再淋上醬油和麻油。「什麼事？」他說，瞧見我盯著他看。「你想吃的話也可以吃，這裡不缺食物。」

我拉個凳子坐在他旁邊，假裝要拿根油條。「他現在人在這裡嗎？」

「你幹麼想知道？」

「我只是好奇。聽說他很年輕，約莫我的年紀。」

「你想嫁給他？」

「什麼？才不是！」

廚子笑得粗鄙。「得了吧。陰間天天都有男婚女嫁，你未婚夫根本不必知道。」

我拚命搖頭，但廚子誤會我是害臊才如此激動。「說不定你會改變心意。他是很不錯的對象。」

「他不是已經結婚了嗎？」

「誰？小主人？還沒呢，前幾天他們還在忙呼，整個宴會廳掛起大紅燈籠，桌上擺滿了食物。」

我的臉倏地白了，想起夢境中我單獨和林天青在掛了大紅燈籠的幽靈宴會廳裡。他就是在那裡逼我跟他結婚，結果我逃之夭夭，強迫自己從他迷霧纏繞的夢境中醒來。但那廚子仍說個不停。

「那天原本應該是個訂婚宴會。可是他後來大發雷霆，我猜新娘沒出現吧。」

「沒有嗎？」我淡淡地問。

「你問我的話，我聽說她還活著。你能想像那傢伙有多不要臉嗎？這種婚姻，哪怕是地府判官也不太能接受。如果死者和生者相愛，他們或許會特案處理，但大體來說，這只證明林天青向他們討了多少好處。」

一聽見這話我就豎起耳朵。「他跟他們的關係怎麼這麼好？」

「不清楚，」他一隻手指抵著鼻子的側面，對我狡猾地咧嘴一笑。「但如果我想保住這個位子，就不多說了。啊，有錢人愈來愈有錢，窮人只會被踩在腳底下。我活著時也是一樣。」廚子的一碗粥已吃得碗底朝天，他這才從桌子旁邊挪開。「你既然來了，拿點早餐去給我助手吧。我可以派個傀儡僕人送過去，但他們都在忙。」

他瞥向院子，只見三個傀儡僕人在那裡忙著屠宰一頭其大無比的豬。不過大豬一動不動站著，任由假人肢解，一點不像真正的豬。就算他們切開大豬的臀部和肩膀，它也毫無反應，滴血不流。我在看的當兒，一個僕人一刀砍下沉甸甸的豬頭，丟下它在石板地上平靜地眨著眼睛。我按捺住一陣冷顫，端起一個擱著一碗粥和一個茶壺的托盤。

「她的房間離你很近，但她住單人房，不是宿舍，」廚子說。「快點！我需要你回來這裡，我們好開始準備午餐。」

我慢慢穿過院子，眼光避開仍在進行中的不流血殺豬現場。就算二郎未曾警告我切勿吃這裡的食物，這頭豬也讓我永遠斷了食慾。這頭豬肯定是紙紮的陪葬品，不像老王給我的食物，難怪這裡的廚子經常抱怨毫無滋味。我走向僕人宿舍的同時，都在專心提防可別灑了那碗滾燙的米粥，手腕漸漸痠疼起來，這才明白為什麼廚子一開始那麼瞧不起我。顯然端著食物走好長一段路到宴會廳需要力氣。來到我住的宿舍區時我東張西望。昨晚黑矇矇的，我沒留意有沒有別人住在這裡，這會兒卻瞧見另一扇門，我便走過去。

院子裡寂然無聲，光線亮得茫然，因此石板路上的陰影活像是用紙剪出來的。我放下托盤，謹慎地敲敲門。死寂使我誤以為裡頭沒人，因此聽見呼喚時，我嚇了一跳。

「你是誰？」

我嘆了口氣。我在靈魂出竅的短暫存在中，別人招呼我的時候總是不拘禮數，或許禮數在鬼魂世界用處不大，再說現在我是個遊魂，比乞丐好不到哪裡。

「我是新來的姑娘，」我說。「我給你端早餐來了。」

門開了，一個嬌小的老婦走了出來。乍看之下，我好吃驚，她與阿媽竟如此相似。她的身材也像小鳥一樣輕盈，明亮的黑眼，一頭灰髮紮成一個髮髻。不過仔細端詳之後，我發現她的五官不同，眼睛較大，鼻梁較高。但她也像阿媽一樣，身穿隨處可見的黑白制服，而且整體印象加上年紀也像得一塌糊塗。她說不定是阿媽的姊姊。震驚過後，我才發覺那老婦也盯著我發愣。

「你叫什麼名字？」她問。

「六號姑娘，」我說，想起廚子說過不准提名字。

「誰是你的家人？」

「我姓陳，」我說，心中暗罵老太太總愛多管閒事。我最不希望的就是我的來歷給人傳到屋主的耳朵裡。

「姓陳……」她說。「我懷疑你跟我哪個朋友是不是親戚？」

「喔，應該不是，阿姨，」我客氣地說。「我家來自森美蘭[8]，在我死前不久，我們才搬到馬六甲。」

她心不在焉地點點頭。「裡面有張摺疊桌。請你幫我搬出來好嗎？」

我垂下眼光，瞥見她纏著繃帶的前臂。「阿姨，你怎麼了？」

「沒什麼，只是燙傷罷了。」瞧見我的眼睛時，她的嘴突然一彎。「傷口在這裡比在陽間好得快。」

「很疼嗎？」

「是，不過傷口在這裡不會感染，所以沒有壞疽的危險，畢竟我們已經死了。」

這是我們短短交談當中，她第二次提到死亡，似乎和厭惡談論死亡的一般鬼魂恰恰相反。

「一定是個可怕的意外。」我說。

她哼了一聲。「意外？二太太往我身上潑湯。那天她又心情惡劣，你最好離她遠遠的。」

我到房裡拿出一張搖搖晃晃的摺疊桌和一把凳子。單人房比我睡的宿舍小得多，不過當然啦，宿舍是設計給幾名僕人住的。儘管此處破舊不堪，倒是一塵不染。裡頭只有一張床墊，一個木箱，和幾件摺得整整齊齊的乾淨衣服。我在外面擺好桌凳和她的早餐。

「你不必伺候我。」她說。

「沒關係的，」我真心誠意地說。這位老太太讓我覺得自在，可能是因為她和阿媽很像，或

8 森美蘭（Negri Sembilan）：位於馬來半島西海岸的一個州屬。

是她起先雖然戒慎小心，人倒是挺親切的。

「廚子人還不壞，」她邊吃邊聊著。「他有點粗魯，但不會企圖利用你，不像其他人。」

「你在這裡多久了？」

「很久了，在這地方也說不準多久。你呢？」

我把對廚子說的需要工作但沒住處的說法再說一遍。她點點頭。「你要是想待在廚房，遠離小主人的臥房，那就趕緊回去幹活吧。廚子愈來愈沒耐性，但別擔心，跟他說我很快就會回去工作了。」

我匆匆趕回廚房，突然擔心自己離開太久。我想問老太太更多關於神祕的二太太的事。然而我的心一直往下沉，像是知道她是誰。回到廚房，大豬的屍體已切成整齊的肉塊，也沒見著豬頭，謝天謝地；看著爐灶上擺著幾口偌大的鍋，但願廚子不會叫我掀起鍋蓋來攪拌才好。幸好他正在忙別的。午餐的忙碌已經開始，他衝著用力洗菜、切菜和炒菜的傀儡僕人大聲吆喝。我怯怯生生走到他面前道歉自己遲到了。

「下回別又迷路了，」他連看也沒看我就說。接著又問：「她還好嗎？」

「老太太？」

「你可以叫她三姨，大家都這麼叫的。她是第三個來我們這裡幫忙的，至少我知道的有三個。」

「她說她很快就可以工作了。」

他轉過身。「起碼她沒瞎掉。我以為熱湯會燙傷她的臉。」

「她幹麼這麼做？」

「二太太？沒理由，大概是無聊吧，她就是那樣。要不是她長得那麼美，我猜老主人老早就把她甩了。不過她是有點邪門。也許因為我是男人，但她要是跳上我的床，連我也拒絕不了。」他粗鄙地哈哈笑了，叫我開始檢查菜餚。「這通常是三姨的工作。我們來看看你做得好不好。」

之後的幾天都在接二連三糊裡糊塗的繁忙中度過。每天早上，我都穿上樸素白上衣和黑色棉布長褲制服，可是到了傍晚，我發現我又穿著自己的衣服。也許是因為衣服只是借來的，不像我的睡衣褲會自動換新，這又提醒了我：阿媽仍在真正的馬六甲某處照看我的身體。儘管如此，我還是把二郎的鱗片放進了身上衣服的口袋。它在這裡並不實用，但它的重量能給我幾分安慰。少了味道的廚房工作簡直乏味極了，沒有香氣的食物有如蠟製的模型經過我的面前。我極力勸說廚子多透露一點林家的消息，但他只說些零零碎碎的事。總管可能會是更好的消息來源，但他總是來去匆匆，來廚房時又不睬我。離我答應和劉芳碰頭的日子只剩下幾天，真後悔沒接受林家別的工作。如果我是侍女或清潔工的話，就有藉口待在主屋偷聽了。隨著一天天過去，我飽受挫折與焦慮的煎熬。

到了第三天，兩手纏著繃帶的三姨還是回來工作了。廚子見到她時大吃一驚。

「幹麼吃驚成這樣？」她問。「我說過我很快就會回來。」

「是啊，但我沒想到你是說真的。」

「不然你希望我幹麼？坐在房間裡看牆壁？」

他聳聳肩，但硬要看她的兩隻手臂。

「跟你說過了，都痊癒了，」她說，但廚子一剝開繃帶的一角，我不禁為眼前的景象瑟縮一下。她燙傷的部位已經沒有皮膚，不過傷口沒有流血，沒有膿液，也沒變色。

「我想你不該上工。」他說。

「你擔心她的話，我知道怎麼避開她，」她說著轉身走開。我憐憫又好奇地注視她小鳥似的動作。裹在黑白制服裡那小而固執的身形在在使我想起阿媽，我忍不住開始想家想得厲害。

兩天後，我的機會來了。晚餐時間，總管忽然在廚房出現。「再來一盤蒸魚，快點！」他嘶聲說道。

「發生什麼事了？」

「兩個傀儡僕人互撞，這會兒少了一道菜，主人來了貴客。」

「貴客？」三姨從廚子背後上前問道。

話被打斷的總管吃了一驚。「喔，是你。我很想請你上菜，但你也知道上回出了什麼事，再說她今晚的心情不好。」

「什麼樣的貴客？」三姨又問。

「你知道的。」他說，他們三人迅速交換著眼色。

「這裡沒有一個傀儡僕人受過服侍客人的訓練。外面還有別人嗎？」廚子問。

「我們缺少上菜的僕人，上次宴會折損幾個，一直沒有補上。」

「讓我去。」我說。

他們轉身看我。「不行！」三姨說，但總管打斷了她。

「我倒把你忘了。」他慎重地打量我。「是，你大概可以。」

「她不曉得該怎麼做！」

「今晚沒那麼正式，只有老主人在。小主人還是不在。」

脈搏狂跳的我撫平圍裙，又把我非常願意伺候客人的話重複一遍。

「好吧，」總管終於說道。「可是動作要快！現在是兩道菜之間的空檔，我請樂師先演奏了。」他抓著我的手肘，把我推出廚房，嘴裡低聲囑咐這啊那的。「傀儡僕人會從廚房端菜到餐具櫃。主菜由我端上餐桌，你站在一邊為每個客人平均分好菜，同時幫我監督傀儡僕人。這一批僕人不太可靠。希望你不必走近餐桌。明白了嗎？」

我猛點頭，但又擔心他在暗暗的走廊看不見，便說了好幾次「是，總管大人」。我好想問他客人是誰，但他一副專心想事情的樣子，我只好住嘴。好在小主人林天青不在，不過這會兒我急於想要打聽一些消息，就算他在，我恐怕也顧不上了。我們快步經過走廊時，我一逕在留意有沒有可能的隱藏地點。我曾設法溜進主屋，但夜晚廚子總是鎖上廚房區的大門。既然我已來到廚房的另一邊，或許能在他鎖門之前找到一個藏身處吧。

宴會廳點著幾十盞油燈。三個傀儡樂師正在演奏。兩人拉二胡，一人幫忙敲擊揚琴伴奏。這幅景象看得我渾身起雞皮疙瘩。我最後一次見到樂師現場表演，就是七夕節當天在馬六甲真正的林家大宅裡，當時娛樂我們的也是這樣的三重奏。我清楚記得天白也是樂師之一。這個鬼魂世界為何好像在怪異地模仿陽間的一切？我想著廚房裡的三姨，她又讓我強烈地想到阿媽，不曉得這些巧合到底是故意，或只是陰陽兩界之間奇特的同步性？

我還沒時間想個清楚，就被總管趕到餐具櫃前。只見客人正在大吃大喝，從餐具櫃上堆的盤子看來，這是一場漫長的盛宴。總管對我說出最後幾項指示之後，就匆匆端了一條蒸魚走向一張最大的餐桌。他以花俏的動作把它放在桌上，再熟練地為等待的食客剔除魚骨，臉上始終掛著笑容，身子一逕弓著。我斷定他最先上菜的一桌想必就是主桌，於是我伸長了脖子想看看那桌客人是誰。圍坐桌前的有十個人：其中兩人塊頭大到足以使得其他食客相形見絀。我心一沉，認出了笨重的駝背身軀，和長了尖角的牛頭魔。

第二十五章

我告訴自己不要緊，它們不會注意到隱藏在後面的我，何況我又穿著單調的僕人服，但我分菜時雙手依然顫抖。我猜它們應該不是我見過的、駐守在我家外面的牛頭魔。那兩個是低階步兵，這兩個卻一副發號施令的架勢。希望它們不會一眼認出我來。正專注於萬馬奔騰的思緒時，赫然發覺我竟任由兩、三個傀儡僕人在房間內到處亂晃。

總管銳利如刀的眼光刺向我，可惜為時已晚。其中一個傀儡僕人不小心撞到距離最近的牛頭魔。它怒吼一聲，一口咬掉僕人的手臂，吐到了地板上。事情發生得太快，我幾乎來不及眨眼。房間裡霎時一片寂靜，隨即又恢復交談，彷彿什麼也沒發生。

此時那傀儡僕人茫然原地打轉，大理石地板上的斷臂猶如昆蟲般一陣陣抽搐。仍在上菜的總管恨恨地瞟我一眼。我考慮要不要另派一個僕人取回它，但又不敢。我低下頭快步繞過房間，把損壞的僕人帶到旁邊。

「在那兒待著。」我輕聲說，它奇蹟似地聽我的話，現在只剩斷臂的問題。我悄悄朝它爬過去，盡量維持低於客人視線水平的姿勢。終於，渾身發抖的我抓住它了。它像個活物似地蹦跳又抽搐，但卻涼涼的，沒有一絲溫度。柔軟的肌肉一壓就扁，像蠟一樣，摸起來很不舒服。我咬牙把它緊緊挾在胳肢窩，正準備退開時，一隻腳重重踩上我的手。

那是一隻腳踝瘦削的寬腳掌，穿在樣式古老、腳趾翹起的布鞋裡。陰界的一切種種都怪異且華麗的老派，活像是燒給死人的陪葬品從不隨著時尚及時光的流逝而改變。我試驗性地把手扭來扭去，想從腳掌下抽走，可它踩得更用力了。

我在那裡蹲了一會兒，不曉得該怎麼辦。然後我使勁一扯，那隻腳倏地一縮，腳的主人怒呼一聲。我忍不住抬頭一瞥。

「真令人驚喜啊，」一個熟悉的聲音說。「你在這裡做什麼？」

他是我剛剛從亡者之原來到陰間馬六甲時頭一個遇見的那個乾癟老頭，也是我最最想不到會在林家莊園碰到的人，我的震驚想必統統寫在臉上了。

「我以為你要去看個朋友，」他說。我絕望地用眼神懇求他別讓人注意到我，那可惡的傢伙只是哈哈大笑，打斷了模糊的談話聲。「你為什麼一身僕人打扮？」

「歐陽大爺，有什麼不對嗎？」一個女人的聲音插嘴道。那清脆的嗓音使我後頸的汗毛直豎。

「我抓到一隻小雞，」他開心地說。「一個不應該在這裡的人。」

隨著客人上下四處張望，椅子刮地的聲音四起。我縮起身子，在那瘋狂的一瞬間，我納悶自己能否飛快溜過地板，衝到走廊。但同樣的女性嗓音又說話了。「真是的，歐陽大爺，只是一個僕人罷了。」

「啊，夫人，我不知道她究竟是不是你家的僕人。」他說。我真得好想狠踹一下這邪惡老頭的小腿。

「為何這麼說啊？站起來，姑娘。」

我不情願地站起來，垂著頭，駝著背。好幾張期待的臉孔轉向我。幸好我離兩個牛頭魔老遠，別的食客似乎和我有同感，也把椅子挪得稍微遠離它們一點。剩下的都是人類鬼魂，一個個都穿著精心製作的僵硬服裝赴宴，但我卻愈看愈討厭。我的眼光轉向一個憔悴老人，他蠟黃的臉上滿是皺紋，兩隻眼睛像削刀一樣閃閃發亮，臉頰上有顆長了兩根毛的疣。他想必就是林天青的叔公，也就是僕人們尊稱為老爺的老主人。剛才聽到的女性嗓音，就是坐在他身旁的女人發出來的。

她很年輕，比我大不了多少，而且美麗出眾。她古典的瓜子臉宛若灑了粉的米餅一樣光滑白皙，一對長長的吊梢杏眼。她的鼻子稍嫌太長，鼻尖下垂；年老以後可能變得難看。不過她永遠不會年老，畢竟她已經死了。她頭上戴了許多玉飾，耳朵和脖子上掛的珠寶首飾叮叮噹噹，她一動，它們就發出微弱的響聲。她費心描畫的眉毛皺在一起。

「你是誰？」她問道。

我恭敬地低下頭。「我是新來的僕人，夫人。」

「我看得出來，」她說。「但你到底是誰？」

臉色蠟黃的老頭不屑地揮揮手。「親愛的，需要拿我們的家務事打擾客人嗎？你喜歡的話，待會兒再問她就好。」

這時總管插嘴了。「老爺，」他恭敬地說，「我幾天前雇用她的，因為我們人手不夠。」

「哦，是嗎？我好像記得廚房員工出了問題，跟湯有關。」他對那女人挑起眉毛，但她別開臉，漂亮地噘著嘴。我差點無法呼吸，雖然明知不應該，但我還是忍不住盯著她看。她是我娘嗎？我在她五官上搜尋熟悉的跡象。我長得有一點像她嗎？我的額頭、眼睛和耳朵的形狀有一點像她嗎？我記不清阿媽講過的任何具體細節，只曉得我娘非常可愛。看著我！我用意念叫她凝神注視我，希望她現出一絲似曾相識的火花。難道你看不出我是你的孩子？聽說哪怕是動物也認得出自己的幼崽，她卻完全認不出來。她厭煩的眼光溜過我的臉，然後飄到桌子對面的牛頭魔身上。

「兩位大人，」她說，「希望你們滿意這些菜餚的口味。」

我猜此話意在暗示我退下，於是我悄悄後退，卻被一隻瘦削的手抓住手腕。「別這麼快，」歐陽大爺說。我在心中詛咒之前害我和他狹路相逢的不期而遇。「幾天前我和這個姑娘談過，她在打聽關於牛頭魔和地府官差貪贓枉法的事。」

「你怎麼知道這個？」老爺問。

「我向來習慣待在入口瞧瞧有沒有新來的鬼魂。她給我編了個故事，說她是來找個朋友，現在她卻出現在這裡，絕不可能這麼巧。她一定是個密探。」

我臉色倏地一白。笨蛋，傻瓜！我竟當他是個瘋老頭子，沒有多想，如今只能咬著嘴唇，一逕死盯著地板。「對不起，大爺，」我聲音顫抖地說，「您一定是搞錯了。」

「把她帶開然後關起來，」老主人說。「我們待會兒再審問她。」他朝牛頭魔投以一瞥，對方哼一聲同意了。總管不由自主地移動一下，臉上滿是驚愕之色，但老主人向靠在牆邊、身穿黑衣的一個傀儡僕人揮手。我猜它是他的個人保鑣。它一隻鐵腕牢牢攫住我的手臂，把我推出了房間。我絕望地瞥一眼我娘，但她用象牙筷子夾起一小口佳餚，正要送入她精緻的兩片紅唇中，根本沒有扭頭看我離開。

雙手反扭的我被押著快速通過沒完沒了的昏暗走廊，光彩奪目的套間沒了，燦爛輝煌的接待大廳也沒了。這是我沒來過的地方，遠離廚房和所有我熟悉的一切。一旦走出他人的視線，我馬上想盡辦法要掙脫，然而掙扎卻害我被抓得更牢。我確信這個傀儡僕人會毫不猶豫地碾碎我的骨頭。那時我會怎樣？我的靈魂可能受傷，就像慘遭燙傷的三姨一樣。這個想法令我不寒而慄，反抗的念頭統統打消。我們終於在一扇普通的門前停住。那僕人一手打開了門，另一手不客氣地推我進去。「等等！」我喊道。「給我留一盞燈！」可是跟假人講話沒用，只聽得門砰的大聲在我面前關上。聽見它快速、淡定的腳步聲漸漸遠去，我絕望地跌坐在地。

過了一會兒，我的眼睛習慣了黑暗，一個模糊的條狀物還原成一扇百葉木窗。微弱的光線射入木條之間，奈何卡得太緊，怎麼也扳不開。這裡僅十步寬，聞起來盡是霉味，但還挺乾燥的，而且是在地面上。我猜這是個廢棄的儲藏室，似乎要比關入地牢好太多了，但他們也許只是暫時把我拘留在這裡。我驀地記起審問我的說不定是牛頭魔，便又驚慌起來。如果它不喜歡我的答案，說不定當場砍掉我的腦袋，到時我的靈魂又將如何？

以前我為自己感到難過時哭過，但此時我發現自己默默流淚純粹是出於恐懼。片刻之後，我不由自主地發抖。我若是死在這裡，真的死了，沒有死後世界或重新投胎的希望，那麼落到這個下場就是我自己的錯，所以我不妨努力讓自己脫困。我在這裡搜尋好幾次，在黑暗中到處摸索。門很堅固，幾次嘗試都打不開。連一根棍子，或任何充當武器的東西也沒有。我沉重地坐在地上，感覺出二郎的鱗片熟悉的形狀。我用顫抖的手指把它掏出口袋，見它立刻發出珍珠般耀眼的光芒。

我小心翼翼地又把二郎的禮物檢查一遍，他說我可以衝著鱗片的凹槽吹氣來呼喚他，但他也曾警告他來不了亡者之原。話雖如此，我還是拿起它，輕輕吹著鱗片邊緣，就像人們吹著空的玻璃瓶口。一陣微弱的音樂響起，猶如風捕捉到遙遠山坡上最後的音符。什麼也沒發生。我又吹了幾次，然後用手指撫過。它的邊緣銳利如剃刀，我心生希望，把它插入門的邊框。它銳利得足以切入木頭，可是進展費力又緩慢。我將注意力轉向百葉木窗較薄的木條，希望它們比較容易彎曲。我一邊搓磨，一邊納悶到底有沒有人會來救我。盛宴想必早已結束，他們說不定把我忘了。我的心為此荒謬地雀躍起來，接著又往下沉。我聽見遠遠的腳步聲。

我快快把鱗片深深搋入口袋，然後又猶豫了。他們要是搜我的身怎麼辦？最後我把它塞進我背後的褲腰帶裡。腳步聲愈來愈響，至少有兩、三個人，但無論我怎麼用力去聽，都沒有牛頭魔的腳步沉重。此外還有一種金屬的叮噹聲，接著就是老主人的聲音。「你把她關在這裡？」沒有回答，我猜那傀儡僕人只是點頭吧。我從沒聽過他們任何一個說話，光是想到那種沒生命的假人發出聲音，我就厭惡地渾身發抖。

歐陽大爺問：「這裡安全嗎？」我本來希望他在宴會後離開，但林家顯然對他言聽計從。我幹麼跟他說話啊？

「她出不來的。」那冷酷而清脆的聲音是我娘的。然後門打開了。

他們手持油燈，或至少是僕人拿著。對我已習慣黑暗的眼睛來說，那亮光十分刺眼。

「站起來！」老主人說。「ㄚ頭，你是誰？你在我家做什麼？」一個傀儡僕人抓著我兩隻胳膊。低頭含糊說話一點也不困難。

「求求你，老爺，我不曉得你在說什麼！」

「你的家人是誰？」

「我們家來自森美蘭。在我死前不久，才搬來馬六甲。」

「那麼你告訴我關於你表妹的故事呢？」歐陽大爺插嘴道。

「有一部分是真的，因為你是陌生人，我很害怕跟你說話。」

「她在說謊，」他輕蔑地說，不過老主人彎腰細細看我一眼，他冷冷、瘦削的雙手硬是把我的臉湊到油燈底下。

「哦，我看沒準是實話，」他刻薄地說。「我能了解為什麼年輕姑娘不願意對你吐露一切。」

「胡說！我敢說她八成知道什麼。」

「可惜我們的貴客非離開不可。」這是我娘走進這裡後第一次開口。她待在後面，一臉不耐煩地冷眼旁觀。「不然它們很快就能讓她吐實。」

「它們早就走了，」歐陽大爺說。「我有把握可以逼她說出實話。」

我娘聳起一道眉毛。「誰不曉得你又想要新的玩物。」

「我可不想惹上更多麻煩，」老主人說。「把她交給牛頭魔，它們看得到她的靈魂。如果她一無所知，那她就歸我姪孫，所以別把她弄殘廢了。」

「那我呢？」歐陽大爺說。

「他不要她的話，就是你的了。」我娘的輕笑聲在儲藏室裡迴盪。「但我敢說他會要的。最近小妾嚴重不足。」

傀儡僕人突然放開我兩隻手臂，害我跌倒在地。審問我的三個人開始走出囚室，並且帶走油燈。「拜託！」我懇求著。「至少給我留一盞燈。」

「一盞燈？」歐陽大爺問道，遲遲不走。「沒有這種事。其實你也不需要食物和水，這就是陰界的一件美事。我可以把你關在這個房間好幾個月，甚至好幾年。你就像是櫥櫃裡的玩偶。等我再帶你出去時，你會求我叫你做任何事都行。」門關上了，我聽見他在外面對傀儡僕人講話。「你守在這裡。無論發生什麼事，都別讓她走出這扇門。」說完他的腳步聲也漸漸消失。

他們離開後，我躺在地上好長一段時間，不敢呼吸。門底下的微弱光線暴露了門外僕人的影子。那是一個無聲的守衛，而且從來不睡不吃也不累。我想我很幸運，他們沒有拷打我，也沒把我弄成殘廢。但假如有一天落在歐陽大爺手上，我毫髮無傷的日子大概維持不了多久。也就是說，如果我能熬過牛頭魔的審問倖存下來的話。一想到它們會突然從哪裡被召喚過來，何時會再度出現，我就恐懼不安。還有母親。她的背叛深深刺痛我的心，儘管我極力告訴自己她壓根不知我是誰。長久以來，我珍藏著阿媽故事中母親溫柔甜美的形象和我爹的惋惜，現在完全粉碎了。最糟的是，她的言行舉止沒有一點吸引我的地方。她工於心計又狡猾，完全符合三姨描述的樣子。我告訴自己那只是表演，她肯定會回來解救我。我的耳朵在沉寂中抽動，等待輕盈的腳步聲響起，但一直都沒有。

等我再度睜開眼睛，釘死的百葉木窗後面仍是一片黑暗。我想必是睏了一會兒，因為在冷冷的地上躺得骨頭好疼。奇怪的是，即使是在陰間，身體仍然感覺得到痛苦，這個想法使我對即將面臨的酷刑感到凶多吉少。歐陽大爺威脅要把我像盒子裡的玩偶似的關起來，更讓我心中充滿恐懼。唯一的安慰就是我不餓，至少還沒感覺餓。我焦急地一躍而起，喀拉喀拉的聲音嚇得守在門外的傀儡僕人一陣窸窸窣窣。我僵住了，幾乎不敢呼吸。在好幾次錯誤的起步之後，我才慢慢走到窗前，開始用鱗片繼續磨切窗子的木條。小而規律的聲音似乎很能撫慰假人，過了一會兒，我從門底下看到它的影子又恢復原來的昏睡，不過我仍擔心任何驟然的聲響又會把它驚醒。

我刮得更用力了，手腕和肩膀悶悶的痛，我的心思不覺飄到天白身上。他人在哪裡，正在做什麼呢？陽間已經過了多少天？我為什麼匆匆趕到這個悲慘的地方。多麼希望我多逗留一點時間，進一步分享他睡夢中的世界。想起他的雙手穩穩按著我，黑暗中的我臉紅了。我一再重溫我們的談話，盡可能回想他確切的話語和語氣。我繼續幻想，想像嫁給天白會如何，坐在他身旁，夜裡用雙臂擁抱著他。但一個陰鬱的想法浮現腦海。這樣的婚姻將使我成為林家的一份子，哪天我真的死了，前往亡者之原時，便註定要再走進這間房子。我的幻想立刻洩了氣。

不知我已在黑暗中站了多久，用二郎的鱗片鋸著木條。似乎過了好久好久，我才好不容易拆下第一片，接著第二片也拆掉了，但我的雙手和頸子緊繃得發疼。從我扳開的空隙，我看到模糊的樹木輪廓，我猜我大概面對著莊園的一部分。那裡沒有漂亮的花園，只有荒涼的乾草山坡，還有遠遠一堵頂上鋪了磚塊的高牆。雖然夜色籠罩，我卻瞧見有什麼一閃而過，一團快速的翅膀下降又打轉。它飛得太快，我懷疑是不是看走眼了，這才想起我在陰界從沒見過一隻野鳥。

窗子的木條是用某種堅硬的木頭做的，可能是傳說中的婆羅洲鐵木，據說硬得像金屬一樣。我不時檢查鱗片的邊緣，就怕被我鋸鈍了，沒想到鋒利如昔，我大為驚訝。我用手指測試一下，結果湧出幾滴鮮血，很高興我還會流血，不像院子裡那頭被宰殺的大豬。我筋疲力竭地坐下來，然後試探性地吹著鱗片邊緣的凹槽，又聽見了遠方的風呼嘯吹過蒼茫原野的微弱樂聲。它呼喚著我，猶如在月光下的山坡吹奏寂寞旋律的長笛手。

❧

黎明前的天空一片灰濛濛，我又打了幾分鐘的盹，隨即驚慌地跳起來衝向窗戶，懷疑是不是牛頭魔回來了。往外一看，一道黑影嚇了我一跳，像是一朵怪異的蘑菇突然在窗外冒出來。我硬是按捺住尖叫。

「我在等你醒來。天知道，你睡得夠久了。」

我認得這聲音；那厭煩、貴族氣的語調和迷人的音色實在很不相配。「二郎？」我低聲說。

「我能到這裡是你運氣好。」

「我還以為你來不了。」

「嚴格說我應該來不了，就像我說過的，這裡是給人類鬼魂來的地方。但我得到一點幫助。」

「誰幫你了？」

「你不記得我們第一次在哪裡碰到？」

起先我隨便想到的就是紅樹林沼澤，但他好似讀出我的心思，遂不耐煩地直接插嘴。「不對，是廟牆邊的那個靈媒。就是那裡，」他繼續說道，「你去找她求取對抗林天青的符咒（對你幫助真大），而我是去跟她談亡者之原的事。」他語氣中帶著幾分得意。

「所以你終究還是來了。」我說。

「哦，是有一點困難。你也看得出來，來到這裡的不是我的身體。」

結果被我誤認是大蘑菇的黑影，原來就是二郎無所不在的帽子。「我看你沒什麼兩樣。」

「那是當然，雖然不是我的身體，但足以偵查案情了。」

「那你還需要我幹麼？」我愈想愈是氣憤。「如果你一直打算親自出馬的話，又何必叫我來這裡打聽林天青的事？」

「你算是意外的禮物吧，再說我並沒有十足把握來得了這裡。」

「你知道他們要把我交給牛頭魔審訊了嗎？」

「是，但你密探當得這麼愣頭愣腦又不是我的錯。」

「愣頭愣腦！」我無意中嗓門拉大，門外的傀儡僕人陡然間動了起來。我趕緊哼哼唱唱，經過無法喘息的一刻，門後的影子又靜止不動了。

「你幹麼哼歌？」

「因為有個傀儡僕人在守著我，」我低聲說著。「它對奇怪的聲音會有反應。」

「哦，是嗎？」我討厭二郎一副被逗樂的口吻。「其實我應該謝謝你，」他繼續說道。「要不是你，就算有靈媒幫忙，我可能也到不了這裡。」

「怎麼說？」

「哦，當然是你呼喚我嘍。如果不是你的召喚，我可能也來不成。」

我將手裡的鱗片翻面。只見它散發著柔和的光輝，有如珍珠。「你什麼時候到的？」

「昨天傍晚，我花了一點時間在莊園裡繞來繞去，想摸清楚這地方。這裡實在奢華鋪張透了。」

「那時你怎麼不來放我出去？」

「你第二次呼喚我時，我才找到你的位置，況且當時發生了好多有趣的事。不過我想先聽你報告最新消息。」

我低聲把我觀察到的一切匆匆敘述一遍，包括牛頭魔的現身。不過我沒說我娘那部分，為自己當初跑去找她感到羞愧。二郎只是傾聽，未作評論，且不時點頭，因此那頂偌大的帽子彷彿在水面上漂盪的船。

「就這些？」我安靜下來時他說。

我臉紅了。「對。不是很多，是嗎？」

「哦，至少我們已經查出林天青的叔公也涉及發展中的案情。你還記得別的客人嗎？」

「有個老頭，歐陽大爺。我剛來這裡時就遇到他了。」

「可惜你無法隱姓埋名久一點，」二郎冷靜地說。「但我想我們也只能盡可能善加利用既有的一切了。歐陽大爺是有趣的發展。他在亡者之原逗留的時間太長，實在可疑。」

「他說他待得厭煩了，很想前往陰間法庭，可是他的子孫為他乞求能有更多時間享受陪葬品。」

二郎高聲笑了。「他這麼告訴你？跟你說個祕密，我認為歐陽大爺一點也不急著上法庭受審，其實他的名字會出現，正是因為他在這裡待了將近兩百年。」

「他怎麼辦到的？」

「官方紀錄就跟你告訴我的一樣。也就是說，由於他的後代子孫非常孝順，他的居留時間獲得展延，不過我懷疑他真心想要離開。首先，他犯下的許多罪狀都在法庭等候議處，他根本不急於面對。顯然他和某人做了交易，換取對方的配合，此人甚至可能是陰間九個判官之一。再者，有個像他這樣的代理人非常有用，因為亡者之原是個過渡地帶。從這裡可以輕易協調陰陽兩界的移動，甚至很容易回到陽界當個影子。有什麼比鬼魂更能隱姓埋名呢？」

「可是他說他哪裡都沒去。」

「你真的好天真，也有幾分惹人憐愛。此外，他可以輕易派個密探或信差，譬如像林天青這樣的一個人。我很想知道在歐陽大爺背後牽線拉關係的是誰。」

「我還以為他瘋了。」

「是啊，培養這樣一個人相當方便。」

我慚愧地低下頭。

「無論如何，」二郎說，「這個消息絕對有用。且看我們還能嗅出什麼別的案情。」

「如果你能抽掉木條，我大概就爬得出來了。」我說。

「我有點懷疑把你留在這裡會不會好些。」

「什麼？」我的聲音變尖了。

「想想看，他們要是發現你不見了，不知會發生什麼事。而且，如果歐陽大爺以為你是他的犯人，沒準你還能從他那裡蒐集到更多消息。我真不懂你為什麼不該接受牛頭魔的審問，我想知道它們究竟是哪裡來的官差。」

「如果它們看透我的靈魂，那就意味著你的祕密偵查結束了。」

他的牙齒在帽子的陰影下閃著微光。「喔，那會是個問題，不是嗎？我還是救你出來的好。」

我狠狠瞪了二郎一眼，很想知道他為了達到目的，會不會真的考慮要丟下我？

「噢，別那麼充滿敵意的樣子，」他說得輕鬆。「不適合你。」

我入迷地看著他一一擊破窗戶的木條。他的手修長而纖細，在蒼白暗淡的光線下，看來完全就像人的手。然而那細緻的雙手輕鬆扯下鐵木板條時，那力道大得遠遠超乎想像，而且幾乎沒發出任何聲響，但我仍緊張地朝門底下傀儡僕人的影子投以一瞥。

「我的守衛怎麼辦？」我悄聲道。「它的命令是不准讓我走出這個門。」

「那窗戶呢？」

「喔，我懂了。他們說的是門。」

「這就是這些假人的問題，」二郎快活地說。「一點腦子也沒有，但澈底忠實又可靠。怪不得我的調查毫無進展，直到我想到辦法親自來一趟。」

「你就不能找別的鬼魂幫你啊？」

二郎頓了頓。「你以為你是第一個？」

我思量這個令人不安的想法時，二郎扯下最後一片木條。我兩隻手往高高的窗臺上亂摸，想撐自己上去。幾分鐘後，二郎伸手一把拉我出去。本來我還害怕他的手冰涼又毫無生氣，想不到卻很溫暖且抓得死緊。吃驚之餘，我不由得臉頰緋紅。我不習慣被男人觸摸，這次接觸雖說短暫，卻讓我不自在地察覺到二郎尖細優雅的手指，和天白寬大的手多麼不同。我尷尬地別開臉，轉而專心扭動身子鑽過窄窗。我的臀部和雙腿刮擦著窗框，然後結結實實地卡住了。

「請停一下！」我驚喘道。

二郎歪著頭，彷彿在傾聽遠處什麼聲響。然後不理會我的抗議，他緊靠牆壁，索性拉得更用勁了。只聽得嘎吱一聲，窗框彎掉，多出一些空間，我才像隻鍋裡的螃蟹般滑出來。

「你沒聽見我說話啊？」我說，「很痛哎！」

「卡住會更痛，」他說。「快！來了幾個花匠。」

二郎半拖半拉著我，我們老實不客氣地跑到附近的小樹叢裡躲藏起來。「彎下身子！」他小聲嘶嘶說道。從我蹲著的有利位置，我看到一雙腳邁著傀儡僕人抽筋似的單調步伐，後面跟著另外兩雙鞋子。它們一言不發成縱列行動，修剪灌木叢。漸漸靠近時，我縮回身子靠著二郎。他的衣服上殘留淡淡的熏香氣味，好驚訝能在亡者世界聞到這味道。我閉上眼睛，呼吸著沉香那精緻典雅的香氣，不禁想到就著燭光輕聲唸誦的詩詞，而優雅的吟詩練習時間長短，則由一炷昂貴的香燭燃燒多少來測量。我無法想像二郎參加詩詞比賽；他可能會說些什麼乖張的話。然而是誰替他的長袍熏香呢？我不准自己胡思亂想。二郎閒暇時間在做什麼不關我的事，說不定是在吞噬少女或潛水抓鯰魚吧。我不應對他太過好奇。但我清楚感覺到我們的貼近，我的背緊緊抵著他溫暖的胸膛。

他擱在膝蓋上的左臂幾乎環繞著我。我覺得那時他的肌肉收緊起來，緊繃得好像在期待什麼。我盡量不想他靠得有多近，只聽著自己的脈搏讓人分心的節奏。我的脖子一路往上慢慢紅到耳根。我渾身僵硬，就怕二郎看見，不過他絲毫沒注意我，只是按緊我的肩膀叫我留神。

傀儡花匠的腳愈趨接近，我才驚覺他們打算修剪我們藏身的那片矮樹叢。到了最後一刻，二郎突然站了起來。他走出灌木叢，開始忙著假裝修剪樹木，模仿僕人搖晃腳跟的動作。他的大竹帽不太像僕人戴的苦力斗笠，但我拚命希望它們不會在意這個細節。它們停下來擠在一起，接著走向另一堆樹叢，我才鬆了一口氣。

過了一會兒，他才打手勢叫我走出樹叢，我一走出去就忍不住緊張地東張西望。這時幾個花匠僅僅是遠處的幾個黑點。

「它們晚上也在工作？」我問，眼睛望著仍然籠罩天空的一片暗淡。

「不久就要天亮了，」二郎說，「但它們好像任何時候都會到處走動。對了，你看起來好可怕。」他聊天似的評論道。

我怒瞪著他，心知我的髮辮已經鬆脫，衣服上沾了乾掉的泥巴，更不用說髒污臉上的淚痕了。「有什麼關係？」

「哦，如果你在監視歐陽大爺的時候被逮著，模樣誘人一點比較有幫助。」

「你也打算讓他審問我？」

「說不定相當有用。」

「我恨你。」我脫口而出，根本煞不了車。

他似乎是真的訝異。「大多數女人都說她們好愛我。」

我轉過身去掩飾我的惱怒。我雖然應當感激二郎救我脫困，卻一再驚愕於他的專斷和自負。可是當初吩咐我來這裡的人正是他，我生氣地想，自然而然忘了當時我別無選擇。之前我曾猜測二郎是否把他冷血的魚頭藏在看不透的帽沿底下，現在我斷定他想必就是天蓬元帥——中國神話中陪伴猴王孫悟空的一頭可怕的豬。他原本是天庭一名元帥，投胎時不小心成為母豬生出的一窩小豬中的一隻，卻誤以為自己的魅力難擋，因此大多時間都在追逐女人。或許二郎的原形就是一頭豬吧，我刻薄地想。

「我當然會努力救你，」二郎口氣浮誇地說。「我不會把你丟在這裡。」

「你剛才不就打算這麼做？」我問。

「你得相信我，再說我也看不出你有多少選擇。你要是不快點想個辦法重新和你的身體結合，可能就會永遠失去它了。」

「我離開真實世界多少天了？」我問道，突然焦慮起來。

他停頓片刻。「將近三星期。」

「我以為你說亡者之原的時間通常比陽間過得快一點！」

「那並不表示總是如此。我們若是運氣好，時間也許會逆轉，反而過得慢一點。」

我害怕得喉嚨緊繃。「你認為我離開多久了？」

「頂多幾星期吧。」

「最糟的狀況呢？」

「你的靈魂和身體之間可能漸漸變得愈來愈不合適了。」

「對不起。」二郎在漫長而尷尬的沉默後說道。

我好想哭，但哭泣無益。哪怕我枯萎成一縷幽魂，淚水對我也毫無用處。「好吧，」我強顏歡笑地說。「我去找歐陽大爺。」

「倘若他在策劃一場叛變，想必是在陰間法庭有個權大勢大的發動人。設法查出主使者是誰，但我擔心很快就會有人發現關在儲藏室裡的你不見了，這就表示我們時間不多。」

這倒提醒了我。「我明天要和劉芳碰面。她說願意告訴我回去的路。或者我能跟你同行嗎？」

「不可能。我進入這個世界的方式，你是跟不上的。」二郎乾脆俐落地搖頭，大寬帽隨之搖晃晃。我想問他為何戴帽，話已到舌尖，繼而想到帽子不知遮掩著何種怪物，便把話又吞了回去。

返回莊園的進展十分緩慢。二郎悄悄移動，不時煞住腳步躲入陰影或緊貼著牆壁，我則亦步亦趨地跟著他且走且躲。我倆猶如一組倉促成軍的突擊隊，隨時留意無所不在的僕從。整座莊園充斥著過時的中國氛圍，是我在馬來亞難得見到的。我納悶錫克人[9]、泰米爾人[10]、馬來人和阿拉伯商人的死後世界是什麼模樣。的確，天主教的天堂是什麼？不知怎的，天白夢中的葡萄牙女孩伊莎貝兒．蘇沙閃過我腦海。如果她死了，我想，會不會同我一樣在這麼一個充滿敵意的宅邸裡跑來跑去？我很懷疑。

若是換個時間和地點，我會樂於細細研究這些建築的設計和結構，有些我只在書中的插圖或畫卷裡看過。小亭子、扭曲的小樹和幾座應景的寶塔，看在我眼裡都出奇的熟悉，然而這地方有種令人毛骨悚然的寒意，死板的色彩，單調的光線，我感覺自己彷彿是穿過紙糊的景觀，我本身不過是皮影戲臺上另一個剪出來的人偶。但就算我很不喜歡這個地方，也不得不承認在林天青的宅子裡鬼鬼祟祟挺刺激的。說到底，他曾多少次擅自闖入我的睡夢？我們終於來到牆壁上的一道小門。二郎的手一碰觸木門，它便微微退開。

「很好，」他滿意地說。「還沒有人栓上這個門。」

「我們在哪裡？」我低聲問。

「在這一家人的個人住所區後面。我昨天勘查環境時故意把這個門虛掩著。」

我為剛才氣他遲來的救援稍感歉疚。

「再過去是接連好幾個小院子。如果有重要客人留宿的話，應該就睡在附近什麼地方。我讓你自己去找歐陽大爺的客房。需要怎麼做就怎麼做，但要在黃昏前回來。」

「回來這裡？」我說。

「你看見遠處那個亭子嗎？」我轉身一看，只依稀看出一處瓦片屋頂和上了紅漆的柱子。

「在那裡等我。如果明早出於某種原因我沒出現的話，我建議你自己找路出去，聯繫你的朋友劉芳。」

9 錫克人（Sikhs）：亦稱錫克教徒、錫克教信徒。主要分布在印度與巴基斯坦的旁遮普省。
10 泰米爾人（Tamil）：為南亞民族之一，主要分布在印度半島東南部，以及斯里蘭卡的東部和北部地區。

「就這麼丟下你？」

「我會照顧自己，」他說。「離開亡者之原可能會有困難的人是你。」

他猶如一滴灑出的墨水似的穿過門消失了。

第二十六章

我推開門。門裡是個私人庭院；一塊整潔但沒有生命的園子，由排列工整的盆栽植物組成。每株植物都一模一樣，連花朵的數目和樹葉的角度都是。我忍不住心想，這些一定都是為了取悅某個過世已久的林家人，所以印在紙片上燒掉的。圍牆上有三扇門面向這個院子敞開。我又猶豫了，不曉得該走哪個門。我猜最不起眼的門可能供僕人出入，於是我伸手一拉。門突然無聲無息開了，眼前是一條通道。

我很快發現我從未來過這處私人廂房。狹窄的通道倒是比主屋開闊的走廊更加奢華。牆上掛著絲綢，湊近一瞧，才看出它們是私人藝術收藏的一部分。奇特的野獸從畫卷上對我骨碌骨碌轉著墨黑的眼珠子；隨著我愈走愈遠，畫作也愈來愈稀奇古怪，有些描繪的是男女性交時交纏的身體，讓人看了尷尬，還有變成動物的女人，以及沒有眼睛的食屍鬼在啃骨頭。見到最恐怖的畫作時，我急忙避開眼光，因為畫中的圖像似乎是有生命的活物。

踩在冰冷地板上的輕快腳步聲，提醒我身在何處和身負的任務。我胡亂搜尋著藏身之處。附近有扇門，可是太華麗，太氣派了，我擔心被人發現，不敢走進去。最後我推推看，想不到竟然開了。幸好房裡空無一人，但看來像是誰的私人住所。我瞥見一張寫字桌，對面角落有個盒子似的傳統床架，書和紙張亂七八糟地攤開，可是我沒時間檢查周遭的環境。唯一可能的藏身之處大衣櫥上鎖了，怎麼也拉不開，只好溜到床上。錦緞床簾拉了一半，我蹲在簾子後面，心臟跳得很不舒服。我告訴自己：腳步聲一定會過去。想不到卻剛好停在房門外。

「歐陽！歐陽大爺！你在哪裡？」

是我娘的聲音。我驚恐不已地發覺剛才忘了關上房門，這會兒它晃了一下，責備似的虛掩著。片刻遲疑之後，一隻滿戴沉甸甸戒指、纖細白皙的手推開了門。我急忙退到床簾後面。

「你在嗎？」她喊道。

我聽見她在房裡走動，翻動攤開的書籍，推開成堆的文件。她在看什麼？她為什麼在這裡？我明白哪怕是最最輕微的抽搐也可能讓我無所遁形，我蹲在一角，希望她不會想到查看床鋪。那床架做成彷彿三面附帶簾子的盒子，有讓人倚靠的矮邊。傳統的愛情小說通常都有這樣的床鋪，描述美麗的女主人翁慵懶無力地躺在床上。我作夢也沒想到有一天我會躲到陰界這麼一張床上，而且是為了躲避我死去的母親，看著她快速翻閱一個可惡老頭的祕密。我輕咬臉頰肉，生怕自己會忍不住迸出笑聲。好可笑啊！長久以來，我一直渴望著母親，夢到她，期盼且想像著我們的相聚，這就是我得到的結果。

有刮擦聲傳入耳裡，我屏住呼吸，一點一點從床簾後面探出頭，直到看得見東西。她背對著我，用毛筆在一張廢紙上寫字，刮擦聲來自於墨條在乾硯臺上匆忙研磨。生在馬來亞的我用過石筆，甚至也用過木質石墨鉛筆。我猜大概沒有人費心為亡者燒這類現代複製品，因此我娘只能用毛筆和磨墨吧。專心寫字的她壓根沒注意愈趨接近的腳步聲，直到為時已晚。房門抗議似的嘎嘎響起，她驚跳一下，把剛寫的東西搋進口袋，又匆匆弄亂文件。

「啊，二太太！什麼風把你吹來了？」是歐陽大爺的聲音。

「當然是你啊。」我不得不佩服她。這女人真有膽量。

「你在我的陋室裡做什麼？」

「歐陽大爺，你有自己的房子，自己的宅邸和別墅，才會覺得這裡粗鄙。」她的聲音變得低沉如打呼嚕。

「你知道我的後代子孫傻氣得很，從不讓我在那裡做研究。」

「哦？顯然那就是你把畫帶來這裡的原因吧。」

他的笑聲像小石頭咯咯響。「喜歡嗎？我囑咐孫子在我死後燒掉我所有的收藏品，我在這裡才收得到。花了好多錢買的！我兒子反對，想賣掉它們，好在我孫子聽話照辦了。哼！我在世時總算沒白白疼他。但你來這裡做什麼呢？當然不是為了欣賞我收藏的畫吧？」

「我在走廊上仔細賞畫的時候，發現你的門虛掩著。」

「你太客氣了。我能為你做什麼嗎？」

她的口氣變了。「我丈夫那個沒用的姪孫有沒有辦成任何事？」

「天青？我還以為這事你比我更清楚一點。」

「他不信任我，但我知道你在打什麼主意，吹捧那個傻小子，拚命拍他的馬屁。」她話雖然說得苛刻，但抑揚頓挫的嗓音卻出奇的誘人。我在藏身處不自在地抖動，耳朵刺痛。

「只要他繼續當傻瓜，那就正合我意，不然他哪敢傳遞謀反的消息和計畫。」

她哈哈笑了，那高亢的笑聲年輕得令人吃驚。從沒想過我可能更討厭我娘，然而她的笑聲竟使我忍不住咬牙切齒。「提醒我永遠不要低估你。」

歐陽大爺說：「他一死，我就知道我有工具了。你知道我等一個這樣的信差多久了嗎？林天青剛好符合執行這項任務的條件：富有的家庭，仍在陽間溺愛他的母親，又自戀到除了自己的利益什麼也看不見。」

「你能得到什麼好處？」我聽見奇怪的沙沙聲。

「你想呢？我就可以無限期待在亡者之原。」

「可是你老在抱怨這件事。」又是綢緞般滑溜的聲音。

「這就是我高明的地方了，」他咕噥著發出可怕的嘖嘖響。我貼著床簾小小的縫隙瞧一眼，不禁臉酣耳熱。從我的視角看來，那卑鄙老頭枯瘦的爪子扒著我娘，而無恥的她早已脫下衣裳，露出一邊如雪花石膏般的肩膀。我別開臉，兩頰火燙。她怎能這樣！他倆一樣可怕，但我又愕然想到一件更緊迫的事。他們遲早可能來到床上，到時就會發現我藏身之處了。我驚慌地四下張望。床和牆壁之間有個小小空間，小到我只塞進半個身子就卡住了。厚厚的錦緞床簾抽動一下，彷彿有隻看不見的手在拉。怕得快瘋掉的我硬把自己往下塞，好不容易躲到床後面的地板上，忽地一聲巨響，接著是刺耳的尖叫。歐陽大爺和我娘已倒在床上。

我趴在那裡好幾分鐘，像隻壁虎般拿臉貼著冷冷的石頭地板，傾聽上方的聲響。床底下沒有床裙遮蓋，倘若有人走進房間，就很容易看到我。我扭動身子向前時，我娘又說話了。

「我真的不該在這裡。」她嘟著嘴說。

「沒有人會發現的。」他的聲音悶悶的。「我喜歡稱呼你『二太太』，喜歡看你冰冷的眼神。」

「萬一哪天我丈夫懷疑起來！」

「你知道他其實不是你丈夫。」

「你竟敢這麼說！」只聽得窸窸窣窣，彷彿她在穿起衣服。

「好了，好了，你不需要跟我假裝。你我都知道你從未正式嫁給他，二太太的頭銜不過是禮貌罷了。那天你就這麼出現，看起來如此美麗，讓他無法抗拒。我也抗拒不了，就算你可能想要拋棄我。」

我娘笑了，笑得很不自在。「只要你好好待我，我就和你長相廝守。」

「好吧，那麼再過一百年幸福快樂的日子如何？」

「真的？」她柔情地低聲說道。「告訴我，這些祕密會議和金錢調動的幕後指使人到底是誰？是地府九個判官之一，對吧？」

他霍地一坐而起。「是誰告訴你的？」

「我說對了？」

歐陽大爺沉默片刻後笑了起來。那是惡意的乾笑。「我親愛的二太太。你知道的這些消息要是給上天聽到風聲，你的存在將會跟暴風雨夜裡的燭火一樣短暫。」

她聳聳肩，並不在意。「只要和你在一起，我就知道我會沒事。現在你要我怎麼做？」

「哦，我在想那個姑娘。」

「姑娘？你是說我們關起來的那個僕人？」

我已開始爬向床的前方，聽見話題變了，立刻僵住不動。

「她很漂亮，不是嗎？」

「你還在想她？我倒不覺得她迷人。」

「真是不幸，我還挺想看你們在一起呢。」

她哼了一聲。「想必是上你的床吧。」

她口氣中的冰霜足以冷卻大氣層，但歐陽大爺只是呵呵笑。「啊，所以我特別對你難以招架，你是唯一敢責備我的人。好了，別生氣了。」他用這句話和別的綿綿情話，總算將她誘回床上，我也大大鬆了一口氣。本來我還擔心她若是起身離開，就會看見我了。

抬頭一看，拉上的床簾激勵了我。顯然他們不想遭人窺看，但這對我有利。我慢慢悄悄爬過地板，生怕隨時可能聽見被人撞見的驚呼聲。沉重大衣櫥的位置擋著門，那是我的目標。我心跳加速、笨手笨腳地朝房門爬過去，也奇蹟似地成功了。這會兒門就在我正前方，但我面臨兩難。

由於大衣櫥只擋住門的一部分，因此門怎麼動，從床上都看得到。如果門仍虛掩著多好！但它緊緊關著。我的手朝它摸過去，推下門閂。只聽得好大一聲咔啦。

「那是什麼？」是我娘的聲音。

我聽見床簾拉開，然後歐陽大爺說：「什麼也沒有。你自己看吧。」我下定決心快速衝刺時，聽見他在責備她。「你太提心吊膽了，從來沒有人來我房間。」

「如果天青發現自己竟然在做什麼呢？」她急切地說。

「胡說！他滿心想的都是自己的冤屈，絲毫想不到有這種可能。他想拖他堂兄下水，娶個姑娘。荒唐的要求！」

「你有把握？」

「親愛的，你幹麼為這種細節煩心？還是你打算出賣我？」

❧

她才開始要抗議，忽響起敲門聲。我僵在原地，床上的一對也是。這回無路可逃了。

「是誰？」我娘悄聲說得斷斷續續。

「啊，我忘了。是僕人拿信來了。」

「怎麼你沒下令不准打攪？」

「我怎麼知道你今天會來？」他說。「不要緊，簾子拉著就是。」他拉大嗓門喊道：「誰啊？」

房門開了，三姨站在我面前。見到我時，她的眼睛睜得老大，但臉上仍舊毫無表情。

「歐陽大爺，信差給你送來東西了。」

「我在睡午覺，」他說。「擱在寫字桌上吧。」

三姨繞過我經過大衣櫥，彷彿我不存在。她把一個小包裹放在寫字桌上，然後以詢問的眼光望向拉上簾子的床鋪。「大爺，還需要別的嗎？」

「沒有，不要打攪我。」

「是，大爺。」

她走向門口時停頓一下，並且迅速做了個手勢。我頓時明白因為她站在那裡，剛好擋得床上的人看不見門，讓我可以逃脫。我們一到走廊，她就抓住我的手腕。「快！」她低語道。

她帶領我快速走過一條條蜿蜒的走廊。想到她會怎麼想我，我羞愧地開口企圖解釋，可是她把手指貼著嘴唇。我跟著她，覺得我們有如偷偷爬過狸貓巢穴的小老鼠。馬來人喜歡馴服狸貓，因為牠們應當是兇猛的捕鼠貓。我一直想養一隻，但只看過牠們美麗的毛皮整個豎了起來，冰冷僵硬地被獵人帶到市場販售，賣給人們煮成藥湯。我若是變得那樣嬌小，被那麼兇惡的下顎咬住，不知會是什麼感覺？那些牛頭魔大得足以一口咬掉我的腦袋。正想得不寒而慄時，三姨轉身注視我。

「我們休息一下。」她說。

她推開一扇門，走進一間儲藏室，裡面堆滿了疊得硬梆梆的陪葬壽衣，一角的古老繡花鞋堆得高如金字塔，看著活像是一堆廢棄的蹄子。她關上門後問道：「你出什麼事了？」

我告訴她歐陽大爺如何把我關起來審問。

「我從總管那兒聽說了，」她說。「今天早上我去找你，可是門口站了一個守衛，所以我不敢靠近。你是怎麼逃出來的？」

我決定還是別提起二郎的好，於是含糊地說我爬出窗子。

「窗子！你真聰明。」她看著我的眼神帶著不尋常的驕傲。「他們到底要你做什麼？」實在難以再搪塞下去，於是我對她簡單扼要說出我的遭遇；我如何差點喪命，或是在人間奄奄一息，我來這裡是因為林天青的糾纏。

「你來這裡做什麼？」她問。「太危險了！」

「我有什麼選擇？」我說。「要麼在馬六甲四處遊蕩，直到我的靈魂消失，要麼回到我在陽世的房間，被林天青的牛頭魔抓走。」

「你直接來這裡？」

「哦，途中我去我的家族的房子停留一下，打聽到我娘在這裡。」

「你娘？」

「我也找到她了！她就是二太太。」

三姨對此話的反應驚人。她的臉瞬間蒼白如宣紙，然後跌坐在鞋堆上。「那個女人！你為什麼以為她是你娘？」

「生前是我爺爺的小妾的人告訴我，我娘來到這個宅邸，她的年紀和個性也符合。」

「我明白了。」三姨垂下目光。「你覺得她怎麼樣？」

由於三姨沒理由喜歡我娘，我覺得不必隱瞞。「她可惡極了！真不懂我爹和阿媽為何那麼憐愛她。」

「你爹怎麼說她的？」

「他說她善良溫柔，但主要是說她很美麗。現在我才明瞭，他肯定像歐陽大爺一樣瞎了眼睛。」

「你那麼想念你娘？」

「以前是的，但現在我希望我從來沒見過她。」

三姨似乎很激動。為了窺視外面，她站起來把門稍微拉開一點。「你應該離開這裡，」她說。「他們遲早會發現你逃跑了，而且我聽說牛頭魔今晚會來。」

「今晚！它們打算要審問我。」一股寒意不由自主地從我的脊椎一路往上竄，直到我的髮根統統豎起。

「你要怎麼離開？」

「我有一匹馬，」我說。「它還待在我的宿舍裡。」

「你何不跟我一起回去？你可以躲在我的房裡。」

這個提議很誘人，我考慮片刻：躲在她的房間，蜷縮在她的床鋪後面，用毯子蓋住自己，直到危險過去……這些都是我渴望的事，再說三姨是這麼久以來第一個願意照顧我的人。好吧，如果不算上二郎的話。不過他的幫助似乎更像是引導我進入各種狀況，彷彿疾風中的放風箏高手。但我記得二郎吩咐我和他在那座亭子會合；雖有誘人的安全避風港，我仍忍不住為自己的成就興奮的發抖。

我猶豫了，不想告訴她我想窺探林天青的房間。他曾多少次闖入我的房間？闖入我在陽間的夢境？何況有件事一直令我牽腸掛肚。

「你先走，」我說。「我查看一樣東西以後，再去你房間和你碰面。」

「你找得到回去的路嗎？」她老臉上的皺紋如蜘蛛網般起皺；她手臂上滿是斑駁的老人斑，鬆垮的老皮軟趴趴地下垂。她是如此老態龍鍾——比阿媽還老，我想。可是她果斷的個性卻不同於阿媽。

「告訴我怎麼回去。」我說。

她撕下一張包裝紙，再從髮髻上摘下一根髮夾，拿它在紙上畫出一張地圖。「外面的花園客人很少去，但路遠得多。屋子裡的這條通道是僕人走的。」

「我會非常小心，」我說。「林天青的房間是哪一個？」

她看來嚇壞了。「小主人不在家。」

「正是！求求你，如果你想幫我，我需要查明一件事，否則我的靈魂將會乾枯，再也回不到我的身體裡。」聽見我這麼說，她只能勉強默默同意。

「我會盡快去你房間的，」我說，「可以請你幫忙照看一下我的馬兒嗎？它的名字叫倩妲娜。」

「今晚七點到九點，我會在廚房門口旁邊等你，」三姨說。「我看那些牛頭魔不會到得更早，你必須在它們進門之前離開。」她打開儲藏室的門，朝外頭偷偷瞧了一眼。「我得走了，不然很快就有許多傀儡僕人跑來這裡找我。麗蘭……」她正準備要說什麼，遂又住口。「盡快回來！」

第二十七章

我一直等到三姨啪嗒啪嗒的腳步聲遠去。沒有道理等太久，歐陽大爺和我娘隨時可能結束他們的幽會。有了三姨給我畫的地圖，我對自己的任務更有信心。牆上的畫愈來愈少，主題也變得比較世俗。我納悶我娘是否真的像她說的那樣在仔細欣賞那些畫作，還是她刻意去那裡搜查他的房間。想到她使我胸中一痛。當初幹麼聽阿媽或我爹的糊塗話？我剛才監視的女人就跟一般妓女一樣。

地圖上只有一個地方看起來可能比較棘手：歐陽大爺和林天青兩人住所之間寬敞的開放式中庭。三姨說過有家人在家時，往往可能在那裡看到他們。我一走到那裡，就看到一套上選的紫檀木椅。一張矮桌邊緣擺著一個茶杯，茶杯裡冒出細而繚繞的熱氣。我猛地煞住腳步，發覺一件討厭的事。如果茶還是燙的，就一定有人在那兒喝茶。正想著時，就聽見老主人尖銳的鼻音。「把這個拿走，換杯普洱茶端上來！」

我嚇了一跳，以為他把我誤認是僕人了。緊跟著我愕然發現一個身影離開和我相隔不到一臂距離的牆邊。那是一個傀儡僕人，但幸好它沒理我。被我看作墊子的東西其實是老主人的後腦勺，當時他仰躺在硬梆梆的躺椅上。從我站的位置，他只消轉個頭，就看得見我了。我趁僕人忙著收拾茶具托盤時，飛衝到鏤空的亮漆屏風後面。這個藏身處好多了，只是屏風和地板之間有個大空隙，也就是說任誰都看得到我的腳。

僕人拖著腳步走了，我將注意力調回老主人身上。令我沮喪的是，他仍坐得直挺挺的，眼光直盯一張手寫的紙。漫長的好幾分鐘過去，我坐立不安，心情煩躁。那個僕人想必很快就會回來，我懷疑他會不會又不理我。我專心凝視他手中的紙，可是他拿的方式，讓我看不到上面的字。那不是長篇大論，看他細細研究的樣子，似乎是在重讀幾個段落。我猜或許跟我娘在歐陽大爺書房裡抄寫的文件有關，也納悶老主人是否真的渾然不知我娘的出軌行為。

我端詳他那乖戾、蠟黃的五官，努力想要從中找出他和天白，或他和天青之間有無相似之處。他們額頭的形狀和稍塌的鼻梁有幾分相似，但天白的眼角微微上翹，那是他最具魅力的地方，而眼前的老頭則是眼角下垂，和鼻子與嘴之間壞脾氣的深溝十分相配。天白比他們都順眼多了，我告訴自己。

老主人霍地抬起頭來。我聽見腳步聲，不知是不是那僕人回來了。然而屏風的角度使得我只能看見一個方向。他臉上露出一絲笑容。「你提早回來了。」

「還有什麼事要我去辦嗎，叔公？」如此暴躁的口氣，我太熟悉了，此人正是林天青。

我渾身冒著冷汗。他若是往這邊瞥一眼，肯定會看到我的腳。後面有一扇窗，窗臺窄得只有一隻手掌寬，我就蹲在那上面，搖搖晃晃地蹲不穩，只好用手臂抵著窗子的兩側保持平衡，但總比露出兩隻腳的好。

「我交代你辦的事，你可都辦好了？」老爺邊問邊快速摺起手中的信。

「辦好了，辦好了，包裹統統送到了。聽說下週會有大批貨到。」然後是沉鈍的啪啦一聲，好像是林天青把自己甩在椅子上。「不懂這事幹麼非得由我去辦。你就不能派個僕人嗎？」

「之前我告訴過你了，這些都是生意買賣的訣竅，也是把你——我的後代與繼承人——介紹給各方重要人物的好辦法。」

「哦，其中有些根本不配叫人。」

他的叔公尖聲一哼。「這話以後不准再說！你得罪不起它們的。它們畢竟可以幫你完成你的任務。」

「你大概以為我父母願意幫我，他們卻不肯。」

「你最近在忙些什麼？給你娘託夢，對她甜言蜜語？」

「噢，託夢！起初我覺得擺布他們有趣極了，現在卻好無聊。我娘嚇死了，我一出現她就哭。這算什麼娘親啊？她應該很高興見到我，即使只是作夢。」

「你爹呢？他好嗎？」

「夠好了，」林天青悶悶不樂地應道。「給他託夢比較難，線不夠牢，給我堂哥託夢更是完全不行。就算只是嚇他幾個晚上也值得。」

「你繼續努力，這件事很快就能搞定了。」

「為什麼非等不可？他們應該為我的案子收集證據，結果怎麼好像都是我在替這些人跑腿。」

「耐心似乎是你欠缺的美德，姪孫，重點在於把你的案子交給對的當權人士。不妨告訴你吧，有權有勢的支持者站在我們這邊。」他壓低嗓門咕噥一陣；這時我注意到他默默把手中摺起的信放在遠離林天青躺椅的另一側。現在它比較接近我了，我屏住呼吸，注視那張僵硬的紙慢慢攤開。感謝我超自然的銳利視力，我細瞇眼睛，把其中幾個字看得清清楚楚。

……你做得很好……已接獲最後一批武器……地府第六判官大人心中大悅……

心臟怦怦狂跳的我死盯著墨汁字跡，直到它們燙印在我腦海裡。我確信二郎會對這樣一封信極感興趣，看來它將叛亂謀反者和陰間法庭的貪污腐敗勾在了一起。

我明白這很瘋狂，但那封信我非拿到手不可。我發狂似的搜尋什麼好讓他們分心的東西，只見餐具櫃上死板地擺著幾顆水果，唯一的問題是有個傀儡僕人擋在中間。我一點一點跪著悄悄往前爬過他身邊，祈求它會像上次一樣對我視而不見。

兩個男人還在說話。「……仍然失蹤！」那是林天青拉大了嗓門。「她可能上哪兒去呢？」

「這倒提醒我了。昨晚我們抓到一個姑娘。」

「一個姑娘？在這裡？」

「是。歐陽大爺說她好像很可疑。」

「你認為那姑娘是麗蘭？」

「這念頭我從未想過，」他叔公溫和地說。「但聽你這麼一說，我懷疑會不會是同一個姑娘。」

我伸手朝上抓起一顆柳橙，一顆堅硬又渾圓的球體。我把它塞進口袋，接著又塞了一顆。

「但她怎麼來這裡的啊？她什麼也沒有，沒有陪葬品，也沒有馬車。」

「所以我之前才沒考慮那個可能性。但你願意的話，不妨去看看她。等牛頭魔審問她之後，她就是你的了。」

「真的是她嗎？這姑娘漂不漂亮？」

「哦，還過得去啦，足以讓你這裡的孀婆吃飛醋了。」兩個男人哈哈笑了，我忍不住想到我娘，心中不禁刺痛一下，到目前為止，我對她的不滿已多得數不清。我悄悄扭動身子，直到來到老爺躺椅的正後方。

「好吧，我就去瞧她一眼，但萬一不是麗蘭呢？」林天青問。

「男人可以納妾。其實納妾既是他的責任，也是獎賞。」

聽見這番論調，我氣憤得耳朵火燙，脖子也因為蹲的姿勢彆扭而痠疼起來，但我不敢挪動一下。現在那封信近得唾手可及，然而老主人的手懸在躺椅側邊邊來盪去。

「牛頭魔什麼時候來？」林天青問道。

「今晚。你準備好向它們報告進度。」

我以令人痛苦的緩慢速度抽出那封信，但就在我把它塞進衣服的當兒，忽地瞥見老爺把手放低，好像要去抓它。我深吸一口氣，將一顆柳橙扔向中庭另一側的細長桌子。那一扔既猛又低，雖然沒砸中桌子，卻砰的悶悶一聲砸到牆邊。他們驚得一跳，腦袋瓜一轉。我抓起第二顆柳橙使勁再扔一次。他們站起來朝噪音望過去，我連滾帶滑、瘋也似地向後退，匆忙中，不慎被僕人絆倒。一隻硬梆梆的手瞬間伸出，抓住我的胳膊。我們在絕望的靜默中掙扎，沉重的木屏風搖搖晃晃，隨即砰的一聲巨響，砸進一個古玩櫃，瓷器碎片應聲到處飛濺。

有那麼一秒鐘，我瞥見林天青和他叔公驚愕地盯著我看，嘴巴大張，相貌之酷似已到荒唐可笑的地步。接著我沿走廊狂奔，聽著後面混亂的大呼小叫，我的心臟猛烈敲擊，雙腿滑過鋪了瓷磚的地板。奔跑的腳步聲傳入耳裡，一種單一的步調，彷彿許多人齊步在跑，一定是傀儡僕人一起穿過莊園。我慌亂地尋找出路，但只找到一扇窗子，可是木條太窄，只容得下貓通過。窗子底下有個和男人一般高的花瓶，生硬地插滿了白色雛菊和蜘蛛百合。這種給亡者的花瓶裡是不裝水的；即使不澆水，花朵也能永遠盛開。我發瘋似地一把推開花朵，然後搖得窗子的木條咯咯響。腳步聲愈來愈近了，此外其他噪音一概聽不見，令人心驚膽寒。接著僕人紛紛撲到我身上。

事後我很感激自己嚇呆了，因為僕人們逮住我，用冰冷、堅硬的手覆著我的嘴時，我驚嚇過度，昏了過去。如此一來，我不必眼睜睜看著它們將我抬到不是之前關過的儲藏室，而是一個全然不同的地方。

第二十八章

有人在撫摸我的頭髮。起先我以為自己仍是個孩子，是阿媽在安慰作了惡夢的我。醒來讓我大感輕鬆，淚水從我緊閉的雙眼簌簌流下，接著我睜開眼睛。林天青彎身俯向我，是他的手纏繞著我的頭髮，是他的臉熱切地在我臉旁磨蹭。我張口尖聲大叫。

「別叫了！」他說，但我停不下來。林天青企圖用他肉乎乎的手悶住我的哭喊，卻只讓我更加情緒激動。他粗暴地搖晃我的身子，我出於反射動作，甩了他一記耳光。我的手打在他臉上的刺痛感，是我靈肉分離以來最棒的一種感覺。我們驚愕地互瞪。

「你幹麼打我？」他說。

「你竟敢碰我！」我說。「你綁架我！你是魔鬼！」

聽見我連聲抨擊之後，他驚訝地暫時鬆開了他的厚唇。「你在說什麼呀？是你自己跑來這裡的。你是怎麼來的？」

我環目四顧。從房間的大小和地上散落的男人衣裳看來，我心中一沉，明白這是林天青的臥房。我交叉雙臂，聽見藏在衣服裡那封信的沙沙聲才放心。所以他們還沒搜我的身。在家具砸壞的混亂中，老爺想必一時之間把他的信給忘了，不過遲早他會發覺丟了東西。

為了拖延，我說：「我迷路了。」林天青的小眼睛死盯著我，眼光掠過我凌亂的衣服和鬆散的頭髮。「我尾隨幾個鬼魂，他們帶我走過一條穿越亡者之原的地道，然後就到了這地方。」

「你穿越亡者之原？你怎麼做到的？」

我可不希望他知道我有一匹小馬。「我用走的，花了好長好長的時間，好幾個月。」我說，記得二郎說過這裡時間的流逝很不規律。

「原來你在那裡啊！」他說，一半是說給自己聽。「難怪你看來這麼嚇人。」不知為何這話卻激怒了我，我兩手飛快撲向他，他的臉刷地白了，隨即抓住我的手腕。

「乖乖，」他說。「我看你的脾氣一點沒有改。」我徒然掙扎時，他把臉湊上來。他雖一副矮胖又軟趴趴的模樣，仍比我強壯得多。就算是在這個死亡一般的虛構世界裡，他還是個男人，而我不過是個弱女子。同樣的念頭他肯定也想到了，因為他的表情變了。

「麗蘭，見到你安全，我簡直說不出有多高興。」他眼中恢復了恍惚的光芒。我默默掙扎著。「我的手下到處在找你。」

「是誰叫你派牛頭魔到我家的？我被它們嚇得魂不附體。」

「你被嚇到了？」他柔情地低聲說著。「當然，我早該想到這一點，我可憐的小親親。你不用怕它們，它們只是我的奴才。」聽了這話我幾乎哼了一聲，但他熱切的凝視讓我覺得愈來愈不自在，尤其是他仍抓著我的手腕。

「你知道嗎？我說你看來嚇人是我錯了。」他的大臉愈靠愈近，近到每個油亮的毛孔我都看得見，可惜死亡並沒有讓他變得好看一點。我沒邏輯地想著他在天白俊俏的臉蛋陰影下長大，八成很不好過。

「其實，你看來相當……動人。我喜歡你的頭髮這樣散開。」他觸摸我一綹頭髮，我若對他有絲毫的憐憫也隨之消失。我猛地抽身脫離他的掌控。

「別碰我！你沒有權利碰我。」

「你怎能這麼說？你已經許配給我了。」

「絕對沒有這種事。」

「哦，你想怎麼樣並不重要。」他帶著受傷的神情轉過身去。「地府官差已經批准我們的婚事了。」

「你的意思是那些牛頭魔？」

「你說話小心點！其中有的官階很高。」他臉上得意的笑容恰似他叔公的翻版，只是蒼白了些。林天青邁向房間另一頭，然後拿起一只杯子。「喝點茶嗎？」他問。我沉重地坐下，為我們之間的距離鬆了口氣。

「我真不懂你幹麼非要那樣逃跑，」他說。「你必須了解我只是為了你的最佳利益著想。」他又現出受傷的表情。「你為什麼總是這麼固執？對一個年輕姑娘來說，嫁給一個疼惜自己的對象難道不好嗎？我本來沒打算讓你這麼快來到亡者之原。我真的希望你能多活幾年。」

他的話使我想到劉芳和她提早衰老的情人。「這樣你就能以我的氣為食？」

林天青的否認有點太過強烈。「我才不需要依賴如此卑鄙的伎倆！我又不是餓鬼。看看你四周。」他抬頭挺胸。「我是一個重要的人，麗蘭。如果你幸運的話，就能在這裡當個了不起的太太。」

「你憑什麼以為自己是個了不起的人？」我說。「就憑你的家人對你百般遷就？」

他的表情暗淡下來。「我才百般遷就他們呢！因為我的案子特殊，我們和地府官差才有了關係。等我收集到足夠的證據，我會把事情的經過證明給大家看。」

「你怎麼知道你遭人謀害？」

「別可笑了！我那天確實是在發高燒，但直到睡前喝的那杯茶以後，我的脈搏才開始加快。我不能呼吸，連叫也叫不出來。到了夜裡，我的心跳就停了。」他怒瞪著我。

「那也可能是發燒引起的心臟病發。」我說著迅速想到阿媽警告過我的所有疾病。

「杯子裡有一層厚厚的殘留物。你知道他念過醫科。家裡還有誰懂得藥物和劑量？除了天白，還有誰能從我的死亡中獲利？」

我嚥了嚥口水，不曉得要不要說什麼。「也許不喜歡你的另有其人，或是不喜歡你娘。」我繼續說道，毫不顧念他的憤怒。「你死的時候，天白根本就不在家。燕紅仍然藏著你的茶杯。你有沒有考慮過她？」

「她藏了杯子？」他一臉怪異的表情。「你怎麼知道？」

我不想說自己刺探過真實世界的林家大宅，於是垂下目光。但林天青生氣地說：「她保存茶杯又怎樣？那沒有任何意義。是天白送我的珍貴茶葉！」

我的舌頭變得又厚又麻，彷彿比我的嘴大了兩號。林天青開始來回踱步，一手撩起他的拖地長袍。

「他可以先把什麼東西摻到茶葉裡，我死的時候他不需要在場。其實他可能確保自己當時不在，燕紅想必是在保護他。他們向來親近，總是跟我和不來。當初她為了嫁給那個身無分文的丈夫，需要有人幫她安排，她向誰求助？天白還是我？」他頓了頓，難以控制自己的聲調。

「我堂哥向來想要什麼有什麼。僕人縱容他，就連我爹也對他寵愛有加。唯一看透他的人就是我娘。她慫恿我爹送他去國外讀書，我希望他永遠不要回來。」他的瞳仁縮小成一個黑點。

「你可知道他在香港有個情婦？」見到我的反應，他惡狠狠地趁勝追擊。「一個混血葡萄牙女孩。那時爆發極大的醜聞，他被迫離開學校，我爹不得不付一大筆錢才擺脫掉她。還有人說甚至生了個孩子。所以如果他說只愛你一人，你可別當真。到頭來他也會拋棄你，就像甩掉那女的一樣。」

房間裡安靜得可怕。林天青拿袖子邊緣抹嘴，我一個字也說不出口。末了，他才打起精神說：「你就在這裡好好想想吧。這事對纖細敏感的你來說肯定很震撼。」他拍拍手，門就開了，一個傀儡女僕出現在門口。「給我好生伺候著，」他說著瞥我一眼，又補充道：「今晚牛頭魔會審問你，到時也許你就會改變對我的看法。」

他離開後很長一段時間，我一動也不動。耐心堅定的傀儡女僕候在一旁，最後我才動起來，照她說的去做。我精神恍惚地梳洗頭髮。衣服也都為我準備好了，樣式古老、沉重又僵硬。是壽衣。我麻木無感地穿上衣服，趁無人看見時把信塞進裡面。那女僕幫我梳頭，費心為我的頭髮別上珠寶頭飾，然後動作冷淡地往我臉上抹粉，搽胭脂在我的嘴唇和臉頰上。接著她點起一根蠟燭，用煤灰熏黑了一根針，再拿它和一點蠟膏混合起來，用它染黑我的睫毛。就算那根針湊近我的眼睛，我也沒退縮。

我沒哭。自從林家向我爹提議冥婚以來，我在每個關頭都流下眼淚：當林天青開始糾纏我時，當我得知天白的婚事安排時；以及後來我的靈魂出竅，在馬六甲的街頭遊蕩時。但這回我卻沒有掉淚，我的心感覺就像醃了鹽巴的杏仁一般硬又乾。

林天青說不定是在騙我。沒有什麼比摧毀我和他堂哥的關係更讓他高興的了。他死亡的症狀不僅符合高燒引起的心臟病發作，也符合服用劑量過重的刺激性藥草，譬如麻黃。但也無可否認他已編造出一個看似可信的案子。照他說的把毒藥摻進別的草藥裡煎煮是非常容易做到的。我絕望地想著天白時，才明白我並不知道他敢不敢蓄意冒這種險。

但最可能將天白定罪的證據，就是我進入他的夢境與記憶時所見到的。我曾看見他在高高的懸崖上渴望地凝視那個歐亞混血女孩。伊莎貝兒·蘇沙，我牢牢記住了她的名字。她一定就是林天青暗指的情婦。他居然可能和她有了孩子！我若僥倖從這次劫難中存活下來，回到我的身體裡，又將有個什麼樣的未來？我想過，讓天白把活生生的我摟在懷裡，那麼這一切都值得了。但就算他確實無辜，我們成了夫妻，我永遠也不是他心目中的第一人選。

黃昏彷彿布幕般降臨於這個舞臺似的世界。在昏暗的房間裡，只見鏡中我的臉龐是蒼白的橢圓形。我看來消瘦一些，也更成熟。我突出的顴骨把我嚇壞了，不曉得是否在宣告我已一點一點變成了餓鬼。也許是這身衣服或精緻的妝容吧；但鏡中女孩纖細的脖子和深邃的眼睛，完全就像我曾讀過的愛情小說中的每一個女主人翁。我覺得反胃。無論我有什麼魅力，都註定只能歸屬於林天青的臥房。只有他會掀起我的紅蓋頭，他汗涔涔的手掌會抓住我。我好想要扯下一支髮簪毀掉我的容貌，但又想到我娘和她在這個家裡的地位。拋棄任何影響力都是愚蠢之舉。

我朝窗外一瞥，忽地想起一件討厭的事。我要求劉芳等我十天的時間到了，這會兒她八成已啟程獨自穿越亡者之原。即使我熬過牛頭魔的審問，也可能成為林天青的新娘被關在這座莊園好幾世紀。二郎又如何呢？他說不定也離開了，因為我沒去紅亭子和他會合。極度痛苦的我禁不住哭喊。「二郎！」

只聽得一聲嘰哩喀啦，像是空水盆掉下盥洗臺。我愣了一下，唯恐傀儡僕人出現，可是漫長的幾分鐘後一直無人打擾。然而有什麼奇怪的事發生了，盥洗臺附近的空氣如煙霧般變得扭曲且陰暗下來，在一瞬間凝結成一個熟悉、蘑菇狀帽沿的人形。

「我以為你永遠也不會呼叫我了。」二郎的嗓音是我聽過最甜美的聲音。

「什麼？你在哪裡？」我問，同時熱切地抓住他的袖子，它卻消失於我指間，我微微驚呼一聲。

「看來我在這個世界很難維持身形。」

「二郎！」

「再叫我一次！」他匆匆說著。

我重複他的名字，不可思議的是，他的身形漸漸固化，直到我的手掂得出布料的重量。「你怎麼了？」

「嗯，待在亡者之原比我想像中困難，可見這個靈魂的形體很不穩定。為了再度突破，我花了所有的時間，要不是你叫我，我可能再也回不來了。」

「所以你什麼偵查工作也沒做，」我說。指出這件事很幼稚，但他好玩地一鞠躬。

「沒錯，我沒有。其實我欠你一份情。對了，你今晚看來美極了，比上次大有改進。」

我不禁臉紅。林天青恭維我時，我只感到厭惡，然而來自二郎的讚美，竟意外地使得我心頭小鹿亂撞。他迷人的嗓音絕對是不公平的優勢，我想，哪怕是隨便一句無心的話，聽在耳裡也迷死人，但也無法排除他利用我充當別的誘餌的可能性。

「你能不能帶我離開這裡？」我問，不理睬他最後一句評論。「牛頭魔很快就會過來審問我了，或者你打算等它們審完以後再說？」

「你真愛挖苦人！」他說。「你這個樣子哪裡撈得到丈夫？何況我又不是無所事事。」

他雖滿口抱怨，我仍聽得出他逗趣的語氣，或許也只是我漸漸習慣他了。

「如果你不堅持戴上那頂可笑的帽子，說不定在這裡現身會變得比較容易。」

「純粹是為了保護自己。不戴的話，我就太容易被認出來。」

「有誰會認得你？」

他聳聳肩。「我生來相貌堂堂，這也由不得我。談我談夠了。這裡發生了哪些事？」

我倉促交代了一切，包括我娘和歐陽大爺的交談。最後，我得意地掏出從老爺那兒偷來的那封皺巴巴的信。

「上面有會面日期，並且指名是地府第六判官，」我說。「這個證據對你的案子來說足夠了吧？」

雖然看不見二郎的臉，他似乎開心極了。

「很好，」他終於說道。「我不得不恭喜我自己。」

「你自己？」我氣得噴口水。

「是呀。因為吸收你當密探。打從我見到你那一刻起，你一路勤奮地跟蹤我穿過紅樹林沼澤，我就想著絕對可以靠這個女孩到陰界來挖出真相。」

「哎喲……你！」我氣憤地說，直到我發覺他不是認真的。「那你欠我一個人情，我需要回到我身體裡。」

「那個麼，我答應幫你的忙。但難道你不該先發愁該怎麼離開這裡？」

「你不能幫我嗎？」

他遺憾地雙手一攤。「因為耗費太多的氣來到這裡，我的力量大半都消失了。為了抵達亡者的地域，我不得不掏空自己。」

我儘管失望，仍抗拒不了想要黏著他的衝動。我已變得愈來愈依賴他了，我想。「那就去找三姨！」我脫口而出。「在廚房幹活的嬌小老太太，她說她願意幫助我。還有，可以請你幫我趕上劉芳嗎？」我匆匆把她的情況簡短描述一下。「她這會兒應該在亡者之原的某個地方；如果你走得很快的話，叫她在隧道的入口等我，因為沒有她，我大概找不到正確的門。或者你能不能把出路指給我看？」

「我告訴過你了，我進來的方式對你來說是不可能的。至於你說的這條隧道，我懷疑我能幫你看見裡面。記得，你和我是這個世界僅有的活人。」他的話雖然說得輕柔，卻讓我心中一涼。而我已經死了一半。

「我非出去不可！」

哪怕是在說這句話的時候，我也滿心懷疑。既然我已交給他那封信，又怎能阻止二郎棄我而不顧？對我而言，他的面目仍如同一個謎團，隱藏於無所不在的竹帽底下。我的恐懼想必已經浮現在我臉上，因為他把一隻手輕輕放在我的手上。我想也沒想就抓著它。二郎一個字沒說，但他的手握得更緊。我的手指輕撫他溫暖寬大的手掌，他修長的手指，但那絕對是一隻男人的手：美好的骨骼，比我的手更大，也強壯得多。我胸中的緊張放鬆不少。想到他說的話，這個世界僅有的活人，一種奇特的感覺滲入我的皮膚，撫慰著我。我在陰界逗留太久，被死去的人和他們精確複製的生活團團包圍，但我還沒死啊。

二郎轉過身去。「那麼做好準備。可能的話，我會找到這個三姨。牛頭魔來了。」

「你怎麼知道？」我追著他跑，忽然好害怕又被丟下。

「你最好別知道。好了，門馬上就會打開。如果我是你，我會拿掉那些累贅的首飾。」

話聲一落，他就走了。我急忙摘掉頭髮上的髮簪，把它重新編成我平常的女學生髮辮。我身上的正式長袍也不適合奔跑，更別說騎馬了，於是我發瘋似的尋找我的僕人服。它們不見了，可是我自己的睡衣褲卻不像以前一樣自動出現。我又生出新的恐懼。阿媽不再照顧我的身體了嗎？無論如何，我都沒時間可以浪費。我扒下外面的袍子，幸好長長的外衣裡面還穿了一條寬鬆的長褲。那雙鞋完全沒法走路：厚厚的鞋跟，笨重的鞋頭綴有許多華麗的裝飾。我不得不打赤腳了。

外頭傳來一聲大喊，快得超出我的預期。只聽得砰砰響和移動的聲音，彷彿有人在門外碾磨什麼，接著一片寂靜。倏地聽見悄悄的喀啦聲，門開了，似乎有人拉開了門閂。我衝上走廊，除了二郎，那裡空無一人。

「你走那邊，」他說，「我來拖住它們。」

「你做了什麼？」

「放了幾把火，」他簡潔地說。「只要知道正確的方法，紙房子會燒得很旺。我會盡量找到你在亡者之原的朋友劉芳。好了，快跑！」

第二十九章

我想我會永遠記得那段瘋狂的旅程。那些扭曲的走廊，沒完沒了的空屋。好在我已牢牢記住三姨的地圖，否則一定迷路。的確，我仍不時夢見那棟房子，生怕永遠也無法離開。我還一度跑過林天青為了我們訂婚布置的宴會廳，似乎已是很久以前了。那裡仍懸掛著一樣的大紅燈籠和紅色橫幅布條；長桌上仍堆著一盤盤不會腐爛的喜氣水果和鮮花。當我經過他為我們即將到來的婚禮敬酒的位置時，我的心猶如緊張的馬兒一般膽怯，但那裡四下無人。關於這個，二郎倒是說到做到。不曉得他是怎麼做到的，宅子的那一邊真的一個人影也沒有。

來到宴會廳時，我猛地推開拉門，跑到外面的夜空下。我從三姨的地圖得知，若能順利來到外面的庭園，就很有機會循著外牆抵達廚房區。外面的地上粗糙不平，我絆倒好幾次，衷心盼望有鞋子可穿，但已經來不及了。哪怕腳底碎到見骨，我也不得不繼續跑。

在那死亡的世界裡既無月亮，也無星星，只有愈見深沉的天空如同舞臺的布幕一樣慢慢降下。最後我總算逃到廚房外的庭院。無論莊園別的部分受到什麼侵襲，至少廚房似乎不受影響。我聽見鍋子鏗鏘響，甚至是廚子指揮傀儡僕人的吆喝聲。我豎耳傾聽三姨在不在。她會不會找我去了？我溜進門，衝過僕人宿舍，摸索著走進我的房間，不敢點亮那盞油燈。我輕聲呼喚我的小馬，可是沒有回答。愈發驚慌的我拉開屏風，發現它已不見蹤影。

我無法呼吸。沒有我的馬，我怎麼可能穿越亡者之原？也許三姨把它帶走了。她說她會在後門等我，但此刻早已過了我們約定的時間。我拚了命地跑，我的呼吸彷彿一聲聲的嗚咽。一跑到後門口，一個小小的身子立刻走出陰影。是三姨。

「麗蘭！你還好嗎？」她問。

我點點頭，差點說不出話來。可是好像有哪裡不太對勁。

「你必須離開！」三姨說。「你的馬就在門外。」然後她又說，「你幹麼這麼奇怪地看著我？」

「你怎麼知道我的名字？」我問道。

「你的名字？」

「我從來沒告訴過你我的名字。我來的時候只說我是六號姑娘。」

微弱光線下的三姨一臉驚疑之色。我一手抵著發疼的部位，繼續說著：「稍早你在歐陽大爺房間發現我之後，就叫了我的名字。當時我沒想到。」

「有關係嗎？沒時間想這個了。」

「當然有關係！我怎麼知道我可以信任你？」

她沉默片刻後才抬起眼睛。「我騙了你。」

她伸出手，被我躲開了。

「我騙你是為你好。」

「為我好！」我憤恨地說。「許多人都知道什麼對我最好，真令人吃驚啊。」

「我如何解釋？你必須趕在牛頭魔來之前離開。」

「你到底是做什麼的？」我問。「另一個密探？歐陽大爺的一個僕人，或者你是林天青的人？這招真的很高明。我真心喜歡你。」

「你喜歡我？」不知何故，這句話似乎影響了她。

「有什麼關係？顯然你在這裡是為了再把我關起來。」

「我該怎麼說服你？」她邊問邊扭著雙手。

「那就告訴我實話！」

「聽著，麗蘭，但我擔心實話只會耽誤你。我是你娘。」

我娘！這個老邁的東西怎麼可能是我娘？我一直十分確信我娘是婀娜美麗的二太太。我的懷疑想必清楚寫在臉上。「你一定覺得我很噁心，」三姨說。「我知道我一點不如你期望中的模樣。相信我，對你隱瞞真相非常困難。」

「但這怎麼可能？」

「你說我來到這個家庭是對的。你在我們老家見到三姨太了？早先你跟我談話時，我就猜到了。沒錯，你爺爺納她為妾是不對。她年輕又充滿活力；她對他失望透頂。當時我並不知道她與林家或我表妹有何關係，後來我表妹嫁給林天青的父親。他還活著，不是嗎？」

我點頭，暫時說不出話來。

「不過，我死的時候，卻很意外看到她在這裡，也很吃驚她的怨恨這麼深。她告訴你天花的事了嗎？」

「她說是她一手造成的。」我說得聲音顫抖。

三姨嘆了口氣，或者我應該把她想成母親才是。我趁此機會定睛注視她。她布滿皺紋的臉上刻了一千條紋路，看來疲倦又嚇人的老態龍鍾。

「確實是她造成的。我死的時候，你爹病得很重，我們家的許多成員也是。多可惜！」

「你還是沒有解釋！你現在為什麼這麼老？是不是像三姨太一樣，為了引起天花拿了什麼交換？」

「是，我也拿靈魂的青春，或靈魂的一部分精華作為交換。我做了她對你吹噓的事，我也找來同樣專吃靈魂精華的魔鬼。」

「你怎麼可以做這種事？為什麼？」

「你不知道為什麼嗎？希望你不要問我。」

「可是我想知道！你至少欠我一個解釋！」

「我撇下沒娘的你，但我是拿青春交換你從天花病情中完全康復。」

我的手指觸摸著左耳背面的小疤，這是肆虐我們全家的疾病留下來的。當時有位算命先生說我非常幸運。

「她打算造成最大的傷害。即使你僥倖存活下來，也可能像你爹一樣，一輩子滿臉麻子，到時誰會娶你？你將毫無前途。」

「你為了我這麼做？」

「為什麼你應該為她的憤怒受苦？這都怪我。」

「這怎麼能怪你？」

「因為我看見她不開心，卻從來沒幫她什麼。我們是生活在同一個家庭的年輕女人，除了我是嫁給我愛的男人，她是老人的妾，而且拚命想生個孩子。我時常在想，當初我要是對她好一點，說不定這一切就不會發生。」

「可是關於她的每件事都好可怕！」

「孩子，如今又有什麼關係？你來到這裡，來到林家時，我幾乎無法相信。」

「你認出我了？」

「你看起來很面善，你的聲音、你的舉手投足，還有你說到你阿媽的那些故事。你知道，她也是我阿媽。」

我的心臟因著一種奇怪的快樂而跳動。她認出我了！母親認得我。

「在這裡看見你，我無比震驚。我擔心你死了，可是你的名字還沒出現在亡者名單上。」

「我想查出一些林天青的事，」我說。「但你為什麼待在林家莊園？」

三姨聳聳肩。「我是怕回去你爹燒給我的房子，三姨太見到我現在這個樣子，就會知道我也跟魔鬼做了交易。這並不便宜。單單是救你一命，我付出的代價就比她更多。她若知道我企圖幫助過你，很可能動起別的歪腦筋，所以我才四處流浪，直到待在亡者之原的時間到了為止。為了換得食宿，我曾在好幾個宅邸幹活。」

「為什麼你不到陽間去看我？」我問道。

「我去過，只去了幾次，一直到旅程對我來說太過艱難為止。因為我沒回家，無法接受任何可能讓旅程容易一點的祭品。」我娘就事論事的說話方式，使我難過得心如針扎。「無論是她或我，我們終究都得前往審判法庭。你還活著，而且活得健康，阿媽把你照顧得不錯。你可相信我現在居然比阿媽還老？」她對我淡淡一笑。

「但你怎麼會來林家莊園？」

「我聽到關於少爺和他迷戀潘家千金的謠傳。」

「可是你說你在這裡好幾年了！」

「是好幾年了，這地方的時間過得很奇怪。」

我緊緊握住她的手。

「不要難過，麗蘭，」她說。「能夠看到你，和你說話，已經是我從來料想不到的。但夜晚漸漸過去，你得上路了。我不想讓我們家的悲傷歷史成為你的負擔，我希望你活得自在，遠離這些世仇宿怨。」

「跟我一起走！」我說。「我的馬馱得了兩個人。」

她搖頭。「我會拖慢你的，再說如果我也失蹤，將會引起他們的疑心，尤其是繼續往深處探究的話。現在他們認為你只是林天青渴望的對象，叫人分心罷了。」

「可是我需要你！」話一出口，我才意識到自己說了什麼。

「你不需要我，麗蘭，」她說。「你已經不是孩子了。但現在你得離開，如果他們逮到你，一切都是白搭。別讓他們逮著你！」她緊抓我的手，手勁大得出奇。我凝視她溼黏的眼睛，因年老而暗淡的虹膜，不禁打起冷顫，心想她肯定比別人更了解被牛頭魔抓在掌中是什麼意思。

我們匆匆走出小小的後門。外面一片漆黑與寂靜，圍繞莊園的蜿蜒道路上空無一人，好似薄暮中一條蒼白的緞帶。我的小馬站在外頭，馬背上已披掛幾個鞍袋。看見我的時候，它輕輕嘶叫一聲。「這是什麼？」我邊問邊撫摸那些袋子，它們僵硬而笨重，用繩子綑著。

「是肉，不是真的肉，是亡者的食物，」三姨說。「倘若他們派了追兵，或許就用得上。我祈禱你用不上。」

「你怎麼知道我會用得上？二郎找到你了嗎？」

她點頭。「他現身時我好害怕，但他說他是你朋友，否則我絕對不知道要做準備。那個男人……」她的聲音愈來愈小。

「他不是人類，這我知道。」

她看來如釋重負，起碼我曉得我在跟誰打交道。我爬上倩妲娜背上時，我娘一直在操心我的袋子，一會兒拉緊這條肚帶，一會兒重新打包。她的動作非常精確，看得我喉嚨發緊。我多麼思念她啊！然而她打包和檢查的方式卻好熟悉。我們母女倆畢竟都是阿媽一手帶大的。

「娘！」我說。她抬頭一看。「跟我一起走。」我又懇求她。

她搖搖頭。「等這一切結束，我會設法穿過亡者之原再見你一面。」我傷心地低下頭，但她伸長脖子，在我額頭上輕輕一吻，一個無淚的、悄悄的吻。她瘦弱的手撫摸我的頭髮短短一秒鐘，然後小馬躍奔而去，它的蹄子吞噬了路面。我回頭看後面。我娘是站在路當中的一個小小身影，她彎著腰，抬起一隻手，迅速退到一片朦朧中，直到我完全看不到她。

第三十章

我讓倩妲娜恣意馳騁，只叫它帶我到隧道口就好。鬼魅似的馬六甲街頭在我眼前出現又消失；房子一間間猶如幽靈般隱隱約約。夜晚時分，有的屋子好像黑暗的貝殼，有的則是燈火明亮，宛若正在舉行盛大的宴會。有間房子著火了，可是火焰雖然舔著屋梁，屋子的骨架倒是一直沒有崩塌。我發誓我們曾一度疾馳過荷蘭紅屋，然而一轉過街角，卻發現我們又在向它邁進。路上人車稀少，經過亡者時，他們朝我一瞥，有的一臉驚訝，有的不耐煩和不感興趣。經過港口時，許多鬼船在草海上快速擺動，我開始擔心我們永遠也無法離開這裡，但突然之間，我們已來到連綿無盡的亡者之原。

一陣強風吹起，吹得衣裳單薄的我渾身發冷。多麼希望身上裹了一件稍早丟掉的笨重衣服！但倩妲娜奔馳得有如一匹嗅到自由的馬兒，它健壯的四條腿敲著地面，僵硬的草從我們底下飛過。上方是漆黑的天幕，我看不見也聽不到任何追兵，然而恐懼沉鈍地壓在我的心上。有什麼東西要來了；它遲早都會找到我。我們不知疲倦地奔馳之際，我才發覺奔過一片銀色乾草上的我們有多麼顯眼。我的思緒又飛回到天白身上。我覺得我若能再一次深深凝視他的眼睛，就會知道他是什麼樣的人。我怎麼數落自己荒唐透了也沒用；我的心硬是不肯乖乖聽從腦子。的確，想要見他的欲望似乎隨著縈繞心中的懷疑益發強烈了。

一段時間之後，我漸漸感到疲累，但又唯恐墜下馬背，遂將雙臂和雙腿穿過倩妲娜的挽具。本來我還在擔心鞍袋的重量會拖慢小馬的速度，但它似乎不以為意。我拿它的速度和劉芳步履搖晃的挑夫兩相比較，我們肯定要快上兩倍，不，三倍！以這種速度來看，我很可能在她進入隧道口之前趕上她。不知何時，我想必是睡著了，因為我模模糊糊地覺得自己趴在倩妲娜背上，我的臉埋在它芳香的鬃毛裡。

突然一個顛簸驚醒了我。我茫然抬起頭來，納悶我們是否已經抵達目的地。只見地平線上出現細細一條灰色光芒，好像繡在袖子邊緣的圖案。如一片大海般脆弱的乾草梗在風中不安地擺動。眼前徜徉著我記得的山巒，那是通往活人世界的通道。暗矇矇的鋸齒狀入口已清晰可見，可是相距仍然遙遠！我不懂我們為何突然停住，接著我才注意到前方閃爍的空氣。它就像之前在林家大宅一樣變得愈來愈厚，愈來愈凝結。「二郎！」我喊道。空氣在顫抖，但什麼也沒發生。我抽出鱗片，對著有凹槽的邊緣吹氣。這回蒸汽冷凝成戴著竹帽的熟悉身形。它站立一秒鐘，隨即向前倒地不起。

我哭叫一聲，從倩妲娜的背上翻下來。等我走近一看，他的衣服已經燒焦，袍子的下襬也被扯掉了。

「你怎麼了？」我問。

「看來我工作得太賣力了。」他說。

這話雖然說得冷靜，他的身子卻已弓起，一手按著身體側邊。他衣服上有不祥的污漬，手臂上有一道道傷痕。我盯著它們看時，忽然想到除了我自己以外，他的血是我在亡者之原看到的第一滴血。就連三姨（因為我忍不住想到我娘是這個名字）的手臂燙傷時，也只有蒼白無血的傷口。

「讓我看看。」我說，但他輕輕一動，避開了我。

「你什麼也做不了，」他尖聲說道。「這些是靈魂的傷口，必須回到我的肉身才治得好，你也應該這麼做。但這不是重點。你只剩下一點點時間，我已盡量拖延，不過他們馬上就要來了。」

「什麼意思？」

「意思就是，」他惱怒地說，「你應該騎上那匹馬，盡可能快馬加鞭。我總算找到你的朋友了，當時她正打算進入隧道，但我說服她等你。她現在就在那裡，你看見了嗎？」

我瞇起眼睛眺望遠處，只見暗暗的開口有個白點，大概是劉芳的衣服吧。「你去了那裡又跑回來，就為了告訴我這個？」

「快走，別再問笨問題了！」

「那你怎麼辦？」

「我留下，以防萬一它們來了。」

「你絕不可以待在這裡！你太虛弱了。」

「別可笑了。」他說。

我不睬他，回頭瞥一眼我的小馬。「幫助我！」我對它說。它走過來跪下，我才好把二郎拖到小馬的背上。

「這樣會拖慢你。」他的聲音愈來愈微弱。

「那我就把肉塊丟掉，」我說著快速拖下鞍袋，用二郎的鱗片把結鬆開。袋子滾落到地上，我動手把東西抖出來，看著我娘打包的肉塊上沒流血的關節、內臟和大片大片的皮，我不由得瑟縮一下。我隨意把它們分散開來，把小肉塊丟遠一點。我又想到身邊應該留一點，以備不時之需。二郎沒說是什麼在追趕我，但我不安地感覺到可能是吃肉的生物。我急忙爬上倩姮娜的背，但我這麼做時，二郎開始往下溜，我才發覺他已失去知覺。

「起來！」我尖聲喊著，拽著他的手臂。「快啊！」

他一臉痛苦，但總算是抓住了小馬的肚帶。倩姮娜抬腿認真地飛奔起來。我再次感謝老天它不是真正的馬。它的步伐夠穩健，所以我才抓得住癱倒在我背後的二郎。這比我當初想得困難多了。比我重的他不斷向後滑，我用雙臂扶著他，感覺到他精瘦軀幹的肌肉因痛苦而緊繃。那時我才記起綑綁鞍袋的繩子。我用幾段繩子盡可能把他綁在自己身上，也因我倆是背對背綁在一起，繩子深深陷入我的肩膀。好幾次我都以為我們勢必摔落馬背，但奇蹟似的，我們仍然坐著。

我們前方的山巒更清晰了，但我明白那是因為天色較亮。本來讓人感到心安的黑暗掩護漸漸消失。實在難以形容那次騎馬趕路的痛苦。二郎想必又昏過去了，因為他又開始往下滑。每顛簸一下，我就覺得他癱軟的身體滑開一點，我盡力與他較重的體重抗衡。過了一會兒，我覺得脖子上流下什麼暖暖的東西，於是抬起雙手，發現手上的血跡。一時之間，我還以為是繩子磨破了身上的皮肉，但很快就發現不是我流的血，他肯定比我想像中傷得更重。我伸手到背後去抓住他的腰，他痛呼一聲甦醒了。

「我們必須停下來！你這樣不能趕路！」

「早叫你丟下我了。」他說。

「你回得去嗎？你可以再從空中消失嗎？」我迎著疾風對他大喊大叫。

「氣不夠，」他嘀咕著。「把我丟在這裡就好。」

「我不要！」

「你傻瓜。」

「誰傻瓜？」我生氣地說。「你早該離開的。」

「那你就遇不到你的朋友劉芳了。」

「誰在乎啊？」我尖聲說道。「脫下那頂愚蠢的帽子！它老戳著我的脖子。」

他虛弱地笑了。「你好個潑婦！我怎能讓滿肚子咒罵的你慘遭生吞活剝？」

「你竟敢這麼說！」但我暗暗放心下來，他總算又有力氣說話了。「現在把帽子摘掉吧。」

「如果我拿掉帽子，你待我的方式就再也不會一樣了，」他的語氣極為認真，我擔心自己是不是冒犯他了。我爹在陌生人面前露出毀容的麻臉時也是萬分謹慎，我在這上面應該比任何人更敏感才是。二郎似乎讀出了我的心思，所以久久沒再開口。

我們衝向前方懸崖的同時，天色變得益發明亮。「抓好，」我說，「我們很接近了。」

「不。」二郎的聲音陰沉。「來不及了。」

我嚇得扭過頭去。他背對著我，我看見遠處有一片烏雲迅速飛過這片土地。「那是什麼？」我問道。

「他們派鳥來了，飛天怪獸。」

我看見那些奇特的怪獸聚集於遠處，它們曾飛過我們頭一夜在亡者之原紮營的地方。當它們迅速飛過，它們切割空氣的三角形翅膀接近時，我還記得劉芳如何趴倒在地上，渾身發抖地哭哭啼啼。起初它們不過是老遠一片暗淡的雲，接著漸漸驚人地快速前進，晨光中，它們的身形也變得更清晰，更陰暗。

「跑啊！能跑多快，就跑多快！」我對我的小馬說。

倩妲娜的回應就是全速奔馳，跨出更大的步伐。我差點抓不住馬鞍的鞍頭，要不是二郎從背後抓著我，我一定會摔下去。

「割斷繩子！」他嘶吼道。

「你會掉下去的！」

「我不會！」

的確，他似乎比之前強壯多了，他的耐力令我吃驚。這時山巒和我們飛快接近，每過一秒鐘，它們就變大了一點。我能清楚辨認出劉芳嬌小的身影，好似隧道口一個紙娃娃。她轉身彷彿要走進去，但又躊躇不前。我很害怕她丟下我離開。我轉過身，再朝鳥群投以一瞥，以為它們幾乎就要落在我們身上，可是令人驚愕的是，它們居然停了下來，然後混亂地轉個方向，俯衝而下。

「肉塊，」二郎說。「那是好主意。」

我張嘴想說是我娘有先見之明，不是我，這才想起我還留著最後一個鞍袋。我俯身向前，用牙齒鬆開繩子，一邊騎一邊把硬梆梆的肉塊四處亂撒，希望如此足以拖延它們，好讓我們及時抵達隧道，可是當我回頭一看，只有幾隻落在後面。現在大群怪獸飛得好快，揮動它們超乎自然的翅膀湧向我們。我無法想像它們有多快，但這麼快逼近，想必是倩妲娜的好幾倍速度。

「鬆開我！」二郎又在掙扎，他拚命掙開綑綁我倆的繩子，很可能害得我們一起墜馬。我把他給我的鱗片掏出口袋，然後停頓一下。

「為什麼？」我尖叫道。

「做就是了！」他抓起我的手，接著快速一劃，將繩子割斷了。

「你在做什麼？」我喊道，但頃刻之間，他自由了，我以為他說了什麼，而我什麼也沒聽見，因為鳥群猶如暴風般出現在我們頭頂上。

它們刺耳地嘎嘎叫著，像飢餓的野獸一樣攻擊我們，渾身只有一對皮革似的翅膀，怒瞪的眼睛，和尖銳的鋸齒狀鳥喙。它們的爪子有如鐮刀，一點不像我這輩子見過的任何鳥類。整個天空被遮蔽了，它們攻擊之兇猛，我連叫也叫不出來。我畏縮在二郎背後時，一隻爪子擦過我的臉，我直覺地依靠著他的身體，把他當作擋開攻擊的盾牌。緊跟著他逐漸變形，在我驚愕的緊握之下翻滾扭動。我已抓不住他，光滑的鱗片溜出我的雙手，他的身體大到無法環抱。我瞥見珍珠似的光澤，數不清的滑溜鱗片一片片滑過，一個個沒完沒了的圈圈，然後是一顆巨大的頭，發光的眼睛有如燈籠，牙齒在長了鬍鬚的下顎閃閃發亮。他飛上天空，衝著鳥群抖動與拍打，再捲回他蛇一般的身體，且猛揮他的爪子。那是一條巨龍，水中與空中之王。倩妲娜馱著我瘋狂馳騁之際，我迷亂地抬頭注視此刻高空上的一場激烈戰鬥。

大鳥圍攻他，俯衝而下又貪婪的撕扯。起先我還以為他占優勢，因為有好幾隻怪獸跌落地上，翅膀斷了，腳也跛了，可是它們實在數量太多。在肆意蹂躪他的黑色鳥影中，我差點看不見他，它們無情地猛衝亂撈，直到他珍珠白色的身軀染上一團團暗色的血跡。我嚇得大聲哭喊，但值此同時，打鬥卻愈來愈遠離我的視線，使得我更看不清任何細節了。那時我才發覺我騎向懸崖之際，他想必一直朝反方向飛行。「停！」我尖叫著，可是這回小馬不聽我的，載著我快速脫離危險。它們已經遠到我幾乎看不見了，只是地平線上一團抹黑的雲。忽然，大量的翅膀從天上墜下。那不再是一場戰鬥，而是大屠殺。我蒙住臉嚶嚶哭泣。

我們順利抵達洞口，再也沒有發生什麼事故。我的臉上滿是鮮血和淚水，衣服撕破成一條條碎布。我額頭上深深的傷口血流如注，我也沒怎麼阻止它流血。我好幾次想要轉身回去，可是沒有用。倩妲娜壓根不理我；我懷疑這會不會是一種天生的本能，為的就是保護主人，或者是二郎跟它說了什麼，如此他的犧牲才不會白費。我將永遠不會知道。

翻下馬時，劉芳站在那裡等我。她是我最不想見的人，但又非見不可。她目不轉睛地盯著髒兮兮的我，然後說：「你騙了我。」

我勉強對她點個頭。

「你說你是天上來的。」

「我從來沒說過。是你自己猜的。」

她嘆了口氣。「我以為你趕不來了。走吧，我們得趕快了。」

一走入隧道，熟悉的昏暗便籠罩著我們。不久，我能看見的愈來愈少，只能靠我一手勾著倩妲娜的鬃毛，才不至於絆倒。

「所以說，」我們在黑暗中走了一段時間後，劉芳說，「你到底和我一樣是個鬼魂。」

我覺得厭煩透了，可她照說不誤。「是那個男人告訴我的。我剛到懸崖，他就憑空出現了。我好吃驚！他問我是不是帶過一個人到亡者之原，然後告訴我要等你。」

「沒錯，」我終於說道。我根本不想跟她說話，但她不停纏著我問東問西。隨便給她個答案比較容易，因為我的腦子處於震驚狀態，我仍滿心掛記著二郎。他還活著嗎？似乎不太可能。

「你說要執行任務也是假的？」她問。

「不，我是在協助他，為了換取我的身體。」

「你的身體？」她似乎對我在馬六甲還有個活著的身體這件事很感興趣。「多可惜啊！」她說。

「你怎麼可以拋棄它啊？我要是你，一定乖乖待在附近。」

「如果我乖乖待著，也許他就不會死了。」

「他究竟是誰？我看不清楚到底發生了什麼事，只看見鳥群不再追你，開始飛往另一個方向。」

驚訝之餘，我才明白由於天色漸漸發白，距離又遠，劉芳可能看不到地平線上二郎那耀眼的珍珠白色身軀。

「他是個小官員。」我說。

⁂

對我來說，穿過隧道的路程，關在封閉的岩石中，只覺得麻木與恍惚。劉芳嘰嘰喳喳說個不停，但我沒什麼心情回答她。空氣變得益發沉悶，愈來愈令人感覺透不過氣來。沉默有如石頭般壓著我。

「嗯，我在亡者之原度過一段美好時光，」她終於說道。「回家真好，我換了衣服什麼的。你想不想看看我用你給我的錢買了什麼？」

我聽見布料的嗖嗖聲，不過那時我眼前已經整個漆黑一片。在前往亡者之原的路上，我們還有隧道口遙遠的光芒引導我們，可是往反方向走時，卻除了陰影，還是陰影。

「喔，我忘了。你在這裡什麼也看不見，對吧？一定是因為你只是半死不活，這也解釋了為什麼你看起來那麼不一樣。」劉芳繼續絮絮叨叨談著這次的返家，那生動熱情的描述，完全不同於之前悶悶不樂和不屑一顧的模樣。「真不曉得我幹麼不常常回去。多麼令人愉快的地方啊。我簡直等不及和情郎在那裡蓋一間給自己住的大宅了。」

那是因為你害怕地府當局，我想，但我沒作聲。

「在與人來往方面，也比我上次回家好多了！我認識許多對我友善的有權有錢的人。」劉芳輕快的聲音打在石壁上叮鈴響。終於她熱切地轉向我。「我們就快到了，你需要休息嗎？」

「這麼快？」我問。在我看來，去程似乎花費的時間多得多，但或許所有未知的冒險都是如此吧。

「是啊，」她說。「你回到馬六甲以後要做什麼？」

我垂下頭。現在沒了二郎，我不知道該怎麼辦，如果他確實死了的話。就算是現在，我也好想掉頭回去尋找他的屍體，雖然這很瘋狂。如果他受了傷，躺在某處的草叢中呢？一想到這個，我就沮喪得無法呼吸，但劉芳仍在重複她的問題。

「大概是回家吧，」我說，希望她別再問我問題了。如果家門外仍有惡魔看守的話，那我更想不出該如何是好了。

「喔，我也是！等不及和我的情郎重逢了。」

我的思緒轉向天白。也許我也應該找到他才是，在他夢裡質問他，查出林天青控訴背後的真相。但我這會兒沒心情去想這回事，我已不知所措。

劉芳拉我回到現實。「我們到了。」她說。

我什麼也看不見，卻感覺得到她走在我前面。突然一股新鮮空氣湧來，彷彿壓力已然變了，夜空中也出現了星星閃爍的微光。我向前跨一步，隨即停了下來。

「你確定是這裡嗎？」

我一轉身，話已卡在嘴裡。我看見我的背後有一道門在慢慢消失，它的邊緣一點一點消失於黑暗中。我瞥見劉芳蒼白的臉，進入亡者之原後便消失的朦朧綠色鬼火，此時又再度照亮她。她在微笑，一抹淡淡、邪惡的假笑，就在門關上的剎那突然終止。我狂亂地四下張望。我迷路了。

第四部

馬六甲

第三十一章

外面很黑，比我預料中的馬六甲附近要漆黑得多。頭頂上隱約可見幽暗的樹木，與穿過叢林樹冠的熠熠星光。在亡者之原那乾枯的世界裡，聞不到一絲氣味，這裡的氣息卻是新鮮的，而且生氣蓬勃。此時我好想放聲痛哭，但仍不住大口猛吸。劉芳背叛了我，這裡離我家非常遙遠。

她說隧道裡有好幾道門通往陰界，當我承認我看不見門時，她很吃驚。每一道門都可能通往不同的地方。倘若這道門通往偏遠的某個地方，譬如柔佛，或是東海岸的吉蘭丹怎麼辦？甚或是海峽對面的島嶼，如峇里島或加里曼丹島？眼下無人可以救我。二郎走了，天白可能是殺人兇手，母親在亡者之原當僕人。我的手指撫過倩妲娜的鬃毛，謝天謝地，起碼它仍守在我身邊。我確實可能身在任何地方，但我覺得我應該離馬六甲不遠。

植物和海洋特殊而微弱的味道是熟悉的，我也懷疑劉芳有讓我澈底迷失的能耐。劉芳是個懶人；她很可能把我丟在離我們當初進入亡者之原的門口不遠處。何況她也曾承認自己幾乎從未探究過其他出口，就是怕已是鬼魂的她找不到回家的路。我告訴自己我不像她，我只死了一半。但這想法令我傷痛，也似乎沒什麼好驕傲的。亡者之原的優點之一，就是我在那裡又有了形體。然而現在低頭注視我的腳，卻隱約可見腳底下的枯葉，令我膽戰心驚，生怕我的身體比之前更脆弱了。二郎警告過我不可和身體長久分離。不知我離開活人世界已經幾天？甚至是幾週？我感到心焦如焚，差點慌得抬腳就要走入叢林，一心只希望能夠找到某個熟悉的地標，但我煞住腳步。天色很黑，我已耗盡力氣，眼睛也哭腫了。到了早上，我可能比較容易看出自己身在何處。

我在耀眼的陽光下醒來。亡者之原沒有太陽，此刻溫暖的陽光照在叢林巨樹的頂層，但樹的根腳仍罩在陰暗中。我從未如此高興回來人間，然而當我審視濃密的熱帶樹叢時，也從未如此灰心喪氣。它提醒了我，只差一點我就再也回不到這個世界了。這條小徑窄如刀刃，倘若走錯一步，我將永遠和我的身體分離。我環目四顧，試看能否認出昨晚通過的那道門，奈何看不到一點跡象。時間一分一秒流逝，我迫不及待想要返回馬六甲，去查看我的身體是否安在，看望阿媽和我爹，還有天白。或許這麼想很天真，但我有把握，若能和他面對面，我就看得出他是騙子，還是兇手。我懷疑劉芳的背叛是出自單純的惡意，或是受人指使；我也想知道林天青和他的牛頭魔手下是否此刻仍在找我。但失去二郎更讓這些焦慮蒙上陰影。

他生存的機會非常渺茫。回想起他在亡者之原說過慘遭生吞活剝的玩笑話，我不覺打起冷顫。我不懂那是什麼意思，只覺得聽來恐怖，彷彿一切都完了。自從失去身體以來，二郎是我唯一可以自在談論恐懼與憂慮的對象，儘管他大可救自己而先行脫險，我也從來不曾好好感謝他的幫助。我極其思念他奇特的陪伴方式；我將永遠見不到他了嗎？又似乎不太可能。想到交給他那封信讓他有多麼開心時，我的胸口繃得好緊。如今證據也毀了。

兒時常聽龍的故事。龍是掌控雨水和大海的王者。有時龍以雄偉的野獸之姿現身，有時化身為氣質高貴如帝王的男人，或是美麗的婦女。偶爾它們也會娶凡人女子為妻或充當情人；中國皇帝自稱是龍的後代，而且把龍紋繡在自己的黃袍上。不過皇族服裝上繡的龍有五隻爪子，普通老百姓則是三隻爪子。當我回想到一位讀書人拜訪海底龍宮的神奇故事，我才明白為何二郎覺得有權對我擺出高人一等的姿態。人們認為見到一條龍極為幸運，但假如有人害死一條龍呢？這個念頭使我陷入更深的沮喪。

我拿出口袋裡的鱗片細細端詳。令我驚愕的是，不僅顏色變得單調，連閃亮的色澤也暗淡了。我強忍住鱗片已了無生氣的痛苦懷疑，試探性地朝有凹槽的邊緣吹了一下。那聲音聽來無力且哽咽。過了一會兒我就收起它，把臉埋在手裡。

現在二郎走了，我要把陰界謀反的故事說給誰聽？又有誰會介入林天青娶我的計畫？我返回身體的希望似乎就此完蛋了。我往後靠在一棵樹的粗糙樹皮上。周圍濃密的叢林中充斥著昆蟲的聲響。我聽到咕嚕咕嚕聲時，只見一頭野豬跑過一塊空地，接著又聽到老虎奇怪的咳嗽聲，然而沒見到人或靈體。這道門以前可能通往一個古老的村落，很久以前，這附近最後一個餓鬼肯定枯萎然後消失了。待在這裡一點用也沒有，可是樹木如此貼近，就連幾步以外的地方長什麼模樣也看不清楚。我仰望叢林的樹冠，忽然萌生爬上去看看自己身在何處的念頭。

爬樹比想像中容易得多。我不費吹灰之力，撐起輕輕的身體往上攀爬。我強忍住失去實體的可怕懷疑，咬著牙眺望更高處。等我終於突破樹冠時，燦爛的陽光使我眼花撩亂。四面八方盡是無邊際的綠海，一片波浪起伏的樹葉之海。天空是純粹的蔚藍色，藍得像最精巧的青花瓷。如我巴掌大小的蝴蝶拍著閃閃發光的翅膀緩緩飛過。在耀眼的陽光和微風中，我不由得舒了一大口氣。

從我的位置看得見遠處水波粼粼的大海和海灣的曲線。我以超自然眼力，更瞧見了紅色矮屋頂的污跡。我料得沒錯，劉芳拋棄我的地方，離正確的出口只隔幾道門。因為大多數鬼魂體質虛弱，又走不直，走不了這麼遠的路程。但我還不是鬼，而且我還有馬。

我雖盡可能騎快一點，但倩妲娜仍不得不在岩石和樹木之間穿行，而且穿過堅硬的物體也非常耗費力氣。我懷疑每穿過一次，我就流失更多實體。更糟的是，我經常在龐大的樹幹之間迷失方向，於是非得再爬到樹上查看方向。我也不時吹吹二郎的鱗片。沒有一點反應，但我照吹不誤，希望能夠喚他回來。時間沒完沒了地拖下去，終於到了傍晚，和海邊的距離緩緩縮短，慢得令人痛苦。我天真地以為至少次日，頂多後日總該到了，哪知我幾乎花了一星期才抵達港口市郊。

我們從北沿著海灣接近馬六甲。一旦擺脫叢林，倩妲娜便自由自在地慢跑，不一會兒已好幾里路消失於馬蹄底下。我們奔過矗立水面上的漁村——一間間木屋都踩著高蹺，船隻繫泊在海灘上。只見火上烤著魚，赤裸的孩子在淺灘玩耍。我們經過他們時是一團模糊，既看不見，也無人留意。哪怕是餓鬼也避得老遠，不敢擋我的路。返家的衝動牽扯著我，猶如上鉤的魚一般奮力掙扎。我焦慮得快要發狂，因為我身上發生了奇怪的事。

我的身體開始劇烈疼痛，接著是暫時的麻木無力，彷彿有人吸乾了我的骨髓。我檢查自己身上，看不見什麼傷口，卻又無法否認是有傷口。我受到了某種傷害，要不是我的小馬，我絕對回不來。我虛弱得連頭也抬不起來時，它仍繼續馱著我。這些令人筋疲力竭的插曲時斷時續，不過我擔心的還不只這些。我的衣服也開始改變。

我漸漸注意到我身上不再是阿媽向來給一動不動的我穿的睡衣褲，取而代之的是衫褲，和我過去常在家裡穿的寬鬆棉質洋裝，偶爾甚至是更正式的衣裳。有我難得穿的古籠裝[11]，有一次甚至穿上我娘的娘惹衫。那時我真的嚇壞了。他們準備給我辦葬禮了嗎？衣服繼續一變再變，顯示我仍留在人間。但我依然擔心，非常擔心。

我們愈來愈接近時，倉庫開始出現，我才發覺我們離天白在林家倉庫的辦公室很近。實在難以抗拒停下來看他的誘惑，我立刻轉向。上回見他是在一個無精打采而炎熱的下午，這會兒則是日正當中，熱帶陽光兇狠地曝曬大地。倉庫裡滿是揹著木條箱與麻袋的苦力。我停在外面的狹窄

11 古籠裝（baju）：馬來女性傳統服飾，由一件貫頭式上衣和一條筒裙組成。

小徑上，那些烈日下辛苦勞動的半裸枯瘦男人是看不見我的。他們的肋骨明顯凸出，裂開的腳趾甲黑不溜秋。有的像天白一樣仿效新的西式風格剪了頭髮，但多數仍留著油膩的長辮子，頭部剃成光禿禿的新月形。他們靠近我走過時，身上發出了濃濃的汗臭味。

我從倩妲娜的背上溜下來，穿過不斷湧上前的苦力，沒想到他們本能地避開我，有如避開一條染上瘟疫的狗，我不禁渾身顫抖。來到門口，我又感到一陣虛弱。我腳步蹣跚地穿過門楣，跪在地上。我聽見厲聲喝令和重重的腳步聲，儘管我現在只是靈魂沒有身體，仍直覺地唯恐遭人踐踏，於是拚命想要站起來。就在那一瞬間，我聽見天白安靜沉穩的聲音。

他看起來很瘦，眼睛底下有我不記得是否曾見過的陰影，但他仍然以我記憶中從容的步伐經過後面的辦公室。我磕磕絆絆地尾隨他。天白似乎變得嚴肅些了，不像我記憶中時常露出笑容。他的談話都與生意有關。我驚嘆於他會說那麼多種中國方言：福建話，廣東話，海南話，馬來語，甚至是一點泰米爾語。但我又何必驚訝？這裡大多數的人起碼都能說上兩、三種語言。我估計可能是天白的緣故，我對他能做的樣樣事情都欽佩不已。

中午漸漸變成午後，我告訴自己，既然見到他了，我應該回家才是。但我仍徘徊不去。我焦急地盯著他看，懷疑那張坦率的臉上有沒有一絲欺瞞。天白埋首於文書工作時，讓人把中飯送到他的辦公桌上。他洽談合約，用算盤算帳時，手腕快速地來回輕撥。見他如此能幹，我輕易想像得出他叔叔為何愛他勝過自己被寵壞的兒子。林天青的指控當然純粹出於嫉妒，然而我心中依舊存疑。如今我已去過陰界，也親眼見到了我們死後也甩不掉的欲望與爭鬥，所以我不能說這種事毫無可能。

天色已晚，一位年紀稍長的男子拿了一疊文件進來。

「還沒忙完啊？」他問天白，然後搖搖頭。「你叔叔讓你工作得太勞累了。」那人一副狡猾德性，我不信任，聽到話題一轉，我稍微靠近，站到天白的肩膀旁邊。「我敢說他一定很高興你從香港回來，」他說。「許多人說你永遠不會回來。」

天白皺著眉頭。「誰說的？」

「他們說你比較喜歡那裡。」

「他們錯了。」

「真的？」

天白抬起眉毛。「那裡的中國人仍是二等公民，就算香港也是大英國協的成員。」

他的交談對象舉起雙手笑著說：「啊，何必這麼嚴肅？總之……」他頓了頓。「我想恭喜你即將成婚了。什麼時候舉行婚禮？」

「兩個月後。」

「我相信你叔叔急著要你結婚。按理說，林家還在服喪期間。」

結婚！原來他已經同意那樁婚事了，我想。那人離開後，我難受地來回踱步，經過天白時我們靠得好近，我的袖子擦過他的外套。他沒抬頭看。唯一的可能就是那個馬臉女孩。還有誰能讓他叔叔如此全心接納？我俯身在他面前；我用我那透明的手指拽他的袖子，奈何一點用也沒有。

「天白！」我喊道。「你聽得見我嗎？」

沒有回答，但一會兒之後他嘆了口氣，把椅子往後推開。休息時的他臉孔是封閉的，表情疏遠。我看看他仍擺放著珍奇收藏品的窗臺。在木雕動物中，我注意到那匹馬不見了，令我不由得一笑。我知道它去了哪裡。我的梳子放在一排收藏品的末端，簡直就像是後來添加的東西。

它仍拉著一根細細的銀線，那根帶領我找到天白的脆弱細線。我走過去用手勾著它。或者是光線造成的錯覺，那細線似乎比之前暗淡，也更不透明。雖然如此，我一碰觸那條線，它就像活著似的哼哼響。我瞥向天白，他仍一臉心事重重的樣子。睡啊，我想。睡吧，我才好跟你說話。我的意志藉由那根線傳達，或者不過是受到漫長工作的影響，天白的眼睛很快閉上了。我等到他確定睡著之後，才像以前做過的那樣，拿細線輕輕按著他的胸膛。

我站在馬六甲林家大宅的前廳，長長的影子延伸在黑白瓷磚地板上，屋裡有股陰沉、戒備的氣氛。在天白夢到的這個世界裡，他不斷轉向一個又一個通道，走得離我愈來愈遠，我趕緊加快腳步跟上。最後他來到鐘錶房，開始給它們上發條。他的動作相當精準，可是不管他發條上得多快，卻永遠上不完。鐘的數量似乎在他指間倍增。我偷偷朝他的臉投以一瞥，只見到無比的專注。

「天白！」我說。他聽了抬起頭來。

他似乎絲毫不驚訝，甚至很開心。「啊，麗蘭。來幫我一下。」

我乖乖開始上發條。「我們在幹麼呀？」我問。

「確保它們不會停擺。」

「那有什麼要緊？」

「當然要緊。」陰影使他皺起了眉毛。「我們不希望時間停止。」

「時間停止的話會怎樣？」

他困惑地抬頭一看。「不會停止的，絕不可以。」

我不懂他的意思，但我有種糟糕的感覺，覺得我的時間快用光了。集中注意力之後，我把場景換到我們初遇那天有荷花池的院子裡。

「天白！」我急切地說。「我需要跟你談談。」

隨著鐘錶的消失，他的肩膀不再緊繃，他也終於抬起眼睛看我，那溫暖的目光使我臉紅。

「好久沒見到你了，」我停頓片刻後說。「我想知道你過得怎麼樣。」

天白頑皮地搖搖頭。「你想知道什麼？」

我張開嘴，懷疑該不該問他有沒有謀害他的堂弟。這個問題一直在我的舌尖滾來滾去，好似一顆沉重的玻璃彈珠，然而我又不太情願浪費和他共處的這一刻。慵懶的陽光，荷花池柔和的光線。我原本可以輕鬆地大喊一聲，哪怕只是一場虛構的夢罷了。

「我聽說你快要結婚了。」我終於說道。

他朝我邁進一步，然後又是一步。「是的，沒錯。」

「喔。」我垂頭喪氣地說。「那麼恭喜了。」

「謝謝。」他眼中閃現一絲光芒，彷彿正在享受一個私人笑話。接著他用雙臂圈住我，把我拉向他。「我猜你大概有更好的方法可以祝賀我吧？」

一片茫然的我難以抗拒。我仰臉向著他，感覺到他的鼻息，然後他的雙唇滑過我的頸子。在最後一刻，我扭開身子。「你有未婚妻了！」

「她怎麼樣？」他把臉埋進我的頭髮裡，雙手勾纏在裡面，摘去所剩無幾的髮夾。我的手滑過他的胸口，隨即倏地停住。

「等等，」我說得上氣不接下氣。「你難道不在意她怎麼想？」

「我當然在意。」

「那你幹麼這麼做？」我努力推開他，但他仍是滿臉堆微笑，弄得我有點生氣了。「你就跟你堂弟一樣！」我說。「我猜你大概不在乎有多少妻妾吧？」

「你在說什麼呀？」他看來很吃驚。

「我的意思是，如果讓你未婚妻看到的話，你想她會怎麼說？」

「我想她不會介意的。」

「哦，我會。」我生氣地說。他怎麼會這樣？好像我僅僅是他大婚這個主要活動上的一道配菜。天白企圖重新擁我入懷，而我儘管很想窩在他懷裡，忘掉一切憂愁，卻仍不由得渾身僵硬。

如果進入情郎夢境的意義即在於此，莫怪多年來劉芳情願繼續當鬼。但我不是劉芳。

「放我走！」我咬牙切齒地說，不過我可是用了全部的意志力才掙脫了他。

「你怎麼了？」他說。

「我甚至不曉得你要娶誰。」

天白臉上現出一副奇怪的表情。「你明明知道我要娶誰。」

「那就說啊！你快說啊！」

「我要娶你，麗蘭！」

我目瞪口呆，只能愣望著他。天白拉我到他懷裡，撫摸我的頭髮，低聲說著溫存的話。「這怎麼可能？」

「我告訴我叔叔他應該尊重他和你爹的協議，後來他終於同意了。可是這些你都知道了。」

他目光銳利地瞥我一眼。

「這是什麼時候的事？」

「大約一星期前吧。」

「一星期前？我跟你說話了嗎？」我愚蠢地問道。

「得到他的同意之後，我馬上就去了你家。他們說你病了，但你卻下樓見我。你不記得了嗎？」

「不記得。這是不可能的，」我說。我焦急地搖晃他。「你確定嗎？」

「當然！我們立刻開始籌畫婚禮了。」

「我看起來怎麼樣？」

「咦，你看起來就像你自己啊。也許有點蒼白，而且你一開始還有點迷糊不清，但也沒像現在這麼迷糊。你身子不舒服嗎？」他問。

「你不懂，」我說。「你上週不可能跟我說過話，我病得很厲害。」

「我知道。」他耐心說著，彷彿在哄個小孩。

我咬著嘴唇。「聽著，」我說，「不管你上週跟誰說話，那個人都不是我。」但即使在說話的當兒，我也明白再怎麼說也是白費唇舌。我求他對我認真一點，求他只能相信我現在所說的一切。他點頭答應，但這樣的故事連我自己也難以相信，又怎能指望他相信呢？恐慌似乎就要吞沒我了，我必須盡快回到我的身體裡。

「我得走了。」我說。

「這麼快？」

「是的，我真的非走不可。不過我還要問你一個問題。」

他笑了。「哦？你今天真的好奇怪。」

「你有沒有殺害你的堂弟？」

他眼中的光芒不見了。「你為什麼問我這個？」

「我只是想知道，」我絕望地說。「對不起。」我無意這麼唐突，但焦慮迫使我口不擇言。「他死得那麼突然，人家說是你送給他的茶葉。」

「那個？我是在他死前送給他的。當時我也送給叔叔一些。」

「燕紅為什麼有林天青的茶杯？他死了以後，她還留著那只茶杯。」

天白看來一臉不解。「我不懂你在說什麼，」他說。「你到底怎麼知道這一切的？」

我的脈搏不規則地狂跳，腦子裡一陣嗡嗡作響。他的訝異似乎澈底合乎常情；我多麼想要相信他。我們周遭的世界開始崩解，彷彿是在回應我的激動，荷花池像玻璃盤一樣碎裂，我們周圍的院子猶如風吹過似地搖晃。天白本來一直以陌生的眼光在端詳我，這時也朝四周一瞥。「發生什麼事了？」

我再也無法繼續緊抓假裝的真實，我們腳底的石板也漸漸融化為虛無。「這是夢吧？」天白問。我想說什麼，想問他更多燕紅的事。然而他一說出那句話，夢就破碎了，無論我怎麼努力嘗試，我仍在墜落，旋轉，直到我發現自己再度低頭凝視天白沉睡的臉。

第三十二章

我非趕回家不可。不知道我為什麼無法持續和天白在夢中對話，可能是因為我太過疲憊，或者是我們的靈魂變得太過不安。不管是為了什麼，此刻我都沒有本錢去猜測。我吩咐倩姐娜回家時，它完全不用指引。我們很快地經過荷蘭紅屋和城市廣場，確實是非常快速。夕陽幾乎落下了，我雖然在找我的荷蘭朋友，但我們跑得實在太快，我根本看不到他是否還在那裡。等我抵達我家門前時，家家戶戶的油燈已經點上，那溫暖的光芒和死靈的冷光截然不同。走過蜿蜒、距離變來變去的亡者之原後，我們的街道看來幾乎正常得令人震驚。站在我家沉重木門前塵土飛揚的白色道路上，我打著哆嗦，放鬆下來，好像自己從來不曾離開過。

我一直在擔心牛頭魔會不會仍然在站崗，但安靜的街道上空無一人。也許它只是去外頭巡邏了吧，不過我又發現一個細節。阿媽和我煞費苦心在每個門窗上貼的黃色符紙全都不見了。我全然無法想像阿媽會做這種事，或我爹會動手撕掉符紙。也許這是好事，因為這就表示我現在可以自由進入屋子，之前我還怕會受到妨礙。話雖如此，鬆開小馬的韁繩滑下馬背時，我的雙手卻在顫抖。

我輕鬆穿過我家的前門，輕鬆得令我驚愕，彷彿我從亡者之原回來之後，我的身體在陽間看起來更加透明了。從我眼中看來，我家的走廊小得奇怪，卻又十分熟悉。我一步步登上樓梯，我的心臟在我胸中敲打。看不見阿媽的蹤影，但我實在太過焦慮，幾乎是奔過走廊，衝向我的房間。門虛掩著，我考慮片刻，不知阿媽在不在裡面，可是等我走進去，裡面沒人。床上是空的，不見我的身體；床單平整，沒有皺褶，好似從來沒有人睡過。

我驚喘著跌坐地上，渾身竄過一股無力感，我默默咒罵著。現在不是喪失行動能力的時候。我勉強自己環顧四周。一切看來似乎如常。梳妝臺上擺著幾樣小飾品；我往衣櫥底下張望時，天白的黃銅懷錶仍在黑暗的一角閃爍，大概還沒有人發現吧，這也表示我家的女僕阿春和她的打掃技巧恐怕不怎麼樣。正這麼想時，阿春抱著滿懷待洗的衣服出現在外面的走廊。我跑出去追她，她當然看不到我，但我迫切想跟她說話，於是不得不抓著自己的手，免得我伸手出去抓住她的肩膀。她走下樓，低聲嘀咕著：「晚上洗衣服？從來沒聽過這種事。她真的太過分了！」她經過中庭，然後是樓下的餐廳時，我聽見說話聲。一家人坐著吃晚飯，我駭然聽到父親慎重的語調，和耳熟的女孩嗓音。

大理石圓桌上擺滿了食物。幾碗米飯，幾盤青菜，甚至還有一條清蒸魚。圍坐在桌前的是我爹與一個看來面善、年紀稍長的胖臉婦人，還有我自己。至少是我的身體。我難以置信地愣望著她，愣望著戴上我的臉孔的陌生人。她身穿一件相當鮮豔俗氣、我完全不認得的衣服，同時佯裝害羞地小口吃著她的食物。有人跟她說話時，她偶爾把腦袋歪向一邊，迸出小小一聲假笑。我絕對不會像那樣哧哧傻笑，我生氣地想，可惜似乎沒人注意。我爹瘦多了，他的痲臉灰白且凹凸不平。不過他心情很好，眼光瞥過他的冒牌女兒，不時露出笑容。另一個女人正在說話。

「所以說，麗蘭，看見你康復，我們太高興了。可把你爹嚇壞了！」

冒充我的人假笑兩聲，垂下了眼睫毛。

「她甦醒時腦子整個糊塗了，」我爹說。「有段時間連我也不認得。」

「更別說是我了！」那婦人說。「嗯，我都好幾年沒見你了，麗蘭，但我以為你總該記得你的親姑姑。」

難怪她看上去那麼眼熟。這位姑姑是我爹的一個妹妹，她和丈夫一起搬到了檳城，她女兒和我是最親暱的童年好友。我們已多年未見，不過她胖了許多，想必檳城的生活很適合她。

「我一聽說你生病就來了，但是發現你不但起床到處走動，而且訂了婚即將嫁人，真是太吃驚了！」

「是啊，我也相當震驚，」父親說。「那個年輕人也上門來過，即使我告訴他麗蘭病了，不能見他，他照來不誤。上週他突然闖進家裡，說已獲准可以娶她。幸虧麗蘭前一天才剛剛可以坐起來，否則我真不曉得該跟他怎麼說！」

他的笑容是真的開心。我很驚訝我竟然喉頭一緊。

「那麼就是一樁令人滿意的婚事。」我姑姑讚許道。

「是的，非常好。」我爹給自己夾了一些炒芥蘭。「他是林家的公子。你記得他嗎？」

我姑姑皺著眉頭。「你是說那個……」

「本來就和麗蘭訂婚的那個。」

「哦，我還以為他們取消婚約了！」

「他們改變心意不是很幸運嗎？」餐桌前的女孩——另一個我——笑了一下，然後伸手去夾蒸魚。她貪心地挖出多汁的魚臉頰，給自己最好的部分，完全沒想到要夾給長輩。我滿腔冰冷的憤怒。我認得那笑聲。

我走向餐桌喊道：「原來你就是這樣報答我的，你這個卑鄙小人！」可是沒有人注意到我。他們繼續平靜地吃飯聊天，彷彿我不存在。不過她倒是暫時從盤子裡抬起頭來，她的眼睛也在那時睜大了。她臉上的血色短暫消失，隨即偷偷露出一抹淺笑。從劉芳眼裡，我看見她的靈魂在向我窺視，顯然她也看得見我。

晚餐是一種折磨。我痛苦地繞著桌子打轉，對她大喊大叫與好聲乞求，她卻對我不理不睬。於是我才明白她儘管看得見我，但是聽不到我的聲音。劉芳得意地坐在那裡，套上我的軀殼，像頭牛似地大吃大嚼，每當有人跟她講話，她就哧哧笑得跟傻瓜一樣。晚飯後她便上樓，謊稱身體不舒服。我緊跟著她，氣憤地拖著腳步走在她背後罵個不停，直到聲音沙啞為止。她走進我的房間，當著我的面關上房門。我奮力穿門而入時，發現她坐在鏡前梳頭髮，出神地凝望她的鏡中倒影。故意對我不理不睬好半晌之後，她總算轉過身來。

「所以你發現回到這裡的路了。我很驚訝。」她打了個呵欠。「喔，你不用大喊大叫，反正我聽不見。我相信你想知道我是怎麼做到的。告訴你吧，簡單得很。你知道的，我一直對你非常好奇，為什麼你那麼與眾不同。當然啦，其實我才不相信你來自天上的說法。」

我憤怒地咬牙切齒。

「也許一開始是吧，」她承認。「但是到了亡者之原以後，我就跟蹤你，找到你的老家。後來我和那個老妾談話，就是尖聲數落你們家和你娘的那個人。我把你的狀況查得一清二楚，但還是不明白你為什麼和別的鬼魂那麼不同。不過那時我把你跟丟了，不曉得你去了哪裡。我在城裡胡逛幾天後，遇見一個討厭的老頭。他自稱歐陽大爺，而且他對我提到你的事很感興趣。」

她手中把玩的是我娘的髮夾，眼看她這麼隨隨便便耍弄它們，我的心好痛。

「總之，歐陽大爺沒告訴我多少，只說他懷疑你是半死不活。我覺得他好像在敷衍我。你知道，大多數人都是這樣，但我自有主張。你真的很蠢。」劉芳說。「我絕不會撇下我的身體不管，尤其是這麼年輕美麗的身體。難道你一點都不了解靈魂附身嗎？我很不願意這麼說，但你比任何時候的我都好看得多。可惜我再也見不到我的情郎，不過他現在對我來說太老了，這個身體將帶給我多少樂子啊。」

我站在她面前，氣得流出眼淚。劉芳扮了個鬼臉。看見自己的五官拉扯出陌生的模樣煞是奇怪，但我能清楚看見劉芳的鬼魂躲在我臉龐後面，看得我氣急敗壞。

「喔，別那副德性！我不得不承認，我曾一時差點失去勇氣。那個戴竹帽的男人在我即將走進隧道的節骨眼出現，要不是他，我早就丟下你先走了，他嚇死我了，後來你說他被鳥群生吞活剝了。所以一切對我來說都很順利，包括隧道的出口。我頭一次告訴你有道門在商業區時，你看來太感興趣，當然，我一知道你的老家在亡者之原的位置，很容易就找到這裡了。」她輕蔑地轉過身子。「我想你現在還是走的好，你在這裡什麼也不能做，你的靈魂只會愈來愈虛弱，直到消失的那一天。我不會再跟你說話了。」

我衝向她，希望能夠將她截然不同的靈魂逐出我的身體，可是什麼也沒發生。劉芳只是閉上了眼睛——我的眼睛——躺在床上。過了一會兒，我才發覺她睡著了。

當夜，我陪伴我的身體幾個小時，看著沒天良的劉芳睡著她的安穩覺。我一再嘗試進入我的身體，躺在那令人安慰的肉體裡面，哪怕是靈肉分離以來，它仍歡迎我疲憊的靈魂，容我暫時安歇。但這會兒卻不然。現在我的身體就像任何活人的身體一樣排斥我。我一圈又一圈踱步，直到我累趴在地上，滿心傷痛與自責。為什麼，為什麼我要撇下自己的身體不顧？劉芳說得對，我的確很蠢。我以為我能解決自己的問題；從未想過別人的靈魂可能霸占我的身體。

我不懂劉芳如何順利霸占我的身體，而我自己卻做不到？也不了解她怎能走進我們為防止鬼魂闖入，貼滿重重符紙的家？她知道什麼我一無所知的神祕法術嗎？一個想法驚得我一躍而起。我應該去找那個靈媒，那個一開始在三寶山廟牆旁給我符紙的靈媒。她說她能看到鬼魂，或許她幫得了我。一開始和身體分離時，我一直心神恍惚，壓根沒考慮到她，只想到要跟著那根線的引導去找天白，隨即發生接二連三的事。我應該盡快去找她才是，說到底，就連二郎也需要求助於她。一想到二郎，我又重新陷入深切的悲痛。劉芳說他在亡者之原把她嚇壞了，我衷心希望他若仍在我身邊該有多好。要是他在的話，我哀怨地想，她絕對不敢做出這種事。可是他走了，都怪我粗心大意，我的愚蠢把劉芳引來我家。二郎肯定會明白指出這一點，但只要能讓我再聽見他的聲音，哪怕是最尖銳苛刻的評論，我也樂於聆聽。我掏出他的鱗片吹著，然而仍一如以往，沒有回答。我的眼皮難以阻擋地下垂；我累得像狗似的蜷曲在角落，然後就睡著了。

我醒來時，房間空空如也。劉芳已經離開，但她的痕跡仍在。面粉灑得到處都是，昨晚她穿過的衣裳散落在房間四處。我絕對不會這麼邋遢，打小阿媽就把我調教得注重整潔。正這麼想的當兒，阿媽走入房間。一見到個兒嬌小又憔悴的她，我就有種說不出的歡喜。我對她的思念之深超過我的想像，這會兒和她相隔如此遙遠，即使是她的抱怨和嘮叨也覺得無比珍貴。她也像我爹一樣，看上去更疲倦，也更萎縮，彷彿她一點一點變得更像個玩具娃娃了。

「阿媽！」我跟著她說道，可是她不理我，只撿起衣服，整理床鋪。她抹掉梳妝臺上的面粉，收好劉芳留下來的胭脂和髮夾。她的嘴角不以為然地下撇，但沒說什麼。她知道有個冒牌貨嗎？我殷切希望她知道。接著我記起還有一個人幫得了我。我舉步想快快跟著阿媽離開的身影穿過走廊，沒想到又一陣虛弱襲來。我雙手顫抖，勉強自己站起來，卻被窗外洩入的陽光嚇呆。原來我的手指已變得完全透明，我絕望地失聲痛哭。

不知我抓著雙手在那裡站了多久。太陽已移到頭頂上，但對我而言，時間是靜止的。我的存在被帶到一個點——藉由我透明的手瞥見的一粒塵埃。在那一刻，我有沒有過去或誰曾虧欠我都不重要。我滿腦子只想著我再也沒有未來；我的靈魂像蒸氣一樣漸漸消散。過了好久好久，我才恢復感官知覺，開始乾嘔與發抖，被流失的時間嚇壞了。這讓我想到了餓鬼，想到它們一動不動站上幾小時，甚至是幾天。孤單單的，沒有入土，沒有葬禮，因為無人知道我的靈魂到處在流浪。我將永遠迷失，註定漂流四方，直到地老天荒。

我終於可以動了。光是想移動已耗費我莫大的力氣，但我總算拖著腳步穿過走廊。經過客廳時，我看見劉芳背對著門坐在籐椅上。坐在附近的阿媽正在縫綴什麼，嘴巴嘶著扯線。一見那是我贏得林家大宅穿針比賽後燕紅送我的蠟染布時，我大吃一驚，彷彿是很久以前的事了。看來阿媽好像打算把它做成一件搭配娘惹衫的紗籠。我剛巧聽到劉芳的話尾。

「我要你今天做好，結果還是沒好。」

「急什麼？」阿媽悶悶不樂地說。「你的身子還不適合出門。」

「是的，但他可能會再來。其實我有把握他今天一定會來。」

我僵住了，心生可怕的懷疑。劉芳嘆了口氣，充滿占有慾地撫摸她的頭髮（我的頭髮），有如女人愛撫貓的毛皮。「說真的，我很驚訝他那麼迷人。」

「驚訝？」阿媽說。「你生病以前好幾個星期不是一直想他想得出神？」

「喔……是，大概是吧。給我拿杯水來好嗎？」

阿媽乖乖起身。我很訝異她怎會默默聽話，但走到門邊，她又停下問道：「你要熱水還是冷水？」

「當然是熱水，我得好好照顧自己。」雖然看不見劉芳的臉，但我猜得出她得意的表情。阿媽臉頰的肌肉抽搐一下。「是啊，」她說。「你向來就喜歡喝熱水。」

不曉得阿媽為何這麼說，她明知我最討厭喝熱呼呼的飲料。我小時候愛喝後院井裡的涼水，我爹難得買冰塊回家時，我也會鑿幾塊吃下肚子，她常罵我冷卻了體內的體液。阿媽穿過走道去廚房，我緊跟在後。我還希望見到一個人。

在熟悉的昏暗廚房裡，外面的楊桃樹遮住了窗子，老王坐在粗糙的木桌前削荸薺皮。阿媽伸手去拿爐子旁邊的水壺，再用手背摸摸。她咕噥一聲把一些溫水倒入一只茶杯。「倒錯杯子了。」老王說。沒錯，那不是我習慣用的杯子，但阿媽只聳聳肩，便用小托盤拿出去了。她經過時老王抬起頭，就在那時他看見我了。起初他一臉驚愕，接著他細瞇眼睛，彷彿不太確定自己看見什麼了。

「老王，是我！」我喊道。但他依然盯著我看，一臉不解。「你看不見我嗎？」

「怎麼回事？」他終於問了，接著又驚慌地說：「你死了嗎？」

「不是，我沒死。可是那不是我！你得告訴每一個人。」

「你在說什麼呀？」

心中急切的我說得語無倫次，一堆拉拉雜雜的話一股腦湧出來。老王皺著眉頭，努力想聽懂我在說什麼，削刀懸在半空中。「等等，等等，」他說。「你的意思是另一個靈魂占據了你的身體？」

見我點頭，他喀啦一聲放下削刀，一手猛砸廚房桌子。「哎呀！小小姐，我告訴過你別到處亂跑！怎麼可能發生這種事？我們都好高興你康復了。慘了！這事真的很糟糕。」他使勁揉他的臉，不停喃喃自語，接著又責罵我，直到我迸出眼淚。「我告訴過你了！我警告過你不要丟下你的身體走開！」

「我知道。對不起，真的對不起。」之前我所有拯救自己的雄心壯志，這會兒全都崩塌殆盡了。

老王嘆口氣。「坦白說，我不曉得該怎麼辦。我可以告訴你爹。」

「我爹不相信鬼魂。」我難受地說。

「你阿媽可能會相信我吧。」

「你這麼想嗎？」

「打從你清醒以來，她一直怪裡怪氣的。但過去一週我沒見你幾次，我以為你生病了，所以沒來廚房吧。不過這會兒想想，也許她在懷疑。」

我心中萌生希望。「你可以告訴她嗎？」

「我盡力就是，可是那也解決不了你的問題。」

「我們不能請個驅魔師過來嗎？」

「可以試試看。不過我看你的靈魂狀態好像不太好。」

我默默點頭。難道我更加單薄的狀態已明顯到連老王都看出來了嗎？而今我再也無法在我身體裡休息，我這種半死不活的狀態已開始加速惡化。就算老王不是文盲會寫我的名字，我也懷疑立個牌位祭拜我能停止惡化。

「所以剛剛我才以為你死了。」他直率地說。

「我去了亡者之原，」我說。「我見到我娘了。」

他睜大了眼睛。「你去過了？那裡什麼樣子？」說著他舉起一隻手。「不，別告訴我。活人知道太多死後的事不好。這個鬼到底是怎麼找到你的？」

我難過地描述我如何無意中引導劉芳來到這裡。

「我就覺得奇怪，你清醒後頭一件事，就是要求撕掉窗子上所有的黃色符紙。嗯，恐怕也得怪我。」他嘆了口氣，揉揉灰白的頭髮。「你走了以後，我擔心你回不來，所以就把食物儲藏室窗戶上的一張符紙撕了，希望你能找到進來的路。看來那是我的錯，我以為我可以看住那個窗戶，因為它在廚房，但顯然我沒做到。」淚水湧上他的眼眶。忽然間老王拿額頭猛敲桌子。「這個情形我也有錯！」

「出什麼事了？」是我們的女僕阿春。她想必是剛剛跑腿回來，一手拿著裝滿藍色蝶豆花的搪瓷碗。見到老王怒眼瞪他，她結結巴巴地說：「我不是故意耽擱的。知道你要給小小姐做娘惹藍花咖椰糕，我就去陳家摘蝶豆花，結果聽到最令人吃驚的故事！」不知所措的老王繼續盯著她瞧，她卻說個不停。「他們說這間屋子鬧鬼！我就知道！」

陳家跟我家是隔了三戶的鄰居。他們家的後院牆壁上長滿了垂墜的藍色花朵，那是一種蝶豆花，是製作摻了咖椰醬的糯米糕不可或缺的材料。阿春喜歡過去串門子，因為陳家的廚子最愛說閒話。

「嘖！」老王說。「別再聽這種胡說八道了。」

不過阿春已注意到老王紅紅的額頭。「你幹麼拿頭敲桌子？」她問。

「是個意外。」他生氣地說。

「可是你在跟一個人講話。我在走廊上聽到了。」

他沉著臉很恐怖的樣子，她忍不住眨眼才說：「總之，他們說有人看見幽靈走進我們的屋子，然後又離開了！」

「什麼樣的幽靈？」

「有個牛頭和狗牙的可怕幽靈，還有個滿臉邪惡的女人。我不想再待在這裡了！」

「問她那個女人是誰！」我對老王說。我心中最怕的是那個女人就是我自己。

「他們說的不是我們的小小姐吧？」老王說。

「才不是呢！他們說的是別人。蒼白瘦削的臉，像個殭屍。那個廚子是聽一個自稱看得見鬼的小販說的。」

我記得初遇劉芳時她有如木乃伊的模樣，彷彿包著骨頭的皮膚也萎縮了。「就是她！」我對老王說。

「你們談些什麼？」他喃喃說著。

「我只是把我聽到的告訴你而已，」阿春以受難者的口氣說。「但你當然不相信。我要回家。」

「等等，」老王說。「也許你是對的。你應該告訴阿媽，也告訴老爺。」

阿春直盯著他的樣子，活像是他迸出一條尾巴。「告訴老爺？」

「我也跟他說，」老王說。「如果我們要舉行婚禮，或許應該先請人來驅魔。」

「你瘋啦？」她說。「那是婚禮之前人們最不想聽到的事！」

「那又怎樣？告訴他們就是了。」

「然後丟掉工作？」

「我以為你說你想辭工回家。」

阿春怒瞪著他。「你別曲解我的話。」她氣呼呼地大步穿過走廊走了，忘了桌上的那碗蝶豆花。

「嗯，她說得有道理，」老王說。「沒有人願意婚禮近在眼前時驅魔。」

「那有什麼關係？」我問。「取消婚禮算了。」

「你希望那樣嗎？」老王用奇怪的同情眼光瞅著我。

「我不要她嫁給他！」

老王嘆道：「小小姐，就算婚禮取消了，你還以為你自己可以嫁給他？」

他的話彷彿熱鐵般燒燙著我，我羞慚地低下頭。我確實心存此幼稚的夢想，而我依然不曉得他究竟是不是殺人兇手。有時真懷疑我怎會如此為他牽腸掛肚；我甚至說不出這就是愛情。不知為什麼，我腦海中浮現二郎的身影。近來我發現自己經常在想像中對他傾訴，這種想法安慰了寂寞的我，但同時也可能進一步證明了我脆弱的靈魂正在潰散。這回我腦海中的二郎只聳起一邊看不見的眉毛，隨即轉過身去。他一點幫不上忙，但老王又開口了。

「我知道這話聽著刺耳，」他說，「但是你打算怎麼討回你的身體？我從來沒聽說過你這種靈魂不得不和身體分離的情況，通常都是因為靈魂不想回去身體裡面。」

「你想是不是有人對我下咒？」

「我告訴過你，這種事我懂得不多。我這輩子都盡可能避得遠遠的。」

「對不起。」我只會給身邊的人帶來麻煩，就連二郎也因我而死。隨著每分鐘的過去，我愈來愈鄙視自己。

「別一臉不開心，」老王生硬地說。「我只是不希望你不切實際。」我垂下目光，眨著含淚的眼睛。「我會親口跟你阿媽說。」

「請她去找那個靈媒！三寶廟的那個靈媒。」

「你確定要那麼做嗎？靈媒來了的話，她要是決定怎麼做，我們可能說不上話。」

「你不能告訴她嗎？」

「靈媒做事有不一樣的規矩，我們一般人不曉得她選擇維持什麼樣的陰界平衡。好吧，可能一切都為了最好的結果。」

「你的意思是？」我說得很慢。

「小小姐，那靈媒也可能決定把你趕走。」

第三十三章

我四處晃蕩時，心頭縈繞著老王的話，同時麻木地看著各家各戶忙著各種家庭活動，彷彿我從來不曾離開。從某種意義上說，我是沒有離開。我的身體還在那裡，被劉芳占去了。她花了多到不像話的時間挑選衣裳、搽胭脂、抹粉，和指使僕人們做這做那。毫無疑問的是，她天生就想當有錢人的妻子。我設法與她說話，苦苦哀求，跟她討價還價，說盡好話，但她硬是相應不理。這倒容易，因為她聽不見我的聲音。

白天沒有發生什麼別的事，除了又痛苦地發作一次渾身虛弱，我無力得只能蜷縮在角落。老王是對的；我的靈體正在快速消失。不知道他有沒有找到時間跟阿媽說話，我不斷想著他的話。在我內心深處，難道真的不想回到我的身體，所以才被分開了嗎？這個想法令我惶惶不安，就像牛頭魔的消失一樣，雖然林天青在亡者之原俘虜我時，可能下令它們離開了。

日落時分，我又溜出屋子，再也受不了待在劉芳附近了。現在才明白我在擁有身體時從不懂得欣賞，除了綁辮子或匆匆換衣服時才會想到它。另一方面，劉芳卻花上好幾個鐘頭搽口紅，凝望她的鏡中倒影，噘起嘴唇，竭力擺出各種誘人的姿態。我儘管不屑，也不禁注意到她看來多麼引人注目。也許我也早該多花點時間往臉上輕抹面粉才是，不過那時我還不認識天白。一想到他，想到劉芳把那兩片嘴唇貼著他的，我就血液沸騰。我氣得幾乎希望他確實就是殺人兇手。他若勒死她的話，那是她活該！但這種想法使我充滿罪惡感。阿媽對說出不幸的事向來謹慎，生怕一說出口，不幸就會成真。我告訴自己不相信這種迷信，但無論如何，以我的狀況來說，幾乎所有可能出的錯都已經發生了。我雙手壓著眼窩，沮喪地發現我的靈體在黃昏時發出的微光變得明亮起來。我當然可以相信天白，他的驚訝非常合理，非常可信，我不該再懷疑他。林天青可能只是單純死於高燒，就算不是，燕紅的動機和機會也一樣多。其實就算她有罪，我懷疑天白也會保護她，因為他倆似乎很親密。

正琢磨著此事時，一輛剛到的人力車嚇了我一跳。這麼晚了，我想像不出可能有誰來訪，接著一瞧，竟是天白。阿媽打開門，噘起了嘴，指著前廳。我差點跟著他進門，想到劉芳看得見我，隨即作罷。我抵著窗子時雙手發抖，把自己藏在牆壁裡。在所有人當中，他肯定明白她是冒充的。如果他有點了解我的話，一定就知道。倘若他絲毫不懷疑，我會受不了的。劉芳步履輕快地走入房間。她露出靦腆的笑容，然後神態親暱地直奔天白的懷抱，把我嚇壞了。見到阿媽仍站在房間角落，劉芳皺起眉頭，叫她走開。

「麗蘭，」天白有些尷尬地說。「你不可以這麼不耐煩。」

「多管閒事的老太婆！」

「她是你阿媽，你不是告訴過我，是她撫養你長大的？」

劉芳別開臉，嘟起了嘴，嘟得嘴唇宛若一朵花苞。只有我曉得她花了多久才把此表情練得近乎完美。「你給我帶禮物了嗎？」

天白掏出口袋裡一個粉紅色紙包，臉上帶著寵溺的微笑。她撕開紙，尖聲說著：「一條金項鍊！」

我嫉妒得連視線都變模糊了。天白沒察覺到她不是我嗎？他怎能如此愚蠢？我眼睜睜看著她轉身露出她的頸背。

「幫我戴上！」她說。

天白將項鍊掛在她脖子上，兩隻手在凝脂般的潔白皮膚上逗留不去。他的臉轉到一邊，我看不到他的表情，但他的手指循著她脖子的曲線游走。她把頭髮漂亮地盤在頭頂上，不像我平常綁的女學生辮子。這會兒她用手指托起頭髮，鬆開髮髻，讓頭髮流瀉下來。天白把臉埋在她頭髮裡，就像他在夢中對我做的一樣。我痛苦地捂住眼睛，胸口劇烈疼痛，好想大聲呼喊，把他拉出她懷裡。看著他們對我是種折磨，比地獄的折磨更糟。但哪怕我在揉眼睛時，也聽到他在輕聲說話。

「昨天我夢見你了。」

劉芳用雙臂摟著他時，我僵住了。在所有人當中，最了解夢到鬼意味著什麼的人就是她了。

「怎麼了？」她柔聲說道。

「你說了些奇怪的話。」

「哦？」她的語調更尖銳了。「什麼樣的話？」

天白用手指繞著她的頭髮。「只是一些奇怪的話，和我堂弟有關。」

劉芳瞇起眼睛。「我的舉止有沒有不一樣？我有沒有跟你說不要相信我？」

「那些話多奇怪啊，」天白說。「你覺得為什麼會做這種夢？」他的語氣聽來緊張，不過看不到臉，難以分辨。

劉芳責難的眼光繞著房間轉，搜尋我的靈體。我很高興當初把自己隱藏在牆壁裡面。「你好像很不安。告訴我。」她撫摸他的胳膊。「我想聽個仔細。」

「為什麼？」也許是我的想像，但天白聽上去很冷淡。

「因為夢可能會欺騙你，夢可能是想騙你的惡靈幹的好事。」

「你真相信那種事？」

「不要低估那種東西。好了，跟我說說你的夢是怎麼回事？」

「你在我夢裡問我一個奇怪的問題。」

此時劉芳很警覺，她的身體變得緊繃，而非誘人。「哦？」

「你問我，」天白慢慢說道，「是不是殺人兇手。」

不管她的預期是什麼，都不是這個問題。兩人四目相對，劉芳目瞪口呆，而他目不轉睛。我好想放聲大笑。

劉芳首先恢復正常。「好吧！」她說。「我很高興只是一場夢。」她像貓似的用臉磨蹭他的肩膀。「可能是個惡靈。我給你個護身符，讓它不敢接近你。」

天白的表情難以捉摸。「你知道我不相信護身符。」

「別傻了！我們一起上廟裡去求一個，或許問個結婚的好日子。」

我屏住呼吸。她不知道他是天主教徒，但哪怕我這麼想時，她已露出楚楚動人的微笑。我怎麼從來就不明白微笑可以當作武器？但他定睛看著她，幾乎是掂量她的樣子，令我很不自在。畢竟就他所知，她就是我。他一手托起她的臉細細端詳。

「麗蘭，如果你嫁給我，我要你知道我希望我的妻子支持我。」

「我當然相信你啦！」她尷尬地笑了。

他沒搭腔，但一會兒他就放開了手。她繼續對他撒嬌，然而我瞥見他一閃即逝的眼光，令人不安。我向來認為天白個性親切，脾氣又好。的確，開朗、和藹可親的面容是他最大的魅力。但休息時，他的臉宛若一本闔上的書。

在那之後，我實在待不住。他倆一起坐在前廳，好像任何戀愛中的情侶，談著無關緊要的事。或許也說不了太多，因為阿媽又默默出現了，她走進前廳後就站在門邊。劉芳說什麼也要靠著天白，一逮著機會就撫摸他的手臂，藉此提出許多諂媚的問題，博取他寵溺的一笑。她熟練地炫耀我一直漠視的婀娜曲線。換成我坐在他身邊，肯定會拘謹得像個女學生，她可沒有這種顧忌。有那麼一秒鐘，阿媽轉過身去，劉芳便將仰起的臉湊近他，她分開的雙唇是他無法抗拒的邀請。我看見天白偷吻她一下，那時她對他笑得多麼嫵媚啊，她的舌頭很快地舔著嘴唇。她比我有經驗多了。我實在太過痛苦，難以分辨許多暗諷與負面情緒是否出自我的想像。最後我強迫自己轉身離開。一來到外面的街上，我就呼喚倩妲娜，真是後悔把它丟在外面這麼久。我的小馬用它的鼻子碰我，我緊抱著它好半晌。

我本有意等候，然後跟隨天白直到他睡著，可是當我淒慘兮兮坐在門階上時，不禁懷疑繼續跟蹤他、入侵且改變他的夢境到底對不對。我若是這麼做，就比林天青好不到哪裡去。倘若當初還有機會的時候，能把我的狀況老實告訴天白就好了。現在才解釋非常尷尬，尤其上回我還指責他是殺人兇手。

我決定去找三寶廟那個靈媒。我無法忍受等在外面，眼看劉芳的大腿貼著他的。雖然老王關於驅魔的談話困擾著我，但什麼都好過這種半死不活的存在。我抱住膝蓋，想著二郎曾在亡者之原默默握著我的手，想著當時他這麼一握，減輕我心中多少恐懼。我若是現在死了，似乎是難以形容的寂寞。我會再見到他或我娘嗎？我的理智也會隨著我的靈體一起消失嗎？我會像餓鬼一樣成為無法入土為安的幽魂嗎？我懷疑最近幾次的渾身無力是不是這種變化的徵兆，到頭來我將只是一個殘存的情感漩渦。話雖如此，想到即將離開這個世界，我仍難免畏縮。我有太多未了的心事——我的靈魂充滿了未滿足的欲念和渴望。

夜色更深了，鬼火開始出現。幽靈一個個點亮它們蒼白的鬼火，有白色、紅色和橙色，還有像劉芳一樣令人毛骨悚然的綠色。它們出現得無聲無息，有如展示各色靈魂煙火，我雖剛從亡者之原回來，脖子上的汗毛仍忍不住豎了起來。我看得出這些幽靈和我在亡者之原碰到的不同。沒錯，它們當中也有人類鬼魂到處遊蕩，但還有其他我從未見過的奇怪生物。有樹和植物的形狀，有快速掠過的小小生物，有失去身體的頭，後面拖著長長的頭髮。有的長了角和突出的眼睛，有的只是霧氣或蒸氣。它們沒理會我，但我擔心它們很快就會注意到我了。

我們平安無事離開城鎮，開始慢慢穿過墓地，前往三寶山及三寶廟。在黑暗中，我們四周的墳墓好像空蕩蕩的小房子般升起，嚇得我魂不附體，就怕遇到餓鬼或更糟的東西，真後悔匆匆離家。萬一遭到什麼妖魔鬼怪攻擊，此時我這麼虛弱，絕無防禦能力。不過，沉默的土堆之間看不見半點鬼火。這裡距離城鎮太遙遠，所有厚葬在這裡的人早已前往亡者之原。然而這種完全的孤獨卻讓我冷到骨髓裡。我獨自在黑暗中沒完沒了地徘徊於墳墓之間，滿心怨氣地想著我的冤屈，想著劉芳和我如何身分互換。陰陽兩界之間有那麼許多奇特的相似之處，以前有多少鬼魂也有同感呢？想到我也加入了它們的陣容，不覺心中發顫。

月亮已然升起，搖曳的銀色月光照在安靜的墳墓上，照亮了死去已久的亡者姓名。還是找人來驅魔的好，我想。劉芳和我都必須切斷和陽間的連結。雖然我已下定決心，但還是好害怕。倩姐娜順著狹窄的小路穩穩向前邁進，一條彷彿月光緞帶般延伸的小徑。接著痛苦吞噬了我，像以前一樣的痛苦深深刺著我。現在發作得愈趨頻繁，也持續更久。不過從來不曾像這次一樣殘酷，我幾乎無法思考，只覺得渾身一陣癱軟無力，隨即滑下倩姐娜的背，癱倒在小徑旁的長草叢中。

我躺在那裡時，有個尖尖的東西戳著我的身側。過了好久好久，我才使出足夠的力氣把它抽出來。是二郎的鱗片，在月光下閃閃發亮，或者只是月光的反射，我無法分辨。我把它湊到嘴邊，以微弱的氣息，絕望地吹了一下。

第三十四章

微風輕拂著。但一陣突然吹來的疾風，吹得樹葉嘩啦嘩啦響，吹得象草有如不停湧動的旗幟。雨點滴滴答答灑下。我沒精打采地想著是不是季風即將吹起，眼下我的生命是否如此短暫，就要被吹入南海了。

「再不起來，風就把你吹走了。」

我睜開眼睛，見到一雙優雅的腳。「二郎？」

他彎下腰，那頂偌大的竹帽幾乎遮住了夜空。見到他使我高興得說不出話來。

「你是高興見到我，還是害怕？」那美麗的嗓音聽起來是真誠的好奇。

「當然是高興啦！」我虛弱地說。「你個傻瓜！我以為你死了。」

他笑了。「殺死我沒那麼容易，不過很接近就是了。」

「你看起來很健康。」我努力想坐起來。真的，他的確是。他跟我頭一次遇見他時一模一樣；就連他的衣服也不像在亡者之原時那樣破爛又燒焦的了。

「這是我的肉身，」他說。「不過你看起來狀況很糟。」

我舉起已經變得完全透明的雙手。「我快要死了。」

「是的。」他的聲音很平靜。

如今我已走到盡頭，只覺得心中充滿一種奇特的安詳，不曉得這是不是死亡的副作用，還是因為有二郎在，我不再感覺焦慮。

「你去哪裡了？」我低聲說。「我喊你幾次，但你都沒來。」

「復原需要一段時間。之後，我當然是去報告案情。」

「他們怎麼說？」

「案子還在審理，但現在我們握有一系列證據，多虧你弄到那封信，針對歐陽大爺和林家的訴訟已經開始了。」

「我很高興，不過到最後我還是替林天青感到難過，他們只是利用他當工具，替他們做骯髒勾當罷了。」

「看在你是他做壞事的報酬份上，你的心腸可真好。」我聽出二郎話中的嘲諷，卻又虛弱得無力反唇相譏，況且我還有別的心事。

「他說什麼要控告天白謀殺無辜。這是合法的案子嗎？」

二郎頓了頓。「這不歸我管。你希望我弄清楚嗎？」

「麻煩你了。」

「你怎麼突然如此溫順？」他問道。

頭。

「當然是因為我快死了！」我怒得又睜開眼睛。「你就不能讓我死得有點尊嚴？」

「我不懂你為什麼不回到你的身體裡休息，反而跑到墓地來遊蕩。」

「喔，我沒告訴你。有人霸占了我的身體。」

「什麼？」除了把整個不幸的故事講給他聽之外，別無他法。我快講完時，看見他猛搖著頭。

「笨得難以置信。」他喃喃說道。

「是你叫我去亡者之原的啊！」我已沒有力氣對他大喊大叫。

「笨的不是你，是我。」

「為什麼？」我的身子滑了下去，坐不起來。現在我的頭枕在他膝蓋上。好奇怪，他竟撐得住我的靈魂形體，不過許多和二郎有關的事都很奇怪。

他發出惱怒的聲音。「我早該考慮到這個可能性才是。但我以為牛頭魔在守護你的身體。」

「哦，現在已經太遲了。」

「是啊，沒錯。」

我們有好一陣子沒說話。這個夜晚很溫暖，空氣中充滿樹木香甜的氣息。我們周圍皆是高高的長草，螢火蟲的微光和低懸的星光交織在一起。我雖看不見他的臉，卻看得出他陷入沉思。

「可否為我做件事？」我終於說。「等我死後，請照顧我的家人。確保劉芳別惹出任何麻煩。可能的話，也許找個驅魔人把她趕走。」

我看見他帽子底下的牙齒閃了一下。「我答應你。」

「還有一件事。」

「以一個將死的人來說，你好像要求很多。」他似乎一點也不認真看待我即將死去的事，這讓我心中好痛。說到底，我以為他不幸送命之後，也曾不顧一切地思念他，為他流淚，為他飽受罪惡感的折磨。我要是強壯些，一定會明白指出這幾點，但如今已來不及跟他爭辯了。

「摘下你的帽子。」

「為什麼？」

「你怕嗎？」

「我想和一條龍對看。」

「看見一條龍應該很幸運。我希望下輩子有好運氣。」

他沉默片刻，隨即脫下帽子。

月光照在他的臉上。不知道我一直期望見到什麼——也許是我在亡者之原驚鴻一瞥的偉大神獸的頭部——但我應該想過他也擁有人形。他英俊得超乎想像，甚且是美麗。凝神注視那純淨、燦爛的面容，我心中慌亂得只能盯著他看了又看，無法別開目光。那雙貴族氣的長長眼睛，如劍一般鋒利的兩道眉毛。我滿眼都是他美好的容顏，以及他白皮膚和黑髮的光與影。但令我傾倒的是他的目光。他斜斜睫毛底下的那雙眼睛兇猛又溫柔，清晰而灼熱。我頓時明白他遠遠超脫人類，他無比崇高的地位遠遠超越了我。在它的面前，我無所遁形。我心中狂喜，好想留下來，猶如受到月亮吸引的一隻飛蛾。

然後他說：「嗯，這下你可以快樂得死去了吧？」就此毀了整個氣氛。

我驀地想起他的輕率無禮，實在無法保持緘默。「這就是為什麼你以為女人抗拒不了你？」

二郎微微一笑。那燦爛的笑容使我癱軟無力。「我向來說實話。」

我別開臉。我最不想給他的，就是每個見到他那張臉的女人必然會有的反應。難怪他如此自負，我想，哪怕是我背叛的心也像脫韁野馬般狂跳。我並沒打算這麼死去，但隨它去吧。我不指望打贏每個回合。其實，我這輩子已經輸了。可是二郎在搖我。

「你真的死啦？」

「你怎麼碰得到我？」

「你是個靈魂，我的官職有權管轄靈魂。」他說。

「我還以為你只是個小官員。」

「這個案子結束以後就不是了。」

「做得好。」我閉上眼睛。我的力氣漸漸流失，猶如水從我的手指間流淌出去，但他又在搖我了。

「什麼事？」

「你不能死，還不到時候。我可能需要你當證人。」

「對我來說已經太遲了。」一陣勢不可擋的虛弱侵蝕著我的四肢，我的靈體明顯褪色。二郎目光銳利地注視我。

「還有一個辦法。現在你幾乎是餓鬼了。你不知道可以用另一人的氣維持自己的生命嗎？」

我悚悚發抖。劉芳就那麼做了許多年，使得她的情郎元氣大傷。「我不能那樣對待天白，我寧願死掉。」

二郎的眼神令人難以理解。「你就那麼愛他？無論如何，那也不是我的建議。那種手段不合法。」

我無法一直看著他。他的俊美令人膽怯，幾乎是超乎自然。「那你的建議是什麼？」

「我要給你連皇帝也不惜犧牲一切擁有的東西。」

我虛弱得無力翻白眼。「那是什麼？」

「哦，當然是我的生命力。」

程序上的特例、證明文件和維持證人的生命什麼的……我幾乎聽不懂他在說什麼。我斷斷續續地短暫失去與恢復意識，不過我有種奇怪的感覺，他不只在設法說服我，也在說服他自己。

「……當然將會改變你。」

「什麼？」我虛弱地說。

「你快死了，」他忽然說。「快點！選啊！」

我努力振作起來。「選什麼？」

他的嘴角抽搐一下。「你要吸我的氣還是喝我的血。」

據說巫師是經由腳上的洞餵飽他們的妖精，而我即使處於衰弱不堪的狀態，也無法想像自己喝他的血。這麼做簡直就跟邪惡的亡魂，或是吸血妖精一樣糟。

「吸氣。」我終於說道。

「那就快點！」他說。

太過驕傲的我不願現出一臉懼色，於是倒在他懷裡。他很近，太靠近了。我緊閉眼睛。他的唇擦過我的唇，起初很短暫，彷彿在考慮。冷顫一路竄上我的肩胛骨之間。我以為他就要說什麼。接著他呼出一口氣。

他的呼氣很熱，很乾淨，似一陣風瞬間刺穿且融化了我。世界為之旋轉，天上的星星彷彿蠟燭一樣搖曳不定。除了他抓著我的手臂和他火熱的嘴，我一無所知。不管他的皮膚碰到我哪裡，我的臉頰，我的脖子，都像著火一樣。為了讓我的嘴唇張得更開，他的嘴用力壓著我的唇。他的呼吸穿透了我，擴散到我生命的每一根纖維，直到我再也無法控制自己。我想咬他，我想尖叫。

他的舌頭鑽進我嘴裡，像鰻魚一樣快速又滑溜。渾身發顫的我用手指深深掐著他的背，直到他痛得吁吁喘氣。我的胸口擠壓，渾身打起哆嗦。我聽見遠方傳來他的低聲呻吟，可是我不肯將手放開。原來鬼魂就是這樣偷走別人的生命。我覺得渾身滾燙，還有一種奇怪的倦怠感。然後他輕輕搖我，說道：「夠了。」

我不情願地睜開眼睛。我們已倒臥成一團，在恐怖的剎那之間，我還以為他死了。然後我感覺他的胸膛在我身體底下起起伏伏。月光已將一切變成銀色，宛若我們住在一個灰色與黑色的世界裡。我把臉貼著他的胸膛。他奇怪的漢服隱藏不了他輕盈優雅的身體，和他平坦緊繃的腹部。我聽見他怦怦的心跳，和血液在他靜脈裡緩緩流動的聲音。我覺得生氣勃勃，好似可以飛向月亮或墜入大海的深處。直到他久久沒有動靜，恐懼才滲入我的心裡。月光下，他的臉憔悴而疲憊。正端詳著，他睜開了眼睛。

蒼白的月光抹去了所有的顏色，因此他的眼神難以猜透，好像夜裡的大海。我擔心他忘了身在何處，或後悔自己的決定。接著二郎可憐地說：「你至少取走我五十年壽命。」

我震驚莫名。「還給你！」

「沒辦法，但好在我的壽命是你的許多倍。」

「龍可以活多久？」

「一千年，如果他幸運的話。當然，不是每條龍都能活那麼久。」他抬起一道眉毛。

「對不起。」我無法直視他的眼睛，他脖子強壯的線條反倒吸住了我的目光。如果他讓我喝他的血，那我肯定會要了他的命。但二郎正掙扎著要坐起來。

「我應該早點阻止你的，不過現在我總算明白男人為何會屈服於女鬼了。」他說得輕鬆，可是我卻狼狽得耳朵發燙。

「是你把舌頭伸進我嘴裡的！」我衝口而出，隨即立刻後悔。談論別人的舌頭是最糟糕的，可見我多麼缺乏經驗。然而想著他使我忽冷忽熱，好似得了熱病。和天白在一起時不像這樣；我很清楚我在他心目中的地位。但他一直在追求我，二郎卻截然不同。我們不是那種關係，我提醒自己。

他只挖苦地瞥我一眼。「我有一點忘形了。」

「謝謝你，」我終於說了。我發覺這是我第一次正式謝他。

「恐怕你在許多方面都會變得不一樣了。」

「怎麼說？」

「這會兒我也說不明確。我通常不會到處對人吹氣。」

我低頭看自己。我的半透明狀態已經消失，我看來紮實，幾乎是活生生的，但我周身仍散發出微光，鬼火本身也弱了，只剩下蒼白的光芒。二郎一手放在我的臉上。我畏縮一下，彷彿他燒到我了。

「你臉上沾了土。」他冷靜地說。我尷尬地抹抹臉，但他沒說話。雲朵掠過月亮，於是夜晚不再明亮。天氣也在改變，空氣濃濁起來，猶如暴雨將至。

「現在你要做什麼？」我問。

「其實你呼叫我的時候，我就在前往會議的途中。他們肯定不高興，因為逮捕狀會延遲。」

「所以林天青仍然逍遙法外？」

「是的，不過我比較擔憂歐陽大爺的案子。」二郎猛地抬起頭來，表情警覺。「我得走了。」

「為什麼？」

「牛頭魔有動作了，我看不出是哪裡的守衛。」

「帶我一起走！」

「絕對不可以！我不希望我的證人受到任何損傷。」

我奮力對他大呼小叫，但一陣強風把我的話吹回我的臉上。樹枝和樹葉像旋風一樣散落四處，然後他就不見了。我獨自佇立在荒涼的路上。

第三十五章

儘管我稍早曾決心向靈媒求助，然而愈來愈深的焦慮使我將倩姐娜的頭轉向了家。陰界出事了，我擔心家人的安危。二郎肯定不會贊同，但我不在乎。我的靈體覺得強壯，血液在我的血脈中歌唱。倩姐娜飛衝過墓地，它的鬃毛拍打在我的臉上。早些時候清朗無比的夜空，此刻籠罩著雲層。月亮藏起了它的臉。

我們來到馬六甲的郊區時，之前的滿心狂喜已經流盡，彷彿拍擊海岸的海浪一樣。淒涼的感覺排山倒海衝向我。二郎走得那麼突然，感覺好像我的一部分被扯掉了。我硬是拋開這些思緒，轉而去想那些牛頭魔到底怎麼了。它們消失那麼久，所以我根本不曉得劉芳是否知道它們曾在我家站崗，否則她或許就不會撕掉門窗上所有的符紙。她這麼做很可能是為了自己的利益，以為如此一來，必要時出入比較容易。我們進入城鎮時，天空變得陰森森的，哪怕是街上的鬼火也變少，變零散了。外頭幾乎空無一人，空無一物，但我的皮膚刺痛。我們一到家，我馬上明白出事了。

雖然已是深夜，每扇窗戶卻都燈火明亮。我從倩姐娜的背上滑下來，吩咐它等我。穿過前門變得驚人地困難。這是好兆頭，但我沒時間慢慢欣賞。我一個接一個走過房間，尋找阿媽或是我爹。找到他們並不困難，只要循著尖叫的聲音走就對了。

劉芳站在餐廳裡，抓著我爹當擋箭牌。她翻著白眼球，看來活像個瘋女人。讓她畏縮不前的東西，不過就是托盤上一帖煎好的草藥。

「把它拿走！」她尖叫道。

阿媽拿起釉彩鍋朝她走過去。「哪裡不對？」她問。可是劉芳放聲尖叫，彷彿要給她吃的是一隻蠍子。

「叫她離開這間屋子！」

「麗蘭，你是怎麼啦？」我爹問道。一臉困惑的他瞳孔不自然地放大，我便知道他又在抽鴉片了。

「她發瘋了，」阿媽說著朝劉芳又往前邁一步。「你的病還沒好，」她安慰地說。「這帖藥會讓你覺得舒服些。」

差點向前衝的我停下了，記起除了劉芳以外，誰都看不見我，於是我轉而藏身於牆壁。劉芳伸手猛砸阿媽手中的釉彩鍋，速度快得令我吃驚。它墜落瓷磚地板上砸得粉碎，我爹不禁叫苦大喊。那是我娘的嫁妝。

劉芳急忙跳開，避免裡面的藥湯濺到身上。「這個老太婆故意想要毒死我！」她對我爹說。

「害我生病的就是她。是她在我身上下咒！」

「這是真的嗎？」我爹問道。

阿媽搖頭，但她的苦惱只讓她看來像個溺愛孫子的老太太。「我絕對不會……」

但劉芳打斷了她。「叫她把口袋翻出來，」她說。「你就會看到她隨身攜帶害我的符咒。」

我爹撇下嘴角。我心知他多麼憎恨迷信，何況他最近老是為了我的病與阿媽鬧意見。

阿媽哭了。她顫抖著雙手掏出幾包草藥和幾張符紙。

「你竟敢把這些東西帶進我家！」父親說。「我不許你把麗蘭攪得這麼心煩意亂！我早該在好幾年前就阻止你了。」

「這些不是對付麗蘭的！」阿媽說。「它們是為了擋住惡魔和邪靈。老王說……」

可是我爹早已打斷她的話。「你在說什麼胡話啊？」

他拾起一小堆可悲的符咒，打開庭院的門，把它們丟到外面的黑夜裡。我好想躍步向前，為阿媽辯護，卻又不敢讓劉芳見到我。就她所知，我早已化為幽魂了。

劉芳交叉雙臂。「滾出去！」她說。「我要她今天夜裡就離開這間屋子！」她帶著一絲得意指著敞開的門，緊跟著她的五官垮掉了。

我是先聞到味道——讓我永難忘懷的一股燒焦腐肉味——然後才看見。我背後的皮膚繃得好緊。我不敢轉過頭去，只是死盯著一道可怕的影子一點一點走過地板。無論來者是什麼，都是從敞開的門口進來的。它愈來愈接近，邪惡的尖角將它們彎曲的形狀投在瓷磚地板上。劉芳的眼睛睜得好大，像玻璃一樣。雖然我躲在牆壁裡面，卻怕得快昏死過去。最後再也忍不住了，我轉頭一看。是牛頭魔。

「你是潘家的麗蘭嗎？」那粗嘎的喉音震動了牆壁，惡臭瀰漫於空氣中；在此封閉的地方，引發了動物般的恐慌。我差點無法抑制逃跑的衝動，嚇壞了的劉芳只能不知所云地胡扯。我爹和阿媽驚愕地愣望著她，我才明白他們什麼也看不到。

「我問你是麗蘭嗎？」

劉芳發瘋似的猛眨眼。「你想幹麼？」

「她瘋了！」我爹說。

阿媽跑到她身邊，但她兩眼直盯著牛頭魔。

「我被派來帶走這間屋主的女兒。」它說。

「不……噢，不，不，我不是麗蘭！」

「你的模樣符合人家給我的描述。」

「你們弄錯了！」劉芳嘰哩咕嚕地說。「我不是她。我只是……照顧她的身體。」

我爹和阿媽幾乎瘋狂，以為她真的精神失常了。牛頭魔瞇起眼睛看她，那深如洞穴的大嘴張開了，露出森森的尖牙。我幾乎感覺得到它熱又臭的呼吸。

「我接到的命令是帶你回到林家莊園。」它說。

「不要！」劉芳向後退。「我知道陰間的法律。不准帶走活人！」

它停頓一下，彷彿是在考慮。我倏地想到她或許是對的。她眼中閃現一抹反抗的微光。「現在這是我的身體了。」

阿媽衝向前，好似她忽然間下定決心。她右手啪的一下，把一張符紙貼在劉芳的額頭上。效果立刻顯現。劉芳的眼睛往上一吊，隨即像個紙娃娃般倒下。父親絕望地大喊一聲，但我看見他們看不到的東西。劉芳的鬼魂突然被拋出我的身體，她一驚之下向前摔倒。就在那一瞬間，牛頭魔一個縱步向前，抓住了她。我看見她嚇壞了的蒼白臉龐，張開的口中發出無聲的尖叫。接著它一個跳躍，便帶著她遁入夜色。

阿媽與我爹圍攏在我倒下的身體旁。阿媽哭哭啼啼地說：「我不該這麼做的！靈媒說別用那一招，就怕切斷所有的連結。」我卻覺得胸口一陣劇痛，像根愈收愈緊的繩子一樣拉扯著我，擠著我的胸口。我氣喘吁吁地奔向我的身體，然後攤在了上面。

第三十六章

一道陽光照亮了我的床尾，敞開的窗子傳來鴿子的咕嚕聲和老王打掃院子規律的刮擦聲。除了我已回到身體裡面，這是一個十足普通的早晨。阿媽又跪在我的床邊睡著了，我輕撫她稀疏的灰白頭髮。

「阿媽。」我說。

「真的是你？」她又老了一些，但仍比我在亡者之原的親娘看來年輕。

「是我。」

「噢，麗蘭！我的小寶貝！」她撫摸我的臉。「你上哪裡去了？」

「別人占了我的身體。」我說。

「我知道。我就知道她不是你。」

我們相擁良久。日後我會告訴她一些我闖蕩陰界的事，但不敢說得太多。我對老王的警告非常小心，也不想讓阿媽太過心煩，何況她已經夠迷信的了。關於我娘，我只說我見到她了，她也幫助過我。阿媽聽了淚流滿面。我沒說我娘變得如何老態龍鍾，也沒說她在亡者之原當僕人的生活。我們什麼也沒告訴我爹，只說我得了腦膜炎，現已康復。他似乎接受了，就像他接受昨晚發生的事。想必是鴉片影響了他的洞察力。

回到身體裡感覺好奇怪。我花了一些時間檢查我的指甲，我手腕上藍色的脈搏跳動，和我膝蓋與腳踝靈活的韌帶。對我來說，它們好似奇蹟，但也沒什麼格外了不起之處。再過幾天，我就會把它們統統忘掉，然而我心存感激。到了最後，我的身體確實呼喚我了，就像醫生說的一樣。我又不安地想，會不會只是因為被劉芳占用以後，見到我的身體也能如此誘人與充滿魅力，我才迫切想要討回呢？也可能是受到二郎的氣所影響。我曾一、兩次發現自己噘起嘴唇，或隔著低垂的睫毛斜睨鏡中的自己，不禁瑟縮起來。如果我的身體養成了這些習慣，那我就得留心了。

幾星期的臥床使我的胳膊和腿變得稍微無力。阿媽天天幫我按摩四肢，幫助不小，但劉芳絲毫沒有努力改善它們的狀況，她只對美麗的外貌感興趣。就算我很不喜歡她，她也不應當遭到如此悲慘的命運。我無法忘記最後一刻她臉上的恐怖表情。想到牛頭魔那樣嚇人的魔鬼一直在找我，我就怕得要死。我只能猜測那是林天青或歐陽大爺被捕之前孤注一擲的最後計畫，於是我又好奇陰界不知發生了什麼事，因為我好懷念。儘管花費許多時間設法回到身體裡，我卻覺得不安與焦慮，渴望能夠自由自在地闖蕩未知的地方。半死不活雖有缺點，但也過得比被迫待在有限的社交圈有趣多了。我內疚地把這些想法拋諸腦後。我很感激，非常感激能夠回到人間，不過我仍不滿於受到限制。也許就像老王警告過我的，與陰界接觸確實寵壞我了。他說這是個污點，而非天賦；想到他和三寶廟的靈媒所說的話多麼類似，我就滿心惆悵。我的皮膚常在奇怪的時刻感到刺痛，看見陰影時也會驚跳起來，不過我再也看不到任何東西了，但我感覺得到未知的存在，感覺得到在黑暗角落打轉的，蒸氣般似有若無的輕觸。我驀地想到，這些感覺是由靈魂引起的，它們就像半透明的水母，倒掛在我剛才經過的空氣中。我經歷過一個祕境，雖然恐怖，卻也是純粹奇蹟的來源。躺在熟悉的床上，我回想起黑暗中綻放的鬼火，宛若冷酷而無聲的煙火；就算是現在，聚集在馬六甲街頭的神祕生物或許仍夜夜做著它們奇怪的買賣。我也記得月光下見到了一張英俊得不可思議的臉孔。

再也沒有一樣東西討我喜歡了，甚至是天白。他幾乎天天都來看我，就跟以前一樣迷人和愉快。然而我已不是原來的女孩，他的世故和遊歷四方不再那麼深深打動我。一天下午，我們一起坐在前廳，就像之前他與劉芳那樣。她有如我們之間的影子。雖然她已離開，我每一轉身，仍找得到她的痕跡：她丟棄的髮夾，她吩咐裁製的衣裳。在劉芳占據我身體的短暫期間，她已累積大量的珠寶首飾，想必大多都是天白餽贈的禮物。奇怪的是，她把它們藏得整間屋子到處都是，彷彿無法相信自己的好運，於是藏起來以備急用。雖說她曾故意害我差點淪為餓鬼，每次偶然找到她藏起的一件寶貝時，我仍為她感到難過。

「你在想什麼？」天白問。那天他帶了一只細細的玉鐲給我，斑駁的綠色與白色，好似叢林大樹的樹幹。他似乎並未察覺我與貪圖這類禮物的女孩不同，這個事實令我憤慨。但是天白滿懷希望地拿出鐲子，他為我戴上時，笑出左邊的酒窩，使我無法對他懷恨在心。

「我身子不太舒服。」我說。

我再次懊悔從未告訴過他我的靈魂曾經離開身體。假如我打從開始就告訴他，或許一切就會不同。不過他就算並不知情，也幫助過我。他把倩姐娜給我了，我再也看不見它，找不著它。我好擔心，生怕它仍耐心站在我家外面的街上等我。

「最近你好像不太一樣，」他說。「有什麼心煩的事嗎？」

有時我真納悶自己幹麼不告訴他，可我擔心他會以為我瘋了。關於我聲稱的腦膜炎帶著些許污名，他雖沒說，但我聽僕人說過，如果證實我沒有行為能力，林家仍想取消這門親事。真要發生這種狀況的話，我爹的債務怎麼辦？而我是愛天白的，不是嗎？不過，無可否認的是，我對他的熱情已冷卻下來。我讓他撫摸我的頭髮，擁抱我。他甚至親吻我，輕輕的，帶著無比的溫柔。然而劉芳總是橫在我們中間。我無法忘記她如何隨意支配我的身體，在某些方面，我感覺受到侵犯。我希望知道他是否注意到我曾與劉芳互換身分，或者更糟的是，他喜歡她更甚於我。她比我深情款款、風情萬種地聆聽他每一句話。相比之下，我鬱鬱寡歡，而且時常沉默寡言。

我的思緒不斷轉向林天青指控的謀殺。即使聽過天白的解釋，我心中仍存著懷疑的污點，猶如一種未加控制即快速蔓延的真菌。天白很有耐性，他沒批評我的冷淡，也沒對我做出超出我意願的要求。但願我能拋開這個疑慮，這就是林天青送我的暗黑結婚禮物。

「我聽說一件關於你的事。」我終於說道。

「哦？」他的眼尾皺了起來。

「也許只是謠言，但我想親口問你。」

他一隻手指滑至我的頸背，他與劉芳一起時用過同樣的手勢。「就是這事讓你心煩？」他說。「既然我們要結婚了，我想你應該知道才公平。」

我緊張地等著。他走到窗前。

「麗蘭，我比你年長。我不否認有過別的戀情。我在香港愛過一個女人。」

「伊莎貝兒。」我脫口而出，來不及阻止自己。他一臉驚訝。

「所以你聽到閒言閒語了。不過我們雙方父母都不可能答應。」

「有孩子嗎？」我一邊問，一邊痛恨自己的莽撞。

「沒有，沒有孩子。她嫁給別人了，所以我剛從香港回來時才沒有去找你，跟你完婚。你一定很訝異我們已經訂親那麼久了，早在我堂弟去世之前。可是我認為這樣比較好，你知道的，當時我並不認識你。」

他對我微笑，那緩慢誘人的笑容從一開始就迷住了我。情不自禁之下，我走過去用雙臂摟住他，那時他吻著我，一個慢條斯理的吻，我兩頰為之滾燙。

「你看來像個女學生，」天白說著拉扯我的辮子。「我們結婚時，你得把頭髮梳起來才行。」

後來我責備自己沒強迫他談談林天青的死。我們在一起時，總覺得這是愚蠢的懷疑，然而我一獨處，它又跑回來糾纏我。正如同看不見他的臉時，我懷疑他是什麼表情一樣。我忘不了劉芳還占著我的身體時天白瞟她一眼那近乎掂量的冷酷神情，於是我又懷疑他是否真的注意到我與劉芳已經互換身分。

我搜索屋子，這已成為我現在的習慣。打從回家以來我一直在找，所以才找到劉芳藏匿的寶貝。但我對珠寶不感興趣，我是在找二郎的鱗片。我一回到身體裡，它也像倩妲娜一樣消失無蹤；不管我怎麼努力都找不到。我擔心是不是把它留在三寶山的墳墓之間，我甚至說服阿媽陪我回去三寶廟——以表達我的敬意，我說。往返途中，我坐在人力車上焦急地沿路掃視，可惜什麼也沒看見。我甚至不確定我是在何處自倩妲娜的馬背墜落，二郎又是在何處把他生命的一部分給了我。

最重要的是，我想再見到二郎。看看他過大的帽子，聽他說些無禮的話，責罵他什麼也沒多說就離我而去這麼久。他當然會回來，但我害怕可能沒有理由這麼做了。我仍然有滿肚子的疑問。林天青是否真像他吹噓的那樣在陰界控告天白謀殺，我是否需要擔任指控歐陽大爺及林家老主人有罪的證人。這些事只有二郎能夠說給我聽。然而他最後一番話只是強調他是為了辦案而維護我。難以言喻的悲傷困擾著我。多麼希望我從未見過他的臉，然而他已烙印我的記憶裡。他警告過我不要看他。我為什麼不聽？

在我讀過的中國故事裡，神靈與人類的交往常常是令人難熬的無疾而終。菊花仙子的植株遭到砍斷，蜜蜂公主回到她的蜂房，就連牛郎和他的仙女新娘的幸福也是短暫的。可是每當強風吹起，吹得百葉木窗達達響，或猛雨敲得屋子嘩啦嘩啦，我就跑到窗邊。可是二郎一直沒出現。

第三十七章

天白和我即將在兩個月後成婚。我設法拖延婚禮，以生病與林天青的一年服喪期未滿為由懇求延期。天白說他願意考慮。同時，阿媽和我忙著縫製我的嫁妝。阿媽欣慰不已，我總算要嫁人了，不過我的十八歲生日在我所謂的生病期間悄悄過了。看著我以大老婆的身分嫁入一個體面的家族，是她雄心壯志的頂點。我爹四處蹓躂，彷彿肩膀上的重擔已然卸下。就連老王也對我滿意極了，不過他偶爾還是忍不住數落我。但每當月光從我臥房的窗戶洩入時，我就覺得淚水刺痛了我的眼睛。有時天白坐在我身邊，我發現自己幾乎無法直視他的眼睛。

那年的雨量非常豐沛。季風來得早，街道上一片泥濘。晾在外頭的衣服因為溼氣太重總是溼答答的。阿媽嘆著氣說我們絕對來不及備妥嫁妝。別的姑娘自小花費大多時間準備一大箱精巧的刺繡作品，從餐巾到床簾一應俱全，我在那方面卻乏善可陳。最後她終究放棄婚禮之前能夠完成嫁妝的微弱希望，決定雇用女裁縫幫忙。不過阿媽仍感覺非常丟臉，因為婚禮當天展示的作品非出自我之手。

「你娘什麼都是自己做的，」她說。「她甚至縫了五雙珠飾拖鞋！」

我看過那些拖鞋，那些珠珠小得讓人流眼淚。就算阿媽抱怨我爹浪費我的時間教我讀書，我也絕無可能複製那些拖鞋。我心中暗想：倘若他不曾教我讀書，我就讀不懂亡者之原林天青叔公手中的那封信。那不是我生活的世界，但有時想到我若是嫁給天白，死後註定將要重新走入林家莊園陰森森的大廳，心裡不覺發毛。總之，還有別的事需要我關注。我即將結婚成為人妻，希望有朝一日也會成為母親。朋友和鄰居恭賀我爹締結一樁如此幸福的婚姻。他們說我非常幸運，我是全馬六甲最有福氣的女孩。

我盼望這些準備能給我機會見到燕紅。我有好多事想要問她，最急迫的就是她藏在房裡的那只茶杯。天白似乎很高興我喜歡他堂姊，可是他又不太願意安排我去林家大宅一訪。

「我們結婚後，那裡就是你的家了，」他說。「不必急著走一趟。況且我嬸嬸身體不適。」

我懷疑他是否想要保護我免於直接面對他嬸嬸的反對，或是避免我發現更多他家的事。甚至是更不祥的，林天青的鬼魂仍在他們家徘徊不去，雖然二郎承諾會逮捕他。只是他愈勸阻我，我想跟燕紅說話的決心也愈堅定。

於是，當老王提到要歸還借自林家的蛋糕烤模時，我就說要跟他一起去。他是所有人當中最了解我在掛記什麼的人，但我也不敢告訴他全部的細節。他鼓起腮幫子，不曉得該說什麼。

「小小姐，現在總算一切順利了。你非往下挖不可？」

我點點頭，不敢看他。

「好吧，最近你好像挺明白自己在幹麼。」他說，意外的是，他不再說什麼。

我們從僕人區進入林家大宅。林家的僕從們對我絲毫未加留意，以為一身樸素衫褲的我是老王的助手。對此我很滿意。我最不希望坐在哪間前廳，陪林家的親戚巧妙而客套地談天說地，失去跟燕紅私下說話的機會。在其他方面，匿名也令人安慰，讓我想起我在另一個陰森森的林家莊園廚房裡度過的時光。我第一百次想著不知我娘現在過得怎樣，也不知我們此生能否再見一面。

「燕紅在這裡嗎？」我問一名僕人。

「她在花園。」

我從來沒有去過林家的外苑，要不是僕人帶路，根本不可能找得到她。好像路還挺遠的，我們穿過許多步道與涼亭，也越過寬闊的草坪。這些布置都是英式風格，草坪用沉重的滾筒壓過並修剪，因此看來酷似貓背上的短毛。大宅也像格勒邦路上其他豪宅一樣，廣闊的土地一直延伸到海邊。大宅與下方陡峭的落差之間，只隔一道長滿火紅九重葛的矮牆。燕紅見到我雖然吃驚，但似乎也滿高興，不過她的臉腫腫的，氣色也差。

「我一直想去看你，」她說，「但我的繼母病了。」

「你在這裡做什麼？」我問。這裡偏僻得很，離主屋好遠，而且都被樹林遮得看不見了。

「檢查牆壁。最近老下大雨，好幾個地方坍塌了。你看看這裡是怎麼了。」

我走到她身邊，只見鬆土的側邊滑開一道大裂口，最後止於一個狹窄的豎井，裂口極深，即使我站的位置視野極佳也看不見底。裂口兩側出奇地齊整，我才發覺那是一口廢棄的井。滑坡毀了井臺，所以現在看來很像是個歪向一邊的漏斗墜入老井中。

「很久以前在我祖父的時代，這裡有屋子，距離海岸半里。可是海水一直上漲，最後什麼也不剩了，」燕紅說。「再過不久，這個也會消失。」

我很訝異，離海這麼近，居然會有一口井，不過我們這裡的氣候如此潮溼又炎熱，因此有許多地下泉水流入大海。在任何地方鑿井都不困難，但這口井早就乾涸了。我很好奇以前的老屋在哪裡，住在裡面的人發生了什麼事。他們是否投胎重生了，或亡者之原可能仍有這麼一間海邊的屋子？我的皮膚感到刺痛，這又提醒了我餘生都將想著這些事。

我凝神欣賞風景時，燕紅交代僕人幾件事，隨即打發他走了。崩塌的泥土和越過樹林那邊修剪整齊的草坪對比十分鮮明。

「我們小時候常常在這裡玩遊戲，」燕紅說，她的眼睛盯著遙遠的回憶。「這是我們的祕密基地。當然，那時的井不像這樣。井臺好端端的，還有個蓋子。我們說它鬧鬼，有個女人曾投井自盡。」

「是真的嗎？」我問。見過鬼魂的我，很容易想像出餓鬼的模樣：蓬亂的頭髮，憔悴的面容，拴在老井裡。

「當然不是。不過我們喜歡互相嚇唬。我說那個女的是為了愛情而死，天白說她是個一直住在井裡的巫婆。」

「天青呢？」我問，熱切地想要多探聽一些他們的關係。

「噢，他是個愛哭鬼，又愛告狀！但他比我們年紀小多了。有一次我們騙他說這裡有條祕道，如果他願意等，我們就帶他看看在那裡。可是我們反而跑回家去，天白想回去帶他回家，不過已經是晚飯時間，我們就忘了。」

我想像著愈來愈黑的夜色中，怕得半死的胖小子林天青瑟縮在老井旁邊發抖。或許這只是他對燕紅與天白不滿的眾多理由之一吧。

「那麼做挺殘忍的。」我說。

「大概是吧。我們覺得很抱歉，但他告發我們，害我們被我爹處罰。我還算好，天白挨了一頓痛打，疼得兩天不能坐。」她說得不帶感情，坦白得出乎我的意料。也許是因為現在我是天白的未婚妻了，她視我為盟友。她渾然不知我的靈魂曾出入這間屋子，到處遊蕩，監視著她。我羞愧不已，更不願意詢問她林天青死亡的事了。

「你打算怎麼處理這口井？」

「都已經毀壞成這個樣子了，非得築牆圍起來才行。我必須跟天白說一聲。他現在出去了，但應該很快就會回來。你不妨等等他？」

他不在，我不禁偷偷鬆了口氣。懷疑她已經夠尷尬的了；我好幾次已經張開嘴，但又及時制止自己。這可能是我在婚前最後一次機會跟她說話，開始懷疑一輩子之前的最後機會。於是我屏住呼吸，說起一個夢境如何困擾著我。一個關於林天青的夢，他說他遭到謀殺。我說得模模糊糊，不過多半都是真的。我仔細觀察燕紅，她雖然臉色顯得稍微蒼白，表情倒是沒什麼改變。

「你相信這種事嗎？」她問，一手摸著乾薄如紙的九重葛花瓣。

「我不知道，」我說。「不過他很苦惱，也很氣天白。」

她皺眉。「如果那真是他的鬼魂，我不訝異他有意惹麻煩。他一直就是那樣。」

「可是他說你留著他的茶杯。」

她看來很受驚嚇，接著又變得出奇地大膽。「他也指控我了嗎？」

「你有那只茶杯嗎？」我的脈搏加快。她若對我撒謊，我便知道不能相信她。

「是的，我有。」她用掂量的眼光瞟我一眼。「那是我娘嫁妝的一部分。他很喜歡，我娘就送給他了。他死的時候，我把它拿了回來。他從一開始就不該擁有它的。」她的聲音中充滿怨恨，我記得她在樓梯上注視林夫人時滿臉的憤恨。

「天白在裡面放了什麼嗎？」這句話像有毒的花一般懸在我們之間。話一出口，就再也收不回來了。

她不屑地說：「天白絕不會做那樣的事！難道你一點不知道他為你做的一切？他已還清了你爹的債務。如果你可以這麼指控他，你就不配嫁給他！」

「那你在裡面放了什麼嗎？」我繼續逼問，明知我正在毀掉所有退路，從此以後，她再也不會把我當朋友看了。這個想法令我痛苦，但我迫切想要知道真相。

她的目光明亮而銳利。「如果我說是，有人會相信你嗎？但假如我真的對他懷恨在心，假如自童年起，我娘和我就必須伺候他，忍受他的百般要求與羞辱，只因為他是大老婆的兒子。假如有一天他在裝病，逃避工作，而我想懲罰他，我很可能放了什麼在他的茶裡。不過，那些當然純粹都是猜測。」

她輕輕從我身邊擦過，然後停頓一下。「你要是再見到林天青的鬼魂，儘管告訴他：我很高興他死了。」

我啞口無言，只能眼睜睜看著她往前走，然而她才走不到十步，樹林間出現一個身影。燕紅猛地煞住腳步，但那身影不理會她。我頓時一口氣憋著，深信那是個餓鬼，是燕紅說過的那個死在井裡的女鬼。然後我發覺那憔悴的五官、稀疏的亂髮原來屬於林夫人。她曾經豐腴的臉頰已塌陷，勻稱的身材也縮小了，只剩下一身皮包骨，皮囊裡的骨頭嘎嘎作響。沒有腰身的直筒連身裙代替了昂貴的娘惹衫，脖子上沾滿了食物的污漬。我聽說她病了，但從區區幾個月前邀我打麻將的沉穩貴婦變成這樣，真是可怕的改變。她拖著腳步走向前，然後一把抓住我的手腕，手勁大得驚人。我手一縮，但又不敢甩掉她。

「所以說，你終究是要嫁到這個家裡。」她游移的眼光穿過了我。「嫁錯人了，」她說。「嫁錯了。」

「阿姨，你說的是什麼意思？」以眼下的情況看來，我不再懷疑天白為何設法讓我遠離這個屋子。

「我說你嫁錯人了！你應該嫁給我兒子。可是我兒子走了。」她發出的哀號有種淒厲、令人膽顫心驚的特質。「他是真的走了。他再也沒有給我託夢了。」

我愣望著她，回想起林天青如何誇耀他對他娘的影響。二郎在地府展開逮捕行動時，想必託夢也停止了。

「這樣比較好，」我盡可能溫柔地說。「讓他走吧。」

「那怎麼行？他是被人謀殺的！剛才我聽到你跟燕紅說話。你說你也看見他了！」

我心慌地瞥向站在她背後一動不動的燕紅。「只是作夢罷了。我們只是在談作夢。」

可是林夫人低聲嘀咕，猛搖頭。「是她說的！她殺了他，天白一定也有幫忙。」

「你沒聽見燕紅說嗎？跟天白沒有一點關係。」

「謊話！全都是謊話！」她放開我的手，腳步蹣跚地向前，危險地貼近廢棄水井崩塌的邊緣。燕紅出於本能朝她伸出一隻手，她抓住了。我瞧見她眼中光芒瞬間閃過，但為時已晚。力氣驚人的林夫人猛推燕紅一下，她驚呼一聲，失去了平衡，我拚命要抓住她，我倆瘋狂搖晃，從邊緣墜落深井。

第三十八章

我在下滑，墜落。為了終止下墜，我的手指拚命地抓搔，可是鬆動的土被我雙手一抓就崩塌了。小石頭喀擦喀擦，割傷我的臉。我雙手往兩側亂抓，手上血跡斑斑，既紅又腫，找到踏腳處時，我放鬆地大喘一口氣。我上方的燕紅也好不容易停止墜落。我們的身體緊貼著陡坡，猶如兩隻壁虎，同時黑忽忽的豎井好似傷口般裂開。抬頭一看，只見林夫人蒼白的臉向下凝望。

「兩個蠢丫頭！」她說。「要不是你們，我兒子還在這裡好端端活著。你們帶給他太多不幸。」

一顆石頭打中了我，接著又是一顆。我聽見燕紅尖叫一聲。

「娘！」她說。「求求你！」

「你竟敢叫我娘！你的親娘自殺了。我會告訴每個人你也做了同樣的事，還拖著麗蘭一起赴死。現在我要做老早以前我就該做的事。」她的臉不見了，不管我們怎麼大喊大叫，她再也沒有出現。

從落石的回音聽來，井不是很深。我們掉下去的話，正好足以摔斷脖子。我雖然用腳一陣亂戳，還是不敢往下爬。我害怕得閉上眼睛，聽見燕紅在上頭低聲啜泣。

「你爬得上去嗎？」我喊道。

「不行，我怕高。」

仰望上方，我看見我們距離邊緣不遠，不過老井的坡度陡峭，非常危險。她只要往上爬幾尺，說不定就脫險了。「你用手摸摸看！」我說。「盡量把身體往上撐。我會幫你托住腳。」我找到一個堅固的立足點，然後托起她的腳踝，引導她踩上去。我們就這樣不時顫抖和暫停，燕紅總算爬得更高，我也堅強不屈地跟著她一點一點往上爬。我的心在狂跳，流著汗水與鮮血的手掌滑溜溜的。若是低頭凝望黑暗的井底，我將不知所措。

快要爬到頂時，燕紅又哭了起來。「我上不去！就是上不去！有塊石頭擋在這裡。」

我發現她是對的。因滑坡而脫落的一塊大石頭，正好向外凸出擋在她頭頂上，使她往上爬的最後一步變得非常艱難。我不顧手臂疼痛，勉強自己稍微爬高一點，終於在井壁找到一塊可以踩著歇腳的石頭。

「踩在我的肩膀上。」我喊道。

燕紅嗚咽著伸出一隻手抓住大石頭。我把她一隻腳放在我肩膀上，待她把重量放在我身上時，我已做好準備。她伸出另一隻手想要抓住什麼時，我伸出手臂。「把另一隻腳放在我手掌上！」我氣喘吁吁地奮力撐住她。「快點！」

燕紅快要爬上大石頭的凸出部分時滑了一下，雙腳瘋也似地胡亂擺動，想要找到一個立足點。我使出全副力氣推她上去。她翻過去了，我卻因此失去平衡，然後癱軟地往下滑，嚇得連叫也叫不出來。現在我就要死了，摔斷了脖子躺在井底。我聽見燕紅在上面絕望地尖聲大叫。「麗蘭！」

一塊凸出的石頭擋住了跌跌撞撞下滑的我，我緊緊攀著它不放。那是一塊建築用的加工石料，是滑坡時豎井裂開後殘留的石磚。我的腳拚命往空中亂踢，後來實在抓不住，遂墜入黑暗，掉在溼軟的井底。仰頭向上眺望時，我看見燕紅嚇壞的臉在遠遠的上方。

「我沒事！」我對她大喊。「快去阻止林夫人！我可以等！」

燕紅瘋狂點頭，隨即不見了。

⁂

她離開後的幾分鐘，我只能想著剛才從主屋穿過這片寬廣的土地花了多少時間。一刻鐘或者更久？無論如何，我都得等一陣子。如果林夫人對天白有別的打算呢？燕紅說過他隨時都會回來，但她也可能決定乾脆遺棄我算了。說到底，假如林天青真是她毒死的，她就很有理由讓我永遠閉嘴。也許幫助她是我愚蠢，但我實在別無選擇。我的眼睛漸漸習慣黑暗，於是開始探索井底。泥巴緩衝了我的墜落，使我免受重傷，不過我的周圍都是高高的石磚牆，因潮溼與青苔而滑溜無比，我再怎麼努力，也無法攀登向上。

我在深及腳踝的泥濘裡啪嘰作響地走動時，踩到一個硬硬長長的東西，大概是人類大腿骨的長度。我僵在原處，心生可怕的懷疑，想著燕紅說的那個投井自盡的女人。不過那些只是孩子們的故事，我告訴自己，不願去想燕紅要是遺棄了我，我將變成這口井裡的餓鬼。我伸手向下，摸到掃帚的破手把，還有別的廢棄物：一把舊斧頭，和鏽掉的鍋底。但是沒有可以助我爬出去的東西。我向上凝望，只見天空變成不吉祥的灰色，看來暴雨又將襲擊海岸，空氣聞起來潮溼且寒冷。

一陣劈哩啪啦的大雨打在我身上。多麼希望此刻的我是輕盈的靈體，那麼我就能夠輕易爬牆上去，也希望我有那可愛的小馬陪伴。但最盼望的是，二郎能在我身旁。如果鱗片還在身上，我就可以呼喚他。可是我和他的地位隔著莫大的鴻溝；我無權妄想更多。我咬著牙告訴自己：就算可以，我也不會呼喚他。我太驕傲了，才不願意這麼做；我要救自己。

我一再嘗試爬出我的監牢。我已好幾次痛苦地攀爬幾尺，最後都因為抓不住滑溜的石磚而失敗。我的指甲裂了，流著鮮血，我喘得上氣不接下氣。靠著牆壁時，我不滿地想：這個肉身多麼虛弱無力啊。我才短暫逃離死亡的魔掌，但它一直就在附近，很快又要取我性命了。我從亡者之原死裡逃生一次，但我那時並不孤單——也許我說不需要任何人，終究是狂妄自大吧。

「二郎！」我大聲呼喊。「二郎！你在哪裡？」

我靠著豎井的手臂疼痛；我的雙腿無力地發抖。光線漸漸暗淡，淚水流下我的臉頰，和下得益發劇烈的傾盆大雨混在一起。筋疲力盡的我覺得體力隨著冷雨快速流失，也將我的體溫一起帶走了。雖然我好想坐下，泥濘和裡頭不知有什麼東西也令我畏縮。我斷斷續續地呼救，可是林家大宅占地遼闊，我不敢指望有誰聽得見，尤其是這陣暴雨下得正猛。我歷經千辛萬苦，奮力討回我的身體之後，現在竟然要死了，好可笑啊，簡直是滑稽透了。老王說得對，我是個愛管閒事的傻瓜，拋棄了得到幸福的機會，拋棄了嫁給天白、成為妻子與母親的機會。已經過多久了？幾小時，或僅僅幾分鐘？我的牙齒格格響；我的思緒愈來愈不連貫。我向五百年前航過這片水域的中國海上元帥鄭和以及母親祈禱——無論她在亡者之原的何處。我口中說著急促含糊的禱告詞，又說以後一定乖乖聽話、絕不再做這種事的承諾。只要二郎願意前來搭救，再來一次就好。

「二郎！」我又大喊著，聲音已經沙啞。「二郎，你個傻瓜！不守信用！」

「你就這樣求救啊？」然後他就出現了，低頭注視著我。雨水有如一大片銀針從他的竹帽帽沿彈開。「你究竟在幹麼呀？」

看見他讓我心中一鬆，膝蓋馬上彎了下去。一時之間，我懷疑自己是不是在閃閃發亮的雨幕中看到了幻影，不過他氣急敗壞的語氣令人不得不信真的是他。我開始顛三倒四地解釋我的困境，但他只是搖頭。「待會兒再說吧。」

在我驚恐的注視之下，他跳下了水井。

「你做什麼呀？」我說。「為什麼不拿條繩子？」我激動得差點迸出眼淚。「你……你這個瘋子！我們何年何月才出得去啊？」

二郎詫異地檢查他的鞋子。「你應該告訴我這下面有泥巴。」

「你只有這句話好說嗎？」但我好高興，高興得緊緊抱著他。他雖然有點擔心他的鞋子，但好像不太介意我把髒兮兮的臉貼著他的肩膀。

「上回是在墓地，現在又是井底，」他說。「你到底是在做什麼？」

我解釋時，他的語調變得冷冰冰的。「所以說，你救了一個殺人兇手，然後讓自己慘遭遺棄。你是不是故意尋死啊？」

「你幹麼生氣？」我把他的帽子往後一推，細看他的臉。這是個錯誤，面對他令人緊張不安的俊俏面孔，我只能垂下眼睛。

「你說不定會摔斷脖子。為什麼不把這些事報官處理？」

「我不是故意的。」我們又吵架了，實在教人難以相信。「你這些日子以來都在哪裡？你應該給我捎個信才是！」

「你從不單獨離開屋子，我怎麼捎信給你？」

「但你隨時可以來。我一直在等你！」

二郎氣得冒煙。「你就這樣謝我？」

倘若經過充分的考慮，我絕不會這麼做。但我一把抓住他袍子的領口，把他的臉拉近我的臉。「謝謝你。」我說著吻他一下。

我本打算立刻別開臉，但他抓著我，他的手在我腦後。

「你要抱怨這個嗎？」他問道。

我默默搖頭。我的臉紅了，記得上回我曾尷尬地談到舌頭。他肯定也想到了，因為他一臉神祕莫測地看著我。

「那麼，張開你的嘴。」

「為什麼？」

「我的舌頭要伸進裡面。」

這種時候他還能開玩笑，實在是不可思議。我雖氣憤，仍投入他的懷抱。我半笑半怒地狠狠把嘴貼著他的，他壓住我的身子抵著豎井。磚石隔著我溼透的衣服，我的背部感覺冰涼涼的，然而他握著我手腕的部位卻是滾燙。我不住喘氣，覺得他溫熱的舌頭伸入我口中。我的脈搏狂跳，我的身體不由自主地顫抖。只有他嘴唇的重壓，他舌頭滑溜的推力。我想要哭，可是流不出眼淚。我體內融化成一條河流，我的核心像蠟一樣溶化在他懷裡。我的耳朵轟轟響，只聽得到我們粗嘎的呼吸聲，和我怦怦的心跳。我禁不住發出悶悶的呻吟。他長嘆一聲才放開我。

「你不是下個月就要結婚了嗎？」

我的臉好紅，雙手在發抖。「對不起。我不該這麼做的。」

「那麼恭喜了，你一定非常快樂。」

在如此侷促的空間裡，我幾乎不曉得要轉向哪裡。二郎也不肯看我，反而抬頭望著布滿雨雲的一線狹窄天空。

「我們應該離開這裡了。」他的語氣嚴肅起來，我已無話可說。

他毫不費力地把我拋上他的肩膀，然後開始攀爬。我不知道在滑溜的水井裡他如何找得到踏腳和手抓的地方，但他輕輕鬆鬆一步步往上爬。他的身體輕巧而強壯，比任何正常男人都強壯得多，正如我一直懷疑的那樣。我頭暈目眩地攀附著他，好似一袋大米。我要是睜開眼睛，只看得見底下一片漆黑。我脖子上的脈搏跳動著。隨著每一個動作，我都感覺得到他背部的肌肉在我手指下收緊又放鬆。我們到達頂上時，他將我放下。我疲憊地捧著我割傷的雙手，生怕他又將離我而去。

「林天青和歐陽大爺後來怎麼了？」在緊張的靜默後我問道。

「哦，」他說，「多虧了你的物證，我們逮捕了幾個人，包括你以前的追求者。他們都已經被移送到法庭接受審了。」

「劉芳呢？有個牛頭魔說要帶她去林家莊園。」

「她一直沒到林家，恐怕已經失去她的蹤影。」

我默默消化這個消息。對劉芳來說，這是一個可怕的結局。二郎沒說什麼，只專心地端詳我。

「我幫了你一個倒忙，」他終於說道。「還是讓你知道比較恰當，但你的壽命不會和普通人一樣。」

我咬著嘴唇。「那麼，你是來取我的靈魂？」

「我跟你說過了，那不歸我管，但你不會很快死去。事實上，你要過很久很久才會死，恐怕比我當初想得更久。你也不會正常變老。」

「因為我接受了你的氣？」

他低下頭。「我應該早點阻止你才是。」

我想到橫在我面前的空虛歲月，我所愛的人統統去世之後的孤獨歲月。儘管我可能會有兒孫，然而他們可能會覺得我奇怪，為何總是這麼年輕，於是視我為妖魔鬼怪，避之惟恐不及，背著我議論我施行巫術，就像在臉上插金針、吃小孩的那些爪哇女人。在中國傳統中，沒有什麼比福壽延年、生活圓滿的老人更有福氣的事了，老人是家裡的一個寶。但是活得比子孫更久，並且忍受多年的守寡，卻很難被當作福氣。我淚盈滿眶，不知怎的，這使得二郎激動地轉過身去。他的側面甚至可能更為英俊，我有把握他很清楚這一點。

「這不見得是件好事，但你會看到今後的一百年，我想下個世紀會很有趣。」

「天白也這麼說過，」我悲痛地說。「我會比他多活多久？」

「夠久的了，」他說。接著他更溫柔地說：「不過你可能會有個幸福的婚姻。」

「我想的不是他，」我說。「我在想我娘。等到我死的時候，她早已前去陰間法庭投胎轉世，我和她再也見不到面了。」我放聲大哭起來，這才發覺我一直緊抓住那個希望，雖然我娘離開亡者之原可能更好一些。可是我們此生將無法再見一面，她的記憶將被抹掉，我將失去她。

「別哭了。」他的雙臂摟著我，我於是把臉埋進他胸膛。大雨又下了起來，雨如簾幕般圍繞著我們，可是我一點也沒淋溼。

「聽著，」他說。「等你身邊每個人都死了，繼續假裝下去的日子變得很難熬，那時我就會來找你。」

「你這話當真？」一種奇怪的幸福感開始在心中滋長、纏繞與收緊。

「我從來沒騙過你。」

「我不能現在就跟你走？」

他搖搖頭。「你不是快要結婚了嗎？再說我向來喜歡年長一點的女人。約莫再過五十年光景，你的年紀就剛剛好。」

我怒眼瞪他。「如果我不願意等呢？」

他眯起眼睛。「你的意思是，你不想嫁給天白？」

我垂下目光。

「如果你跟我一起走，日子不會好過，」他警告說。「你會更接近靈界，而且不能過正常生活。我的工作必須隱姓埋名，所以無法讓你過得風光，只是住在陌生城鎮的一間小屋子裡。我多半時間都不在家，你隨時接到通知，就得準備搬家。」

我愈聽愈迷糊了。「你要我做你的情婦還是簽下賣身契的僕人？」

他的嘴巴抽搐一下。「我不要包養情婦，太麻煩了。我是在跟你求婚，不過我大概會後悔吧。如果你認為林家不贊成你的婚姻，等你見到我的家人，你就知道了。」

我把他的手臂攬得更緊。

「終於說不出話來了吧，」二郎說。「考慮一下你的選擇。老實說，我要是女人的話，我會選第一個。我不會低估家庭的重要性。」

「可是你這五十年又怎麼辦？」

他正準備回答時，我聽見一聲微弱的呼喚，隔著滂沱大雨，只見燕紅模糊的身影出現在樹林間，在她身旁奔跑的是天白。「兩週內給我答覆。」話一說完，二郎便消失不見了。

第三十九章

那天，天白雇了人力車送我回家。他臉色蒼白，話也不多，只問我是否安好。身穿溼衣服的我渾身顫抖，但我拒絕了所有進入屋內換衣服的提議。我內心激動；我的思緒宛若紙碎片的風暴。那天，林家大宅似乎比平常更不歡迎，屋簷隨著雨水流下屋頂時泣聲不斷。全家一片騷動。沒有人太過深入詢問我如何離開井裡，我猜我刮傷的胳膊和割傷的雙手讓他們以為我是自己爬出來的。沒有人堅持要我換衣服，或像阿媽一樣責罵我這樣肯定著涼。混亂中，只有天白悄悄把他的棉外套披在我肩膀上。後來我才得知林夫人趁他回家時攻擊他，不過直到那天傍晚老王回家，我才從他口中聽到完整的經過。

「她拿著菜刀等他，」他後來告訴我們。「我不曉得她怎麼拿到手的，她企圖拿刀捅他。」好在她虛弱無力，天白幸運逃脫了，唯有手臂上多了一道醜陋的傷口。那天他送我回家時，我看見他手臂上用繃帶鬆鬆地纏著紗布。震驚之餘，我反對他陪我回家，覺得沒有必要，但天白只是搖頭。他看來精力耗盡，十分疲累，而且我懷疑他送我回家是否想藉此逃離騷亂的家。在短暫的回家途中，我偷偷瞥他幾眼。過去我曾懷疑他是殺人兇手的想法已煙消雲散。他的眼睛下方有幾條皺紋，左袖口上沾了墨水。他只是個家庭四分五裂的人。一個善良的人，如果燕紅的說法可信。出乎意料的溫柔充盈我的心，同時我腫脹的嘴唇也讓我回想起另一個人的柔情。

天白扶我下人力車時提到的最後一個話題，就是請求我閉口不談林夫人的病況。我點點頭，心知那是責任所在，一點醜聞的風聲也不准觸及林家。他們正在考慮送她到瘋人院，不過這份恥辱將使他們受到嚴重影響。

「把她留在家裡會更好，但她時時需要有人看著。」天白愧疚地看我一眼。「你介意我們延後婚禮嗎？」

我毫不介意，但我幾乎無法向他表達這一點。他握著我的手。

「麗蘭，我好高興你在這裡。」

擔心他可能要吻我，我別開半張臉。這麼做之後，我馬上覺得滿心內疚，而他只把我的手抓得更緊。

「對不起。」我說，根本不知道我為什麼道歉。

「為什麼？」他說。「燕紅告訴我你救了她。」

天白摸了摸我的頭髮。他沉著的舉止，處理棘手狀況的能力；這些都是我欽佩的特質。在一片紛亂中，他仍想到用他的外套遮住我溼漉漉的肩膀。謹記這小小的善意，我忍不住用另一隻手摸著他的臉。如果我屬於他，我的家人和我一定過得上好日子。

令我意外的是，之後的連續幾天，我們不斷接待林家的訪客，也接到他們家送來的各種禮物。我還以為我是他們最不想見到的人，因為我知道林夫人曾企圖謀殺燕紅和我在先，繼而又想殺死天白。第三天，天白的叔叔林德強親自來訪，而且指名要見我。阿媽急忙跑來告訴我他來了，然後抓起我的手臂，匆匆綁起我的頭髮。

「你的衣服！」她兇巴巴地說。「你不能穿那樣子見他。」

她衝著我一身樸素的娘惹長衫皺著眉頭，但已來不及顧慮這種細節。況且除了準姪媳婦的衣著之外，我懷疑他有別的心事。我走進前廳時，他和我爹坐在一起，彷彿兩人的友誼從來不曾有過任何裂痕。我用全新的眼光細看他，想著亡者之原的三姨太，好奇他怎會是逼得她滿腔悲憤、造成這麼多傷害的情郎。但他依然故我，仍然肥胖而自滿，一副富商的模樣。

他酷似林天青的閃亮小眼睛落在我身上，繞著圈子詢問我的健康之後，他談起了我爹的債務。我從燕紅口中得知，這些債務已經由天白還清了，然而這會兒他叔叔卻給它們上了一層亮漆，說什麼我們很快就是親戚了，他已把我爹剩下的資本拿去轉投資，確保他有一份雖不多但穩定的收入。緊跟著他又說他非常欣賞我，也聽說許多關於我知書達禮的事。父親聽了十分受寵若驚，儘管我連聲反對，仍去了一趟書房取來我寫的書法請他欣賞。父親走開時，林德強問我有沒有想過要出國深造。

「像你這樣的女孩受正規教育的好處多多，」他說。「尤其是在英國，那裡有為年輕姑娘設立的大學。不知你有何想法？」

若是換個時間地點，這個建議會讓我開心得跳起來，可是現在我的胃在翻攪。「那婚事怎麼辦？」

「天白會等你回來。不用急，你們都還年輕。」

我聽見躲在門後的阿媽輕輕哼了一聲。年輕，的確！在她的心裡，我老早就該嫁掉了，但這個人我得罪不起。「叔叔，英國似乎很遙遠，而且我應該會想念我的家人和天白。」

「那是當然！如果這是你的感覺，那麼或許我們還是早點舉行婚禮的好。但是記得，如果你哪天想念書或旅行，不必擔心你家人的生活，我會很樂意贊助你。」

我瞅著他，想著燕紅說過這個人曾痛打天白一頓，害他兩天無法坐下。可是到頭來，天白的表現遠比他被寵壞的親生兒子好得多。但我非常了解他。由於我知道他們家族那麼許多齷齪不堪的細節，他寧可我不要嫁到他們家。萬一英國當局得知謀殺未遂的案情，說不定會善加利用，當作殺雞儆猴的藉口，起碼到時他們就不得不把醜聞好好解釋一番。不過他若是擺脫不了我，次好的辦法就是時時監視我的一舉一動。但那是兩個人的遊戲，我想，完全忘了嫁給天白也讓我猶豫不決。我俯身向前，對他迷人地一笑，那是我從觀察劉芳中學到的。

「您對我真好，叔叔。對我爹也是。我非常感激。」

雖然他繼續觀察我，我倒是注意到一個微妙的變化。他的眼睛睜大了，臉上閃過一抹被逗樂的笑容。劉芳曾說我不懂得如何利用我的臉蛋和身體，說我白白浪費了它們，現在我才明白她是對的。想想真是奇怪，這個世界的權力竟屬於老男人與年輕女人。他離開後，我的情緒十分複雜，既覺得羞恥也不免得意。這是一條艱難的路，但嫁入林家我應該應付得來。

實在難以相信，我竟從結婚無望到有兩個結婚對象，不過兩個都說不上理想。我很快樂——也就是說，我覺得客觀上我應該很快樂——但其實我真的很痛苦。阿媽把我調教得很好。在出生於馬六甲海峽的華人社群中，婚姻是個沉重的題目，是一樁在孝道和經濟價值之間設法求取平衡的交易。就此而論，二郎的求婚完全是不可能的。其實我仍然覺得震驚。

我一點也不了解他，比我對充滿陰謀詭計的林家了解得更少。不過二郎警告過我，他的家庭更糟。我無法想像到底有多糟，但他從來沒騙過我，那絕對是他異於人類的一項特質。跟隨二郎將是飛身躍入未知，是我所有欲望與恐懼的頂點。我沒把握自己是否夠勇敢，是否也能像他在亡者之原一樣衝動而篤定地為我甘冒生命的危險。我們太不同了；這是不可能的。

我的心思四處遊蕩，幾乎縫不出一條直線。多麼希望能再跟我娘說說話。在所有人當中，我最懷念她的忠告，而且她對陰陽兩界的習俗經驗豐富。然而我得靠自己了，沒有人可以傾訴心事。無論我選擇什麼，都必須付出沉重的代價。若是跟隨二郎，我將過著稀奇古怪的另類人生，徘徊在充斥著鬼魂與神靈的偏遠地帶外圍，不過我仍緊抱著可能和我娘再見一面的希望。但我甚至不清楚自己能不能生養子女，我記得中國皇帝常常自稱是龍的後代，所以很納悶我是否可能有此榮耀，或者是生出一個妖怪。

若是留在天白身邊，我會得到美好婚姻的保障，和家人熟悉的撫慰。然而那也意味著要跟林家瘋狂與謀殺的家醜共同生活。除了天白的叔叔，還要應付別的妻子與姨太太。我必須磨練自己，學著像林夫人，甚至是跟燕紅一樣和她們周旋。在某些方面，我很訝異燕紅竟然回來救我，因為我死在井裡的話，對她來說比較方便。但是在林德強來訪之後幾天，她也來看我了。

燕紅來的時候，我正在後院用耙子清理雞舍。老王總會養幾隻雞，花個把月把牠們養胖宰來吃，雞隻吃得肥滋滋之前，絕對不准離開圍欄。在林家那樣的大戶人家裡，屋主的女兒不可能做這種事，但阿春說雞毛害她打噴嚏，所以那天一早，老王咕噥一聲，就遞了耙子給我。一見燕紅和阿媽一起出現，我不覺心虛地驚跳一下，彷彿我們的地位顛倒了。奇怪的是，阿媽沒有催我換衣服，她只是一臉得意，我驀地明白這是因為來客不是看重漂亮女人的林德強，要緊的是給林家的女眷留下深刻的印象，親眼目睹我將是個多麼賢慧又勤奮的媳婦。阿媽宣布她要去端我做的多層娘惹糕（這完全是一派胡言）招待客人，又說我們應該進屋裡喝茶。

「我欠你的，」只剩我們獨處時，燕紅立刻說道。「你救了我一命。」

我不知該說什麼，只能保持沉默。

「我不是故意殺死他的，」她繼續說著。「不管你信不信，那是個意外。」她扭著雙手。「他總是在裝病；他覺得受到冷落時，就利用裝病來懲罰我們。那天傍晚我的耐性被磨光了。我有些以前吃剩的痲黃藥方，聽說劑量多一點他會犯頭痛與嘔吐，沒想到他竟然心臟病發。」

痲黃是一種得自痲黃莖部的刺激性草藥，泡在茶水裡可以舒緩咳嗽，鬆弛肺部的痰液，但哪怕是我也略知其危險性，實在難以相信燕紅竟對它的副作用那麼無知。

「你會告訴任何人嗎？」她咬著嘴唇問道。她這麼緊張的模樣，我出竅的靈魂在林家大宅到處亂逛時也見過。

我搖搖頭。我是誰啊？我怎能批判她？我怎麼知道那天傍晚究竟發生了什麼事？燕紅別開目光，臉上既是羞愧，也有放鬆。

「我很高興你要嫁給天白了，」她終於說道。「他很幸運能夠娶到你，總得有人掌管林家這一大家子。」

「為什麼不是你？」

「我丈夫在新加坡有家庭和事業，我已經告訴他說我寧願搬去那裡。」她直起脊背，避開我的眼睛。「這樣對你和天白比較好，沒有那麼多包袱。好好照顧他，好嗎？他在我們家的日子一直過得很辛苦。」

「他知道林天青怎麼死的嗎？」我問。

「不知道，但說不定已經猜到了。事發當時我差點就告訴他了，因為我實在太過害怕。有時我還真希望自己說了。」

「還是別說吧。」我說。我們都知道天白只會盡可能保護她。相較於他，由我來承擔真相的包袱好些。

「謝謝你。」她說。

我們默默走回屋子。我忍不住希望事情有不同的結果，因為不管她做了什麼，我仍然喜歡她。

第四十章

如今日子過得太快，一天接著一天。兩星期快到了。我幾乎睡不著覺；我的思緒和遺憾沉甸甸地壓在心頭。聽了老王的笑話，我假裝開心大笑，然後偷偷對著阿媽煞費苦心為我繡的拖鞋哭泣。最簡單的辦法就是嫁給天白，與天白及我的家人一起消磨歲月，隱藏我奇怪的年輕面貌。到最後，如果二郎還記得他的承諾，就等待他的到來。但那是膽小鬼的做法。

我想我很久以前已經知道自己要什麼了。或許就從他在亡者之原握住我的手那時開始，那裡都是死人，只有我倆是活的。或者，我若誠實的話，在我第一次見到他那張臉的時候開始。但撒下種子的時間甚至可能更要往前推，推到三寶廟的靈媒叫我給自己燒冥紙那時。當時她是否已經知道我將把我和這個世界連結的線切得將斷未斷，因而再也無法真正適應人世間的生活？也許那時我真該死掉才對。

所有見過鬼魂和幽靈的人都有污點，而我已遠遠超越老王，闖入沒有一個活人應該去的地方。我與亡者說過話，在亡者的家裡幫傭，吃過祭拜亡者的供品。我的兩個世界有如扭曲的玻璃片般重疊在一起。

過去非常嚮往的麻將聚會小圈子，如今闖過陰界的我卻感到不耐；每當輕風吹來或陰影掠過時，我也常常回頭一瞥，思念禁忌的世界。

天白的叔叔答應過，我若是遠赴一段漫長的旅程，他會好好照顧我爹、阿媽和老王。他不在乎我去哪裡，只要遠離林氏家族的好名聲就行。我必須確保他按照約定行事，情況許可的話，我會不時回來查看他們是否安好，但我不確知我要去哪裡，甚至何時將會離開。也許他們會以為我離家去讀書，或者我會在一個月明星稀的夜晚失去了蹤影，就像故事裡的鬼魂和幽靈一樣。我只希望我能回來探望他們，哪怕只是風中的一陣顫抖。如果他們在我之前死去——而他們必然如此——我也會等著護送他們前去亡者之原。

至於天白，我不知道該如何面對他，他將對我非常失望。不過歸根究柢，我擔心我會意志動搖，揀容易的路走。這種事以前也發生過，我站在他面前時舌頭打結，怎麼也說不出真相。他雖然秉性良善，卻從未真正了解我，我對他亦然。若有誰說我許久以前在林家大宅聽過的京劇應可表達我對他的感受，我一定會哈哈大笑，以為我們註定成為戀人。然而我們之間隔著一條河，猶如分隔牛郎與織女的那道銀河。無論如何大聲呼喊，我永遠也走不過去。我的缺點，他會微笑以對，並且用禮物安慰我。但他的眼光緊盯著別人，而不是我。

但我想見到二郎。我不想等五十年，或利用天白永遠無法擁有的愛情欺騙他。在無數個枯萎靈魂的黑暗中，我摸索的是二郎的手，我渴望聽到的是他的聲音。或許我很自私，但和他一起的未來變動不定，有那麼多的笑聲與爭吵，比留下來更好。想到我曾百般奮力抗拒成為林天青鬼魂的妻子，這會兒卻又心甘情願，為了一個非人類的男人離開家人，真是一點也不滑稽。二郎前來聽我的答覆時，我會告訴他說我一直以為他是個妖魔鬼怪，而我想當他的新娘。

備註

冥婚

民間傳統的人鬼聯姻或鬼魂之間的嫁娶通常是為了安撫亡靈或平息鬼魂的糾纏。中國文學中有許多相關典故，但其根源似乎是來自祖先崇拜。有時是兩個死者之間的婚配，雙方家屬承認婚姻是他們之間的牽連。不過也有生者和死者結婚的案例。主要的結婚形式即是活著的人完成垂死戀人的願望，或是將生養了繼承人的情婦或小妾升格為妻子。有時貧窮人家的女孩以寡婦的身分進入一個家庭，是為了代替尚未娶妻或沒有後代的男人履行祭祀祖先的義務，麗蘭就是如此。碰到這種狀況，將由一隻公雞代替死去的新郎，舉行一場實際的婚禮儀式。

有時活著的人也是被騙來的。倘若有個家庭聽見驅魔法師或算命仙說，已死的家人想要結婚，他們就會把通常用來放現金禮的紅包放在路上。誰要是夠倒楣，誤以為裡面裝了錢而撿起來的話，他或她就是鬼魂指定的丈夫或妻子。有趣的是，這類冥婚故事似乎多半只侷限於海外的華人社群，尤其是東南亞和臺灣，即便如此，冥婚也很少見。我很訝異地發現許多中國人民從未聽說過這種做法，只能假設是中國共產黨的影響所致，幾十年來，共產黨一直不允許迷信的行為。

中國人的死後世界觀念

中國人的死後世界觀念往往似乎是佛教、道教、祖先崇拜與民間信仰的混合。儘管借用佛教轉世的概念，靈魂藉由放棄所有欲念進入虛無狀態，意圖逃脫永無止境的輪迴，他們也堅信由不同守護者與神靈統治的幾個天堂確實存在。而道教之得到永生、魔法、飄浮和武術等等的信仰使得這種自相矛盾更加複雜。

中國文學傳統中也有神仙鬼怪故事，描述近似傳統官僚制度的陰間官僚制度。因此許多故事裡的地府由腐敗無能的官員管理，他們貪贓枉法，無惡不作，於是天上許多神明必須負起查案及伸張正義的責任。二郎即是一個出現在許多故事裡的小神。在某些情況下，他是人類，因為盡孝道而成為一個神。在吳承恩之經典名著《西遊記》故事裡，二郎神是玉皇大帝的姪子，負責約束莽撞的潑猴孫悟空。二郎神也跟水有關，身為工程師的他為了阻止洪水氾濫，曾擊敗一條龍，之後他擅作主張，自封為以變形與造雨能力聞名的龍。

亡者之原是我發明的，不過它反映了中國人一個普遍的信念，認為陰間充滿了鬼魂和他們焚燒的陪葬紙紮祭品。這個想法與佛教的轉世概念如何相關倒是並不清楚，因此為了這本書的緣故，我為兩者之間創造了一個實質的連結。

馬來亞

馬來亞是獨立之前馬來西亞的歷史名稱。英屬馬來亞是一個鬆散的國家，包括一七七一年到一九四八年間受到英國不同程度控制之下的新加坡。對大英帝國來說，身為全世界最大的錫與橡膠生產國的馬來亞極為賺錢，海峽殖民地檳城、馬六甲及新加坡，則是它的三大主要商港。

出生於馬六甲海峽的華人

十五至十八世紀來到東南亞的早期中國移民絕大多數都是單身男性，他們和當地婦女通婚，他們的後代形成獨特的海外華人社群，即土生華人（Peranakan Chinese）。嚴格說來，這個名稱指的是當地人和外國人通婚所生的子女。Peranakan（這是馬來文，原意是指馬來人跟外來人的混血後裔）不盡然是華人，也有土生荷蘭人，土生阿拉伯人，土生印度人等等，不過馬來亞最大的Peranakan社群是土生華人。他們融入許多馬來文化習俗，例如說克里奧爾語的馬來語，穿著馬來服裝，吃當地風味菜餚。土生華人的兒子往往都被送返中國去接受中式教育，女兒則留在馬來亞，但只准嫁給華人。土生華人社群就以這種方式保留強大的華人特性。

自一八〇〇年起，中國女性移民人數激增，土生華人社群幾乎全部都是華人，但仍保留大量當地文化，後來移居來此的華人也沿用這些習俗。麗蘭的家人就是一例，他們較晚才從中國移民過來，但也吸收了當地的習俗，如衣著與食物。在這個社群中，也細分為在當地生根較早和新來乍到的移民。不過，如果是出生在檳城、馬六甲或新加坡的海峽殖民地，他們便成為英國人，且自稱為海峽出生的華人。

在十九世紀和二十世紀的馬六甲，土生華人成為主要的商業精英，英文學得很快，在許多方面也英國化了。許多年輕人就像天白一樣在英國或大英帝國香港殖民地讀書。

中國方言

馬來西亞過去和現在仍使用各式各樣的中國方言，但主要是中國南方的方言，因為從那裡移民至東南亞的中國人最多。海外華人和他們祖先的宗族及村莊關係牢固，就算已經定居在馬來亞幾個世代，相互之間也區分得出來。最普遍的方言包括廣東話、福建話、潮州話、客家話和海南話。這麼許多種方言意味著許多華人無法彼此理解，不過對識字的人來說，書寫文字一直維持不變。

由於人們傾向於把親戚帶入同一行業，許多職業往往遵循宗族關係。例如有許多廣東阿媽與海南廚師，也就是我心目中阿媽與老王的兩個角色。

中國姓名

為了本書，我曾考慮採用拼音標準化每個名字，但後來決定不這麼做，以反映當時的多樣性。特定姓名的發音視方言及家族而有不同。例如「林」這個姓氏普通話發音是Lin，福建話是Lim，廣東話則是Lum。哪怕是同一種方言，也有奇怪和隨心所欲的拼寫方式，取決於記錄名字的人是誰，以及他們決定拼寫的方式。許多華人姓名遭紀錄員不慎糟蹋，到頭來就連意思也變得怪裡怪氣了。

傳統上，華人姓名先講姓氏，如「林天青」即一例。在本書中，我從頭到尾都連名帶姓稱呼他，這樣比較容易分辨出他和天白兩人。天白和天青名字類似，因為他們是同一輩的男性。通常的做法是由家族詩決定每個世代的名字，每一代依次從詩句中取一字作為名字的一部分，因此只要背誦這首詩，立刻判斷得出某人來自家族中年長或年輕一代。

名字的意思

麗蘭：美麗的蘭花
天白：明亮的天空
林：姓氏，意即「樹林」
林天青：永恆的天空
劉「芳」：芬芳
燕紅：紅色的燕子
林「德強」：強大的道德
二郎：次子。各位或可猜到，這可能不是他的真名。中國人在傳統上會因應人生不同的階段取不同的名字。譬如一個學者可能有個兒時名字，一個正式名字，倘若之後他有了名氣，就有個文人名字。到了老年，他或許會取另一個名字，表示他已退休，不再過問世事。

感謝

如果沒有那麼多美妙的人給我支持，這本書絕無可能完成。我非常感激：

我了不起的經紀人Jenny Bent，她對此書的眼光一直引導著我，啟發著我。我的編輯Rachel Kahan，她敏銳的眼睛和熱情不斷激勵我探索更深、更豐富的境界。Trish Daly, Lynn Grady, Mumtaz Mustafa, Doug Jones, Camille Collins, Kimberly Chocolaad 及Harper Collins 出版社的銷售團隊。很愉快也很榮幸能夠與各位共事。

我長期受苦的美好家人，包括我的父母，S. K. Choo與Lilee Woo，他們的愛使我對這個世界充滿了無比的好奇與驚奇；以及Chuin Ru Choo, Kuok Ming Lee, Jennifer 與Spencer Cham多年來的愛與支持。

Sue 與Danny Yee, Li Lian Tan, Abigail Hing Wen 以及Kathy 與Larry Kwan，他們既是我親愛的朋友，也從一開始即擁護本書，就算必須讀過沒完沒了的草稿，分析想像的小說人物，也鼓勵我交稿。沒有你們，這本書絕不可能出版。

讀者Carmen Cham, Suelika Chial, Berti Cung, Christine Folch, Paul Griffiths, Diane Lecitan與

Rebecca Tulsi，他們從第一頁讀到許多不斷替換的結局，也提出了毫無畏懼且非常寶貴的意見。

我的常駐海南專家Teow See Heng博士；我的荷蘭顧問Alison Klein；Tham Siew Inn先生與夫人，他們親切地帶我四處看看他們馬六甲的故鄉，協助我在格勒邦找到符合小說中虛構的林家大宅地點。

最重要的是我先生James的耐心、愛與睿智的洞察力，天天為我打造一個全新的世界，以及我的孩子Colin與Mika，為我帶來快樂。

也感謝帶領我行過死蔭幽谷的那一人。（《聖經・詩篇》23:4）

國家圖書館出版品預行編目（CIP）資料

彼岸之嫁 / 朱洋熹(Yangsze Choo)著 ; 趙永芬譯.
-- 初版. -- 臺北市 : 大塊文化, 2020.01
面 ;　公分. -- (to ; 116)
譯自 : The ghost bride
ISBN 978-986-5406-38-7(平裝)

868.757　　108019241

LOCUS

LOCUS